Feli liebt ihre Arbeit als Goldschmiedin in dem Juweliergeschäft ihrer Familie. Doch das Vermächtnis ihres Vaters steht kurz vor dem Aus. Felis große Hoffnung ist ein Schmuck-Retreat in der Toskana, um wichtige Kontakte zu knüpfen. Aber alles gestaltet sich schwieriger als gedacht. Denn durch eine Verwicklung landet sie als Küchenhilfe und nicht als Teilnehmerin in Italien. Und dann muss sie sich auch noch das Zimmer mit dem attraktiven Leonardo teilen. Dabei hat sie keine Zeit für Ablenkungen. Dennoch drehen sich ihre Gedanken um Leonardo und warum er manchmal so verloren aussieht …

Marie Kronemann, Jahrgang 1997, wurde in der Nähe von Frankfurt am Main geboren, lebt aber seit einigen Jahren in Berlin. Schon als Kind schrieb sie Geschichten, und das Schreiben ist bis heute ihre größte Leidenschaft. Wenn sie nicht an ihren Romanen arbeitet, ist sie als Lektorin tätig oder begeistert sich für neue Hobbys.

Weitere Informationen finden Sie auf www.fischerverlage.de

MARIE KRONEMANN

Funkelnd
WIE
Glück

Roman

FISCHER
TASCHENBUCH

Auch wenn einige Schauplätze real existieren, sind alle handelnden
Personen und die Handlungen in diesem Roman frei erfunden.
Ähnlichkeiten mit lebenden oder verstorbenen Personen wären rein zufällig.

Originalausgabe
Erschienen bei FISCHER Taschenbuch

© 2025 S. Fischer Verlag GmbH, Hedderichstr. 114,
60596 Frankfurt am Main
Die Nutzung unserer Werke für Text- und Data-Mining
im Sinne von § 44b UrhG behalten wir uns explizit vor.
Redaktion: Christiane Branscheid
Vignetten: freepik
Typografie und Layout: Tobias Wantzen, Bremen
Druck und Bindung: CPI books GmbH, Leck
ISBN 978-3-596-70998-4

Kontaktadresse nach EU-Produktsicherheitsverordnung:
produktsicherheit@fischerverlage.de

Kapitel 1

Ihre Welt war so klein, dass sie sie kaum mit ihren Fingerspitzen greifen konnte und eine Lupe benutzte, um sie besser erkennen zu können. Sie wollte ihren Horizont nicht erweitern, denn alles, was sie brauchte, passte auf diese Arbeitsplatte.

Aber sie wusste, dass ihr keine andere Wahl mehr blieb.

Sie starrte die Öse in ihren Händen nieder, die sich dagegen wehrte, von ihr zusammengeschweißt zu werden. Die feinen Glieder der Kette rutschten ihr immer wieder aus der Hand. Dass sie ständig zu ihrem Laptop guckte, weil sie seit Tagen auf eine E-Mail wartete, machte ihre Arbeit natürlich auch nicht leichter.

Felicitas Weber, von allen Feli genannt, war verzweifelt. Und das lag nicht nur an Frau Kowalskis Kette, die sie nicht repariert bekam. Ihre Probleme häuften sich wie die ungeöffneten Rechnungen, die sich inzwischen zu einem instabilen Turm aufstapelten, der vom nächsten beherzten Windstoß umgeworfen zu werden drohte.

Sofort schob sie den Gedanken beiseite, versuchte die Papiere, wie so oft, einfach zu ignorieren und atmete tief durch. Das beruhigte sie. Sie liebte den Geruch in ihrer Werkstatt. Schon als Kind hatte sie ihn immer nur als *alt* bezeichnet, weil ihr kein treffenderer Begriff eingefallen war. Irgendwann hatte sie aufgehört, einen besseren zu suchen. Das tat sie prinzipiell nicht. Sie jagte nie etwas Besserem nach. Denn sie glaubte nicht daran, dass es das gab.

Das erklärte allerdings auch, warum sie im Alter von neunundzwanzig Jahren noch in dem Haus wohnte, in dem sie schon als Kind gelebt hatte, den Schmuck reparierte, den ihr verstorbener Vater vor Jahrzehnten verkauft hatte, und den geerbten Juwelierladen nicht aufgeben wollte. Dabei war es inzwischen fast zwei Wochen her, dass sie das letzte Schmuckstück verkauft hatte.

Das Windspiel über der Ladentür wurde angeschlagen. Feli ließ die Kette fallen, mit der sie immer noch keine Fortschritte gemacht hatte, und sah auf.

Stimmen wurden durch die kleine, schmale Tür in die Werkstatt geweht. Felis Herz schlug augenblicklich schneller. Sie kannte diese Stimmen. Und sie waren die letzten, die sie an diesem frustrierend langweiligen Tag vernehmen wollte.

»Stell dich nicht so an, Felix«, ermahnte eine ältere Frau, deren liebevoll strenge Gesichtszüge und korpulente Statur Feli sofort vor Augen hatte, obwohl sie immer noch wie erstarrt an ihrer Werkbank saß und sich nicht rühren konnte. »Ihr seid erwachsene Menschen. Felicitas ist eine Geschäftsfrau. Sie wird sich darüber freuen, dass wir ihr Arbeit geben.«

Es gab kaum etwas, das Feli wütender machte als Mitleid. Es stand auf Platz drei der Dinge, die ihr Blut zum Brodeln bringen konnten. Platz zwei gebührte den Onlineshops, mit denen ihre ehemalige Kundschaft sie nun betrog. Auf Platz eins standen halbleere Chipstüten. Feli war sich bewusst, dass es irrational war, einer solchen Kleinigkeit so viel Bedeutung beizumessen, aber wenn es um Irrationalität ging, konnte sie ihrer eigenen Haut genauso wenig entkommen wie der Kleinstadt in Nordhessen, in der sie ihr ganzes Leben verbracht hatte.

Es kam wieder Bewegung in ihren erstarrten Körper und mit einem Ruck stand sie auf. Die Stuhlbeine kratzten über den Fliesenboden, von dem auch im Hochsommer Kälte ausging. Das Geräusch schickte einen Schauer ihren Rücken hinunter.

»Felicitas«, trällerte Birgit Schmitt. Es hatte eine Zeit gegeben, da hatte Feli sie scherzhaft ihre Schwiegermutter genannt und nur Feli selbst wusste, dass es ihr damit viel ernster gewesen war, als sie es hatte klingen lassen.

Sie atmete noch einmal tief durch, setzte ihr professionellstes Verkäuferinnenlächeln auf und trat in den Laden.

Hier in diesen Räumen fühlte sie sich immer, als wäre sie in der Zeit zurück gereist. Die achtziger Jahre hingen gemeinsam mit der dunklen Holzvertäfelung an den Wänden, strahlten aus den Halogenleuchten in den Vitrinen und erklangen in der alten Glocke über der Tür. Wenn sie ehrlich war, wunderte es Feli immer, dass ihr Smartphone hier überhaupt Empfang hatte. In einer solchen Zeitkapsel würde man doch erwarten, dass das nicht möglich wäre. Und zuweilen enttäuschte es sie sogar ein bisschen.

Hier in diesen vier Wänden zwischen mit ockerfarbenem Webstoff gepolsterten Stühlen, deren Muster ihre Freundin

Gelsa liebevoll *DDR-Schick* getauft hatte, und hinter dem wuchtigen Tresen aus dunklem Holz, fühlte sie sich wohler als in der Welt, die vor der Glastür auf sie wartete.

Auf der anderen Seite genau dieses Tresens standen jetzt Birgit und ihr Sohn Felix, dessen bloßer Anblick reichte, dass Feli auch heute noch feuchte Hände bekam.

Felix und Felicitas – sie hatte immer geglaubt, sie würden zusammenbleiben und sich ihr ganzes Leben lang gegenseitig Glück bringen, wie es ihre Namen versprachen. Schon im Sandkasten hatte sie die Burgen am liebsten mit ihm gebaut. In der Grundschule hatten sie immer nebeneinandergesessen. Im Gynmasium nicht mehr, weil Feli sich dann mehr auf Felix konzentriert hätte als auf den Unterricht. Feli hatte immer gewusst, dass sie ihn liebte. Er hatte allerdings ein bisschen länger gebraucht, um das zu erkennen. Doch dann waren sie in der zehnten Klasse zusammengekommen. Der erste Kuss, das erste Mal, alles so, wie Feli es sich vorgestellt hatte. Bis Felix sie verlassen hatte.

Jedes Mal, wenn sie ihm seitdem in der Stadt begegnete, die nach ihrer Trennung geschrumpft zu sein schien – nur so konnte sie sich erklären, warum sie ihm ständig und in den ungünstigsten Momenten in die Arme rannte –, verknotete sich ihr Herz und sie spürte immer die beiden gleichen Emotionen: Enttäuschung, darüber, dass er ihre Beziehung beendet hatte, weil sie weniger Zeit für ihn gehabt hatte, als sie ihren kranken Vater pflegen musste. Und Hoffnung, eine verräterische Hoffnung, die noch immer dieses Bild von ihnen beiden malte, alt und grau, Arm in Arm auf ein erfülltes Leben zurückblickend. Sie war es nie ganz losgeworden, obwohl die Trennung nun schon drei Jahre zurücklag.

»Was kann ich für euch tun?«, fragte sie so gelassen wie möglich.

»Hallo, Felicitas. Es ist so schön, dich zu sehen.«

Sie wusste, dass Birgit versucht hätte, sie zu umarmen, wenn der Tresen sie nicht voneinander trennen würde. Bis zu diesem Augenblick hatte sie nicht gewusst, dass sie einem leblosen Gegenstand gegenüber so viel Dankbarkeit empfinden konnte.

Sie konzentrierte sich ganz auf Birgit, damit sie sich nicht in Felix' Augen verlieren konnte, wie sie es früher so oft und so gern getan hatte.

Birgit war fünfundzwanzig gewesen, als Felix auf die Welt kam, aber wenn man sie jetzt betrachtete, konnte man meinen, sie wäre noch ein Teenager gewesen. Sie strahlte Jugend aus, obwohl sie diese eigentlich schon vor Jahren hinter sich hätte lassen müssen. Natürlich hatte es die zahlreichen Klatschtanten in der Stadt dazu veranlasst, ganze Listen mit den Schönheitsoperationen anzulegen, die sie angeblich hinter sich hatte.

Birgit konnte darüber nur süffisant grinsen. Sie wusste, dass sie wesentlich weniger Falten im Gesicht hatte als die Menschen, die Gerüchte über sie verbreiteten.

»Wie laufen die Geschäfte?«, fragte Birgit, als wüsste sie nicht wie die ganze Stadt, dass in den letzten Monaten nur Feli in diesem Laden anzutreffen gewesen war und kaum Kundschaft.

»Gut«, log Feli dennoch.

Diese Frage genau wie diese Antwort gehörten sich einfach so. Es schien eine ungeschriebene Regel zu sein, an die man sich zu halten hatte. Wie in einem Tanz, bei dem ein unsichtbarer Tanzpartner sie durch die Schrittfolge führte.

Birgit lächelte noch immer, aber inzwischen wirkte es verkrampft. Sie blinzelte zu wenig. Und erst, als Feli das bemerkte, wurde ihr klar, dass sie das Gleiche tat. Sie blinzelte ein paarmal, um es auszugleichen, und fragte sich direkt, wie albern sie deswegen wohl ausgesehen hatte.

Sie hasste, wie unsicher sie sich fühlte, sobald sie in Felix' Nähe war.

Sie musterte Birgit genauer, um sich zu beruhigen. In der Fassung ihrer Halskette fehlte ein kleines Steinchen. An ihrer Bluse hatte sie einen neuen Knopf angenäht – er war eine Nuance beiger als die weißen. Auf ihrem Augenlid war ein kleiner Fleck Wimperntusche. Diese Details halfen. Doch Schmerz konnten sie auch nicht vertreiben.

»Wir sind hier, weil Felix deine Hilfe braucht.« Birgit stieß ihrem Sohn auffordernd den Ellbogen in die Rippen.

Er bewegte sich, doch das nahm Feli nur aus den Augenwinkeln wahr, weil sie sich noch immer weigerte, ihn direkt anzusehen.

Umständlich kramte er in seiner Tasche und holte schließlich eine kleine Box heraus. Eine Schmuckbox. Bezogen mit rotem Samt.

Felix klappte die Schachtel auf. Und es kam Feli so vor, als würde ihr der Verlobungsring, der dort in dem kleinen Samtkissen steckte, entgegenspringen.

Ihre Hände wurden so feucht, dass Feli nur darauf wartete, dass der Schweiß von ihrer Haut tropfte und eine verräterische Lache zu ihren Füßen bildete.

Der Verlobungsring war nicht für sie gedacht. Der logische Teil ihres Gehirns wusste das. Seit zwei Jahren hatte Felix eine neue Freundin. Außerdem würde er Feli niemals einen Heiratsantrag machen, indem er in ihren Laden kam, kein Wort sagte und ihr über den Tresen hinweg die Box hinhielt. Seine Mutter wäre ganz sicher auch nicht dabei.

Doch diese Fakten wollte ihr Herz nicht hören, das nun im Rhythmus des Hochzeitsmarschs zu schlagen schien.

»Ist er nicht schön?«, meinte Birgit. »Nur leider ist er zu groß. Er ist der armen Emilia gestern fast vom Ringfinger gefallen.«

Gestern ..., stammelte eine Stimme in Felis Kopf. Gestern hatte er ihr einen Antrag gemacht und sie hatte ja gesagt.

Sie konnte dem Impuls nicht länger widerstehen. Sie fand Felix' Blick und wünschte sich sofort, sie hätte sich niemals auf die Suche gemacht. All die Details, die sie einst geliebt hatte – und wenn Feli etwas liebte, dann waren es die kleinsten Details, die den meisten verborgen blieben –, waren noch dort. Seine Augen waren immer noch so grün wie nasses Gras und kleine helle, beinahe goldene Sprenkel durchbrachen den dunklen Ton an manchen Stellen wie Lichtreflexe. Seine Nase neigte sich nach rechts, als würde ihr diese Seite seines Gesichts besser gefallen. Und seine Lippen waren leicht rissig, was Felis Wunsch, ihn zu küssen, nie gedämpft hatte. Auch heute nicht.

Doch kein Lächeln umspielte seinen Mund. Viel mehr lag ein bedauernder Zug darum, der Feli in die Gegenwart zurückkatapultierte.

Mitleid. Da war es wieder. Und während sich das grelle Licht der Halogenleuchten in diesem Diamant brachen, der nie an ihrem Finger funkeln würde, schmeckte es noch bitterer.

»Kannst du ihn anpassen?«

Seine raue Stimme, die sie trotz ihres dunklen Tons immer noch daran erinnerte, wie sie vor seinem Stimmbruch geklungen hatte, machte irgendwie alles noch schlimmer.

Aber Feli hielt sich so entschlossen an ihrem professionellen Verkäuferinnenlächeln fest, als würde sie in ihren eigenen Gefühlen ertrinken, sollte sie es jemals loslassen.

»Natürlich. Wie eng soll er werden?«, fragte sie mechanisch.

Birgit war vorbereitet, gab ihr die nötigen Informationen und übernahm das Reden, da Felix dazu nicht in der Lage schien. Das war typisch. In den wichtigsten Momenten hatten ihm auch früher schon die Worte gefehlt. Dass er sich jetzt jedoch hinter seiner Mutter versteckte ... In ihren Augen war er ein Feigling.

Trotzdem fühlte sich dieser Moment wie ein erneuter Verlust an. Es war die Hoffnung, die sie sich so lange bewahrt hatte, die jetzt zerbrach. Es gab wirklich keinen Weg mehr zurück und wenn sie ehrlich zu sich selbst war, musste sie sich eingestehen, dass der schon vor langer Zeit aufgehört hatte zu existieren.

»Wir machen noch ein paar Erledigungen und gehen einen Kaffee trinken. Können wir den Ring danach wieder abholen?«

Feli nickte nur und verharrte eine Weile bewegungslos an der Stelle, auch nachdem die beiden ihren Laden längst verlassen hatten.

Dann gab sie sich einen Ruck und schüttelte sich, als könnte sie dadurch die schlechten Gefühle loswerden. Sie wollte nicht ständig erstarren, sie brauchte Bewegung. Am besten so viel wie möglich.

Ein bisschen zu hektisch stolperte sie in die Werkstatt. Das Fenster direkt über der Werkbank ließ Licht herein, und Staubpartikel tanzten seelenruhig in den Strahlen.

Einige Strahlen brachen sich in der silbernen Schmuckdose, die auf dem Fensterbrett drapiert lag. Es war das Kürstück, mit dem sie ihre Meisterprüfung bestanden hatte. Ihr Vater war so stolz gewesen, dass er es an einen gut sichtbaren Platz gestellt hatte, damit er es immer bewundern konnte. Und weil Feli seit dem Tod ihres Vaters in der Werkstatt nichts verändert hatte, war sie es nun, die es jeden Tag sah. Leider, denn es erinnerte sie daran, wie lange es her war, dass sie etwas geschaffen hatte, das jemand schön genug fand, um es niemals aus den Augen lassen zu wollen.

Sie ließ sich auf ihren Stuhl fallen, der wieder über den Boden kratzte. Erneut ging ein Schauer durch ihren Körper. Direkt vor der Werkbank sammelten sich auf dem Boden die Schrammen und auch zu den alten Dellen in der hölzernen Arbeitsplatte gesellten sich immer neue. Manche stammten von ihr, andere von ihrem Vater. Der Gedanke, dass Spuren von ihm zurückgeblieben waren, obwohl er fort war – und sollten es nur Einkerbungen in seiner Werkplatte sein –, beruhigte sie.

Normalerweise. In diesem Moment half es nicht.

Sie starrte die Ringbox an, dann wandte sie sich ihrem Laptop zu. Sie hätte schwören können, eben das verheißungsvolle *Pling* gehört zu haben, das die Ankunft einer neuen E-Mail ankündigte.

Doch die neuste Nachricht stammte noch immer von ihrer Großtante, die ihr in unnötig komplizierten Worten und in einem fast unhöflich langen Text erklärt hatte, warum sie ihr kein Geld leihen konnte.

Ein einfaches Nein hätte es auch getan, hatte Feli frustriert gedacht, als sie die Mail vor einem Monat geöffnet hatte. Aber ihre Großtante Mathilda beließ es nie beim Wort *einfach*. Das passte nicht zu ihrer exzentrischen Kleidung und noch exzentrischeren Persönlichkeit, die sie sich nur leisten konnte, weil sie ihren letzten Ehemann – Feli hatte aufgehört zu zählen, wie viele es gewesen waren – gut beerbt hatte.

Feli hatte all ihren Stolz herunterschlucken müssen, um nach Hilfe zu fragen. Doch sie hatte keine erhalten. Dass diese E-Mail immer noch so präsent an oberster Stelle in ihrem Posteingang stand, diente als Erinnerung daran, dass sie nie wieder um Almosen bitten würde.

Feli hoffte, dass sie das auch gar nicht mehr nötig haben würde. Sie wartete auf gute Neuigkeiten. Und sie hatte sich eingeredet, dass das *Pling*, auf das sie so sehnsüchtig wartete, nur diese bringen konnte. Der Ton passte einfach nicht zu schlechten.

Doch all diese Gedanken änderten auch nichts an ihrem aktuellen Problem.

Frustriert schnaufend und sehr widerwillig wandte Feli sich dem Verlobungsring zu. Sie hatte ihn noch nicht aus der Box geholt, und sie sträubte sich dagegen, ihn zu berühren.

Aber würde sie diesem Impuls nachgehen, einfach den

Deckel des Kästchens zuzuschlagen und ihn möglichst weit von sich wegzulegen, müsste sie sich eingestehen, wie sehr seine Existenz sie verletzte. Und das wollte sie ganz sicher nicht.

Also nahm sie all ihren Mut zusammen und griff so schnell in die Schatulle, als würden giftige Schlangen den Ring bewachen.

Kaum spürte sie das dünne kalte Metall unter den Fingerspitzen, beruhigte sich ihr Herzschlag. Sobald sie sich ihrer Arbeit widmete, wurden ihre Handflächen wieder trocken und ihre Bewegungen präziser. Sie hatte vielleicht keine Ahnung von Liebe, weshalb ihr niemand auf Knien einen Ring anbot. Aber sie hatte Ahnung von Schmuck, und deswegen vertraute man ihr kleine Schätze wie diesen an, Ringe, die nicht für sie bestimmt waren und die ohne sie doch nutzlos wären.

Geübt und routiniert vermaß sie das Schmuckstück, schnitt dann einen Teil heraus und schweißte die Enden wieder zusammen. Der Vorgang war sehr simpel, und schon nach fünfzehn Minuten war sie fertig.

Sie betrachtete den Ring von allen Seiten. Eigentlich sollte sie ihn einfach in der Box verschwinden lassen. Doch sie tat es nicht. Stattdessen machte Feli etwas, das sie nur eine halbe Sekunde später sofort bereute. Sie schob sich den Ring auf den Ringfinger. Hatte sie das eben wirklich getan? Schockiert starrte sie auf ihr Hand hinunter.

Irgendetwas hatte von ihr Besitz ergriffen. Das war die einzige Erklärung, die sie für diese leichtsinnige Handlung fand.

»Was ist nur los mit mir?«, flüsterte sie in die leere

Werkstatt hinein, wie sie es manchmal tat, wenn sie den ganzen Tag allein an der Werkbank verbracht hatte, ohne mit einem anderen Menschen geredet zu haben.

Ihre Hand, die sonst genauso wie ihr ganzer Körper schmucklos war, sah mit dem Ring so seltsam aus. So falsch. Feli stellte Schmuck her, sie trug ihn nicht. Und schon gar nicht dieses Schmuckstück, egal, wie sehr sie sich in ihren Träumen danach gesehnt hatte.

Eilig wollte sie den Ring abnehmen und zurück in seine Schatulle stecken.

Aber er bewegte sich nicht.

Sie wurde gröber.

Keine Veränderung.

Der Ring saß fest auf ihrem Finger, der offensichtlich dicker war als der von Felix' Verlobter – was sie anhand der Maße gewusst hätte, wenn sie auch nur eine Sekunde nachgedacht hätte. Und ihre fehlende Besonnenheit und Emilias schmalere Finger waren für Feli nur weitere Erklärungen, warum Felix ihr nach zwei Jahren Beziehung einen Antrag gemacht hatte und Feli auch nach acht Jahren nicht.

Sie riss an ihrer Hand, aber ihre Haut pochte nur schmerzhaft. Auch als sie hektisch zum Waschbecken hechtete, Seife auf ihre Hand rieb und wieder zog, blieb der Ring, wo er war.

Und in dem Moment erklang das Windspiel über der Tür.

»Felicitas«, rief Birgit erneut in ihrem typischen Singsang.

Nun brach ihr der Schweiß aus.

»Ich bin noch nicht ganz fertig«, rief sie hastig in den Laden hinein, während sie ihre Hände abtrocknete. »Gebt mir bitte noch einen Moment.«

»Okay, dann gehen wir noch zum Supermarkt. Bis gleich.«

Das Windspiel erklang erneut. Sie waren weg. Aber nicht für lange. Sie musste handeln, und zwar schnell.

Ihr Körper übernahm die Kontrolle, weil ihr panischer Verstand das nicht mehr konnte.

Sie sprintete auf die Eingangstür zu, während sie die linke Hand in ihrer Hosentasche verbarg.

In letzter Zeit lief mehr falsch, als sie ertragen konnte.

Sie würde vielleicht ihren Laden verlieren. Ihr kleiner Bruder ließ sie all die Arbeit machen und tauchte meist, so wie heute, nicht einmal auf. Sie hatte nichts Besseres zu tun, als sehnsüchtig auf diese eine bestimmte Mail zu warten. Und jetzt hatte sich ihr Ex-Freund, ihre große Liebe, verlobt und sie sollte den Ring anpassen, von dem sie so lange geträumt hatte – der Ring, der jetzt an ihrem Finger steckte und sich nicht mehr entfernen ließ.

Das alles war schon Demütigung genug, er durfte ihn nicht auch noch an ihrem Finger finden.

Sie versuchte den Laden mit zitternden Fingern abzuschließen, aber da sie Linkshänderin war, gelang es ihr nicht auf Anhieb, den Schlüssel ins Schloss zu stecken. Aber sie würde alles tun, nur nicht den Ring auf offener Straße herausholen. Sie wusste, dass man in dieser Stadt immer beobachtet wurde.

Endlich klickte das Schloss. Sie rannte drei Läden weiter und platzte in »Gelsas Modegeschäft«. Es war ein unglaublich unkreativer Name, aber sie schätzte Gelsa für ganz andere Qualitäten.

Feli mochte, dass der Laden nach Farben sortiert war. Rechts warteten grelle Farben wie Gelb, Orange und Rot auf die Kunden. Links waren die Stoffe gedeckter. Grün- und

Blautöne ließen Feli an Urlaube in Irland denken, mit den endlosen Wiesen und dem noch endloser erscheinenden Meer, obwohl ihr letzter schon viel zu lange her war.

Normalerweise lief Feli, wenn sie Gelsa besuchte, erst mal die Kleiderstangen ab und ließ ihre Finger sanft über die Stoffe gleiten. Sie mochte das Gefühl von weicher Wolle und fließender Seide auf der Haut fast so sehr wie kaltes Metall zwischen ihren Fingerspitzen. Aber nur fast.

Heute ließ Feli das Ritual ausfallen und sprintete weiter in den Laden hinein, aus dem Gelsas Stimme drang. Zwei Stufen führten hinauf zu den Umkleiden, Feli stolperte und landete fast auf dem frisch polierten Fußboden. Sie rappelte sich schnell wieder auf und lief weiter.

Der Vorhang einer Umkleidekabine war zugezogen. Gelsa stand davor und unterhielt sich mit einer Kundin durch den dünnen Stoff. Wie so oft trug sie ihre schwarzen Haare – Feli wusste seit Jahren, dass sie gefärbt waren, auch wenn Gelsa vehement das Gegenteil behauptete – mit einer Haarspange zusammengesteckt. Um sie herum schwang ein farbenfrohes, wild gemustertes Kleidungsstück, das sich nicht ganz entscheiden konnte, ob es eine Bluse oder ein Kleid sein wollte. Feli bezeichnete die Klamotten ihrer Freundin immer als *Flatterkleidung*. Als sie sich kennengelernt hatten, war diese Umschreibung eine versteckte Beleidigung gewesen. Heute war es liebevoll gemeint. Deswegen brachte sie Gelsa damit inzwischen zum Lächeln.

»Frau Kowalski, ich sage Ihnen, Sie sollten es noch mal in einer Größe größer probieren. Dann fällt die Bluse besser.« Gelsa klang gezwungen freundlich. Den Satz sagte sie wohl nicht zum ersten Mal.

»Ich bin doch keine Größe 44, Gelsa.« Der empörte Ausruf drang deutlich hörbar aus der Umkleide.

»Bei der Marke fallen die Größen viel kleiner aus«, versicherte Gelsa.

Als Feli japsend Luft holte, wandte sie sich ihr endlich zu. Gelsa setzte an, Feli zu begrüßen, doch die schüttelte vehement den Kopf. Frau Kowalski war die größte Klatschtante von allen. Sie durfte niemals erfahren, was gerade auf der anderen Seite des Vorhangs vor sich ging.

Aber Gelsa musste es wissen, damit sie ihr helfen konnte.

Also zog Feli zögerlich die Hand aus der Hosentasche und hielt den Ring in die Höhe.

Gelsas mit Kajal umrahmte Augen weiteten sich.

O mein Gott, formte sie stumm mit ihren roten Lippen.

Feli nickte heftig.

O mein Gott, wiederholte Gelsa wortlos, obwohl sie ja nicht einmal das Ausmaß der demütigenden Story hinter dem Ring kannte.

Feli nickte immer noch heftig. Dann versuchte sie, den Ring abzuziehen, der immer noch stur stecken blieb.

Gelsas Augen wurden noch größer.

In dem Moment wurde der Stoff der Kabine schwungvoll zur Seite geschoben. Feli steckte ihre Hand schnell wieder in ihre Hosentasche.

Frau Kowalski trat in einer Bluse heraus, deren Knöpfen definitiv zu viel Standhaftigkeit abverlangt wurde, und drehte sich zum Spiegel. Dann erblickte sie Feli und verzog mitleidig das Gesicht.

Wieso wurde sie heute ständig so angesehen? Es machte sie wütend.

»Felicitas«, sagte Frau Kowalski, die für ihre Eitelkeit bekannt war, aber zu schlechten Geschmack hatte, um diese auch richtig einzusetzen. Sie drehte sich vor dem Spiegel und Feli wartete nur darauf, dass der Knopf, der über ihrer Oberweite ruhte, der Belastung nicht mehr standhalten konnte, sich wie ein Geschoss vom Stoff löste und durch den Laden flog. Bei ihrem Glück würde er zielsicher in ihrem Auge landen.

»Hast du die Neuigkeiten schon gehört?« Sie sprach es so aus, als wollte sie Feli die Nachricht nicht überbringen. Aber Feli kannte sie lang genug, um zu wissen, dass Frau Kowalski nicht ganz so insgeheim darauf gehofft hatte, es ihr erzählen zu können.

»Was denn?«, fragte Feli, weil sie nur wollte, dass Frau Kowalski so schnell wie möglich wieder in der Kabine verschwand, damit sie Gelsa um Hilfe bitten konnte.

»Ach, du Arme. Es tut mir so leid, dass du es so erfahren musst.«

Manchmal fragte Feli sich, was wohl geschehen würde, wenn sie nicht mehr nach der Schrittfolge tanzte, die in dieser Stadt vorgegeben war, sondern einfach sagte, was sie dachte, und nicht, was von ihr erwartet wurde. Aber ihre Vorstellungskraft reichte nicht aus, um sich ausmalen zu können, was das Ergebnis wäre. Und so einer Ungewissheit wollte sie sich nicht stellen. Schon gar nicht in diesem Moment. Ihre Hände schwitzten so stark, dass sie fast wagte zu hoffen, der Schweiß würde ihr den Ring vom Finger spülen. Natürlich tat er ihr den Gefallen nicht. Er drückte ihr nur immer weiter die Blutzufuhr ab. Würde sie vielleicht auch noch ihren Finger verlieren?

Sie ermahnte sich, sich nicht hineinzusteigern. Das Einzige, was sie drohte zu verlieren, war ihre Selbstachtung.

Frau Kowalski seufzte, kam auf sie zu und ergriff die Hand, die Feli nicht vor ihr versteckte. Ihr rechtes Augenlid hing ein bisschen tiefer als das linke. Lippenstift klebte an ihrem Schneidezahn. Ihre Nägel hatten den gleichen Rotton wie Felis Lieblingskaffeetasse. All das zählte Feli in ihrem Kopf auf, um nicht noch panischer zu werden.

»Meine liebe Felicitas, Felix hat der reizenden Emilia gestern einen Heiratsantrag gemacht, und sie hat angenommen.«

Über Frau Kowalskis Schulter fing Feli Gelsas Blick auf. Ihre Augen zuckten zu Felis Hosentasche und dann wieder zu ihrem Gesicht. Ihre Augen weiteten sich noch mehr.

Feli nickte kaum merklich.

Gelsa hatte den Ernst der Lage verstanden.

»Frau Kowalski, probieren Sie doch noch die weiteren Kleidungsstücke an. Wäre es okay, wenn ich mir kurz Zeit nehme, um meine Freundin zu trösten?«

Unter allen anderen Umständen hätte Feli sich über so eine Aussage aufgeregt. Aber solang es dafür sorgte, dass Frau Kowalski nichts vom Ring erfuhr, konnte sie damit leben, dass sie in der Stadt herumerzählte, wie sehr die Nachricht von Felix' Verlobung sie aus der Bahn geworfen hatte.

»Natürlich, natürlich.« Frau Kowalski drückte noch mal ihre Hand und ließ sie dann endlich los. »Das verstehe ich natürlich.« Damit zog sie sich hinter den Vorhang in die Kabine zurück.

Da stand Gelsa auch schon vor Feli und zog ihre linke Hand aus ihrem Versteck.

»O mein Gott«, flüsterte sie diesmal, aber so leise, dass es Frau Kowalski hoffentlich nicht hören konnte. Dann rief sie laut. »Ich gehe kurz mit Feli ins Lager. Sie braucht Taschentücher.«

»Natürlich, natürlich«, kam es nur aus der Kabine. Dieses Detail würde morgen jeder wissen. Feli warf Gelsa einen bösen Blick zu, doch diese ignorierte es und zog sie bereits durch die Hintertür in ihr kleines Büro, in dem sich die Unterlagen in unbeschrifteten Ordnern bis zur Decke stapelten. Gelsa würde eines Tages von ihnen erschlagen werden und so ihr Ende finden – davon war Feli überzeugt.

»Wie ist das passiert?«, fragte Gelsa und begann ohne Umschweife an dem Ring zu zerren. Es tat weh, aber Feli beschwerte sich nicht. Gelsa durfte auch Hautschichten abreißen, wenn sie den Ring nur endlich abbekam.

»Birgit und Felix kamen vorhin in den Laden, damit ich den Ring anpasse. Anscheinend war er Emilia zu groß«, erklärte Feli und schnaubte. »Sie hat offensichtlich grazilere Finger als ich.«

Dieser Fakt hatte sich mit Widerhaken in ihrem Gehirn festgesetzt und ließ sich nicht mehr abschütteln. Immer wieder spuckte ihr Kopf andere Worte aus, um die Finger einer Frau zu beschreiben, die Feli nur von weitem kannte. Grazil, graziös, schmal, filigran, elegant ...

Alles, was sie nicht war.

»Sie wollten, dass du ihren Verlobungsring anpasst?«, entfuhr es Gelsa ein bisschen zu laut. Hoffentlich war Frau

Kowalski immer noch damit beschäftigt, sich im Spiegel zu bewundern und hatte es nicht gehört.

»Ja.« Feli biss sich auf die Innenseite ihrer Wange, als Gelsa besonders grob zog. Sie schmeckte Blut auf der Zunge.

»Frechheit.« Gelsa schüttelte den Kopf und einige dunkle Strähnen lösten sich aus ihrer Spange, die nicht mehr besonders fest in ihren Haaren saß. »Wer macht denn so was? Es ist so, als würde sich die Verlobte meines Ex-Freundes hier ein Hochzeitskleid bestellen. Ich würde ihr die Meinung sagen und sie direkt wieder rausschmeißen.«

Nun, diese Situation war äußerst unwahrscheinlich, denn ihr letzter Freund war Felis Vater gewesen, und sie hatten ihn erst gemeinsam gepflegt und dann gemeinsam beerdigt. Aber darauf wies Feli ihre Freundin nicht hin.

»Aber natürlich hast du sie nicht rausgeschmissen.«

»Natürlich nicht«, sagte Feli trocken. Manchmal wünschte sie sich, sie könnte ein Mensch sein, der Leute einfach aus seinem Laden warf. Aber allein beim Gedanken wurde ihr ein bisschen übel. Für so viel Selbstbestimmung würde ihr wohl immer der Mut fehlen.

»Und dann hast du ihn anprobiert«, führte Gelsa weiter aus, schnappte sich einen Faden, fädelte ihn unter den Ring und versuchte, ihn so zu überreden, Feli endlich loszulassen. Aber das Metall ließ einfach nicht mit sich verhandeln. Es blieb weiterhin hartnäckig, wo es war, als würde ihm Felis Finger gut gefallen.

»Na ja, ich habe ihn erst enger gemacht und dann probiert. Es war eine beschissene Idee. Ich weiß«, sagte Feli gehetzt, dabei stand sie still an der gleichen Stelle und konnte sich kaum rühren. »Ich habe keine Ahnung, was in mich gefahren ist. Ich habe nicht darüber nachgedacht. Auf einmal saß er auf meinem Finger, der viel dicker ist als ihrer.«

Gelsa warf ihr einen vielsagenden Blick zu, der ihr zu verstehen gab, dass sie aufhören sollte, sich an diesem Detail festzuklammern. Aber, wenn es etwas gab, das Feli nicht gehen lassen konnte, dann waren es Details.

»Schmale Finger sind ein Zeichen für einen schlechten Charakter«, meinte Gelsa fachmännisch, spuckte sich in die Hand und versuchte, den Ring so zu lösen. Es gab nur einen Menschen auf der Welt, den Feli nicht hassen würde, wenn er seine Spucke so selbstverständlich auf ihrer Hand verteilte, und dieser stand vor ihr. Sie hatten zu viel miteinander durchgemacht, als dass sie so etwas stören würde.

»Wer sagt das?«

»Ich«, entgegnete Gelsa auf diese selbstverständliche Art, die nur sie zustande brachte.

Feli entfuhr ein Lachen. Es war schrill, aber danach fühlte sie sich zumindest ein bisschen weniger verzweifelt.

»Dann muss es ja stimmen.«

»Richtig.« Gelsa stemmte die Arme in die Hüften. »Wir brauchen Butter.«

»Butter?«

»Butter!«, bestätigte sie und verließ das Büro. Feli folgte ihr verdattert. Was hätte sie sonst tun sollen?

»Frau Kowalski«, rief Gelsa durch den Laden.

»Ja, Liebes?«

»Wir verschwinden kurz im Supermarkt. Feli braucht mehr Taschentücher. Ich bin gleich zurück.«

Feli rammte ihr den Ellbogen in die Seite, aber weil Gelsas

weite Kleidung so wenig Aufschluss darüber gab, wo ihr Körper wirklich anfing, verfehlte Feli ihre Freundin.

»Natürlich. Natürlich.«

Gelsa hakte sich bei Feli unter und trat auf die Straße. Den Ring hatte Feli längst wieder in der Hosentasche versteckt.

»Dass ich in Tränen ausgebrochen bin, wird sich morgen jeder erzählen.«

»Besser als die Wahrheit«, meinte Gelsa schlicht.

Feli verzog das Gesicht, aber sie wusste auch, dass Gelsas Pragmatismus eine ihrer besten Eigenschaften war.

Als ihr Vater sich damals in eine Frau verliebt hatte, die nur zehn Jahre älter als sie selbst war, hatte Feli entschieden, dass sie sie nicht leiden konnte, bevor sie sie überhaupt getroffen hatte. Sie hatte sich nie die Mühe gemacht, ihre Abneigung vor Gelsa zu verstecken. Doch als ihr Vater krank geworden und Gelsa nicht von seiner Seite gewichen war, hatte sie begonnen zu verstehen, wie loyal sie war, wie sehr sie ihren Vater geliebt und glücklich gemacht hatte und dass es nicht an ihrem Alter gelegen hatte, dass sie sie nicht mochte, sondern einfach an der Tatsache, dass sie nicht ihre Mutter war.

Die elektronische Glocke über der Ladentür klingelte, sobald sie den kleinen Supermarkt betraten, und fast in der gleichen Sekunde ertönte auch die Stimme ihres Besitzers.

»Felicitas, Gelsa, habt ihr schon gehört?«, fragte Herr Meyer.

»Jaja«, machte Gelsa nur und zog Feli weiter.

Felis Vater hatte Herrn Meyer immer nur den Schlau-meyer genannt – natürlich nur hinter seinem Rücken –, weil er nichts lieber tat, als allen Leuten, die ihn nicht schnell genug unterbrachen, die Welt zu erklären. Das hatte Feli als kleines Kind unheimlich lustig gefunden. Dieser Spitzname, den nur ihr Vater und sie kannten, war ihr wie ein Geheimnis vorgekommen.

Wie so oft, wenn sie an einen Spruch ihres Vaters dachte, lächelte Feli auch jetzt, als wäre er noch hier und hätte ihn gerade erst ausgesprochen. Und wie so oft erstarb ihr Lächeln, sobald ihr klarwurde, dass sie nur noch an die Dinge denken konnte, die er bereits gesagt hatte, und dass niemals neue Aussagen hinzukommen würden, weil er sich keine mehr ausdenken konnte.

»Butter, Butter, Butter«, murmelte Gelsa vor sich hin und ging vorm Molkereiregal in die Hocke. Einige vegane Lebensmittel standen hier. Aber Herr Meyer hatte sich lange gegen deren Einführung gewehrt. Er meinte, es sei ihm suspekt, Milch von etwas zu trinken, das nicht gemolken werden konnte. Gelsa hatte ihn aufgezogen und entgegnet, dass er ja gar nicht wisse, ob die Mandeln nicht doch gemolken wurden. Feli war sich sehr sicher, dass Herrn Meyer seither Albträume von Mandeln mit Zitzen heimsuchten. Auch das war eine Macke von ihr. Sie stellte sich gern vor, dass die Menschen um sie herum spannender waren als in Wirklichkeit.

»Hier!«, rief Gelsa aus und zog Feli weiter zur Kasse.

Da erstarrte sie wieder, obwohl sie das ja eigentlich nicht mehr tun wollte.

Felix und seine Mutter standen im Gang mit den Backartikeln und schienen über Vollmilchschokolade zu diskutieren.

Feli riss sich von Gelsa los, machte schnell einen Schritt zurück und duckte sich hinter das Regal mit den Tampons.

Genau in dem Moment drehte Birgit sich um. »Gelsa, hallo«, begrüßte sie ihre Freundin, die auf einmal allein an der Kasse stand.

»Hallo.« Feli hörte das Zögern in ihrer Stimme deutlich.

»Hast du die frohe Kunde schon gehört?«

»Man kann ihr ja heute kaum entkommen.«

Feli musste sich ein Lachen verkneifen, weil es sie verraten hätte.

»Was holst du dir denn Schönes?«, fragte Birgit, als hätte sie gar nicht erkannt, dass Gelsas Aussage nicht nett gemeint war.

»Mittagessen.«

»Nicht gerade ausgeglichen, oder?«

»Isst du Butter nicht pur? Ich kann es dir sehr empfehlen. Seitdem ich das mache, fühle ich mich um mindestens ein Jahrzehnt jünger.«

Felis Beine begannen zu schmerzen, und erst jetzt bemerkte sie, dass sie die ganze Zeit gehockt hatte, obwohl das gar nicht nötig war, da das Regal sowieso größer war als sie.

»Na dann, hab noch einen schönen Tag.«

Die beiden Frauen an der Kasse verabschiedeten sich. Feli konnte sogar die schmatzenden Geräusche hören, die Gelsa immer machte, wenn sie gespielt freundliche Küsschen in die Luft verteilte.

Feli verharrte an der Stelle, bis Birgit sich auch überschwänglich bei Herrn Meyer verabschiedet hatte und die Ladenklingel abermals ertönte. Erst dann traute sie sich aus ihrem Versteck.

»Hab noch einen schönen Tag«, rief ihr der alte Ladenbesitzer nach, als sie die Tür öffnete. Auch er schenkte ihr ein mitleidiges Lächeln.

Sie blickte gehetzt zu allen Seiten, während sie die Fußgängerzone überquerte. Birgit und Felix waren nirgendwo zu sehen. Mit einem erleichterten Seufzen erreichte sie ihren Laden. Er war nicht mehr abgeschlossen, doch darüber wunderte sie sich nicht. Gelsa hatte einen Schlüssel.

Als sie die Werkstatt betrat, wartete ihre Freundin bereits auf sie.

»Finger her«, forderte sie.

Feli kam dem Befehl einfach nach und verzog nur das Gesicht, während ihre Freundin die Butter ein bisschen zu großzügig auf ihrem Finger und dann auf ihrer ganzen Hand verteilte.

Fragend hob sie die Augenbrauen.

»Wir müssen hier schon alle Geschütze auffahren«, meinte Gelsa schulterzuckend. Dann zog sie wieder an dem Ring. Die Geräusche, die das hervorrief, ließen Feli an Gummistiefel denken, die im Matsch stecken bleiben.

Und dann erklang abermals das Windspiel und verkündete wie so häufig an diesem Tag nur Unheil.

»Felicitas.«

Inzwischen war sie richtig genervt davon, wie ihre Niemals-Schwiegermutter ihren Namen aussprach. Sie könnte es machen, wie jeder andere Mensch es auch tat. Sie war keine Opernsängerin, die eine Bühne betrat.

»Einen kleinen Moment noch«, rief sie zurück und sah Gelsa fragend an.

Die nickte, biss die Zähne zusammen und zog noch härter. Der Ring bewegte sich.

»Dauert das wirklich so lange?«, drang es aus dem Laden.

»Mach es selbst, wenn du es besser kannst«, murmelte Feli in sich hinein, und Gelsa prustete leise.

»Hast du was gesagt?«

»Nein, nein«, rief Feli zurück und unterdrückte einen Schmerzenslaut, als der Ring sich endlich löste und über das Fingergelenk flutschte. Gelsa stolperte zwei Schritte rückwärts, konnte sich aber noch fangen, bevor sie polternd im Regal landete.

Schnell lief Feli zum Waschbecken und versuchte, ihre Hand und auch den Ring vom Fett zu befreien. Eine Schicht blieb zurück, egal, wie fest sie schrubbte.

Einmal atmete sie tief durch, dann gab sie auf, trocknete ihre Hände und trat in den Laden.

»Hier«, sagte sie und reichte Felix den Ring mit der rechten Hand, damit er nicht sehen konnte, wie rot der Ringfinger ihrer Linken war.

Er nahm ihn entgegen, und er fiel ihm fast sofort wieder aus der Hand.

»Er ist rutschig«, kommentierte er, und Feli hätte am liebsten mit *Ach, was du nicht sagst* geantwortet, aber sie konnte es sich gerade noch verkneifen.

»Das liegt an den Ölen, die ich beim Ändern benutze.« Sie hätte schwören können, dass sie ein unterdrücktes Lachen aus ihrer Werkstatt vernahm.

»Interessant«, meinte er nur. Hätte er ihr in acht Jahren Beziehung jemals richtig zugehört, wenn sie von ihrer Arbeit gesprochen hatte, wäre ihm klar gewesen, dass sie log.

Birgit bezahlte, und Feli nahm das Geld an, weil sie es brauchte, obwohl sie es am liebsten gleich wieder verbrennen würde. Sie schob die Box über den Tresen, damit Felix den Ring wieder hineinstecken konnte, und dann wandten sie sich endlich zum Gehen.

»Ich habe noch was vergessen«, entfuhr es ihr, da hatten die beiden die Tür fast erreicht. Sie hatte keine Ahnung, was sie damit erreichen wollte. Zwei Augenpaare sahen sie erwartungsvoll an, und ihre Hände wurden wieder feucht.

Feli spürte, wie ihr Lächeln langsam zu Stein erstarrte und drohte von ihren Lippen zu bröckeln, deswegen sagte sie die Worte, bevor sie es nicht mehr konnte. »Herzlichen Glückwunsch.«

Felix erwiderte das Lächeln bestimmt genauso gequält. *Mitleid* schienen die Fältchen um seine Lippen zu buchstabieren. »Danke«, erwiderte er.

Dann ertönte endlich das Windspiel, und sie waren fort.

»Ich hätte ihnen nicht gratuliert«, meinte Gelsa, als sie aus der Werkstatt trat.

»Doch, hättest du.«

»Ja, hätte ich«, gab sie zu. »Aber ich möchte mir vorstellen, ich hätte es nicht getan.«

Ein *Pling* ließ Feli zusammenzucken.

Gelsa und sie wechselten einen vielsagenden Blick. Der Moment war gekommen. Mit zittrigen Beinen lief Feli in die Werkstatt und ließ den Bildschirm ihres Laptops aufleuchten.

Großtante Mathilda stand nicht mehr ganz oben. Nun war der neuste Absender das Goldschmiede-Retreat in der

Toskana, von dem sich Feli erhoffte, dass es all ihre Probleme lösen würde.

Sie öffnete die Mail mit zitternden Fingern.

Liebe Frau Weber,

leider ...

Weiter las sie nicht, weil sie wusste, dass gute Neuigkeiten nie mit einem *leider* eingeleitet wurden.

Ein Windstoß ging durch den Laden, und der Stapel unbezahlte Rechnungen wackelte und fiel. Wie die Trümmer ihrer zerstörten Träume verteilten sich die Briefumschläge auf dem Werkstattboden.

Feli starrte sie an, weil sie den Anblick kleiner Details schöner fand als den des beängstigenden großen Ganzen.

Aber sie musste trotzdem erkennen, dass sie davor nicht länger fliehen konnte.

Kapitel 2

Feli war sich sehr bewusst, dass sich die Welt nicht um sie drehte. Und trotzdem hatte sie sich den ganzen Morgen über beobachtet gefühlt. Bei ihren Erledigungen in der Stadt schien ihr jeder nachgesehen zu haben. Immer wieder hatte sie gemeint, ihren Namen zu hören, der bedächtig geflüstert wurde. Erst hatte sie sich gefragt, ob sie noch Zahnpastaflecken auf der Wange hatte oder ähnliches. Als sie dann schließlich die Bäckerei Staubinger erreichte, hatte sie es endlich verstanden.

Wie jeden Morgen hatten dieselben drei Damen an den Stehtischen gelehnt, überteuerten Kaffee getrunken und die furchtbaren Croissants gegessen, die auch Feli immer wieder holte, obwohl sie viel zu trocken waren. Herr Staubinger hatte sie mitfühlend angesehen und ihr Fragen über Felix gestellt.

Da war es Feli aufgegangen. Es drehte sich vielleicht nicht die ganze Welt um sie, aber an diesem Tag zumindest die ganze Stadt. Ihre zwölftausend Bewohner hatten offensichtlich nichts Besseres zu tun, als sich über sie das Maul zu zerreißen. Niemand wusste, dass sie den für die zauberhafte

Emilia gedachten Ring anprobiert und dann nicht von ihrem offenslichtlich viel zu dicken Finger bekommen hatte. Aber das war nur ein kleiner Trost, weil alle wussten, dass Gelsa ihr Taschentücher holen musste und sie sich im Supermarkt vor Felix und seiner Mutter versteckt hatte.

Nach dem furchtbaren Gespräch mit Herrn Staubinger hatte sie die Bäckerei fluchtartig hinter sich gelassen, war in ihre Werkstatt geflohen und hatte sie seitdem nicht mehr verlassen. Das würde sich in naher Zukunft auch nicht mehr ändern.

Ausgerechnet heute schien ihr Bruder sich mal wieder bewusst geworden zu sein, dass auch er Goldschmied und Mitinhaber dieses Ladens war und war zur Arbeit erschienen. Dabei hätte sie heute ausnahmsweise nichts gegen einen einsamen Tag gehabt. Andererseits konnte er sich gern mal um alle Kunden kümmern – falls überhaupt welche kamen –, während Feli in ihrer Werkstatt blieb.

Jetzt saß sie an der Werkbank und starrte auf den Bildschirm ihres Laptops. Nachdem sie Gelsa gestern wieder aus dem Laden gescheucht und zu ihrer Kundin zurückgeschickt hatte, hatte sie sich einen Ruck gegeben und den Tatsachen gestellt. Seitdem hatte sie die Mail schon so oft gelesen, dass sie sie beinahe auswendig aufsagen konnte. Und obwohl sie inzwischen längst eingesehen haben sollte, dass das ihre Laune sicherlich nicht heben würde, las sie sie abermals.

Sehr geehrte Frau Weber,

leider können wir Sie nicht zu unserem Retreat im nächsten Frühling einladen.

Da uns jedes Jahr Hunderte Einsendungen erreichen,
müssen wir stets eine Auswahl treffen. Wir bedanken
uns dennoch für Ihr Interesse an unserem Angebot und für
Ihre Bewerbung.
Ihre Arbeit war gut, konnte sich aber letztendlich nicht
gegen die Konkurrenz durchsetzen.
Wir wünschen Ihnen ganz viel Erfolg auf Ihrem
beruflichen Weg und wollen Sie ermutigen, sich in Zukunft
gern wieder zu bewerben.

Mit freundlichen Grüßen
Isabella Marino

Feli hatte keine Ahnung, was sie jetzt tun sollte. Schon
mehrere Monate hatte sie die Miete des Ladens nicht mehr
bezahlt und war bisher nur noch nicht rausgeflogen, weil
der Vermieter gut mit ihrem Vater befreundet gewesen war.
Aber sie wusste, dass Mitleid allein sie nicht ewig über
Wasser halten würde – und das wollte sie auch gar nicht. Der
Stromanbieter würde noch weniger Gnade zeigen, wenn sie
in diesem Monat wieder zu spät die Rechnung beglich.

Ihr Bruder war auch keine große Hilfe. Der Laden gehörte
ihnen beiden, doch er schlief lieber aus, statt pünktlich
hier zu sein. Ließ Feli oft seine Schichten übernehmen –
mit Ausreden, die sie zwar durchschaute, aber gegen die
sie doch nie etwas sagte. Immer, wenn sie mit ihm einen
Plan ausarbeiten wollte, wie sie den Laden retten konnten,
waren ihm seine Verpflichtungen im Handballverein und
die Treffen in seiner Stammkneipe wichtiger.

Das Retreat in Italien hätte die Lösung sein sollen. Feli

hatte es schon vor Jahren auf Instagram entdeckt und verfolgte es seitdem. Die berühmte Schmuckdesignerin und Goldschmiedin Isabella Marino war ihr großes Vorbild. Ihr Schmuck war besonders und kaum mit Worten zu fassen, da sie ständig ihre Stilrichtung änderte und sich neu erfand. Sie war die Madonna unter den Goldschmieden.

Und sie schien ein toller Mensch zu sein – soweit Feli das aus der Ferne beurteilen konnte –, denn mehrmals im Jahr veranstaltete sie vierwöchige Seminare, um ihr Wissen mit anderen zu teilen.

Natürlich gab es viele renommierte Juwelierschulen weltweit, in denen man sich ohne Probleme anmelden konnte und ziemlich sicher einen Platz bekam. Doch diese kosteten auch einige tausend Euro pro Woche und wenn Feli die übrig hätte, hätte sie keinen Grund, zu so einer Schule zu fahren.

Das Retreat in der Toskana war etwas Besonderes. Die Workshops, den Aufenthalt, die Materialien – alles bezahlte Isabella Marino. Aber eben nur für diejenigen, die das Auswahlverfahren bestanden. Und diese Glücklichen konnten nicht nur von Isabella Marino selbst lernen, sondern auch von zahlreichen Gastdozenten. Bekannte und berühmte Goldschmiede und Designer arbeiteten mit den Teilnehmenden zusammen, und so hatte sich das Retreat zum Karrieresprungbrett schlechthin entwickelt.

Wer die Workshops in der Toskana absolviert hatte, kam mit guten Kontakten zurück, mit großen Kooperationspartnern und neuen Herstellungstechniken, die einem renommierte Mentoren beigebracht hatten. Ihr Schmuck zierte danach die Hälse, Ohren und Handgelenke von Stars auf der ganzen Welt. Bekanntheit und Renommee der Goldschmiede wuchs dank dieses Monats in Italien ins Unermessliche und sorgte für ausverkaufte Onlineshops und lange Listen mit Vorbestellungen.

Eine solche Gelegenheit hätte für Feli alles verändern können. Und sie hatte geglaubt, dass sie es schaffen könnte. Dass sie gut genug wäre, um eine Chance zu bekommen. Jetzt wusste sie es besser.

Sie sollte nach einer neuen Lösung suchen, doch sie konnte sich nicht rühren. Seit gestern Abend existierte für sie nur diese Mail und die Worte, die ihren letzten Funken Hoffnung hatten erlöschen lassen. Und das machte ihr Angst.

Obwohl sie sich über Kleinigkeiten wie halbvolle Chipstüten tagelang aufregen konnte, war sie im Angesicht von großen Ereignissen – positiv und negativ – immer ruhig geblieben.

Als ihr Vater die Krebsdiagnose bekommen hatte, hatte sie nicht geweint. Sie hatte es hingenommen, sich nicht darüber beschwert, dass sie es nicht ändern konnte, und sich darauf fokussiert, ihm die Zeit, die ihm blieb, so schön zu gestalten, wie sie konnte.

So war sie schon als Kind gewesen. Sie konnte sich gut an den Tag erinnern, an dem ihr Vater ihr erklärt hatte, dass ihre Mutter gar nicht im Urlaub war, sondern niemals zurückkehren würde. Sie hatte ihm aufmerksam zugehört. Sobald er fertig gewesen war, hatte sie nur genickt, ihre Schultasche genommen und war wie immer zur Schule gegangen, als wäre es ein Tag wie jeder andere gewesen.

Seitdem allerdings die Schließung des Ladens drohte, war auf einmal alles anders. Nun warfen sie alle Dinge aus der

Bahn – groß und klein, positiv und negativ. Dieser Ort hatte ihr in den schwersten Momenten ihres Lebens Halt gegeben. Und nun, da sie ihn zu verlieren drohte, schien der Boden, auf dem sie sonst so fest gestanden hatte, zu kippen. Und wenn sie fiel, wusste sie nicht, wo sie landen würde.

Das Windspiel an der Tür ertönte. Sie erhob sich nicht von ihrem Stuhl, obwohl bereits die überschwängliche Stimme von Frau Kowalski durch den Laden schallte. Ihre Kette hatte sie immer noch nicht repariert. Das Desaster mit dem Verlobungsring und die Absage von Isabella Marino waren dazwischengekommen. Aber um dieses Problem sollte sich heute ausnahmsweise mal Marlon kümmern, entschied sie. Doch wie zu erwarten gewesen war, stand er keine Minute später in der Werkstatt.

»Ich habe gesehen, dass die Kette, die du für Frau Kowalski reparieren solltest, immer noch nicht fertig ist«, stellte Marlon genervt fest.

»Hast *du* sie denn fertig gemacht?«, gab Feli zurück.

Die Frage überging er. »Du hattest doch nichts anderes zu tun. Warum hast du das nicht gemacht?«

Sie biss herzhaft in das viel zu trockene Croissant, das neben ihrem Laptop stand, und drückte sich damit um eine Antwort. Ihr Bruder verdrehte die Augen, machte auf dem Absatz kehrt und ging zurück in den Laden.

»Es tut mir leid, Frau Kowalski. Die Kette ist noch nicht ganz fertig«, sagte Marlon. »Meine Schwester kam gestern nicht dazu.«

»Ich wollte sie heute so gern tragen«, sagte Frau Kowalski jammernd, um dann aber verständnisvoll nachzuschieben, dass sie das »natürlich, natürlich« verstünde. Feli konnte den mitleidigen Blick, den sie dabei aufsetzte, förmlich hören. Zum Glück hatte sie sich keinen Zentimeter von ihrem Hocker bewegt. Auf Frau Kowalskis Mitleid konnte sie gut verzichten. Außerdem hatte Marlon auf ihre Kunden seltsamerweise einen guten Einfluss. Obwohl er so gut wie nie im Laden war, sahen die Bewohner dieser Stadt einen anständigen, arbeitstüchtigen Mann, wenn sie ihn betrachteten. Marlon hatte eine so positive Ausstrahlung, dass sie auch über seine eigentlich so offensichtlichen Fehler hinwegtäuschte. Nur Feli schien sie zu sehen.

Wieder musste sie an ihren Vater denken. Als sie ein kleines Kind gewesen war, hatte ihr Vater ihr die griechischen Sagen vorgelesen. Er hatte keine Lust mehr gehabt, immer wieder die Grimm'schen Märchen zur Hand zu nehmen. *Sie sind sowieso zu brutal für Kinder. Dann können wir auch gleich zu den Griechen wechseln*, hatte er gesagt. Deswegen wusste Feli alles, was es über Troja zu wissen gab. Die Situation mit Marlon ließ sie an Kassandra denken. Die Tochter des trojanischen Königs Priamos hatte vorausgesehen, dass das Trojanische Pferd den Untergang Trojas besiegeln würde. Doch niemand hatte ihr zugehört. Sie konnte hellsehen, aber niemand glaubte ihr. Das war ihr Fluch gewesen. Als Einzige – abgesehen von Gelsa – klar und deutlich zu erkennen, wie Marlon wirklich war und ihn trotzdem zu lieben, war Felis.

Sie schüttelte genervt über sich selbst den Kopf. Was war das schon wieder für ein verdammt dramatischer Gedanke. So etwas wäre ihr noch vor einem Jahr niemals in den Sinn gekommen.

Feli konzentrierte sich wieder aufs Hier und Jetzt, und lauschte, während Marlon Frau Kowalski charmant vertröstete und so galant zur Eingangstür eskortierte, dass sie gar nicht bemerkte, dass er sie eigentlich rausschmiss.

»Wieso bist du heute so griesgrämig?«, fragte er, als er wieder bei ihr an der Werkbank stand.

Feli überlegte, ob sie mit ihm über Felix reden sollte – er müsste es ohnehin schon wissen. Aber ihr Ex-Freund war nicht der einzige Grund, warum sie am liebsten direkt in ihr Bett kriechen und nie wieder hervorkommen würde.

»Ich wurde nicht genommen«, bekam sie hervor. »Ich kann nicht zum Retreat fahren.«

Marlons Miene wurde sofort liebevoll. Er war nicht der zuverlässigste Mensch, er war selbstbezogen und wirkte manchmal wie ein Mann, der sich nie dazu entschlossen hatte, richtig erwachsen zu werden. Aber er liebte Feli, und sein Mitgefühl war immer aufrichtig. Noch nie hatte er ihr gegenüber dieses schrecklich künstliche Mitleid geheuchelt. Deswegen konnte sie ihm alles andere verzeihen.

»Die Chancen standen ohnehin nicht gut.« Seine Worte ließen sie zusammenzucken. Sie wusste, dass er versuchte, sie zu trösten. Und trotzdem hörte sie, was hinter seiner Aussage mitschwang. *Du bist sowieso nicht gut genug. Es war klar, dass sie dich niemals nehmen würden.* Sie schluckte den Schmerz hinunter.

»Was machen wir denn jetzt?«, flüsterte sie.

Er tätschelte ihre Hand, vermutlich weil ihm nichts Besseres einfiel. Sein Gesicht sah ihrem Vater so ähnlich, dass sie manchmal erschrak, wenn er auf einmal auftauchte. Vor allem wenn er in der Werkstatt stand, in der ihr Vater sein ganzes Leben verbracht hatte, kam er Feli ein bisschen wie ein Geist vor. Er hatte die gleichen grünen Augen, den gleichen Schwung in den Augenbrauen und das gleiche volle braune Haar, das bei ihrem Vater am Ende ergraut war.

»Uns wird was einfallen«, versicherte er ihr, obwohl sie beide wussten, dass er auch keine Ahnung hatte, was sie tun sollten. »Aber als Erstes machst du die Kette fertig.«

»Hattest einen guten Tag, was?«, fragte Gelsa, als Feli nach Feierabend die Wohnung ihrer Freundin betrat und ihre Tasche und Jacke einfach in eine Ecke schmiss, statt beides an die Garderobe zu hängen.

Gelsa hatte einen großen Topf Spaghetti zubereitet, von denen manche verkocht und manche zu hart sein würden, und hatte zwei Flaschen Rotwein mit zwei großen bauchigen Gläsern auf den Tisch gestellt.

Gelsa wollte ihr Essen auftragen, doch Felis Magen war zu verknotet. Deswegen griff sie direkt zum Wein.

Ihre Freundin lachte. »Das ist wohl die einzig richtige Entscheidung. In diesem Raum ist nur das genießbar, was ich nicht selbst zubereitet habe.«

Feli goss die Gläser komplett voll, doch Gelsa beschwerte sich nicht, sondern prostete ihr einfach nur zu.

»Kannst du dich denn nicht fürs nächste Retreat bewerben?«, fragte Gelsa, die sofort wusste, dass Felis Gedanken in der Toskana festhingen und nicht an Emilias Ringfinger.

»Ich hatte mich für eines der zwei Retreats beworben, die in einem halben Jahr stattfinden. Es wäre schon eine Herausforderung gewesen, den Laden bis dahin am Laufen zu halten. Wenn ich mich jetzt noch mal bewerbe, und selbst wenn ich dann genommen werden sollte – wovon ich nicht ausgehe –, würde es erst in einem Jahr stattfinden. Das ist zu lang. Bis dahin sind wir pleite.«

So deutlich hatte sie die Wahrheit noch nie ausgesprochen. Feli schenkte sich nach, obwohl sie das Glas noch gar nicht ausgetrunken hatte. Aber ihre Hände brauchten Beschäftigung. »Wo ist dein Laptop?«

Gelsa zog kritisch die Augenbrauen zusammen, holte ihn aber, ohne es in Frage zu stellen. Feli öffnete ihn und gab den Namen des Retreats in die Suchmaschine ein.

Gelsa kommentierte es noch immer nicht. Das musste sie auch nicht. Feli wusste selbst, dass sie sich nur noch beschissener fühlen würde, wenn sie sich abermals das verlockende Angebot ansah. Aber sie konnte trotzdem nicht anders und öffnete die Webseite des Retreats. Sofort lächelten ihr ganz viele sehr glücklich aussehende Menschen entgegen.

Während Gelsa und Feli tranken, klickten sie sich durch die Bildergalerie.

Der Schmuck der Teilnehmer des letzten Retreats war so schön, dass Feli sofort wieder Minderwertigkeitskomplexe bekam. Der Anblick einer Villa unter der warmen Sonne der Toskana machte es auch nicht einfacher, sich mit der Niederlage abzufinden. Sie konnte es nur ertragen, weil der Wein ihr langsam zu Kopf stieg und Gelsa immer wieder Kommentare abgab, die sie, obwohl sie das gar nicht wollte, doch zum Grinsen brachten.

Sie öffnete die Lebensläufe der ehemaligen Teilnehmer.

»Die sind gerade mal Anfang zwanzig«, entfuhr es ihr. »Ich werde nächstes Jahr dreißig und was habe ich schon erreicht?«

Sie war Gelsa sehr dankbar, dass sie auf diese Frage gar nicht erst reagierte. Sie wollte keine falschen Bekundungen hören, dass sie doch auf ihre eigene Weise so unglaublich erfolgreich war. Alles hätte sich unehrlich angefühlt. Und Gelsa war nicht unehrlich. Nie zu Feli.

Sie knirschte mit den Zähnen. Das nächste Retreat begann schon nächste Woche. Leute, die vor einem halben Jahr die Mail erhalten hatten, auf die sie bis gestern noch gehofft hatte, packten gerade ihre Koffer, um nach Italien aufzubrechen. Obwohl sie sie nicht kannte, konnte Feli nicht verhindern, dass sie ihnen gegenüber tiefe Abneigung empfand. Und fühlte sich deshalb sofort noch erbärmlicher.

Sie scrollte weiter, nahm aber kaum noch wahr, was sie dort sah. Nur Fetzen blieben hängen. Die Stufen zur Villa, die in honigfarbenes Licht getaucht wurden. Ein langer Holztisch unter Bäumen. Ein süßer kleiner Dackel mit grauen Flecken um die braunen Augen, der über eine staubige Einfahrt rannte. Weinberge im Hintergrund.

Sie erreichte das Ende der Webseite und den Boden der Flasche. Gelsa öffnete einfach die nächste.

Dieser Moment erinnerte Feli schmerzhaft an einen anderen. Als ihnen klargeworden war, dass ihr Vater bald sterben würde, hatten sie auch nicht miteinander gesprochen. Sie waren zu Gelsa gegangen und hatten schweigend, aber doch gemeinsam getrunken. Bevor Feli an diesem Abend Gelsas Wohnung betreten hatte, waren sie noch keine Freundinnen gewesen. Als sie sie wieder verließ, waren sie es.

Ihr Verständnis füreinander lebte nicht in ausgeschmückten Worten, sondern in simpler Stille. Und Feli glaubte sowieso, dass die wichtigsten Dinge im Grunde simpel waren. Deswegen war ihr Schmuck auch nicht verschnörkelt, sondern schlicht. Hochwertig, kunstvoll, aber schlicht. Bis gestern hatte sie das für etwas Gutes gehalten.

Feli starrte auf den Namen, der sie wohl bis in alle Ewigkeit verfolgen würde.

Isabella Marino.

Darunter stand die Adresse der Villa und eine Telefonnummer.

»Ihre Arbeit war gut, konnte sich aber letztendlich nicht gegen die Konkurrenz durchsetzen«, murmelte sie unwillkürlich in sich hinein.

»Was?«, fragte Gelsa, die wohl auch davon ausgegangen war, dass Feli und sie sich wieder in die Stille hineinlehnen würden.

Aber auf einmal wollte Feli das gar nicht mehr. Vielleicht war ihr Schmuck zu schlicht und sie zu simpel. Und vielleicht war es in manchen Momenten besser laut, statt leise zu sein. Manchmal sollte man vielleicht schreien und nicht schweigen.

»Das stand in der Mail.« Sie seufzte. »Eine ausführlichere Erklärung habe ich nicht erhalten.«

»Frechheit«, rief Gelsa aus. Wenn sie angetrunken war, hörten sich ihre Worte an, wie unbedachte Gesten aussahen. Manchmal fürchtete Feli dann, sie würde mit ihnen teure Vasen oder andere zerbrechliche Gegenstände von Anrichten schmeißen.

»Sie haben nicht einmal gesagt, warum sie mich nicht wollen. Wie soll ich es denn dann schaffen, besser zu werden und bei der nächsten Gelegenheit Erfolg zu haben?«

»Überhaupt nicht«, meinte Gelsa. »Vielleicht wollen sie das auch gar nicht. Vielleicht sind sie böse.«

Sie zog das Ö in die Länge, was Feli zum Kichern brachte.

»Diese Floskeln haben bestimmt alle Bewerber erhalten, die nicht genommen wurden. Das ist doch unfair!«

»Ist es!« Gelsa verschüttete Wein, als sie nachschenkte. Die Tropfen, die von Gelsas Haut perlten, erinnerten Feli an die Edelsteine, die sie in die Kette eingesetzt hatte, die sie dem Retreat als Arbeitsprobe zugesendet hatte. Sie ließ ihren Kopf in ihren Nacken fallen, und leerte das Glas fast komplett in einem Zug. Danach fühlte sie sich zwar immer noch beschissen, war aber gleichzeitig auch wütend. Und auf einmal mutig.

»Ich meine, was bildet sich Isabella Marino ein? Hält sie sich etwa für was Besseres?«

»Bestimmt!«

Feli schnappte sich ihr Handy. »Ich werde da jetzt anrufen!«, verkündete sie.

»Tu das!«

Gelsa würde ihr nüchtern niemals so bedingungslos zustimmen. Das wusste Feli trotz ihrer Betrunkenheit.

»Ich habe eine Erklärung verdient!«

»Das hast du!«

»Ja!«

»Ja!«

Ihre Stimmen wurden immer lauter und ihre Überzeugung, das Richtige zu tun, immer größer.

Sie tippte die lange, italienische Nummer in ihr Handy und musste ein paarmal von neuem anfangen, da sie die falschen Ziffern erwischte. Dann dröhnte der Anrufton

drohend in ihrem Ohr. Eine Stimme in ihrem Hinterkopf
– vermutlich ihre Vernunft – wollte sie dazu bringen, aufzulegen. Sie versuchte, ihr vor Augen zu führen, dass die
Organisatorin eines renommierten Retreats natürlich keine
Zeit hatte, jede Absage zu begründen, und dass sie bei so
vielen Einsendungen nicht jedem zusagen konnte und dass
Feli sie nicht für ihre Probleme verantwortlich machen
konnte. Und vor allem, dass es viel zu spät am Abend war,
um die arme Frau zu stören.

Aber das wollte sie nicht hören. Sie wollte auch nicht
rational sein. Dass die Frau, die sie jahrelang bewundert
hatte, sie nur mit Floskeln abgelehnt hatte, schmerzte einfach zu sehr.

Und dann war es sowieso zu spät, um sich umzuentscheiden, denn am anderen Ende ertönte ein sonores »*Ciao.*«

Feli erstarrte einen Moment, weil sie nicht ganz verstand,
was vor sich ging. Sie hatte Isabella Marino angerufen. Aber
die Stimme, die aus ihrem Handy drang, war männlich.

Als sie nicht direkt reagierte, erklang die Stimme erneut.
Doch Feli verstand kein Wort. Erst verzögert realisierte sie,
dass der fremde Mann Italienisch sprach.

»Können Sie auch Englisch?«, brachte sie zögerlich hervor.

»*Sì*«, meinte der Mann. »Mit wem spreche ich?«

»Mit Felicitas Weber. Ich rufe wegen des Retreats an«,
brachte sie mit schwerer Stimme hervor. Sie stolperte über
jedes Wort, trotzdem war sie noch nicht bereit aufzulegen.
Dann würde sie einfach aufgeben. Und das wollte und
konnte sie nicht. Dieselbe Einstellung ließ es auch nicht zu,
dass sie den Laden schloss, obwohl ihr viele Menschen –
Gelsa eingeschlossen – vermutlich dazu raten würden.

»Perfekt. Isabella hatte schon Angst, dass sich niemand mehr meldet. Sie können sich gar nicht vorstellen, wie erleichtert ich gerade bin«, sagte der fremde Mann mit italienischem Akzent.

Feli stockte. Diese Sätze passten nicht zu der Wut, die sie zu diesem Anruf getrieben hatte. Sie wollte nicht mit einem Mann reden, dessen Aussagen sie nicht verstand, sondern mit Isabella Marino, die sie für all ihre Sorgen verantwortlich machte.

»Kann ich mit Frau Marino sprechen?«, bat sie also besonders gelassen. Sie wollte sich ihre Wut für die berühmte Schmuckdesignerin aufheben. Auch nur einen Teil davon an die falsche Person zu verschwenden, kam ihr nicht richtig vor.

»Sie ist gerade nicht hier, aber das können auch wir klären. Ich helfe ihr immer mal wieder aus.« Seine Stimme war dunkel und ruhig, und bevor Feli etwas erwidern konnte, sprach er auch schon weiter. »Dass wir keinen Ersatz gefunden haben, hat uns sehr viele Kopfschmerzen bereitet. Nächste Woche geht es schon los und die Position war immer noch nicht besetzt. Isabella hat sich so viele Sorgen gemacht.«

Felis Herz schlug in ihrem Hals. Konnte es wirklich möglich sein, dass sie doch noch einen Platz beim Retreat erhalten hatte?

»Also sind Sie dabei?«, fragte der Fremde.

Feli fühlte sich, als wäre sie in einem Traum gelandet. Das Leben war nicht so leicht. Dieser Moment konnte nicht real sein. Und trotzdem hörte sie sich selbst mit dem Wort antworten, für das Frau Kowalski alleiniges Nutzungsrecht beantragen würde, wenn das möglich wäre. »Natürlich.«

»Isabella wird Ihnen sehr dankbar sein«, sagte er.

Als Feli sich gerader hinsetzte, stieß sie ihr Glas um. Der Wein färbte das Holz dunkler und lief durch die Maserungen wie ein blutroter Fluss. Feli sah genauer hin. Eigentlich sah es wie feinverästelte Arterien aus.

»Geben Sie mir doch bitte Ihre E-Mail-Adresse, dann sende ich Ihnen alle Details. Für die Reise erhalten Sie natürlich auch einen Reisekostenzuschuss. Sie werden in einem Zimmer der Villa untergebracht.« Er klang geschäftig, weswegen sie sich vorstellte, er würde auf und ab laufen, während er mit ihr sprach. »Sie können zwar kein Italienisch und unsere Köchin Giulia nicht besonders gut Englisch. Viel kommunizieren müssen Sie allerdings auch nicht. Und wenn ich das Wichtigste übersetze, sollte das kein Problem sein.«

Feli war bewusst, dass sie irgendetwas Wichtiges nicht verstand. Das half ihr aber auch nicht weiter. Sie fühlte sich, als würde ihr ein Wort nicht einfallen, obwohl es ihr bereits auf der Zunge lag.

»Können Sie schon nächsten Samstag kommen? Es wäre super, wenn Sie vor den Teilnehmern in der Villa sind, dann können Sie die anderen Angestellten kennenlernen.«

Feli sah hilfesuchend zu Gelsa hinüber, obwohl diese den Fremden gar nicht gehört hatte und ihr deswegen auch nicht helfen konnte.

»Ja?«, sagte sie zögerlich, weil ihr nichts Besseres einfiel. Sie war so verwirrt, dass sie nicht einmal wusste, welche Frage sie stellen müsste, um diese Situation aufzuklären.

»Perfekt«, sagte der Fremde. »Dann darf ich Sie ganz herzlich als neue Küchenhilfe auf dem Retreat willkommen heißen.«

Kapitel 3

Feli wurde am nächsten Morgen von einem lauten Hämmern geweckt. Im ersten Moment glaubte sie, dass es von ihren fürchterlichen Kopfschmerzen ausgelöst wurde. Dann realisierte sie, dass es von ihrer Wohnungstür herrührte. Sie quälte sich aus dem Bett. Sofort wurde ihr übel und schwarz vor Augen. Sie wartete kurz, bis ihre Sicht wieder aufklarte, dann stolperte sie weiter zur Tür. Das Hämmern ließ nicht eine Sekunde nach und fand ein Echo in ihrem dröhnenden Kopf.

Sie öffnete, und ihr Bruder platzte in ihre Wohnung.

»Du bist noch im Pyjama?«, rief er genervt aus. »Der Laden hätte schon vor zwanzig Minuten geöffnet werden müssen.«

»Hat sich schon eine Schlange davor gebildet?«, erwiderte sie trocken, was so gar nicht zu ihr passte. Ihr Bruder sah sie verdutzt an. Er hatte wohl mit einer Entschuldigung gerechnet. Aber Feli war zu verkatert, um ihm den Gefallen zu tun.

»Mach doch einfach schon mal auf. Ich bin gleich da.«

Und mit diesen Worten ließ sie ihn in ihrem Flur stehen und verschwand im Bad.

Eine Viertelstunde später durchquerte sie erneut den Flur in Richtung Wohnungstür. Die Dusche hatte ihren Kopf zwar ein bisschen aufgeklart, aber die Übelkeit war schlimmer geworden.

Ihr Blick fiel auf die kleine Kommode, die neben der Garderobe stand. Die oberste Schublade war geschlossen, aber Feli konnte den Brief, der dort ruhte, trotzdem deutlich vor sich sehen. Sie hätte ihn schon vor Wochen wegwerfen sollen, hatte es aber nicht über sich gebracht.

Seufzend wandte sie den Blick ab. Das war kein Problem mehr, das sie etwas anging. Dieses Problem gehörte in ihre Vergangenheit. Und es war ihre Zukunft, um die sie sich Sorgen machte. Also ging sie bestimmt weiter, als hätte sie nie innegehalten, und schleppte sich die Stufen von ihrer Wohnung in den Laden hinunter.

Erschöpft ließ sie sich auf den Stuhl vor der Werkbank fallen. Das Gefühl, gestern Abend etwas getan zu haben, das sie bereuen sollte, ließ sie nicht los. Nur leider konnte sie sich an nichts erinnern, was geschehen war, nachdem Gelsa den zweiten Wein geöffnet hatte.

Sie klappte ihren Laptop auf und klickte auf ihr E-Mail-Postfach, um sich, während sie die Absage erneut las, in ihrem Selbstmitleid suhlen zu können. Doch stattdessen fand sie eine neue, ungelesene Mail, die sie verdutzt öffnete und zu lesen begann.

Liebe Frau Weber,

vielen Dank, dass Sie so kurzfristig als Küchenhilfe einspringen! Wir freuen uns, Sie bei uns im Team begrüßen zu dürfen und erwarten Sie am kommenden Samstag. Sie werden mit Giulia zusammenarbeiten, unserer Köchin ...

O. Mein. Gott.

Alle Erinnerungen waren schlagartig zurück, und Feli wurde direkt noch übler.

Sie hatte Isabella Marino angerufen und einen Mann am Telefon gehabt. Und irgendwie war es ihr passiert, dass sie, statt sich über die Absage zu beschweren, einen Job als Küchenhilfe angenommen hatte. Gelsa hatte sie darin auch noch bestärkt.

Während sie weitergetrunken hatten, hatten sie einen Plan entworfen, wie Feli ihr Engagement als Küchenhilfe dazu nutzen konnte, auch fachlich von ihrem Aufenthalt in Italien zu profitieren.

Sie musste zwar bei der Vorbereitung der Mahlzeiten helfen, aber dazwischen würde sie doch wohl immer mehrere Stunden frei haben. Diese könnte sie nutzen, um bei den Workshops zuzuhören, mit den Mentoren zu reden und mit Teilnehmern ins Gespräch zu kommen. Sie war keine offizielle Teilnehmerin, aber Gelsa hatte darin kein Hindernis gesehen, zumindest keins, das Feli nicht mit ein bisschen Mühe und Anlauf überwinden konnte.

Obwohl ihr Kopf unaufhörlich pochte, ergaben Gelsas nächtliche Ideen auch an diesem Morgen noch Sinn.

Ihr Herz begann zu rasen, als sie realisierte, was sie im Begriff war zu tun.

Felis Herz raste immer noch, während sie vor dem gusseisernen Tor stand, dessen Stäbe an Weinranken erinnerten, und die Einfahrt hinabstarrte.

Ein Schwarm Vögel zog weit über ihrem Kopf dahin, sie formten ein krakeliges V, das sie an die Hefte denken ließ, in denen ihre ersten Schreibversuche aus der ersten Klasse festgehalten waren. Ihr Vater hatte es nie über sich gebracht, sie wegzuwerfen, als hätte er geglaubt, dass sie sie eines Tages noch brauchen könnte.

Das Gras zu ihren Füßen war nicht gleichmäßig geschnitten, ein Halm kitzelte sie am Knöchel, wo ein Zentimeter Haut zwischen Schuh und Hose frei war.

Die Rinde eines der Bäume, die die Einfahrt flankierten, schien ein Gesicht zu formen, das, wenn sie die Augen zusammenkniff, auch ein bisschen wie eine dickbäuchige Gans aussah. Wie bei einem Rohrschachtest.

Nur das Haus am Ende der rund fünfzig Meter langen Einfahrt verbarg seine Details noch vor ihr. Mehrere Bäume versteckten es.

Feli rührte sich nicht. Egal, wie viele Einzelheiten sie auch in ihrem Kopf aufzählte, ihr Herzschlag beruhigte sich nicht.

Sie war in der Toskana. Sie war tatsächlich angekommen. Und konnte es selbst kaum fassen.

Marlon hatte ihr unmissverständlich klargemacht, was

er von ihrer Idee hielt. Er hatte ihr zwar gequält viel Glück gewünscht, aber Feli wusste, dass er mit ihrem Scheitern rechnete.

Er glaubte nicht daran, dass es die Antworten auf ihre Probleme irgendwo anders geben könnte als in ihrem Zuhause. Feli hatte das auch mal geglaubt. Ihr Vater hatte immer gesagt, ihre Gene seien schuld daran. Sie verwurzelten sie so fest in der Erde ihrer Heimat, dass sie für immer an diesem Ort verweilen würden, solang sie nur genug Sonnenlicht und Wasser erhielten. Ihrer Mutter hatte dieses Gen gefehlt, deswegen war sie gegangen.

Feli schob sie energisch aus ihrem Kopf. Sie hatte dort schon seit zwanzig Jahren nichts mehr verloren.

Sie straffte die Schultern.

Nachdem sie ihren Entschluss gefasst hatte, war alles ganz schnell gegangen. Sie hatte die Reise organisiert und war heute noch in der Dämmerung aufgebrochen. Irgendwie hatte sie es geschafft, ihr Gate im Flughafen, in Florenz den Bus zum Bahnhof und dann den richtigen Zug und schließlich noch den Bus zu finden, der sie den halben Weg hergebracht hatte. Die letzten zwei Kilometer war sie zu Fuß gegangen. Eine staubige Straße hatte sich an einem Waldstück vorbei den Berg hinaufgeschlängelt. Ihr Koffer, in dem sie nicht nur ihre Kleidung, sondern auch ihr Werkzeug und Material verstaut hatte, weswegen er über hundert Kilo zu wiegen schien, war in jedem Schlagloch stecken geblieben. Zwischendurch hatte sie angezweifelt, dass die Villa überhaupt existierte und sich für ihre Entscheidung verflucht.

Doch nun stand sie hier, sah das Ziel vor sich. Aber sie

wagte nicht, den letzten Schritt zu tun und durchs Tor zu treten. Für sie sah es ein bisschen wie ein Portal aus, das sie in eine fremde Welt entführen würde.

Sie hatte so viele Kilometer hinter sich gebracht, aber die nächsten fünfzig Meter kamen ihr auf einmal unüberwindbar vor.

Mit dem Handrücken wischte sie sich über die Stirn. In Deutschland war es schon herbstlich frisch gewesen. Hier war es in der prallen Sonne richtig heiß. Ihre Jacke hatte sie längst ausgezogen und um ihre Hüfte gebunden. Sie schwitzte trotzdem immer noch, und ihr Shirt klebte ihr am Rücken.

Sie atmete mehrmals tief durch, um sich zu sammeln. An den letzten fünfzig Metern würde sie nicht scheitern, entschied sie. Das kam ihr geradezu albern vor. Also umklammerte sie den Griff ihres Koffers noch ein bisschen entschlossener und drückte das schwere gusseiserne Tor auf – es quietschte leicht in den Angeln, das Geräusch erinnerte sie an eine Katze, der man auf den Schwanz getreten war. Als sie hindurchgangen war, fiel es mit einem lauten Krachen wieder ins Schloss. Der Knall ließ sie zusammenzucken. Es hörte sich so endgültig an. Sie lief weiter. Jeder ihrer Schritte auf dem sandigen Weg wirbelte Staub auf, der sie zum Husten brachte. Trotzdem blieb sie nicht stehen. Bis sie die Villa erreicht hatte.

Drei Autos standen in der Auffahrt, aber sie nahm nicht ein Geräusch wahr, das darauf schließen ließ, dass ein anderer Mensch in der Nähe war. Sie hörte den Wind durch die Bäume streichen, deren Blätter sich zwar langsam bunt färbten, sich aber noch entschlossener an den Sommer klammerten, als es die Pflanzen in Deutschland taten. Es raschelte in den Büschen. Sie entdeckte ein Eichhörnchen, dem eine Nuss herunterfiel. Kurz sah es sich erschrocken um, schnappte sich seine Beute wieder und verschwand im Unterholz. Das brachte Feli zum Lächeln.

Während sie sich in dem Anblick, der sich ihr bot, verlor, wurde die Aufregung in ihr stiller. Sie war noch da. Aber Feli stellte sie sich nun wie einen Teich vor, der zwar tief war, aber dessen Wasseroberfläche für den Moment zur Ruhe kam.

Vier Stufen führten zu einer Doppeltür aus dunklem Holz hinauf. Der Türklopfer aus angelaufenem Messing sollte wohl eine Blume sein, für Feli sah er aus wie ein aufgerissenes Maul. Die Fensterläden waren so dunkelgrün wie ein Wald nach einem Gewitter. Das Gemäuer war alt und hatte Maserungen, die sie an die Muster denken ließ, die Wolken formten.

Der lange Tisch, den Feli von einem der Fotos auf der Homepage wiedererkannte, stand unter drei Bäumen, die immer wieder Blätter verloren. Feli hätte ihnen ewig beim Fallen zusehen können. Ihr langsames, fast bedächtiges Segeln beruhigte sie noch mehr. Sie spürte deutlich, dass ihr Herz langsamer schlug, während sie noch tiefer atmete und ein ganz leichter, rauchiger Geruch in ihre Nase drang.

Ein Weg führte ums Haus herum. Sie dachte nicht darüber nach, sondern folgte ihm einfach, bis sie in einem Garten stand, in dem die Blumen wild wuchsen. Dahinter lag ein Olivenhain. Das Anwesen schien kein Ende zu finden. Sie erkannte einen stillgelegten Pool und einen Pavillon, unter dem alte Gartenmöbel ruhten. Hinter all dem, in der Ferne erstreckten sich Weinberge bis zum Horizont.

Dort sah sie ein bisschen Rauch aufsteigen. Es war so weit entfernt, dass sie kaum glauben konnte, dass sie den Geruch auch hier noch wahrnahm.

Sie atmete tief durch. Genau hier wollte sie verweilen und das Gefühl, auf ruhige Weise allein zu sein, genießen. Doch dann drangen Stimmen an ihre Ohren. Ihr Herz schlug wieder schneller, aber sie zwang sich, nicht zu zögern. Also lief sie den Pfad, den sie gekommen war, wieder zurück zur Vorderseite des Hauses.

Während sie sich dem Eingang der Villa näherte, erkannte sie, dass es zwei Stimmen waren, die weiblich klangen und Italienisch sprachen.

Als sie um die Ecke bog, sah sie zwei Frauen, die neben ihrem Koffer standen und sich über ihn zu unterhalten schienen. Vermutlich fragten sie sich, woher er kam.

Eine war in ihrem Alter. Ihre blonden Haare hatte sie so kurz geschnitten, dass sie nicht brav hinter den Ohren blieben, wo sie sie hingestrichen hatte. Die Arme hatte sie vor der Brust verschränkt. Ihr rundes Gesicht, die vollen Lippen und großen Augen hätten ihre Züge weich wirken lassen müssen. Doch ihr Gesichtsausdruck war so verkniffen, dass sie trotzdem streng wirkte.

Die andere Frau war bestimmt zwanzig Jahre älter als Feli. Sie wusste sofort, wen sie vor sich hatte, schließlich hatte sie viele Bilder von Isabella Marino gesehen. Dennoch musste sie feststellen: Nicht eines wurde ihr gerecht. Es hätte Feli nicht gewundert, hätte ihr jemand erklärt, dass das Wort *elegant* nur erfunden wurde, um diese Frau zu beschreiben. Vor einer Woche hatte sie noch betrunken ihre Nummer gewählt, um ihr all ihre Wut durchs Telefon entgegenzuschreien, aber jetzt war Feli sich nicht mehr sicher, ob sie in ihrer Nähe auch nur ein Wort herausbringen würde. Geschweige denn ein zorniges.

Isabella Marino trug einen schlichten Hosenanzug. Ihre braunen Haare reichten ihr bis zur Schulter und waren glatt wie Seide. Ihre Ausstrahlung war so allumfassend, dass Feli sich sofort kleiner und jünger fühlte.

Komischerweise hatte sie direkt die kratzige Stimme ihrer Großtante Mathilda im Ohr. *Nicht nur Orte, sondern auch Menschen können Atmosphäre erzeugen.*

Feli hatte nicht geglaubt, dass Mathilda jemals etwas besonders Geistreiches von sich gegeben hatte. Diese Aussage war wohl die einzige Ausnahme.

Feli räusperte sich, weil die Großtante eigentlich die letzte Person war, an die sie in diesem Moment denken sollte, und machte so auf sich aufmerksam.

Die beiden Frauen verstummten mitten im Gespräch und wandten sich ihr zu. Isabella Marino lächelte, und Feli wusste nicht ganz, was sie damit anfangen sollte. So wie sie fühlten sich wohl auch Fans einer Band, die auf einmal vor ihren Idolen standen. Feli hatte Personenkulte immer als lächerlich empfunden. Jeder Mensch war nur aus Fleisch und Blut und wenn man sich das erst mal vor Augen geführt hatte, wirkte jeder ziemlich unspektakulär, egal, was man auch erreicht hatte.

Für Isabella Marino galt das irgendwie nicht. Sie stand in Felis Kopf für Hoffnung, aber auch Enttäuschung, Bewunderung und gleichzeitig Wut. Deswegen hatte sie, während sie ihrem Blick begegnete, keine Ahnung, was sie fühlen sollte.

»Du musst Felicitas sein«, sagte sie auf Englisch. »Leonardo hat mir von dir erzählt.«

Während ihres Gesprächs mit dem fremden Italiener hatte sie diesen nicht nach seinem Namen gefragt. Aber sie erkannte den Namen von der E-Mail wieder, die er ihr vor nun einer Woche geschickt hatte.

Isabella Marino kam mit so energischen Schritten auf sie zu, wie es nur ein Mensch tun konnte, der es gewöhnt war, weder über Steine noch über eigene Unsicherheiten zu stolpern, und hielt ihr die Hand entgegen. Feli war einen Moment so überfordert davon, dass *die* Isabella Marino direkt vor ihr stand, dass sie kurz vergaß, was von einem erwartet wurde, wenn jemand die Hand ausstreckte. Dann erinnerte sie sich und ergriff sie.

»Freut mich«, presste sie hervor, als ihr klarwurde, dass sie immer noch nichts gesagt hatte.

»Mich auch«, erwiderte die berühmte Goldschmiedin überschwänglich. Sie hatte drei Löcher im rechten und zwei im linken Ohr, trug aber nur ein klassisches Paar Perlenohrringe. »Wie ich sehe, hast du den Weg zu uns gefunden. Wie wunderbar.«

Feli misstraute Menschen, die Worte wie *wunderbar* zu leichtsinnig verwendeten. Sie war der Überzeugung, dass man mit manchen Dingen sparsam umgehen sollte. Dazu gehörten auch Umarmungen und lautes Gelächter. Hatte man sie zu oft in Gebrauch, verloren sie einen Teil ihres Werts. Nicht alles sollte dazu in der Lage sein, einen freudestrahlend lächeln zu lassen. Dass Isabella Marino sie auf diese Art begrüßte, kam Feli also unehrlich, fast schon verlogen vor.

»Das ist Giulia. Unsere überaus begabte Köchin, die uns in den nächsten Wochen ausgezeichnete Mahlzeiten zaubern wird.«

Wieder konnte Feli nicht umhin, die Wahrheit hinter dieser Aussage zu hinterfragen.

»Leonardo hat mir schon gesagt, dass du kein Italienisch sprichst, und Giulia spricht nur wenig Englisch und kein Deutsch, aber wozu gibt es denn Übersetzungsapps? Und deine Aufgaben in der Küche sind sehr simpel, also sollte das mit der Kommunikation kein Problem werden. Wenn es doch Schwierigkeiten gibt, wendet euch einfach an Leonardo. Er ist zwar eigentlich nur dafür zuständig, die Villa und das Anwesen in Schuss zu halten, aber er steht den Teilnehmenden und euch gern bei Nachfragen zur Verfügung und nimmt mir ein paar organisatorische Aufgaben ab. Wie zum Beispiel das Einstellen einer Küchenhilfe. Also ist er dein Ansprechpartner. Als Einheimischer kennt er sich in der Umgebung gut aus – falls du irgendwelche Fragen haben solltest. Er ist quasi das Mädchen für alles hier.«

Feli wollte gar nicht wissen, was es über sie aussagte, dass sie sich in diesem Moment vorstellte, wie sich Isabella Marino, kaum wäre dieses Gespräch beendet, fiese Kommentare über ihre Mitmenschen ausdachte, mit denen sie sich eben noch unterhalten oder von denen sie in so hohen Tönen gesprochen hatte.

»Ich zeige dir dann mal dein Zimmer, damit du dich heute noch ausruhen kannst, bevor morgen alle eintreffen. Ich hoffe, es wird dir gefallen. Für die nächsten Tage wirst du es dir …«

Bevor Isabella Marino ihren Satz beenden konnte, durchbrach ein Klingeln die Idylle. Sie wandte sich von Feli ab und holte ihr Handy aus ihrer Handtasche. Prada stand dort, doch das »D« war ein bisschen zerkratzt. Es sah aus, wie wenn bei einer Leuchtreklame die Lampen in einem Buchstaben ausgefallen waren. Trotzdem wirkte alles, was Isabella Marino trug, teuer.

Die berühmte Goldschmiedin begrüßte eine Person überschwänglich auf Englisch. Dann wurde ihr Lächeln langsam schwächer. Schließlich schüttelte sie fast schon tadelnd den Kopf.

Kurz ließ sie das Handy sinken, um sich Feli und Giulia zuzuwenden. »Das ist ein Teilnehmer. Anscheinend ist er nicht nach Florenz in Italien geflogen, sondern nach Florenz in South Carolina. Das sind alles Genies in ihrem Feld, aber anscheinend nicht besonders praktisch veranlagt.«

Sie richtete sich an Giulia, sagte etwas auf Italienisch, das Feli nicht verstand, aber am genervten Gesichtsausdruck der Köchin konnte sie ablesen, dass sie wohl gebeten wurde, Feli ihr Zimmer zu zeigen.

Isabella Marino presste wieder das Handy an ihr Ohr und verschwand durch die Doppeltür in der Villa. Der Halbschatten darin verschluckte sie sofort.

Feli sah ihr einen Moment nach. Das Wort *Genies* hallte immer noch in ihrem Kopf nach. Die Menschen, die an diesem Retreat teilnehmen konnten, waren Genies. Sie half in der Küche. Also war sie offensichtlich keines.

Das hatte sie schon vorher gewusst, aber es noch einmal vor Augen geführt zu bekommen, schmerzte sie trotzdem.

Sie fragte sich, wie oft Erkenntnisse so weh tun konnten wie beim ersten Mal. Mussten sie sich nicht abnutzen?

Positive Dinge taten das früher oder später. Das hundertste *Ich liebe dich* fühlte sich nicht mehr so berauschend an wie das erste. Zum achtundzwanzigsten Geburtstag betrachtete man seinen Geburtstagskuchen nicht mehr mit so strahlenden Augen wie beim fünften. Alles, egal, wie schön es war, verlor irgendwann seine Bedeutung. Feli hoffte nur, dass das für Enttäuschungen genauso galt, auch wenn ihre Erfahrung gezeigt hatte, dass sie meist eine längere Haltbarkeitszeit hatte als Liebe.

Giulia schnaubte und lief auch auf den Eingang der Villa zu. Als Feli nicht direkt folgte, warf sie ihr über die Schulter einen ungeduldigen Blick zu. Das brachte Feli dazu, ihr Gepäck zu nehmen und sich in Bewegung zu setzen.

Als sie das Gebäude betrat, legte sich direkt eine Gänsehaut auf ihre Arme. Draußen spendete die Sonne Wärme. Hier drin war der Herbst schon angekommen.

Giulia wartete nicht auf sie. Sie lief einfach zügig eine Treppe hinauf und verschwand um eine Ecke. Feli seufzte, fügte sich aber in ihr Schicksal und folgte ihr. Ihr Koffer war zu breit für die schmalen Steinstufen, und sie hatte Schwierigkeiten, ihn hochzuwuchten, ohne über ihre eigenen Füße zu stolpern. Sie konnte an dem unebenen Stein erahnen, wie viele Füße diesen Weg schon gegangen sein mussten. Alte Ölgemälde säumten den Treppenaufgang. Manche Gesichter waren ein bisschen verblichen, aber ihre Züge noch immer eindrucksvoll. Hatten diese Menschen hier gelebt? Wie lange war das her? Hundert Jahre? Zweihundert?

Doch Feli blieb keine Zeit, mehr über die Geschichte dieses Gebäudes zu grübeln. Giulia wartete mit vor der Brust verschränkten Armen oben am Treppenabsatz auf sie und machte natürlich keine Anstalten, ihr mit dem schweren Gepäck zu helfen.

Sobald Feli zu ihr aufgeschlossen hatte, lief sie weiter.

Ein dunkler Gang führte zu einer Tür, die in der gleichen dunkelgrünen Farbe gestrichen war wie die Fensterläden. Feli hastete Giulia hinterher.

Hinter der Tür gingen zwei weitere ab. Eine war geschlossen. Ein gleichmäßiges Rauschen und ein schmaler Streifen Licht drangen durch den Spalt am Boden. Giulia steuerte aber eine angelehnte Tür an. Dahinter lag ein schlicht eingerichtetes Zimmer.

Dort blieb sie stehen und sah Feli besonders vorwurfsvoll an. Deswegen kam sie zu dem Schluss, dass das wohl das Zimmer war, das sie die nächsten vier Wochen bewohnen würde.

Darin standen ein großer Schrank und zwei Betten. Sie waren durch einen fast durchsichtigen Raumtrenner voneinander abgeschirmt. Giulia machte eine knappe Kopfbewegung und verließ das Zimmer dann mit strammen Schritten wieder. Reflexartig stellte Feli ihre Sachen ab und rannte ihr hinterher. Sie liefen denselben Weg, den sie gekommen waren, zurück in den Eingangsbereich. Giulia durchquerte das Erdgeschoss, und Feli versuchte, möglichst viele Details in sich aufzunehmen.

Die Fenster waren hier größer als im ersten Stock, deshalb wirkte im Esszimmer alles viel heller als im Rest der Villa. Eine lange Tafel nahm den ganzen großen Raum ein. Auch hier hielt Giulia nicht inne. Sie wirkte gehetzt. Feli hatte beinahe das Gefühl, als flüchtete sie vor ihr.

Trotzdem gab sie die Verfolgung nicht auf und fand sich

drei Schritte später in der Küche wieder. Im Gegensatz zum Rest der Villa wirkte dieser Ort nicht alt oder schlicht. Er musste erst vor kurzem renoviert worden sein, denn die Oberflächen waren verchromt und alles glänzte. Vor allem der Kühlschrank, der so gut reflektierte, dass sie sogar die Augenbrauenhaare erkennen konnte, die sie wegzupfen wollte. Überall standen hochwertige und teure Geräte herum, wie Feli sie aus Telemarketingsendungen kannte, in denen angestrengt lächelnde Frauen erklärten, warum genau dieses Küchengerät ihre Ehe gerettet hatte.

Als es ihrem Vater sehr schlecht gegangen war, hatte er diese Sendungen gern geguckt. Als Feli ihn irritiert nach dem Grund gefragt hatte – schließlich hatte er sich nicht einen der angepriesenen Gegenstände gekauft –, hatte er eines Abends erklärt, dass es ihn an seine eigene Mutter erinnerte. Und dann hatte er Feli von ihren Kochkünsten vorgeschwärmt. Von den Kuchen, die sie gebacken und den Braten, die sie jeden Sonntag auf den Tisch gestellt hatte. Sie sei angeblich die beste Köchin gewesen, die jemals gelebt hatte, und Feli hatte das natürlich niemals in Frage gestellt.

Giulias genervtes Räuspern ließ Feli aufblicken. Ihre Miene, die sich kurz beim Anblick ihrer Küche aufgehellt hatte, verdüsterte sich wieder, sobald sie Feli fixierte. Sie kannte Giulia gerade mal ein paar Minuten und war sich doch schon ziemlich sicher, dass ihre Abneigung einen tieferen Grund haben musste. Feli war so passiv gewesen, dass sie unmöglich schon etwas getan haben konnte, das Giulia missfiel. Sie schien ein Problem mit ihrer bloßen Anwesenheit zu haben. Doch Feli würde sie sicherlich nicht danach fragen.

Jetzt deutete Giulia auf einen Zettel, der auf der Arbeitsplatte lag. Feli ergriff ihn und las, was darauf notiert war. Auf Englisch standen dort ihre Aufgaben sowie ihr Tagesablauf. Sie hatte gerade die ersten beiden Absätze gelesen, als Giulia mit einem Schnauben wieder auf sich aufmerksam machte. Sie holte ihr Handy heraus und sprach etwas auf sehr wütendem Italienisch hinein. Dann hielt sie es Feli entgegen. Die Übersetzungsapp arbeitete und ihre Botschaft erschien auf dem Bildschirm.

»Geh mir aus dem Weg, und wir haben kein Problem miteinander.«

Feli nickte nur, weil ihr nichts Besseres einfiel. Giulia nickte ebenfalls. Einmal. Sehr bestimmt. Dann wandte sie sich ab und verließ die Küche durch eine Tür, die direkt auf den Hof hinausführte.

Zittrig atmete Feli durch. Noch einen Moment verweilte sie, bevor sie Giulia nach draußen folgte. Ein Motor heulte auf, dann lenkte die griesgrämige Köchin auch schon ihr Auto vom Hof. Während sie hektisch anfuhr, wirbelte sie viel Staub auf, der Feli zum Husten brachte.

Frustriert stand sie an der Stelle und wusste nicht, wohin mit sich.

Isabella Marino schien ebenfalls fort zu sein, also war sie nun allein. Obwohl sie das beim Blick über die Weinberge noch genossen hatte, hatte es nun einen seltsamen Beigeschmack bekommen. Sie hatte nicht erwartet, dass man sie mit Luftballons und einer »Herzlich willkommen«-Girlande über der Tür begrüßen würde. Aber ein etwas herzlicheres Hallo hätte sie sich schon gewünscht. Einen Rückzieher würde sie trotzdem nicht machen.

Also trat sie in die Villa zurück und fand überraschenderweise direkt in ihr Zimmer im ersten Stock. Sie kam an der geschlossenen Tür vorbei, aus der kein Rauschen mehr drang, und blieb dann erneut unschlüssig stehen. Diesmal vor ihrem Bett.

Lustlos hob sie ihren Rucksack hoch und öffnete ihn. Das Buch, das sie auf dem Flug natürlich nicht gelesen hatte, legte sie auf ihren Nachttisch. Die silberne Schmuckdose stellte sie daneben. Sie wusste auch nicht, warum sie sie mitgenommen hatte. Aber es hatte sich falsch angefühlt, ohne sie abzureisen.

Jetzt sträubte sich alles in ihr dagegen, ihren Koffer auszupacken. Aber es nicht zu tun, würde sich so anfühlen, als wäre sie noch nicht richtig angekommen. Und sie musste sich – auch mit jeder noch so kleinen Geste – beweisen, dass sie wirklich hier war, dass sie sich auf diese Situation einließ.

Gerade wollte sie sich aufraffen, als sie ein Knarzen hinter sich vernahm. Gehetzt fuhr sie herum.

In der Tür stand ein Mann.

Ein halbnackter Mann.

Feli war so überfordert, dass sie nicht einmal den Anstand besaß, sich umzudrehen. Sie konnte nur starren. Wie man nun mal einen Mann anstarrte, wenn dieser nur mit einem Handtuch um die Hüften auf einmal ungebeten vor einem auftauchte.

Seine leicht lockigen Haare waren noch nass. Aus dem Zimmer hinter ihm drang die Luftfeuchtigkeit einer frischen Dusche.

Das erklärte wohl das Handtuch. Aber noch lange nicht seine plötzliche Anwesenheit.

Auch er brauchte einen Moment, um zu reagieren, schien jedoch im Gegensatz zu Feli mit ihr gerechnet zu haben – wenn auch nicht mit ihrem unverhohlenen Starren.

Schließlich räusperte er sich.

»Du musst Felicitas sein. Wir werden uns für die nächste Woche das Zimmer teilen.«

Kapitel 4

Seine Stimme kam ihr seltsam bekannt vor. Nur sehr langsam sickerte auch der Sinn der Worte in ihren Verstand.

Und dann schaffte sie es endlich, sich aus ihrer Schockstarre zu lösen und sich an ihre gute Erziehung zu erinnern. Sie drehte ihm den Rücken zu. Es war eine gut gemeinte Geste, aber nicht viel mehr, da sie ohnehin schon alles gesehen hatte, was es zu sehen gab.

»Wie bitte?«, stieß sie aus, während sie Blickkontakt mit ihrer Nachttischlampe hielt. Sie wusste nicht einmal seinen Namen, aber sollte sich ein Zimmer mit ihm teilen?

Dafür weißt du, dass er Leberflecke neben seinem Bauchnabel hat, die ein bisschen wie eine Sternkonstellation aussehen, spuckte ihr Gehirn aus.

Nicht hilfreich!

»Hat dir Isabella das nicht erzählt?«

Feli schüttelte heftig den Kopf. »Nein«, fügte sie verspätet hinzu. Sie dachte immer noch an den Bauchnabel und die Leberflecke.

Vorsichtig wandte sie sich um. Der Fremde war hinter dem Raumtrenner verschwunden, und nun bestätigte sich auch ihr erster Eindruck, dass dieser wirklich alles andere als blickdicht war. Mit heißem Kopf wandte sie sich wieder ab.

»Ich renoviere das kleine Haus im Garten der Villa und werde dort einziehen, wenn ich fertig bin«, erklärte er ganz unbekümmert. Feli lauschte dem Rascheln seiner Kleidungsstücke und mit jedem, das hinzukam, kühlten ihre Wangen wieder ab. »Leider habe ich es nicht mehr ganz vor Start des Retreats geschafft. In einer Woche sollte ich aber so weit sein.«

Feli warf einen Blick aus dem kleinen Fenster vor sich. Verschiedenstes Werkzeug lag vor einem einstöckigen baufällig wirkenden Holzhaus. Es machte auf Feli nicht den Eindruck, als würde eine Woche Arbeit reichen, um es bewohnbar zu machen.

Felis Wangen waren nicht mehr heiß, aber ihr Herz schlug ein bisschen zu schnell. Sie sollte sich mit einem fremden Mann das Zimmer teilen? Hätte sie die Wahl gehabt, hätte sie es wohl sogar vorgezogen, mit Giulia im selben Raum zu schlafen, selbst wenn das bedeutete, dass sie ständig darum fürchten musste, im Schlaf mit einem Kissen erstickt zu werden.

»Wieso muss ich mir ein Zimmer teilen? Ich bin fast dreißig Jahre alt und kein Kind im Schullandheim«, entfuhr es ihr.

»Du kannst dich ruhig wieder umdrehen«, erwiderte der Mann, als hätte er ihre Worte gar nicht vernommen.

Feli kam dieser Aufforderung nur widerwillig nach. Sie war sich nicht sicher, ob sie ihm schon ins Gesicht blicken konnte, ohne erneut rot zu werden.

Inzwischen war er jedoch vollständig bekleidet, das machte es um einiges leichter. Er trug eine schlichte Jeans und ein Shirt, war aber noch barfuß, was Feli auf eine seltsame Weise intim vorkam. Seine Haare kräuselten sich an der Stirn, und ein Wassertropfen löste sich von einer Locke. Sie konnte die Flugbahn bis zum Boden mit den Augen mitverfolgen

»Ich bin übrigens Leonardo«, sagte er nach einem Moment bedrückender Stille zwischen ihnen.

Feli konnte sich nicht sonderlich deutlich an das Telefonat erinnern, das sie mit ihm geführt hatte. Doch sie hatte sich dabei sicherlich nicht vorgestellt, dass die Person am anderen Ende der Leitung *so* aussah wie der Mann, der ihr jetzt gegenüber stand. Sie wollte *so* lieber nicht zu genau in ihren Gedanken definieren. Das kam ihr einfach zu heikel vor. Doch obwohl sie von einer Definition absah, machte das *So* die Vorstellung, mit ihm ein Zimmer teilen zu müssen, noch unangenehmer.

»Ah«, machte sie nur. Schlagfertigkeit war keine Eigenschaft, die das Leben ihr bisher beigebracht hatte.

»Wir werden schon miteinander auskommen«, meinte er leichthin. »Ich werde dir nicht in die Quere kommen.«

Feli wusste nicht, was er unter *in die Quere kommen* verstand, aber jemanden halbnackt nur im Handtuch zu überraschen, gehörte für sie definitiv dazu.

Ihr war allerdings schleierhaft, wie sie ihm das klarmachen sollte. Sie schaffte es nicht einmal, ein normales Gespräch mit diesem Fremden zu führen, weil sie sein plötzliches Auftauchen noch immer überforderte und weil sie sich an einem Ort befand, der über tausend Kilometer von ihrer Komfortzone entfernt lag. Sie war eine erwachsene Frau. Sollte sie es nicht hinkriegen, besser mit Unvorhergesehenem umzugehen?

»Ich möchte mir aber kein Zimmer teilen«, brachte sie irgendwie hervor. Auf ihre Tonlage wäre Gelsa bestimmt stolz gewesen, wäre sie jetzt hier. »Gibt es keine andere Lösung?«

Bisher hatte Leonardo locker gewirkt, nach diesem Satz wirkte sein Lächeln allerdings ein bisschen weniger freundlich. »Es sind nur ein paar Tage.«

Stell dich nicht so an.

Den zweiten Satz hatte er zwar nicht gesagt, aber Feli hörte ihn dem ersten so deutlich nachklingen, als hätte er es getan.

Ihr war bewusst, dass sie diese Situation größer machte, als sie sein musste. Aber sie fühlte sich unwohl in ihrer Haut. Sie brauchte einen Rückzugsort, um sich vor Giulias bösen Blicken, Isabella Marinos einnehmender Ausstrahlung und den Kursteilnehmern, die alles erreicht hatten, was ihr verwehrt geblieben war, zu verstecken. Und das konnte sie nicht tun, wenn auf ihrem Zimmer jemand wartete, der sie aus dem Gleichgewicht brachte.

Doch bevor sie all das erklären konnte, verschränkte Leonardo die Arme vor der Brust.

»Keine Sorge. Ich werde dir aus dem Weg gehen.« Seine lockere Ausstrahlung hatte er nun endgültig verloren. Feli war klar, dass sie einen Fehler gemacht hatte. Aber sie wusste nun mal nur, wie man Ketten reparierte, nicht die ungewollten Nebenwirkungen einer ungeschickten Unterhaltung.

»Ich muss sowieso los und noch was erledigen.«

Sie wollte noch etwas Versöhnliches sagen, doch da hatte sich Leonardo schon seine Schuhe und seine Jacke geschnappt und war aus dem Zimmer verschwunden.

Mit wild pochendem Herzen blieb Feli zurück.

So hatte sie sich ihre Ankunft in der Villa wirklich nicht vorgestellt.

Feli lag rücklings auf ihrem Bett und starrte an die Decke. Es war so dunkel, dass sie den Stuck über ihrem Kopf kaum ausmachen konnte. Draußen war es still. Sie versuchte einzuschlafen, aber es gelang ihr nicht.

Den ganzen Tag hatte sie darauf gewartet, dass Leonardo zurückkam, um noch einmal mit ihm reden zu können. Doch er war nicht aufgetaucht. Und sie konnte trotzdem nicht aufhören zu warten.

Vorhin hatte sie sich so nach einem Moment des Alleinseins gesehnt. Nun, im Dunkeln, in dieser alten Villa auf einem verlassenen Hügel, tat sie das nicht mehr. Dieser Ort könnte ohne Probleme als Schauplatz für einen romantischen Film dienen. Bei Tag. Bei Nacht wechselte das Genre. Aus der idyllischen Villa wurde ein altes Gemäuer voll dunkler Ecken und unbekannter Geschichte. Feli konnte nicht sagen, ob es sinnvoller war, sich hier vor Einbrechern oder Geistern zu fürchten. Beides kam ihr in diesem Moment sehr realistisch vor.

Sie vernahm ein Scharren vor ihrem Fenster und saß sofort aufrecht im Bett. Ihr Herz hämmerte heftig in ihrer

Brust und dröhnte in ihren Ohren. Das hatte sie sich sicherlich nur eingebildet. Oder?

Feli legte sich wieder hin und zwang sich, die Augen zu schließen. Müder machte sie das allerdings nicht.

Außerdem war sie fürchterlich hungrig. Als sie das letzte Mal was gegessen hatte, war sie noch in Deutschland gewesen. Ihr Magen knurrte so laut, dass er sie wohl genauso effizient wach halten konnte wie ein schnarchender Mitbewohner.

War es beängstigender, hier zu liegen und auf jedes Geräusch zu horchen, oder sich ins Erdgeschoss hinunterzuwagen?

Wäre Gelsa hier, würde sie ihr sicherlich erklären, dass sie sich absolut albern verhielt. Sich vorzustellen, wie ihre Freundin sie ermahnte, half Feli tatsächlich ein bisschen dabei, sich zu beruhigen.

Sie stand auf und tapste barfuß durch das Wohnzimmer und dann die Steintreppe mit den hohen Stufen hinunter. Sie tastete sich an den Wänden entlang, die so rau waren, dass es ihr eine Gänsehaut bescherte, fand jedoch keinen Lichtschalter. Also arbeitete sie sich langsam vorwärts, um nicht zu fallen, bis sie schließlich die Küche erreichte. Eine Laterne brannte im Hof und warf einen schmalen Streifen warmes Licht herein.

Sie wollte zum Kühlschrank schleichen, als sie erneut das Scharren hörte und heftig zusammenzuckte. Da war noch ein weiteres Geräusch. Dumpf, wie ein Schlag. Es wiederholte sich. Als würde jemand versuchen, einen Gegenstand als Trommel zu benutzen, der gar nicht dazu geeignet war.

Obwohl ihr Herz jetzt raste, lief Feli zur Tür, die in den

Hof führte, und spähte hinaus. Nur ein Auto stand in der Auffahrt. Und jemand saß darin.

Der Schein der Laterne drang durch die Frontscheibe eines weißen Vans. Viel konnte Feli nicht erkennen, außer, dass es Leonardo war, der dort saß und das Lenkrad umklammerte. Und dann schlug er immer wieder auf die Konsole.

Schon zum zweiten Mal am gleichen Tag konnte Feli nicht verhindern, ihn anzustarren.

Ruckartig hielt er inne. Für einen Moment war er so still und bewegungslos, dass Feli an eine Statue denken musste.

Dann sah er plötzlich auf, und ihre Blicke trafen sich.

Felis Wangen wurden wieder heiß. Obwohl er diesmal komplett bekleidet war, hatte sie wieder das Gefühl, viel zu viel zu sehen, was nicht für ihre Augen bestimmt war. Einen zu intimen Moment, der ihn mehr entblößte, als es ein durchsichtiger Raumtrenner hätte tun können.

Ihr Hunger war wie vergessen. Sofort trat sie den Rückzug an, obwohl es dafür längst zu spät war. Sie hörte, wie die Autotür zuschlug, aber sie hielt nicht inne, um sich noch einmal umzudrehen, sondern lief so schnell sie konnte in den ersten Stock zurück und legte sich in ihr Bett. Sie zwang sich, ihren Atem zu beruhigen.

Angespannt wartete sie. Schon dachte sie, er würde gar nicht mehr kommen und lieber in seinem kleinen, baufälligen Haus schlafen, statt im selben Zimmer wie sie zu liegen. Doch schließlich öffnete sich knarzend die Tür.

Sie rührte sich nicht, atmete nur. Ihr Verhalten kam ihr unreif vor, aber sie hatte keine Ahnung, was sie sagen konnte, um die Situation besser zu machen. Es gab keine Worte, die rückgängig machen konnten, dass sie ihn gerade beobachtet hatte. Also schwieg sie.

Und er tat das Gleiche.

Sie lauschte in die Stille hinein.

Das Rascheln der Kleidungsstücke, das ihr diesmal verhieß, dass er sich auszog, machte sie wieder nervös. Aber sie behielt ihren gleichmäßigen Atem bei.

Ein Bett knarzte. Noch ein paarmal. Dann lag auch er still.

Die Spannung zwischen ihnen war so deutlich spürbar, dass Feli sich sicher war, sie könnte sie greifen, wenn sie jetzt die Hand ausstreckte.

Eine Ewigkeit lag sie bewegungslos auf ihrem Bett, den Blick an die Decke gerichtet. Irgendwann wurde sein Atem regelmäßiger, und sie ging davon aus, dass er eingeschlafen war. Aber sie hatte keine Ahnung, wie sie sich ihm stellen sollte, sobald er wieder wach war.

Kapitel 5

Feli stand an ihrem Fenster, starrte in den Hof und versuchte, genug Mut zusammenzukratzen, um ihr Zimmer zu verlassen und hinunterzugehen.

Ein Buffettisch war schon unter den Bäumen aufgebaut worden. Sie würde gleich in der Küche helfen müssen. Doch sie wusste nicht, wie sie es schaffen sollte, in fünfzehn Minuten dafür bereit zu sein.

Die ersten Kursteilnehmer trafen bereits ein. Isabella Marino stand in der Einfahrt und schüttelte jedem Neuankömmling die Hand. Sie trug einen schicken Hosenanzug aus Leinen. Obwohl der Boden staubig war, schien sich kein Staubkorn auf ihre Haare oder ihre Kleidung zu verirren. Als wüssten sie, dass ihnen das nicht zustand.

Gleich würde ein kleiner Willkommensumtrunk für die Teilnehmenden stattfinden. Feli würde ihnen begegnen. Dabei wollte sie sich lieber verstecken. In ihrem Zimmer, in das kaum Licht fiel. Genau so fühlte es sich richtig an. Sie beobachtete. Und die Beobachter wurden nicht beleuchtet. Es hatte schließlich einen Grund, warum die Scheinwerfer im Theater auf die Bühne ausgerichtet waren und nicht auf den Zuschauerbereich.

Das rhythmische Schlagen eines Hammers ließ ihre Augen immer wieder zur Seite zucken. Sie konnte Leonardo nicht sehen, aber sie hörte, dass er im Holzhaus arbeitete. Ihr Vater hätte ihr jetzt bestimmt eine Geschichte über Hephaistos, den Schmied unter den olympischen Göttern, erzählt, der mit seinem Hammer unermüdlich auf seinen Amboss geschlagen hatte. Doch dieser Gedanke schaffte es nicht, sie aufzumuntern. Sie konnte nicht umhin, sich zu fragen, ob sein Arbeitseifer auch von ihren unfreundlichen Worten befeuert wurde. Leonardo hatte das Zimmer heute Morgen fluchtartig verlassen, bevor sie richtig wach geworden war. Sie hatten noch kein Wort miteinander gewechselt. Und Feli fürchtete sich vor dem Moment, wenn sie sich ihm stellen musste.

Aber auch allen anderen Menschen, mit denen sie vier Wochen lang in dieser Villa wohnen sollte, wollte sie sich nicht stellen. Immer, wenn ein neuer Kursteilnehmer die Einfahrt entlangkam – im Gegensatz zu ihr in einem Taxi und nicht zu Fuß –, verglich sie sich mit dieser Person und fand Gründe, warum sie ihr überlegen war. Und das aus einer Entfernung von zwanzig Metern, was auf seine ganz eigene Weise irgendwie beeindruckend war.

Doch sie wusste selbst, dass sie damit aufhören musste, sich selbst kleinzumachen. Also wandte sie sich vom Fenster ab und griff nach ihrem Handy. Aus einem Impuls heraus rief sie ihren Bruder an. Vermutlich, weil sie sich in dieser unvertrauten Umgebung nach etwas Vertrautem sehnte.

»Hallo?«, grüßte dieser mit verschlafener Stimme. Es war schon nach zwölf Uhr mittags, aber es war Sonntag, also würde sie es nicht kommentieren, dass sie ihn scheinbar geweckt hatte.

»Hey«, gab sie zurück und zwang sich, locker zu klingen, obwohl ihr das nicht wirklich lag. »Wie läuft es?«

»Seit du weg bist, war der Laden noch gar nicht auf«, nuschelte Marlon.

»Ich habe nicht vom Laden gesprochen.«

»Du sprichst immer vom Laden«, erwiderte er.

Feli hätte ihm gern widersprochen, aber ihr war klar, dass er recht hatte, also schluckte sie ihre Entgegnung runter.

»Wie geht es dir denn?«

Marlon schnaufte. »Willst du mich kontrollieren?«

»Natürlich nicht«, sagte Feli heftig.

»Natürlich nicht«, äffte Marlon sie nach, wie er es schon in ihrer Kindheit ständig getan hatte. Sie hasste das! Wie immer in solchen Momenten knirschte sie mit den Zähnen, denn wenn sie sie nur fest genug aufeinanderpresste, passten keine Worte hindurch, die sie im Nachhinein bereuen könnte.

»Mir geht es gut«, sagte Marlon schließlich doch. Für seine Verhältnisse klang er sogar versöhnlich.

»Das freut mich.«

»Wie geht es dir denn?«, fragte er zurück.

Eigentlich wusste Feli, dass Unterhaltungen in der Regel so funktionierten. Sie stellte eine Frage, erhielt eine Antwort und bekam die Frage zurückgespielt. Trotzdem überraschten sie diese Worte. Und sie hatte keine Ahnung, was sie erwidern sollte. Also entschied sie sich für eine Lüge.

»Gut.«

»Das freut mich.«

Wann hatten ihr Bruder und sie die Lockerheit verloren,

die in ihrer Kindheit dafür gesorgt hatte, dass sie wild gerauft hatten, bis etliche Vasen im Wohnzimmer zu Bruch gegangen waren? Wann hatten sie aufgehört, miteinander zu lachen, bis sie keine Luft mehr bekamen? Wann war ihr das letzte Mal vor Lachen die Luft weggeblieben? Sie konnte sich nicht erinnern. Der Gedanke machte sie traurig.

»Mh«, machte Feli. »Ich will dich gar nicht weiter stören.«

»Kein Problem. Hab eine schöne Zeit.«

Noch bevor Feli etwas erwidern konnte, hatte er auch schon aufgelegt und sie wusste nicht einmal mehr, warum sie ihn überhaupt angerufen hatte.

Sie steckte das Handy weg und starrte ihre Zimmertür an. Ihre Schonfrist war abgelaufen. Sie musste in die Küche gehen und den Job machen, für den sie hergekommen war.

Und nicht nur das. Sie musste aus ihrem Schneckenhaus herauskommen, sich den Kursteilnehmern vorstellen und mit Isabella Marino reden – auch wenn diese sie schon mit einem Abstand von zwanzig Metern und rund drei geschlossenen Türen zwischen ihnen nervös machte.

Sie sollte zu Leonardo gehen und versuchen, einen zweiten Anlauf mit ihm zu starten. Sie sollte versuchen, mit Hilfe der Sprachapp mit Giulia ins Gespräch zu kommen.

Stattdessen ging sie direkt in die Küche und hielt den Kopf gesenkt, während Giulia ihr mit knappen Gesten zu verstehen gab, welche Sachen sie zum Buffettisch tragen sollte.

Feli knabberte an einem Stück Pizza, das mit Zwiebeln und Pilzen belegt war und hervorragend schmeckte, während sich die Menschen um sie herum unterhielten. Die meisten Gespräche drehten sich um ihren eigenen Beruf und obwohl sie verstand, worum es ging, fühlte sie sich doch, als hätte sie gar keine Ahnung davon.

Der Mentor, der neben Isabella Marino während des Retreats Workshops geben würde, war Gregor MacMurray. Ein untersetzter Mann in seinen Fünfzigern, der in seinem Tweedjackett sehr offensichtlich schwitzte, sich aber aus irgendeinem Grund weigerte, es abzulegen. Feli zählte die Schweißtropfen auf seiner Stirn genauso wie die Perlen, die einer jungen Kursteilnehmerin um den Hals hingen.

MacMurray hatte sich mit hochtrabenden Worten vorgestellt. Oder zumindest waren sie Feli so vorgekommen, weil sie die meisten nicht gekannt hatte, da sie zu schick waren, um sie im Englischunterricht in der Schule zu lernen. Sein schottischer Akzent stellte sie vor eine weitere Herausforderung.

Sie war hergekommen, weil sie geglaubt hatte, selbst dann von dem Workshop profitieren zu können, wenn sie nicht offiziell teilnehmen durfte. Nun scheiterte sie schon an der Einführung des Mentors. Sie hatte nur verstanden, dass er am Ende der vier Wochen einen kleinen Wettbewerb mit den Teilnehmenden veranstalten würde. Jeder sollte während der Zeit hier ein Schmuckstück fertigen, und er würde das Beste auswählen. Der Gewinner dieses Wettbewerbs würde von einer großen Schmuckmarke gesponsert werden und eine eigene Schmucklinie entwerfen dürfen. Welche Marke das war, hatte Feli nicht verstanden. Und bei seinen Regeln für ein gelungenes Schmuckdesign waren ihr die meisten Punkte entgangen.

Auch der letzte Teilnehmer war inzwischen eingetroffen, ein Amerikaner, ein bisschen jünger als Feli. Er war derjenige, der versehentlich nach Florenz in South Carolina geflogen war und mit dem Isabella Marino kurz nach Felis Ankunft in der Villa telefoniert hatte. Nachdem er die Anekdote seines ihm endlos erschienenen Horrortrips geschildert hatte, hatten alle herzlich gelacht und nun verhielten sich die Teilnehmenden schon, als wären sie alte Freunde, obwohl sie sich heute zum ersten Mal begegnet waren.

Feli bewunderte und beneidete diese Fähigkeit. Sie war noch nie sehr gesellig gewesen und hatte sich regelrecht davor gefürchtet, jemand würde sie ansprechen. Aber niemand schien auch nur in ihre Richtung zu blicken. Und nun fürchtete sie sich davor, die nächsten vier Wochen einfach nur übersehen zu werden. Sie ärgerte sich über sich selbst. Man konnte es ihr einfach nicht recht machen.

»Ey.«

Sie drehte sich zu Giulia herum, die mit diesem unfreundlichen Ausruf unmissverständlich sie gemeint haben musste. Sie deutete hektisch auf die Platte, auf der gerade noch Pizzastücke gelegen hatten und die nun leer war. Dann zeigte sie zur Küche.

Feli war so plötzlich aus ihren Gedanken gerissen worden, dass sie einen Moment brauchte, um zu verstehen, was Giulia von ihr wollte. Sie sollte das Blech wieder auffüllen.

Feli nickte hektisch, schnappte es sich vom Buffettisch und eilte zur Küche. Giulia schnaubte. Feli konnte nur raten, was der jungen Köchin diesmal nicht gefiel – vielleicht ihre Art zu laufen.

Eilig befüllte sie die Platte. Vermutlich würde Giulia auch

daran, wie sie die Pizzastücke aufreihte, etwas auszusetzen haben. Aber daran konnte Feli auch nichts ändern. Wenigstens für diese Erkenntnis reichte ihr Selbstbewusstsein.

Als sie gerade wieder auf dem Weg zurück zum Buffettisch war, trat Leonardo aus seinem kleinen Haus. Wie angewurzelt blieb Feli stehen.

In der letzten Stunde hatte sie ihn nicht mehr hämmern gehört. Das hatte sie nervös gemacht, weil es in der Stille kein Indiz darauf gegeben hatte, was er gerade tat und wo er sich aufhielt.

Feli überlegte, was sie zu ihm sagen konnte. Sie würden die nächsten Nächte im selben Zimmer verbringen, und sie konnte nicht eine ganze Woche so wenig schlafen wie gestern, wenn sie nicht noch mehr Fehler machen wollte, die Giulia noch lauter schnauben ließen. Irgendwie mussten sie miteinander auskommen. Sie war unfreundlich gewesen und hatte ihn dazu gebracht, ebenfalls unfreundlich zu reagieren. Sie hatte ihn in einem privaten Moment beobachtet, und er hatte offensichtlich ein Problem, seine Wut zu kontrollieren. Aber sie waren erwachsene Menschen, also sprach nichts dagegen, dass sie – wenn auch widerwillig – co-existierten.

Leonardo trug nur ein weißes Unterhemd. Er war verschwitzt, seine Hände dreckig und seine Hose übersät von Sägespänen. Irgendwie hatte sie schon wieder das Gefühl, mehr zu sehen, als ihr zustand.

Er nahm sich ein belegtes Brot vom Buffettisch und wandte sich dann der Villa zu. Als er sie entdeckte, hielt er kurz inne.

Du kannst das, Feli, dachte sie mit Nachdruck. *Du kannst das klären. Alles wird gut.*

Doch seine Miene wurde ein bisschen härter, während er auf sie zukam, und sie vergaß, was sie hatte sagen wollen.

»Bin ich hier etwa auch im Weg?«, fragte er.

Als Feli nicht direkt antwortete, weil ihr Mund auf einmal staubtrocken war, wertete er das wohl als Zustimmung.

Er verdrehte die Augen und lief an ihr vorbei in die Villa. Es war kaum etwas passiert, und trotzdem donnerte Felis Herz in ihren Ohren.

Irgendwie hatte sie es geschafft, die Situation noch schlimmer zu machen. Und dafür hatte sie nicht einmal den Mund öffnen müssen. Das konnte bestimmt auch nicht jeder.

Wie sollte sie das wieder hinbiegen? Konnte sie das überhaupt, wenn ihr in seiner Gegenwart sofort die Worte fehlten und ihr so sinnlose Gedanken durch den Kopf gingen, wie dass seine nackten Arme wie gemeißelt aussahen?

Ihre Hände verkrampften sich um das Tablett. Aber er hätte es ihr auch ein bisschen leichter machen können, befand sie. Er hätte ihr einen Moment geben können, um zu antworten, statt ihr nur einen patzigen Kommentar vor die Füße zu knallen und sie dann einfach stehenzulassen.

Feli bewies vielleicht nicht gerade, dass sie eine gut funktionierende Erwachsene war. Er aber auch nicht.

Plötzlich fielen ihr all die Entgegnungen ein, die sie ihm gern an den Kopf geworfen hätte. Doch er war längst außer Hörweite und leider war ihr bewusst, dass es nicht gerade souverän rüberkommen würde, ihm nachzurennen, um auf seine Frage zu reagieren.

»Ey«, rief Giulia erneut und deutete genervt auf den Buffettisch.

Na toll. Nicht einmal diese einfache Aufgabe hatte sie ohne eine Zurechtweisung von Giulia erledigen können.

Feli wusste gerade nicht viel, aber ihr war klar, dass sich die nächsten vier Wochen wie vierzig anfühlen würden, wenn sie nicht endlich aus sich heraus kam.

Als am nächsten Morgen ihr Alarm losging, griff sie fast panisch nach ihrem Handy, um ihn wieder auszumachen. Nach zwei Sekunden hatte sie es geschafft, auf die richtige Stelle auf ihrem Bildschirm zu tippen. Sie lauschte. Leonardos Atem ging immer noch regelmäßig. Sie hatte ihn also nicht geweckt. Erleichterung durchflutete sie. Es war definitiv noch zu früh für eine Auseinandersetzung.

Sie schälte sich aus der Bettdecke, die sie im Schlafen komplett durcheinandergebracht hatte. Aber wie auch nicht? Es war keine Decke, die mit normaler Bettwäsche bezogen war. Eine dicke Decke lag auf einer dünnen Unterdecke, und beides verschob sich ständig, weil Feli so unruhig schlief.

Viele Alltäglichkeiten machten sie irrational wütend. Und sie hatte einen neuen Punkt gefunden, den sie ihrer Liste hinzufügen konnte.

Die Tür knarzte viel zu laut und verräterisch, als Feli aus dem Zimmer schlich. Schnell machte sie sich im Badezimmer fertig und tappte dann hinunter in die Küche.

In den nächsten Wochen würde sie jeden Morgen um

sieben aufstehen, damit sie bis acht Uhr das Frühstück vorbereiten konnte. Auf der Liste, die Giulia ihr vorwurfsvoll gezeigt hatte, stand jeder Arbeitsschritt fein säuberlich aufgeschrieben.

Sie sollte Käse- und Wurstplatten belegen, Joghurt, Müsli, hart gekochte Eier, geschnittenes Obst und Brot, Croissants und anderes Gebäck in das Esszimmer stellen, das an die Küche angrenzte. Auch Kaffee sollte sie zubereiten und sichergehen, dass genug Besteck und Teller für alle Teilnehmenden bereitlag und sauber war. Das klang sehr simpel.

Und doch stieß Feli schon nach fünf Minuten an die erste Hürde, die sie einfach nicht überwinden konnte.

Vor ihr stand eine Mokka-Espressomaschine, und sie hatte keine Ahnung, wie sie diese dazu überreden konnte, Kaffee für sie zuzubereiten.

Das reichte schon aus, um ihr Herz wieder zum Rasen zu bringen. Eigentlich war ihr bewusst, dass niemand sterben würde, sollte es heute Morgen keinen Kaffee geben. Aber sie malte sich bildlich aus, wie sie es sich deswegen mit Isabella Marino verscherzen würde. Sie sah sich schon ihren Koffer packen und wieder abreisen.

Und bevor sie sich genug Zeit gelassen hatte, um zu realisieren, dass sie diese irrationalen Gedanken ihrem verschlafenen Hirn zu verdanken hatte, rief sie auch schon Gelsa an.

»Guten Morgen, Sonnenschein«, begrüßte diese sie. Im Gegensatz zu Feli war sie ein Morgenmensch. Sie stand jeden Morgen schon um fünf Uhr auf und brauchte dafür keinen anderen Grund, als es einfach zu wollen.

»Wie bedient man eine Mokkamaschine?«, fragte Feli ohne Umschweife.

»Danke dir, ich habe ausgezeichnet geschlafen«, sagte Gelsa. Dann seufzte sie. Vermutlich hörte sie Felis schweres Atmen in der Leitung und erkannte darin die Panik, die sie zu überrollen drohte.

»Ich trinke Kräutertee. Wie zur Hölle kommst du darauf, dass ich das wissen könnte?«

Feli hatte nicht wirklich darüber nachgedacht. Wenn sie Hilfe brauchte, lief sie zu Gelsa. So funktionierte das schon seit Jahren. Und nur, weil sie tausend Kilometer von ihrer Freundin entfernt war, hieß das noch lange nicht, dass diese Regel ihre Gültigkeit verloren hatte.

»Ich hatte gehofft, dein erster richtiger Tag würde nicht mit Stress beginnen, sondern dass du die Toskana auch ein bisschen genießen würdest.«

»Ich bin nicht zum Spaß hier, Gelsa«, erwiderte Feli fast schon vorwurfsvoll.

»Vielleicht solltest du es sein.«

Darauf reagierte Feli nicht einmal. Diese Aussage kam ihr geradezu lächerlich vor. Ganz egal, was sie hier erwartete, mit Spaß hatte es sicherlich nichts zu tun. Außerdem hatte sie für so etwas Banales wie Spaß auch gar keine Zeit. Sie war hier, um ihren Laden zu retten. Nicht, um Urlaub in Italien zu machen.

Gelsa seufzte schwer.

»In Ordnung, du hörst mir sowieso nicht richtig zu, bevor dieses Problem nicht gelöst ist. Also: Ist niemand da, der dir helfen kann?«, fragte Gelsa.

Feli wollte sofort verneinen. Dann dachte sie an den schlafenden Mann, mit dem sie sich ein Zimmer teilte.

»Ich kann ihn nicht so früh wecken«, meinte sie. Er war erst wieder in ihr Zimmer gekommen, da hatte sie schon geschlafen. Sie sah wieder seinen abfälligen Blick vor sich, mit dem er sie gestern bedacht hatte. Sie konnte ihn unmöglich wecken.

»Du musst«, sagte Gelsa, die weder genau wissen konnte, von wem Feli sprach, noch all die Gründe kannte, warum Feli das eben nicht konnte. Doch es hatte wenig Sinn, ihr das erklären zu wollen. Sie würde sie nicht gelten lassen. Deswegen versuchte Feli es erst gar nicht. »Ich kann dir jedenfalls nicht helfen.«

Feli konnte sich nicht daran erinnern, dass Gelsa diesen Satz jemals zu ihr gesagt hätte. Und obwohl es gerade nur um Kaffee ging, kam ihr diese Aussage doch bedeutsam vor.

Sie war allein nach Italien gereist, um ihr Glück in die eigene Hand zu nehmen. Gelsa konnte ihr das Denken nicht mehr abnehmen, wenn es ihr zu schwierig wurde. Sie musste dieses Problem allein lösen. Oder eben mit der Hilfe eines Mannes, der sie schon nach einer gemeinsamen Unterhaltung nicht leiden konnte.

Es graute ihr davor. Aber dann seufzte sie. »Du hast recht.«

»Habe ich immer«, sagte Gelsa, genauso wie Feli erwartet hatte. Diese bekannte Antwort beruhigte sie ein bisschen.

»Schieb es nicht ewig auf. Mach es direkt«, beharrte Gelsa.

»Du kennst mich zu gut.«

Sie hörte ihre Freundin förmlich grinsen. »Hab einen schönen Tag.«

»Du auch.« Dann hatten sie auch schon aufgelegt, und Feli blieb nichts anderes übrig, als sich Gelsas Befehl zu beugen.

Sie ließ es sich durchgehen, die Treppen in den ersten Stock langsam zu erklimmen. Vor der Tür zu zögern, allerdings nicht mehr.

Vorsichtshalber klopfte sie an – nicht, dass sie ihn wieder halbnackt überraschte –, doch nichts rührte sich. Auch das laute Knarzen, als sie die Tür aufschob, reichte leider nicht, um ihr die Aufgabe, Leonardo zu wecken, abzunehmen.

»Leonardo«, flüsterte sie, obwohl ihr klar sein sollte, dass Flüstern niemanden aufwecken konnte. »Leonardo«, sagte sie dann lauter.

Er zuckte, schlief aber weiter.

Alles in ihr sträubte sich dagegen, doch sie zwang sich, ihre Hand auszustrecken und ihn an der Schulter zu berühren.

Er trug ein Shirt ohne Ärmel. Deswegen berührte ihr kleiner Finger nicht den Stoff, sondern seine Haut. Sie war warm vom Schlaf. Sofort lief Felis Kopf wieder heiß. Sie fühlte sich wie ein Computer ohne Lüftung.

»Leonardo«, wiederholte sie und schüttelte ihn nun leicht. Ihr kleiner Finger kribbelte.

Da öffnete er die Augen, sah sie direkt an, und sie sprang reflexartig einen Schritt zurück.

Er brauchte einen Moment, um richtig auf sie zu reagieren. Setzte sich dann auf seinem schmalen Bett auf, rieb sich die Augen und gähnte. Als er sie endlich direkt ansah, war seine Miene neutral. Das half aber auch kaum gegen ihre Nervosität.

Ihre Wangen glühten noch immer. Sie hoffte, dass er das

im dämmrigen Licht, das durch das kleine Fenster fiel, nicht sehen konnte.

»Ich brauche Hilfe«, gab sie zu.

Sie wartete darauf, dass er sie anfuhr, weil sie es gewagt hatte, ihn zu wecken. Sie wartete auf einen Kommentar, warum sie ihn nach Hilfe fragte, wenn er ihr doch immer im Weg war. Doch all das blieb aus. Er nickte einfach nur, stand auf und verließ vor ihr das Zimmer.

Er war direkt nach dem Aufwachen vielleicht nicht besonders gesprächig, aber auch nicht unfreundlich.

Feli war sich sicher, dass sie an seiner Stelle anders reagiert hätte.

Sie erreichten die Küche, und er knipste ohne Umschweife eine Deckenlampe an, deren Lichtschalter sie nicht gefunden hatte.

»Die Mokkamaschine«, erklärte sie. »Ich habe keine Ahnung, wie sie funktioniert.«

Nun wartete sie darauf, dass er sich über ihre Unfähigkeit lustig machte. Doch auch das blieb aus.

Er nickte wieder nur und baute die Maschine auseinander. Dabei ging er sicher, dass sie genau mitverfolgen konnte, was er tat. Dann füllte er Wasser in die untere Hälfe, setzte den Filter ein, gab Kaffeepulver hinein, drückte es fest, baute alles zusammen, stellte die Maschine auf den Gasherd und schaltete ihn ein.

Feli kam sich wie ein überfordertes Kleinkind vor, weil die Arbeitsschritte alle so lächerlich einfach gewesen waren.

»Danke«, murmelte sie in sich hinein, ohne seinem Blick zu begegnen. »Ich bin nur ein bisschen ...« Überfordert, unfähig, albern. Sie beendete den Satz nur in ihrem Kopf, aber der spuckte eine endlose Kette an unvorteilhaften Adjektiven aus.

In ihrer Heimat hatte es eine Schrittfolge gegeben, an der sie sich orientieren konnte. Eine Routine an Tätigkeiten und Menschen, die sie ihr Leben lang kannte und von denen sie wusste, wie sie mit ihnen umgehen musste. Hier fehlte ihr das. Und deswegen kam sie bei jedem Schritt, den sie wagte, aus dem Tritt.

»Keine Ursache.«

Sie hörte zum ersten Mal an diesem Tag seine Stimme. Sie war noch ein bisschen rau und müde. Aber immer noch nicht unfreundlich.

Sie überlegte, was sie als Nächstes sagen sollte. Er hatte ihr geholfen. Das bedeutete zwar nicht, dass ihre anderen unfreundlichen Interaktionen von einem Moment auf den anderen vergessen waren, aber vielleicht könnten sie diesen Moment trotzdem nutzen, um sich auszusprechen.

Sie setzte an, die Unterhaltung zu beginnen, da vernahm sie wieder das Scharren, das sie vor zwei Tagen am Schlafen gehindert hatte. Diesmal war es so laut, dass sie sich nicht mehr einreden konnte, sie hätte es sich nur eingebildet.

»Was war das?«, entfuhr es ihr schrill.

»Was?«, hakte Leonardo irritiert nach.

»Das Geräusch.«

Leonardo horchte. Dann erklang es wieder. Feli zuckte zusammen.

»Das ist Bosco.«

»Was ist ein Bosco?«

»Ein Hund. Bosco gehört der Besitzerin der Villa.«

Leonardo lief zur Tür, die von der Küche direkt auf den Hof führte, und pfiff einmal.

Das Scharren wurde lauter, bis Feli verstand, dass es von Pfoten herrührte, die über den Kiesweg rannten. Nur wenige Sekunden später sprintete ein Hund in die Küche. Ein Dackel, um genau zu sein. Er ging ihr gerade mal bis zur Mitte des Unterschenkels, sprang nun freudig schwanzwedelnd an ihr hoch – oder versuchte es zumindest. Seine Beine waren wirklich sehr kurz. Während sie in das treue Gesicht des Hundes sah, war es ihr ein bisschen peinlich, dass sie sich vor seinem Scharren gefürchtet hatte.

Mit seinem plötzlichen Auftauchen konnte Feli jedoch wesentlich besser umgehen als vor zwei Tagen mit Leonardos. Vermutlich, weil der Hund nicht von ihr erwarten würde, dass sie irgendwas Geistreiches sagte.

»Hey«, murmelte sie, während sie in die Hocke ging, um Bosco zu streicheln.

Dann hob sie vorsichtig den Kopf, denn wenn sie sich schon vor dem Scharren eines Dackels gefürchtet hatte, wollte sie nicht auch noch Angst vor braunen Augen haben. Sie musste sich dem Blick stellen, den sie auf sich liegen spürte.

Zu ihrer Überraschung betrachtete Leonardo sie mit Wärme, nicht mit Feindseligkeit.

Nummer drei, dachte sie. Drei Dinge, die sich in den letzten zehn Minuten als weitaus weniger beängstigend herausgestellt hatten, als ihre Phantasie sie dargestellt hatte.

Mokkamaschinen, Hundepfoten auf Kies und nun diese braunen Augen. Feli suchte wieder nach den richtigen Worten, fand aber keine und spürte Erleichterung, als das Pfeifen der Mokkamaschine sie unterbrach.

Leonardos Züge wurden wieder hart und distanziert, als er sich von ihr abwandte. Als wäre er jetzt erst richtig aufgewacht und hätte sich mit dem Schlaf auch seine Versöhnlichkeit aus den Augen gerieben.

»Der Kaffee ist fertig. Ich denke, den Rest schaffst du allein, oder?«

Sie nickte.

»Dann lege ich mich mal wieder hin.«

Sie sah ihm noch einen Moment wortlos nach und streichelte gedankenverloren den Hund. Erst als der Kaffee zischend überbrodelte, kam sie wieder auf die Beine.

Sie wusste nicht, was sie von Leonardos Reaktion halten sollte. Aber vermutlich war es das Beste, wenn sie ihn mied – so gut das eben ging, wenn man sich ein Zimmer teilte.

Jetzt jedenfalls musste sie sich erst einmal um das Frühstück kümmern und zwar schnell. Sie hatte schon viel zu viel Zeit verloren.

Kapitel 6

Zum Mittagessen hatte Giulia gebratenes Hähnchen, Polenta und einen frischen Salat aufgetischt. Es schmeckte so gut, dass Feli beim Essen kurz vergessen konnte, warum sie die Köchin nicht mochte.

Doch das änderte sich schlagartig, als sie die Küche nach dem Essen betrat.

Giulia hatte ihr nicht nur dreckiges Geschirr hinterlassen, sondern ein Schlachtfeld.

Feli stand überfordert vor den hohen Türmen aus benutzten Töpfen, Geschirr, Besteck und Küchenutensilien und wusste nicht, wo sie anfangen sollte. Egal, wo sie begann – so viel wusste sie zumindest –, sie würde erst in vielen Stunden fertig sein. Dabei hatte sie sich fest vorgenommen, heute irgendwie den Workshops zu lauschen.

Sie wollte ausprobieren, ob sie etwas hören konnte, wenn sie sich in einem Nebenzimmer oder einer unauffälligen dunklen Ecke versteckte. Wo sie die Informationen erhielt, spielte schließlich keine Rolle, hatte sie sich überlegt. Hauptsache, sie hörte, was den Teilnehmern beigebracht wurde, konnte es später umsetzen und damit irgendwie ihren

Laden retten. Auch an den schottischen Akzent von Gregor MacMurray würde sie sich irgendwie gewöhnen, hatte sie sich versucht selbst einzureden.

Doch nun starrte sie auf das Geschirr, als wäre es das *eine* Hindernis, was ihr noch den Weg zu ihrem Ziel verstellte. Sie würde sich davon nicht unterkriegen lassen. Nicht vom Geschirr. Nicht von einer griesgrämigen Köchin.

Wild entschlossen trat sie an die große Spüle, in der sich nicht nur Töpfe und Teller stapelten. Ihr wurde ein bisschen übel, während sie die Essensreste betrachtete, die im Wasser schwammen, das nicht ablaufen wollte.

Essensreste im Abfluss konnten ihr einen Tag verderben, eigentlich eine ganze Woche. Daran hätte sie definitiv denken müssen, als sie entschieden hatte, als Küchenhilfe zu arbeiten. Ihr sorgsam zurechtgelegter Plan kam ihr mit jeder verstreichenden Minute sinnloser vor.

Nein, schalt sie sich in Gedanken. Sie würde nicht scheitern. Nicht an Mokkamaschinen, unerwünschten Mitbewohnern, an Geschirrbergen oder verstopften Abflüssen. Das waren keine legitimen Gründe, an denen man scheitern sollte.

Sie dachte an all die wertvollen Informationen, die sie verpassen würde, je länger sie hier stand. Und dann wagte sie sich todesmutig vor, stellte sich ihrem Ekel und überwand ihn und griff in das Fingerknöchel tief stehende Wasser.

Ihre Hände weichten auf, während sie einen Topf nach dem anderen abwusch. Zwei ganze Stunden verbrachte sie an der Spüle. Irgendwann sahen ihre Fingerkuppen aus wie besonders alte Rosinen.

Doch als sie den letzten Teller zum Abtropfen wegstellte,

war sie auch ein bisschen stolz auf sich. Die Küche blitzte wieder, die Arbeitsplatten waren bereit, dass auf ihnen das Abendessen zubereitet werden konnte, und die Teller warteten darauf, erneut gefüllt zu werden.

Diese Energie wollte Feli nutzen, um sich nun dem wahren, viel größeren Problem zu stellen: den Workshops.

Zur Werkstatt selbst zu gehen, traute sie sich nicht. Sie war keine Kursteilnehmerin und sie war sich ziemlich sicher, dass sie den Raum nicht einfach so betreten durfte. Aber ihr fiel noch eine andere Möglichkeit ein. Also lief sie um die Villa herum, bis sie das offen stehende Fenster der Werkstatt erreichte. Sie lag im ersten Stock. So weit oben, dass Feli nicht hineinsehen konnte, aber auch das würde sie nicht aufhalten.

Doch schon nach einigen Minuten und mehreren Versuchen, sich auf die Zehenspitzen zu stellen, um besser zu hören, musste sie feststellen, dass ihre Hoffnungen zu hochgesteckt waren. Ab und an wurden einzelne Sätze zu ihr heruntergetragen. Aber es war nicht genug, um wirklich mitzubekommen, worüber dort geredet wurde, oder um Neues zu lernen, geschweige denn ihren Laden vor der Schließung zu retten.

Frustriert reckte sie sich weiter. Wenn sie nur fünf Zentimeter größer wäre, dann wäre sie nicht nur beim Volleyball in der Schule nicht so eine Niete gewesen, sondern auch jetzt in der Lage, alles mit anzuhören, dachte sie frustriert, obwohl ihr natürlich klar war, dass eine andere Körpergröße wenig an beiden Situationen verändert hätte.

In diesem Moment knickte sie um, fluchte und machte einen Schritt zurück. Nun war wohl der Moment, in dem sie einsehen musste, dass es keinen Zweck hatte. So würde sie keinen Erfolg haben. Sie fluchte noch einmal und riss ihren Blick schließlich von dem angelehnten Fenster los, das sie die ganze Zeit verheißungsvoll angestarrt hatte.

Sie stolperte erneut. Diesmal nicht über ihre eigenen Füße, sondern über einen Hammer.

Fahrig hob sie das Werkzeug auf und funkelte es wütend an. Warum hatte Leonardo es ausgerechnet dort, wo sie lauschen wollte, fahrlässig liegen lassen? Wut durchflutete ihren Körper.

Doch sie zwang sich, tief durchzuatmen. Er konnte nichts für ihre Situation, erinnerte sie sich. Es war nicht seine Schuld, dass die meisten Menschen inzwischen lieber Schmuck übers Internet bestellten, als in einen Laden zu gehen. Es war nicht seine Schuld, dass ihr Vater gestorben war. Es war nicht seine Schuld, dass sie ihn nicht retten konnte und – wie es nun aussah – auch nicht seinen Laden, sein Vermächtnis, sein Ein und Alles. Dabei wünschte sie sich so sehr einen Schuldigen. Das würde es irgendwie einfacher machen.

Sie schnaubte, schüttelte ihre Arme aus und sammelte sich. Sie hasste Mitleid. Folglich hasste sie auch Selbstmitleid. Und von diesem hatte sie in letzter Zeit definitiv viel zu viel Gebrauch gemacht.

Feli lief um die Villa herum und blieb vor dem kleinen, baufälligen Haus stehen. Sie konnte Leonardo nicht entdecken, ihn auch nicht im Inneren arbeiten hören. War er vielleicht in der Villa?

Ihr Blick blieb an der offenen Tür hängen. In dem kleinen Haus war es dunkel. Von dieser Stelle aus konnte sie nichts erkennen. Aber würde sie näher herangehen, könnte sie vielleicht mehr ausmachen. Sie setzte sich in Bewegung und redete sich ein, dass sie nur den Hammer zurückbringen und wissen wollte, wie weit die Renovierungen fortgeschritten waren, damit sie einschätzen konnte, wann sie nicht mehr gezwungen sein würde, sich ihr Zimmer zu teilen. Dass sie in Wirklichkeit einfach nur neugierig war und wie die restlichen Bewohner ihrer Heimatstadt Dinge in Erfahrung bringen wollte, die sie gar nichts angingen, ignorierte sie gekonnt.

Langsam öffnete sie die Eingangstür. Sie knarzte. Natürlich knarzte sie. So schien es sich auf diesem Hügel irgendwo in der Toskana für eine Tür zu gehören.

Sie trat ein.

»Leonardo?«, rief sie. Doch sie erhielt keine Antwort.

Also betrat sie die Hütte. Ihre Augen brauchten einen Moment, um sich an das dämmrige Licht zu gewöhnen, was so viel sanfter war als das intensive Strahlen der heißen Sonne im Hof.

Staubpartikel bewegten sich träge, fast schon faul, im einfallenden Licht. Es roch alt, genau wie in ihrer Werkstatt, dem Ort, der für sie Heimat bedeutete. Und mit einem Mal spürte sie das intensive Verlangen, jetzt dort zu sein. An ihrer Werkbank zu sitzen und die Schrammen mit dem Zeigefinger nachzufahren, während sie sich fragte, wer sie dort im Holz hinterlassen hatte.

Doch sie war nicht zu Hause. Sie war hier in der Toskana.

Sie konzentrierte sich wieder auf den Raum vor sich und stellte fest, dass dies auch eine Werkstatt war. Automatisch machte sie einen weiteren Schritt nach vorne. Dass es ihr nicht zustand, hier zu sein, vergaß sie beim Anblick der Statue, die zwei Meter von ihr entfernt stand.

Sie war noch nicht ganz eine Statue, aber bereits mehr als nur ein Stück Stein. Das, was Feli sah, war irgendwas dazwischen. Es war noch nicht fertig. Ein unvollendetes Kunstwerk. Dass es etwas Einzigartiges werden würde, erkannte Feli jedoch bereits jetzt.

Hatte vielleicht das Schlagen auf diesen Brocken das laute Hämmern ausgelöst, das sie die letzten Tage gehört hatte? Während sie die Frau, sie sich aus dem Marmor in die Freiheit zu kämpfen schien, betrachtete, bildete sie sich ein, es wieder im Ohr zu haben. Ja, wenn sie jetzt darüber nachdachte, war es kein Hämmern gewesen, mit dem man Nägel in Holz trieb, so wie sie es sich die ganze Zeit vorgestellt hatte. Es war das helle, harte Schlagen von Metall auf Stein gewesen.

Leonardo war ein Künstler, erkannte sie. Das Gesicht der Frau war noch nicht vollständig definiert. Es schien hinter einer Milchglasscheibe zu liegen, die ihre Züge verzerrte. Trotzdem war sie wunderschön. Würde er die Augen noch öffnen oder sie geschlossen lassen?

Feli wollte es wissen. Sie wollte die fertige Statue schon jetzt vor sich haben. Gleichzeitig konnte sie sich auch an dem Prozess nicht sattsehen. Sie liebte es, eine vollendete Kette in den Händen zu halten, die sie selbst erschaffen und mit der sie Stunden ihres Lebens verbracht hatte. Doch in diesen Momenten trauerte sie auch immer ein bisschen diesen verstrichenen Stunden nach, weil sie sie gern noch mal erleben wollte. Sie war nicht Goldschmiedin für den fertigen Schmuck, sie war es vor allem für den unfertigen. Und sie fragte sich, ob Leonardo aus den gleichen Gründen ein Künstler war.

»Was machst du hier?«

Sie fuhr herum und sah ihn ertappt an. Dass sie diesmal wirklich etwas gesehen hatte, was ihr nicht zustand, dass sie einen Bereich betreten hatte, der zu intim war, um von Fremden begafft zu werden, wurde ihr erst so richtig bewusst, als sie die Nervosität in seinen Augen erkannte.

Den Schmuck, den sie nicht vollendet hatte, zeigte sie auch niemandem. Und nun hatte sie einen Menschen gezwungen, die Schubladen zu öffnen, deren Inhalt er immer vor anderen verborgen hielt, und mit ihr zu teilen, was er nicht teilen wollte.

»Es tut mir leid«, stotterte sie sofort. »Ich wollte nur …«

Sie hob den Hammer, doch die Ausrede kam ihr nun nicht mehr richtig vor. Das hatte er nicht verdient. »Es tut mir leid. Ich war neugierig«, gab sie also zu.

Leonardo reagierte nicht sofort. Genauso wenig wie sie hatte er wohl mit Ehrlichkeit gerechnet.

»Ich habe dich unter dem Fenster der Werkstatt stehen sehen«, sagte er unvermittelt. »Was hast du da gemacht?«

Felis Herz hämmerte mal wieder in einem Tempo, das sie um ihre Gesundheit fürchten ließ.

»Wie meinst du das? Ich habe eben rumgestanden.« Sofort fühlte sie sich schlecht, weil sie nun doch gelogen hatte, obwohl sie das nicht tun wollte. Aber die Wahrheit erschien ihr gerade keine Option mehr zu sein.

»Du hast dich auf die Zehenspitzen gestellt. Du wolltest zuhören«, entgegnete Leonardo ungerührt. Er machte es Feli aber auch wirklich nicht leicht, ihre Würde zu behalten.

»Hast du mir etwa nachspioniert?«, fragte sie patzig. »Ein bisschen seltsam, dass du gleich etwas hineininterpretierst, wenn ich mich einfach unter einem Fenster strecke.«

Sie hatte sich selten so angriffslustig erlebt. Sie wusste nicht, ob ihr diese Seite an ihr gefiel.

Leonardo ließ sich davon aber nicht verunsichern, das spürte sie. Ihre abweisenden Antworten schienen ihn in seiner Vermutung nur zu bestärken.

»Bist du auch Goldschmiedin oder so was?«, fragte er.

Feli wurde heiß und kalt zugleich. Solange man nicht für den Geheimdienst arbeitete, war es eigentlich ziemlich überflüssig, über den eigenen Beruf zu lügen. Aber würde Feli es zugeben, würde Leonardo bestimmt erkennen, warum sie wirklich hier war. Ihm würde klarwerden, dass sie sich beworben hatte und abgelehnt worden war. Und ihm würde klarwerden, dass sie verzweifelt genug war, um trotzdem zu kommen, selbst wenn sie nur in der Küche arbeitete.

Dann würde er ihr das Gefühl entgegenbringen, vor dem sie doch so gehetzt aus ihrer Heimat geflohen war: Mitleid.

Und in seinen braunen Augen sah das Mitleid bestimmt besonders eindrucksvoll aus, und sie wollte nicht, dass es sie entstellte. Sie wollte wieder diese Wärme darin sehen, die sie heute Morgen erkannt hatte. Und sie wollte sich vor allem nicht ungenügend und ertappt fühlen.

Also zwang sie sich, gelassen seinem Blick zu begegnen.

»Nein«, sagte sie. »Ich arbeite in der Gastronomie.«

Er zog die Augenbrauen ungläubig in die Höhe. Das war eine beschissene Ausrede, das wurde Feli direkt klar. Er hatte ihr schließlich erst vor einem halben Tag helfen müssen, Kaffee zu kochen. Doch bevor er sie darauf hinweisen konnte, entschied sie sich, zum Gegenangriff überzugehen.

»Warum musst du eigentlich hier wohnen?«

»Was?«, fragte er, sichtlich vom abrupten Themenwechsel überfordert.

»Kommst du gebürtig aus der Stadt unten im Tal?«

»Ja«, erwiderte er immer noch verunsichert und vergrub seine Hände, von denen sie nun wusste, was sie erschaffen konnten, in seinen Hosentaschen. Die Venen an seinem rechten Arm traten leicht hervor, wie Flussadern, die sich ihren Weg unter seiner Haut suchten.

»Warum musst du dann in diesem baufälligen Haus wohnen und fährst nicht in die Stadt, um dort zu schlafen?«

Seine Lippen wurden so schmal, dass Feli schon darauf wartete, dass sie komplett verschwanden.

»Das geht dich nichts an«, erwiderte er schließlich kühl.

Sie konnte es sich gerade noch verkneifen, ihn darauf hinzuweisen, dass es ihn auch nichts anging, warum sie unter manchen Fenstern stand und unter manchen nicht. Aber das schien er ohnehin vollkommen vergessen zu haben, also wies sie ihn nicht wieder darauf hin.

Sie überlegte, ob sie noch irgendwas anderes sagen sollte. Aber in der Hütte wurde es unter seinem finsteren Blick allmählich ziemlich kühl und sie sehnte sich nach der Wärme der Sonne – und nach der Abwesenheit seines wütenden Gesichtsausdrucks. Sie wollte nicht länger hier stehen, um mit ihm über Sinnloses zu streiten, sondern einfach nur verschwinden.

Also legte sie den Hammer auf einen Tisch, hastete wortlos an ihm vorbei und ließ ihn einfach stehen.

Würde sie ihn morgen aufwecken, um ihr in der Küche zu helfen, würde er sich diesmal wohl nicht die Mühe machen, für sie aufzustehen.

Kapitel 7

Bis Freitag hatte es Feli perfektioniert, Giulia aus dem Weg zu gehen. Vor jedem Essen musste sie den Tisch decken. Doch sie deponierte alles Geschirr und Besteck, was sie dazu brauchte, bereits im Esszimmer, bevor Giulia die Villa erreichte, um mit dem Kochen zu beginnen. Wenn Feli nach dem Essen für den Abwasch in die Küche kam, war die Köchin sowieso längst fort. Und hinterließ ihr jeden Tag ein noch größeres Chaos als am Vortag, als hätte sie es sich zur Aufgabe gemacht, Felis Leben noch ein bisschen schwerer zu machen.

Die Essensreste im dreckigen Spülwasser schienen mehr zu werden. Aber Feli schaffte es inzwischen mit einer gewissen Selbstverständlichkeit, sich dem Abfluss zu stellen. Vermutlich hätte sie stolz auf sich sein können, wenn sie nicht noch immer vor dem Problem gestanden hätte, dass sie ihrem eigentlichen Ziel, die Workshops mit anzuhören, kein bisschen näher gekommen war.

Nachdem die Idee mit dem offenen Fenster gescheitert war, brauchte sie neue Möglichkeiten. An der Tür zur Werkstatt zu lauschen, war ihr jedoch zu riskant, schließlich konnte jeden Moment jemand herauskommen und sie dort erwischen. Gestern hatte sie sich mit einem Tablett mit Wasserkaraffen und Gläsern dort positioniert und als dann tatsächlich die Tür aufging, hatte sie so getan, als wäre sie eben angekommen, um die Teilnehmenden mit Getränken zu versorgen. Zu diesem Zeitpunkt hatte sie das Tablett kaum noch halten können, weil sie es bereits eine Stunde lang nicht abgestellt hatte.

Sie hatte die Werkstatt zum ersten Mal mit bedächtigen Schritten betreten, und hatte sich sehr viel Zeit dabei gelassen, die Gläser und das Wasser zu verteilen, während Isabella Marino mit ihrer ruhigen, melancholischen Stimme ihren Berufsweg darlegte. Es war sehr interessant gewesen, doch irgendwann hatte Feli keine Ausrede mehr gehabt zu bleiben und sich wieder zurückziehen müssen, bevor sie den Raum richtig erfasst und alle wichtigen Informationen erhalten hatte.

Von diesem kläglichen Versuch war ihr kein entscheidendes Wissen, sondern nur der Muskelkater in ihren Armen geblieben, der sie heute noch daran erinnerte, wie schlecht ihre Pläne funktionierten.

Dass Leonardo und sie kaum zwei Worte miteinander gewechselt hatten, seit er sie am Montag in seiner Werkstatt erwischt hatte, trug auch nicht gerade dazu bei, dass Feli sich wohler in der Villa fühlte. Sie schlich durch die Gänge, als würde sie gar nicht richtig hierher gehören. Und als wartete sie nur auf den Moment, bis das den anderen aufging und man sie hinauswarf.

Auch jetzt lief sie fast auf Zehenspitzen zur Küche, obwohl der alte Boden sowieso jedes Geräusch schluckte.

Sie kam sich albern vor. Wie ein Kind, das nach seiner Schlafenszeit noch durchs Haus lief.

Sie erreichte die Küche und wollte hinein, um das Geschirr und Besteck zu holen, bevor Giulia eintraf. Doch zu ihrem Schock stellte sie fest, dass die Köchin heute früher angekommen war. Felis Hände wurden feucht, wie immer, wenn sie sich nicht sicher war, wohin sie ihren nächsten Schritt setzen sollte – und ob sie ihn überhaupt setzen sollte. Sie hasste diese Reaktionen ihres Körpers.

Sie verharrte vor der angelehnten Tür, hörte die Köchin vor sich hin murmeln und immer mal wieder einen Ruf ausstoßen, der wie ein Fluch klang. Das waren nicht die besten Voraussetzungen, um sich in ihr Refugium vorzuwagen, wo sie Feli definitiv nicht haben wollte. Doch sie wusste, selbst wenn sie Giulia fröhlich hätte pfeifen hören, wäre ihr eigenes Unwohlsein nicht viel kleiner gewesen.

Sie ging sich selbst auf die Nerven. Mit jedem Schritt haderte sie. Mit jeder Entscheidung. Das konnte nicht ewig so weitergehen. Würde sie noch zögerlicher werden, würde sie vermutlich irgendwann an irgendeiner Stelle festwachsen und sich nie wieder bewegen. Sie war eine erwachsene Frau, die um ihr Unternehmen kämpfen wollte. Warum gab sie sich nicht endlich einen Ruck?

Sie stand nicht vor dem Tor zur Unterwelt, und Giulia hatte auch nicht drei Köpfe wie der Höllenhund Zerberus. Also öffnete sie die Tür und trat in die Küche.

Giulia registrierte sie nicht sofort. Sie war zu sehr mit sich selbst beschäftigt. Sie stand vor einem Küchengerät, dessen Funktion Feli niemals erraten hätte, würde die Köchin nicht

Teig hindurchdrehen, der auf der anderen Seite als feine Spaghetti wieder herauskam.

Giulia drehte an einem Rad und versuchte gleichzeitig, den Teig und die fertigen Nudeln zu halten. Doch dafür fehlte ihr eine dritte Hand.

Feli lief so leise sie konnte zum Regal mit den Tellern. Da hob Giulia den Kopf. Ihr Blick war nicht milder als bei Felis Ankunft. Feli nickte ihr nur zu und holte das Geschirr und wollte eben wieder durch die Tür ins Esszimmer verschwinden, als Giulia besonders laut fluchte.

Feli blieb stehen. Die Köchin brauchte offensichtlich Hilfe. Aber es wäre definitiv am sichersten, einfach so zu tun, als würde sie Giulia gar nicht bemerken und so schnell wie möglich ihre Arbeit zu machen. Schließlich hatte sie ihr unmissverständlich klargemacht, dass Feli ihr nicht zu nahe kommen sollte. Giulia würde sie sicherlich nicht um Hilfe bitten, selbst wenn sie aus Versehen ihre eigenen Finger durch das Gerät drehte.

Doch als Giulia ein weiterer lauter Fluch entwich und mehrere Spaghetti auf dem Boden landeten, stellte Feli das Geschirr zur Seite und trat neben Giulia. Sie fing die Spaghetti auf, die sich fast zu den anderen auf die dunklen Fliesen gesellt hätten.

Giulia sah auf. Feli wartete darauf, dass sie sie auf Italienisch anfuhr. Doch das tat sie nicht. Die Köchin schnaubte und drehte nur weiter an der Kurbel. Mit der anderen Hand führte sie den Teig ins Gerät und sie überließ es Feli, die Nudeln aufzufangen.

Feli war sich der großen Bedeutung ihrer Aufgabe bewusst. Würde sie auch nur eine Spaghetti fallen lassen, würde Giulia sich mit noch mehr dreckigem Geschirr rächen. Deswegen nahm sie ihre Aufgabe sehr ernst, fing jede einzelne Nudel auf und legte sie zu den bereits fertigen auf die Arbeitsfläche.

Etwa eine halbe Stunde später waren sie fertig, und Feli hatte nicht eine Nudel verloren.

Giulia musterte sie, während sie sich die Hände wusch. Ihren Gesichtsausdruck als freundlich zu bezeichnen, wäre zu viel gewesen. Aber sie sah Feli wenigstens nicht mehr so an, als würde sie sie mit einem ihrer vielen Küchengeräte ermorden wollen.

Das war doch schon mal ein Anfang, dachte sich Feli.

Da sie den Kopf immer senkte, sobald die Köchin in der Nähe war, war ihr noch gar nicht aufgefallen, dass ihre Augen dieselbe Farbe wie Bernstein hatten. Die schwarzen kleinen Punkte darin wirkten wie die Insekten, die schon vor Jahrhunderten im Stein gefangen worden waren. Das hatte Feli an Bernstein immer am schönsten gefunden. Die lange Geschichte, die er in sich barg.

Ungeduldig schnaubte Giulia, riss Feli aus ihren Gedanken und deutete auf das Geschirr. Damit gab sie ihr unmissverständlich zu verstehen, dass sie nicht so trödeln sollte.

Als Feli mit den Tellern das Esszimmer betrat, musste sie sich sogar ein kleines Grinsen verkneifen.

Nach dem Abwasch machte sich Feli bereit für den nächsten Versuch, in die Werkstatt zu gelangen. Sie hatte sich einen kleinen Staubwedel geschnappt und knetete jetzt nervös dessen Griff. Sie würde vorgeben, ein bisschen aufzuräumen, damit die Teilnehmenden einen schönen Ort zum Arbeiten hatten. Davon würde sie hoffentlich nicht so einen starken Muskelkater bekommen wie von dem Tablett mit der Wasserkaraffe – und sie würde länger im Raum verweilen können.

Das klang doch nach einer gar nicht so schlechten Idee. Sie musste sich das zumindest einreden, um es überhaupt zu versuchen.

Von ihrem Zimmer musste sie einmal durch die ganze Villa laufen, um die Werkstatt am entgegengesetzten Ende des Gebäudes zu erreichen. Auf dem Weg dorthin gab es viele Möglichkeiten zu kneifen und es sich anders zu überlegen, deswegen lief sie besonders zügig, um das zu vermeiden.

Sie rannte fast durch die verwinkelte Villa mit den schmalen Treppenhäusern und noch schmaleren Gängen. Sie hatte den Essbereich schon durchquert, als jemand ihren Namen rief.

»Felicitas«, wiederholte Isabella Marino, sobald sich Feli zu ihr rumdrehte. Sie kam einen Treppenabsatz hinauf, den Feli noch nie hinuntergegangen war. Dort im Keller lagen noch mehr Schlafzimmer, so weit sie wusste.

»Signora Marino«, erwiderte Feli mit ein paar Sekunden Verzögerung und realisierte erst jetzt, wie wenig sie in den letzten Tagen von ihrer Stimme Gebrauch gemacht hatte. Sie klang wie die alten Scharniere der Türen in der Villa. Verwendete man sie nicht oft genug, rostete sie und ihre Worte wurden heiser.

»Isabella«, erwiderte die Gründerin des Retreats. »Wir sind hier nicht so förmlich.«

Es widerstrebte Feli, sie einfach Isabella zu nennen – auch nur in ihrem Kopf. Der berühmte Nachname brachte eine Distanz zwischen sie, die Feli brauchte. Sonst würde sie vielleicht doch noch auf die dämliche Idee kommen, ihr all das vorzuwerfen, was sie hatte sagen wollen, bevor sie aus Versehen Küchenhilfe bei diesem Retreat geworden war.

»Okay«, murmelte sie trotzdem, weil ihr klar war, dass irgendeine Reaktion von ihr erwartet wurde.

»Sehr gut, dass ich dich sehe«, meinte Isabella. »Ich war gerade bei Leonardo, und er hantiert im Haus an den Decken rum und steht auf einer sehr wackeligen Leiter. Ich würde ihm gern helfen, aber Gregor gibt gerade einen Workshop und ich soll ihn gleich für den nächsten ablösen. Leonardo meinte zwar zu mir, er kriegt das alles ohne Hilfe hin, aber ich würde mich viel wohler fühlen, wenn jemand die Leiter festhalten würde. Es soll ja nicht schon in der ersten Woche jemand im Krankenhaus landen.«

Der Scherz sollte Feli vermutlich ein Lachen entlocken, doch sie blieb still. Sie überlegte fieberhaft, wie sie Isabella *Marino* klarmachen konnte, dass sie vermutlich der letzte Mensch war, den Leonardo gerade sehen oder dessen Hilfe er annehmen wollte. Warhscheinlich würde er sich absichtlich von der Leiter stürzen, nur um ihrer Anwesenheit zu entgehen. Sie konnte ihn zwar auch nicht leiden, aber einen Krankenhausaufenthalt wünschte sie ihm ja trotzdem nicht.

»Danke dir«, sagte Isabella Marino, als hätte Feli längst geantwortet. »Es ist superlieb von dir, dass du ihm hilfst.«

Feli wurde klar, dass es keine Ausrede gab, die sie ihrem

Gegenüber geben konnte, ohne wie eine Versagerin oder ein schlechter Mensch rüberzukommen. Also nickte sie nur.

»Ich bin spät dran. Aber wir sehen uns ja dann beim Abendessen«, meinte Isabella Marino noch, strahlte Feli ein letztes Mal an und lief dann die Stufen hinauf, die Feli eigentlich auch hatte erklimmen wollen. Da die Mentorin aber in die Werkstatt ging, konnte sich Feli dort nun nicht mehr blicken lassen, ohne die Frage aufzuwerfen, warum sie nicht Leonardos Leiter hielt, wie abgesprochen.

Schon wieder hatte Isabella Marino verhindert, dass sie an den Workshops teilnahm. Erst durch die Absage. Nun durch ihre – selbst Feli musste es einsehen – nicht böse gemeinte Bitte.

Sie verließ die Villa und näherte sich dem kleinen Haus, das auch nach einer Woche Arbeit genauso aussah wie an dem Tag, als sie hier angekommen war. Diesen Gedanken sollte sie vielleicht lieber für sich behalten und nicht mit Leonardo teilen.

Bevor sie eintrat, rief sie hinein. »Leonardo?«

Es kam nur ein unverständliches Grummeln zurück.

Das fing ja gut an. Seine Laune schien nicht die allerbeste zu sein.

»Isabella hat mich geschickt, um die Leiter zu halten.«

Wieder erklang ein Grummeln, aber da er ihr nicht sagte, sie solle sich verziehen, trat sie ein. Sie wollte Isabella Marino sicherlich nicht erklären müssen, warum sie ihrem Wunsch nicht nachgekommen war, sollte Leonardo sich tatsächlich verletzen. Sich Leonardos Anwesenheit auszusetzen, erschien ihr ausnahmsweise einmal das kleinere Übel zu sein.

Die Statue stand dort, wo sie sie vor einigen Tagen gefunden hatte. Die Frau hatte sich ihren Weg ein bisschen weiter aus dem Stein herausgekämpft. Feli fand sie noch immer wunderschön. Das hätte sie Leonardo gern gesagt, aber sie hatte Angst, dass sie ein Kompliment am Ende so ungeschickt formulierte, dass er es doch wieder als Beleidigung auffassen konnte. Nachdem sie sich Anfang der Woche auch noch unerlaubt in dieses Haus geschlichen hatte, konnte sie verstehen, dass Leonardo sie nicht hierhaben wollte. Aber sie hatte einfach keine Ahnung, wie sie das beheben sollte. Sie hatte sich übernommen, musste sie sich eingestehen. Dieser ganze Plan war zu groß für sie. Für eine Person, die sich nie aus ihrer Heimatstadt hinausgewagt hatte.

Obwohl diese Zweifel durch ihren Kopf rasten, ging sie weiter und lief ein bisschen tiefer in das Haus hinein als beim letzten Mal. Die Dielen im nächsten Raum waren abgeschliffen. Eine feine Staubschicht lag über allem. Und in der Mitte stand Leonardo – genauso staubig wie der Rest.

Er trug wieder ein Shirt ohne Ärmel, war verschwitzt und dreckig, und Feli fragte sich, wie es den Generationen vor ihr gelungen war, Frauen einzureden, Männer in genau diesem Aufzug attraktiv zu finden. Dass sie die Bewegungen seines Bizepses so gut nachverfolgen konnte, löste selbstverständlich nichts in Feli aus. Sie war schließlich keine hormongesteuerte Jugendliche mehr. Das redete sie sich zumindest ein.

Leonardo stand auf einer wirklich sehr wackelig aussehenden Leiter, die voller Farbkleckse war, streckte seine Arme zur Decke und versuchte, dort eine Lampe zu befestigen.

Doch dann schwankte die Leiter leicht unter ihm und er musste sich ausbalancieren, um nicht zu fallen.

Einem Reflex folgend trat Feli an die Leiter heran und hielt sie fest, bevor sie sich aktiv dazu entschieden hatte. Ihr Herz schlug schneller.

»Das ist echt gefährlich«, sagte sie atemlos. »Du könntest dir richtig weh tun.« Sie klang vorwurfsvoll.

Leonardo, der gerade an der Lampe geschraubt hatte, hielt kurz inne und sah zu ihr herab.

»Ich hätte erwartet, es würde dich freuen, mich los zu sein.«

»Sei nicht albern«, fuhr Feli ihn ein bisschen ungehalten an. »Ich finde es nervig, mir ein Zimmer teilen zu müssen. Aber nicht *so* nervig, dass ich will, dass du dir was brichst.«

Er sah noch immer zu ihr herunter. Und dann legte sich ein kleines Grinsen auf seine Lippen, das auch seine Augen erreichte. »Gut zu wissen.«

Dann machte er sich wieder an die Arbeit, und Feli nahm ihre Aufgabe, die Leiter festzuhalten, vielleicht ein bisschen zu ernst. Sie klammerte sich richtig daran fest und stieß einen überraschten Schrei aus, als eine Schraube auf ihren Kopf fiel.

»Sorry«, meinte Leonardo und versuchte, ein Lachen zu unterdrücken. Es gelang ihm nicht.

»Vielleicht habe ich es mir nun doch anders überlegt«, nuschelte Feli, während sie sich die Stelle an ihrem Scheitel rieb.

»Fair«, meinte Leonardo trocken.

Feli kommentierte es nicht, aber erbarmte sich sogar, die Schraube vom Boden aufzuheben. Als sie Leonardo diese reichte, lächelte er wieder. Ein bisschen verhaltener als vorhin, allerdings ehrlich.

Danach schwiegen sie. Zumindest fast. Immer wieder rutschten Leonardo Flüche heraus, während er versuchte, die Lampe an der Decke anzubringen.

»Jetzt weiß ich, warum die Hütte nicht fertig wird«, konnte sie sich nicht ganz verkneifen zu sagen, als Leonardo mal wieder genervt vor sich hin murmelte.

»Das ist ein Haus, keine Hütte.«

»Na ja, noch ist es eher eine Hütte. Aber vielleicht ist es ein Haus, wenn du irgendwann mal fertig wirst.«

»Pass auf. Gleich regnet es wieder Schrauben.«

»Und dann rutscht mir *aus Versehen* die Leiter aus der Hand.«

Sie sah nicht zu ihm auf, aber sie meinte zu spüren, dass er wieder lächelte.

Ein ihr inzwischen vertrautes Scharren erklang, und dann trabte Bosco herein. Er trug heute einen knallpinken Hut. Es gab sogar Löcher für seine Ohren. Feli war kein Fan von auffälligen Farben, aber sie musste zugeben, dass Bosco es tragen konnte.

»Wer hat dir den denn gemacht?«, fragte Feli den Dackel und ging leicht in die Hocke, ohne die Leiter loszulassen, um ihn mit nur einer Hand zu streicheln.

»Das weiß niemand so genau«, kommentierte Leonardo.

Es knarzte, als er langsam hinabstieg.

Direkt vor Bosco und Feli kam er zum Stehen und betrachtete sie kurz nachdenklich, als wäre sie ein komplizierter Text, der sich ihm beim Lesen nicht direkt erschloss.

»Danke«, sagte er.

»Keine Ursache«, erwiderte Feli.

Er nickte. »Ich würde mich dann mal wieder an die Arbeit machen.«

Er schmiss sie nicht gerade unauffällig raus, aber Feli nahm es ihm in diesem Moment weniger übel, als sie es noch vor einer Stunde getan hätte.

Sie nickte nur, drehte sich um und ging. Der Anblick von Leonardo in seinem engen Shirt wollte sich jedoch nicht aus ihren Gedanken vertreiben lassen, egal, wie vehement sie es auch versuchte.

An diesem Tag wurde Felis Routine, die sie sich in der letzten Woche so mühsam aufgebaut hatte, noch weiter gestört.

Als sie nach dem Abendessen in die Küche gehen wollte, um abzuspülen, musste sie feststellen, dass sie wieder nicht allein war. Aber nicht nur Giulia war dort.

Mehrere Stimmen und lautes Lachen drangen schon durch die Tür, bevor Feli sie aufstieß. An der Küchenanrichte lehnte Giulia, neben ihr stand Isabella Marino. Leonardo sprach gerade schnell auf Italienisch, was die anderen wieder zum Lachen brachte. Sobald Feli zögerlich in die Küche trat, erblickte sie noch eine Frau, die sie zuvor noch nie gesehen hatte. Sie schätzte sie auf ungefähr siebzig Jahre. Ihre Ausstrahlung war jugendlich, obwohl die Falten in ihrem Gesicht Feli an die Topographie einer Landschaft denken ließen. Sie hatte schon weißes Haar und machte sich offensichtlich nicht die Mühe, es zu färben. Eine gute Entscheidung, befand Feli. Die wehenden weißen Haare standen ihr ausgezeichnet. Auf der Nase saß eine Brille mit eckigem, roten Gestell, das einen interessanten Kontrast zu ihrem feinen Gesicht darstellte. Sie trug weiße Leinenhosen und ein dazu passendes Hemd. Trotzdem war ihr Outfit nicht schlicht. Große Ketten hingen um ihren Hals und große Ohrringe an ihren Ohren.

Der Schmuck gefiel Feli. Der Stil war wohl an antike Funde angelehnt, die man sonst nur mit einer dicken Scheibe Glas von sich getrennt in einem Museum bewundern konnte.

Es fiel Feli schwer, ihren Blick von den aufwendigen Formen zu lösen, die in ein Amulett eingraviert waren, das um den Hals der Frau baumelte.

Für jeden, der Feli kannte, war offensichtlich, dass sie Schmuck liebte, aber man sah es ihr nicht an, denn sie trug nie selbst welchen.

Im Gegensatz zu dieser Frau. Dass Menschen ihre Liebe nicht nur in ihren Herzen, sondern auch am Körper trugen, fand Feli schön – sonst wäre ihr Beruf schließlich überflüssig. Trotzdem hatte sie es nie ganz verstanden. Es kam ihr einfach zu viel vor, zu groß, zu offensichtlich.

Bosco strich um ihre Füße und riss sie aus ihren Gedanken. Die anderen hatten ihre Anwesenheit noch gar nicht registriert und damit auch nicht die Tatsache, dass sie unverhohlen gestarrt hatte.

Feli ging in die Hocke, um Bosco zu begrüßen und ausgiebig hinter den langen Schlappohren zu kraulen. Seine Anwesenheit sorgte stets dafür, dass sie sich ein klein wenig wohler fühlte. Und das lag nicht nur daran, dass sein Fell so herrlich glatt war wie die Seidenschals in Gelsas Laden. Es lag an seinem offenen Blick, den er immer ganz ohne Erwartungen auf sie richtete. Sie war sich bei ihm einfach sicher, dass sie nichts falsch machen konnte.

Bosco trug nun einen grünen Hut mit einer Bommel in der Mitte. Wer machte sich die Mühe, so viele – zugegebenermaßen sehr schicke – Hüte für einen Hund zu fertigen?

Eine ganze Weile verharrte Feli in der Hocke vor Bosco, doch irgendwann musste sie einsehen, dass sie sich der Situation nicht für immer entziehen konnte.

Die anderen vier nahmen immer noch keine Notiz von ihr, als sie sich erhob. Also lief sie möglichst unauffällig und ohne das Gespräch zu stören an ihnen vorbei und stellte sich an die Spüle, in der sich mal wieder ein beachtlicher Turm aus Geschirr stapelte.

Ohne einen Kommentar machte sie sich an die Arbeit, während die anderen eine Flasche Rotwein öffneten, sich einschenkten und anstießen.

Feli musste an Gelsa denken und ihren letzten gemeinsamen weinseligen Abend. Er hatte sie hierher geführt. Jetzt allerdings wünschte sie sich, sie könnte zu dem Moment zurückkehren, um ihre Entscheidung rückgängig zu machen und nicht so allein zu sein.

Während sie einen Teller nach dem anderen spülte, erkannte Feli, dass Einsamkeit nicht nur in der Stille wartete, sondern auch in den Worten einer Sprache, die sie nicht verstand, und in dem Gelächter anderer Menschen, an dem sie nicht teilhaben konnte, obwohl sie sich im selben Raum befand.

Dass ihr Wunsch, jetzt bei Gelsa zu sein, nicht erfüllt werden konnte, wusste sie. Deswegen wünschte sie sich nur, dass diese Menschen die Küche verlassen und sich an einem anderen Ort – irgendeinem anderen Ort – zusammensetzen würden, wo sie Feli ihre Ausgeschlossenheit nicht so deutlich vor Augen führen konnten. Das war doch nicht zu viel verlangt.

Doch sie blieben und Feli beschwerte sich nicht, bat nicht um ein Glas Wein oder dass jemand für sie übersetzte. Sie machte einfach weiter den Abwasch.

»Und du, Felicitas?«

Sie hatte nicht damit gerechnet, dass jemand ihre Anwesenheit registrieren würde, deswegen brauchte sie einen Moment, um auf Leonardos Worte zu reagieren.

Langsam ließ sie den Topf sinken, den sie gerade von Fettresten zu befreien versuchte, und wandte sich mit tropfenden Händen ihm zu.

»Was ist mit mir?«, fragte sie schwerfällig.

»Kommst du am Wochenende mit?«

»Wohin?«, fragte sie.

Die Fremde im Leinenoutfit betrachtete sie, doch niemand machte sich die Mühe, sie einander vorzustellen.

»Jedes Wochenende biete ich den Teilnehmenden Ausflüge in die Umgebung an. Die Workshops finden schließlich nur unter der Woche statt.«

Es würde also niemand in der Werkstatt sein. Ein neuer Plan wuchs in Felis Kopf.

»Du könntest mitkommen«, fuhr Leonardo fort.

Vermutlich war das seine Art, Frieden zu schließen. Aber sie würde ihn nicht annehmen können. Denn sie war nicht hier, um die Schönheit der Toskana zu erleben und sie war auch nicht hier, um sich mit einem italienischen Bildhauer – egal, wie gutaussehend – anzufreunden. Sie war hier, um ihren Laden zu retten, und das würde sie nur schaffen, wenn sie irgendwie von den Workshops profitierte. Funktionierte das nicht auf dem direkten Weg, dann musste sie eben einen Umweg einschlagen.

»Am Wochenende würde ich mich gern ausruhen«, log sie.

Feli war sich nicht ganz sicher, ob sie sich das nur einbildete. Aber sie hatte den Eindruck, dass Leonardo diese Antwort enttäuschte.

»Das verstehe ich«, sagte er jedoch. »Wir machen jedes Wochenende Ausflüge. Also, wenn du mal mitkommen willst, musst du nur Bescheid sagen.«

Feli nickte steif und lächelte. Auch das hatte sie länger nicht getan, weswegen es ihr schwererfiel.

Noch einen Moment betrachteten Leonardo und sie sich. Sie konnte irgendwie nicht wegsehen. Manchmal ertappte sie sich dabei, wie sie überlegte, was wohl in seinem Kopf vorging. Und einen halben Atemzug später fragte sie sich dann, warum sie ein Fremder, den sie nach diesem Monat nie wiedersehen würde, überhaupt genug interessierte, um sich über ihn den Kopf zu zerbrechen.

Er wandte sich als Erster wieder ab und den anderen Frauen zu. Sie redeten weiter. Isabella Marino deutete auf Boscos Hut und alle lachten. Nur Feli nicht.

Sie widmete sich wieder ihrer Arbeit.

Als sie an diesem Abend auf ihrem Bett lag und an die Decke starrte, fühlte sich Feli seltsam leer. Aber keine Leere, die darauf schließen ließ, dass nie etwas in ihr drin gewesen war. Es war eine Leere, die von dem sprach, was vorher dort gewesen und nun fort war.

So musste sich Einsamkeit anfühlen. Denn man konnte doch nur wirklich einsam sein, wenn man es einmal nicht gewesen war. Oder?

Sie griff nach ihrem Handy und wählte die Nummer ihres Bruders, um sich abzulenken. Das Freizeichen dröhnte in ihren Ohren. Es wurde immer lauter, als wollte es ihr noch deutlicher machen, dass sich Marlon dazu entschloss, nicht ranzugehen. Schließlich sprang der Anrufbeantworter an. Feli legte auf, bevor sie draufsprechen konnte.

Die Leere dröhnte jetzt ebenso laut wie die Freizeichen.

Als sie Marlon das letzte Mal angerufen hatte, war ihr nicht klar gewesen, was sie damit erreichen wollte. Jetzt verstand sie es.

Sie fühlte sich schuldig und hatte ein schlechtes Gewissen. Tränen brannten in ihren Augen, aber sie unterdrückte sie.

Sie war gegangen. Zwar nicht für immer, nicht wie *sie*. Aber sie war gegangen, ohne Marlon, und hatte ihn mit dem Laden allein gelassen.

Es war nicht das Gleiche. Trotzdem tat der Gedanke weh, ihn verletzt zu haben.

Ich bin nicht wie meine Mutter.

Noch nie hatte sie etwas mit so viel Nachdruck gedacht.

Ich bin nicht wie meine Mutter!

Neue Entschlossenheit durchflutete sie, während sie sich an die Frau erinnerte, die sie auf diese Welt gebracht und dann dort allein gelassen hatte.

Sie würde den Laden retten. Sie würde für Marlon da sein. Und sie würde ihrer Familie niemals den Rücken kehren.

Kapitel 8

Feli lauschte. In der Villa war es vollkommen still. Sie hatte durch das Fenster beobachtet, wie alle Teilnehmenden in Leonardos weißen Van gestiegen waren. Leonardo hatte kurz in ihre Richtung geblickt, woraufhin sie sich reflexartig geduckt hatte. Dann hatte sie in der Hocke verharrt, bis die Motorengeräusche schließlich in der Ferne verklungen waren.

Nun waren sie alle fort. Nur das Scharren von Boscos Pfoten auf dem Kiesweg vernahm sie noch.

Also war die Luft rein. Sie lief zielstrebig durch die Villa, bis sie an der Tür zur Werkstatt ankam. Heute, da niemand hier war, konnte sie sich Zeit lassen, alles auf sich wirken zu lassen.

Eine Wand war nicht mit Tapete verkleidet. Die alte Steinmauer war sichtbar. Mehrere Werkbänke standen ordentlich aufgereiht wie Tische in einem Klassenzimmer. Das große Fenster an der Südseite sorgte dafür, dass auf die Arbeitsplatten immer genug Tageslicht fiel, um gut arbeiten zu können. Auf allen Holzplatten lagen Werkzeuge, Utensilien und halbfertige Schmuckstücke, als wären sie alle nur für ein paar Minuten beiseitegelegt worden und als würde gleich wieder an ihnen gearbeitet werden. Feli blickte sich zur Tür um, als würde sie mit der Rückkehr aller Kursteilnehmenden rechnen, obwohl sie doch gerade erst gesehen hatte, wie sie davongefahren waren.

Feli widmete sich wieder den Werkbänken. Sie starrte auf ein Stück Metall, das wohl einmal der Anhänger einer Kette werden sollte – und empfand Neid. Es schimmerte auberginefarben im einfallenden Licht. Je nachdem, von welcher Richtung sie draufschaute, veränderte sich die Intensität der Farbe. Die Teilnehmenden des Kurses hatten eine sehr besondere Art der Legierung gelernt. Und sie hatte es nicht gelernt.

Ein Computer stand in einer Ecke. Ihnen wurde sogar beigebracht, wie man Modelle online baute, die dann von einem 3D-Drucker gefertigt werden konnten.

Feli lief ein bisschen weiter. Sie fühlte sich, als würde es ihr nicht zustehen, trotzdem setzte sie sich an eine Werkbank. Die Ohrringe, die dort lagen, hätte sie gern anprobiert. Doch sie hatte keine Ohrlöcher – und auch nicht den Mut.

So ging sie von Werkbank zu Werkbank. Sie berührte nichts. Ließ nur jedes kleine Detail auf sich wirken, betrachtete alles, was vor ihr lag. Sie versuchte, den Arbeitsprozess eines jeden Stücks nur anhand dessen, was sie gerade sah, nachzuvollziehen.

Was den Teilnehmenden hier beigebracht wurde, beeindruckte Feli. Aber nach einer Stunde, in der sie alles eingehend studiert hatte, empfand sie vor allem Frust. Sie wusste nicht, wie sie das nachahmen sollte. Sie wusste nicht, wie sie all das lernen konnte, was in diesem Raum gelehrt wurde, wenn ihr der Zutritt nicht gestattet war. Sie wusste nichts.

»So ist das also.«

Sie zuckte so heftig zusammen, dass sie mit ihrem Bein an die Werkbank knallte, vor der sie gerade gestanden hatte und fuhr zur Tür herum. Die Fremde, die gestern mit den anderen in der Küche gestanden hatte, lehnte im Rahmen und beobachtete sie aufmerksam durch ihr rotes Brillengestell. Dadurch schien ihr nichts zu entgehen.

»Ich … ich …«, begann Feli zu stammeln und kam leicht humpelnd auf die Frau zu. »Ich habe nur aufgeräumt.«

Die Frau zog kritisch die Augenbrauen hoch. Dabei bogen sich aber auch ihre Mundwinkel nach oben. Über dem linken saß ein Leberfleck, der dort so perfekt hinpasste, dass Feli sich unwillkürlich fragte, ob er aufgeklebt war. Er ließ sie an Filmikonen aus den Sechzigern denken.

»Hast du nicht, meine Liebe«, sagte die Frau gelassen. »Aber du brauchst nicht zu lügen, ich werde dich schon nicht verraten.«

Felis Herz raste. Es glaubte der Fremden nicht.

»Komm mit«, sagte diese so selbstverständlich, als hätte sie Feli schon oft dazu aufgefordert, ihr zu folgen.

Ohne darauf zu achten, ob Feli der Aufforderung folgte, machte sie auf dem Absatz kehrt und verließ die Werkstatt. Sie schien nicht eine Sekunde daran zu zweifeln, dass Feli nachkommen würde.

Und sie behielt recht.

Auf leicht wackligen Beinen ging Feli durch die Villa, ohne zu wissen, was am Ende des Weges auf sie warten würde. Doch eine Standpauke? Vielleicht sogar ihr Rausschmiss?

Sie traten hinaus auf den Hof. Bosco rannte umher und wirbelte extra viel Staub auf. Heute trug er eine blaue Mütze mit Fransen an der Seite.

Vor der Fremden sprang er besonders freudig auf und ab, und sie kraulte ihn so vertraut und liebevoll hinter den Ohren, dass Feli zu dem Schluss kam, dass er ihr gehörte.

Was hatte Leonardo ihr erklärt, als er ihr gezeigt hatte, wie man die Mokkamaschine bediente? Bosco war der Hund der Villabesitzerin.

Feli betrachtete die Fremde gleich noch eingehender. Der Teint ihrer Haut sprach von den vielen Stunden, die sie in der Sonne verbracht hatte. Es fehlten noch zehn Jahre ohne Sonnencreme, und man könnte ihre Haut mit gegerbtem Leder vergleichen. Ihre Augen waren blau, aber nicht wie Lapislazuli oder Saphir, sondern eher wie Aquamarin. Die Frau lief zielstrebig, aber ihre Bewegungen waren nicht ganz flüssig, sondern ein bisschen abgehackt.

»Komm«, sagte die Frau wieder, ohne sich weiter zu erklären. Sie stieg in einen roten Fiat 500, und Feli tat es ihr gleich.

Das kleine alte Auto ruckelte durch das große gusseiserne Tor und ließ die Villa hinter sich.

»Du bist Felicitas, oder?«, fragte die Frau, nachdem sie einer Weile nur dem Flüstern des Radios gelauscht hatten.

»Feli. Und du?«

»Jocelyn«, erwiderte die Fremde und grinste wieder. Feli konnte nicht sagen, worüber.

»Dir gehört die Villa?«, fragte sie und war stolz darauf, dass sie tatsächlich ein Gespräch zu führen versuchte.

»Richtig«, meinte Jocelyn. »Ich könnte natürlich das

ganze Jahr allein in diesem Haus mit zu vielen Räumen sitzen. Aber mir gefällt es besser, wenn ich es immer wieder mit talentierten Menschen fülle.«

Genauso wie am ersten Tag, als Isabella Marino die Teilnehmenden als Genies bezeichnet hatte, fühlte Feli nun auch bei dieser Umschreibung einen Stich.

»Du bist Goldschmiedin«, stellte Jocelyn fest. Es war keine Frage.

Feli setzte an, doch die Villabesitzerin kam ihr zuvor.

»Wieso hast du dich nicht regulär zum Workshop angemeldet?«

Scham kroch Feli in die Wangen und ließ sie heiß werden – schon wieder. Sie war sich sicher, dass ihr verschwörerisch Röte ins Gesicht geschrieben stand.

»Ich wurde abgelehnt«, gab sie zu, statt es weiter zu leugnen. Jocelyn wirkte auf sie wie eine Frau, der man nichts vormachen konnte. Und irgendwie machte sie schon allein die Vorstellung, wieder zu lügen und sich eine Ausrede auszudenken wie am Montag mit Leonardo, richtig müde.

»Das ist keine Schande«, sagte Jocelyn so bestimmt, als wäre sie wirklich überzeugt davon. Feli allerdings empfand es ganz anders. »Du bist trotzdem hergekommen.« Jocelyn schien nicht dazu in der Lage zu sein, Fragen zu stellen. Vielleicht waren sich manche Menschen mit allem so sicher, dass sie das nicht mehr nötig hatten.

»Mh«, machte Feli und starrte aus dem Beifahrerfenster. Ihr wurde ein bisschen übel von dem Ruckeln des Autos, das sich seinen Weg den Berg hinunterbahnte. Die Straße war uneben. An ihnen zogen sattgrüne Bäume vorbei. Es roch nach Pinien.

»Es ist gut, sich mit einem Nein nicht zufriedenzugeben.« Feli sah sich zu Jocelyn um, die sie verschwörerisch angrinste. »Nur wahre Künstler geben nicht direkt auf und suchen sich einen neuen, unkonventionelleren Weg, wenn der erste nicht funktioniert hat.«

Feli hatte sich nie als wahre Künstlerin gesehen. Aber die Worte kühlten ihre Wangen wenigstens ein bisschen ab. Sie schämte sich noch immer, aber es war leichter zu ertragen, weil ihr die Frau das Gefühl gab, dass das gar nicht nötig war.

»Aber wahre Künstler können sich nicht den ganzen Tag in dunklen Kammern verstecken«, fuhr Jocelyn fort. »Die Muse kommt dort nicht hinein. Die lebt an Orten, wo mehr Eindrücke warten.«

Feli wusste nicht, ob sie diese Aussage wirklich verstand. Aber vielleicht war das in diesem Moment auch nicht so wichtig.

»Wohin fahren wir?«, fragte sie schließlich.

Jocelyn grinste wieder geheimnisvoll. Dabei sah sie so furchtbar jung aus, trotz Falten und weißem Haar. Feli konnte sich genau vorstellen, wie sie als kleines Mädchen ausgesehen hatte.

»Wir fahren nur in die Stadt.« Ihre simplen Worte passten nicht zu ihrem Gesichtsausdruck. »Vielleicht ist es der Muse dort auch zu langweilig, aber es ist einen Versuch wert.«

Feli widersprach nicht, obwohl sie nicht daran glaubte, dass die *Muse* ihr Problem lösen würde. Allerdings war

Jocelyn keine Frau, die man in Frage stellte. Also blickte sie einfach geradeaus und genoss es – wenigstens für einen kurzen Moment –, nicht mehr so allein zu sein.

In der Stadt angekommen verstand Feli, warum Jocelyn den kleinen Fiat fuhr, statt sich passend zu ihrem vermutlich beträchtlichen Vermögen und der großen Villa einen SUV zu gönnen. Die Straßen der Stadt, in der Feli vor einer Woche auch mit dem Zug angekommen war, waren teilweise so schmal, dass sie immer wieder damit rechnete, sie würden gleich stecken bleiben. Jocelyn lenkte ihr Auto gekonnt durch die Innenstadt und quetschte sich in eine Parklücke, die sich unter ihrer Entschlossenheit, ihren Wagen dort abzustellen, zu vergrößern schien, nur um ihr einen Gefallen zu tun.

Die Sonne brannte ungehindert auf Feli herab, und ihre Haut begann ein bisschen zu kribbeln. Seit Tagen war sie nicht länger als fünfzehn Minuten draußen gewesen. Nun schlenderte sie durch die Gassen einer italienischen Kleinstadt. Die Sohlen ihrer Schuhe verbogen sich auf dem unebenen Kopfsteinpflaster, ihre Waden begannen zu pochen, während sie Jocelyn durch die Straßen bergauf folgte.

Doch ein leichter Wind sauste durch die Gassen und schien Felis erhitzte Wangen sanft zu streicheln. Zwischen den Pflastersteinen guckten an manchen Stellen kleine Blümchen hervor, die sich irgendwie gegen das Eingreifen der Menschen gewehrt hatten. Die Häuser waren schmal und schmiegten sich eng aneinander, als wollten sie sich gegenseitig Zuneigung spenden. Alle Fensterläden waren in kräftigen Farben gestrichen. Am schönsten fand Feli die marineblauen zwei Häuser weiter, die eine Frau gerade öffnete, um ihre Bettwäsche mit dem gelben Blumenmuster auszuschütteln.

Feli legte den Kopf in den Nacken, um die Straße hinaufzusehen. Ganz an der Kuppe des Hügels, auf den die Stadt zuzulaufen schien, erkannte sie ein großes Gebäude aus fuchsrotem Stein, das sie an eine mittelalterliche Festung denken ließ.

»Komm«, forderte Jocelyn sie abermals auf, als sie sich zu Feli umdrehte und sah, dass diese kurz stehen geblieben war.

Feli riss sich vom Anblick der Stadt los und folgte ihr weiter die Straße entlang. Die Kunstwerke in der Werkstatt der Villa schienen noch nach ihr zu rufen, doch nach fünfunddreißig Minuten Autofahrt waren sie so weit weg, dass ihre Rufe kaum noch bei ihr ankamen. Eigentlich wusste Feli, dass sie sich nichts beibringen konnte, indem sie den Schmuck einfach anstarrte. Auch wenn sie ihn darum bitten würde, würde er ihr nicht verraten, wie er hergestellt worden war. Dafür gab es ja diese Workshops. Würde es ausreichen, Schmuck anzusehen, um zu verstehen, wie man ihn machte, wäre eine Ausbildung überflüssig.

Und wenn sie ehrlich war, überwog im Moment die Neugier, wo Jocelyn sie hinführte, und sie musste sich beeilen. Denn obwohl Jocelyns Gang nicht leichtfüßig war, war sie schneller als Feli, die Mühe hatte, mit ihr Schritt zu halten.

Der Weg führte weiter hinauf. Die Sonne beleuchtete nur die halbe Gasse, während die andere Hälfte im Schatten der Häuserzeilen verschwand. Wie ein Scheinwerfer lagen die Strahlen auf den Menschen, die an kleinen Tischchen vor Cafès saßen. Alle Türen waren weit geöffnet. Wie ausgestreckte Arme, die zu einer Umarmung einluden.

Es roch nach frisch gebrühtem Kaffee, köstlich gegrillten Panini. Die Geräusche aus den Küchen vermischten sich mit denen der Straße. Feli hörte italienische Worte, melodisch aneinandergereiht. Aber auch Englisch wurde gesprochen. Und kurz schnappte sie deutsche Silben auf, die sie ihren Kopf wenden ließen, als würde sie sich zu einer vertrauten Person umdrehen.

Es wurde immer lauter, je weiter sie voranschritten. Über ihren Köpfen waren Wäscheleinen mit bunten Kleidungsstücken gespannt, die wie Girlanden leicht im Wind hin und her geweht wurden. Aus einem Fenster mit weißen Läden schaute eine alte Frau heraus, während sie rauchte. Sie winkte Jocelyn. Die rief etwas zu ihr nach oben, was dieser ein kleines Geräusch entlockte, das ansatzweise wie ein Lachen klang.

»Ich habe ihr gesagt, dass sie ihre Kippen in einem Aschenbecher ausdrücken soll. Sie auf die Straße zu werfen, ist Umweltverschmutzung. Außerdem hat sie mir mal ein Loch in die Frisur gebrannt«, erklärte Jocelyn auf eine Weise, die klarmachte, dass sie die Situation als lustig empfunden hatte.

Vielleicht gab es Menschen, die einfach keinen Sinn darin sahen, sich aufzuregen. Das erinnerte Feli an Gelsa. Sie lachte auch lieber oder zuckte nur mit den Schultern, als sich über Dinge zu ärgern. Zumindest wenn es sie selbst betraf. Ging es um Feli, wurde sie zu einer nachtragenden Frau, die für ihre Freundin einstand.

Einen Monat nach der Trennung war Felix in ihren Laden gegangen, um sich eine neue Hose zu kaufen. Er hatte eine anprobiert und sich für eine Größe entschieden, doch vor dem Abkassieren hatte Gelsa sie heimlich durch eine zwei Nummern kleinere ersetzt. Es war nur eine kleine Rache gewesen. Aber Felix hatte sich nie getraut, sie umzutauschen, und daraus hatte Gelsa eine seltsame Genugtuung gezogen.

Feli folgte Jocelyn noch weiter. Es wurde stetig lauter, immer mehr Menschen kamen ihnen entgegen. Sie bogen um eine weitere Ecke und standen schließlich auf einem großen Platz voller Menschen und Marktstände.

»Der Antikmarkt ist einmal im Monat«, erklärte Jocelyn. Als Feli nicht sofort weiterlief, winkte Jocelyn sie zu sich und führte sie mitten hinein in das Gewusel.

Nachdem sie sich eine ganze Woche zurückgezogen und kaum zwei Sätze gesagt hatte, überforderte es Feli, auf einmal von so vielen Menschen umgeben zu sein. Deswegen konzentrierte sie sich auf die Auslagen. Auf Holztischen mit weißen Tischdecken lagen alte Schmuckstücke. Das meiste war echt, das erkannte Feli auf den ersten Blick. Hier boten Leute vermutlich die Erbstücke ihrer Großeltern und Urgroßeltern an.

Gemälde lehnten an großen Chaiselongues. An einem Stand verkaufte ein alter Mann mit einer Pfeife im Mundwinkel angerostete Musketen aus dem vorletzten Jahrhundert. Eine Dame stand umgeben von Kleiderstangen, an denen edle Secondhandmode hing. Sie war selbst so schick gekleidet, dass sie spontan auf eine Gala gehen könnte. Vor ihr auf dem Tisch stand ein gerahmtes Schwarz-Weiß-Foto von Robert Redford, als wäre er ihr verstorbener Ehemann.

Der ganze Platz war eine wilde Mischung aus Dingen, Farben, Formen, Menschen und Gerüchen. Und Feli wusste nicht so recht, wo sie zuerst hinsehen sollte.

Es wurde gefeilscht, geflirtet und gelacht. Ein Verkäufer zeigte einer Frau gerade sehr unmissverständlich, dass das Sofa, das sie vielleicht kaufen wollte, auch für andere Aktivitäten, als nur um darauf zu sitzen, geeignet war.

Felis Wangen wurden wieder heiß. Aus irgendeinem Grund, den sie sich selbst nicht erklären konnte, musste sie an den weißen Raumtrenner denken, beziehungsweise, was dahinter gewesen war.

»Es ist lange her, dass mir ein Mann so eine Show abgeliefert hat«, meinte Jocelyn nachdenklich, während sie den jungen Verkäufer und die kichernde Frau betrachtete.

»Für mich hat das noch nie jemand gemacht«, murmelte Feli, obwohl sie es gar nicht laut hatte sagen wollen.

Jocelyn sah sie so bedauernd an, als hätte Feli ihr gerade verkündet, sie hätte nur noch einen Monat zu leben. »Das ist sehr tragisch, meine Liebe. Jeder von uns hat es verdient, dass sich wenigstens einmal im Leben jemand so richtig zum Affen macht, nur um sich unsere Aufmerksamkeit zu erkämpfen.«

Feli schluckte und musste unwillkürlich an Felix denken. Er hatte sie zum Lachen gebracht. Manchmal zumindest. Aber vielleicht hatte er gespürt, dass er nicht viel machen musste, damit sie ihm verfiel. Er hatte sie angelächelt, als sie noch Kinder gewesen waren. Sie hatte das Grübchen in seiner linken Wange gesehen – und schon war es um sie geschehen gewesen.

Und plötzlich fragte Feli sich, ob sie sich vielleicht mit zu wenig zufriedengab.

»Warst du schon einmal so richtig albern verliebt?«, fragte Jocelyn, die sie eingehend gemustert hatte.

»Albern verliebt?«, hakte Feli unsicher nach.

Jocelyn lächelte wissend. »Du wüsstest, was ich meine, wenn es dir mal passiert wäre.«

Feli spürte für eine Sekunde Wut in sich aufkommen. Wenn Jocelyn das so sagte, glaubte sie, einen Makel zu haben. Niemand hatte sie auf diese Art geliebt und sie hatte auch nicht auf diese Weise geliebt, also war etwas falsch mit ihr.

Jocelyn schien zu bemerken, dass sie sich verkrampfte, und legte einen Arm auf ihre Schulter. Sie berührte sie zum ersten Mal, trotzdem hatte die Geste etwas Vertrautes.

»Ich war vierzig Jahre alt, als ich das erste Mal in meinem Leben albern verliebt war. Keine Sorge, das hat kein Verfallsdatum. Und ich ärgere dich doch nur. Man sollte nur ungefähr zwanzig Prozent von dem, was ich sage, ernst nehmen. Wenn's hochkommt.« Sie grinste und wurde wieder zu einem kleinen Mädchen, dem der Schalk in die Augen geschrieben stand. »Hilfst du mir, neue Möbel für die Villa auszusuchen?«

Feli nickte nur, und als Jocelyn sich wie selbstverständlich bei ihr unterhakte, beschwerte sie sich nicht.

Sie hatte noch immer keine Ahnung, worauf sie sich eingelassen hatte. Aber zum ersten Mal in dieser Woche war das nicht mehr so beunruhigend.

Feli trank gern Rotwein, am besten sehr trocken. Darauf hatte sie sich vor Jahren festgelegt und seitdem hatte sie sich daran gehalten. Sie wusste, wie viel sie davon trinken musste, um angetrunken, und wie viel sie trinken musste, um richtig betrunken zu sein. Sie wusste, wie sich der Kater anfühlte, der darauf folgte, und das gab ihr Sicherheit.

Deswegen griff sie selten zu etwas anderem.

Doch Jocelyn hatte darauf bestanden, dass sie einen Limoncello Spritz bestellte, und obwohl ihr die klare gelbe Flüssigkeit, die zwei Frauen einen Tisch weiter tranken, schon aus der Entfernung suspekt gewesen war, hatte sie sich entschieden, an diesem Tag einfach mal zu machen statt zu denken.

Ein Kellner brachte ihre Getränke. Jocelyn griff direkt nach ihrem Glas und hielt Feli das andere auffordernd hin. Sie nahm es entgegen und stieß mit der Villabesitzerin an.

Diese trank einen großen Schluck und streckte ihr Gesicht dabei der Sonne entgegen.

Feli konnte noch nicht sagen, was sie von der exzentrischen Frau halten sollte. Warum hatte sie Feli überhaupt mitgenommen? Um mit den Verkäufern beim Antiquitätenmarkt zu feilschen, hatte sie sie definitiv nicht gebraucht. Sie hatte Feli zwar zweimal nach ihrer Meinung gefragt, welche Couch sie kaufen sollte, sich aber letztendlich nicht für die entschieden, die Feli am schönsten fand.

»Probier es wenigstens«, forderte Jocelyn sie nun auf.

Feli trank. Und trank dann noch einen Schluck. Der

bittere Zitronengeschmack gefiel ihr, was ihr deutlich am Gesicht abzulesen sein musste, denn Jocelyn grinste wissend.

»Du warst noch nie in Italien«, stellte Jocelyn auf die für sie typische Weise fest.

Feli nickte, obwohl ihr das fast schon überflüssig erschien. Jocelyn wusste augenscheinlich alles über sie, was es zu wissen gab. Das war beeindruckend. Wobei, überlegte Feli, wenn sie recht darüber nachdachte, gab es ohnehin nicht sonderlich viel über sie zu wissen. Wie schwer konnte es also schon sein, alles herauszufinden?

»Ich habe mich vor zwanzig Jahren in dieses Land verliebt. Das ist die einzige Liebe meines Lebens, die gehalten hat«, meinte Jocelyn. »Eigentlich bin ich Amerikanerin, aber hier kann ich das vergessen. Dass man mehr vergisst, ist einer der Vorzüge meines fortschreitenden Alters.«

Feli bezweifelte, dass das stimmte. Jocelyn wirkte wie eine Person, der nichts entging. Ihre Augen waren auf eine Art wach, wie sie es noch nie bei jemandem gesehen hatte. Feli hätte sich mehrere Ewigkeiten in den Details verlieren können, aus denen die Frau vor ihr zusammengesetzt war. Und jedes Detail erzählte eine ausführliche Geschichte.

Jocelyn legte Wert auf ihr Äußeres. Ihre Wimpern waren getuscht. Ihre Lippen und ihre Nägel hatten den gleichen rubinroten Farbton, der zu ihrer Brille passte. Der Nagellack hielt und bröckelte nirgendwo ab. Feli trug selbst nie welchen, aber wenn Gelsa Lack trug – natürlich immer in Schwarz –, blätterte er schon nach einem Tag großflächig ab.

Doch Jocelyns Hände wirkten auch nicht, als hätten sie nie Arbeit verrichtet. Die Nägel waren auf eine praktische Länge gefeilt. Und Feli entdeckte ein paar Narben, die sich hell von der Haut absetzten, die von einigen dunkleren Altersflecken bedeckt war.

Jocelyns Kleidung war schlicht und elegant. Aber nicht auf eine Weise, die unterstreichen wollte, wie teuer sie war. Es war offensichtlich, dass sie sie trug, weil sie passte und bequem war und sie sich wohl darin fühlte.

Die Lachfältchen um ihre Augen waren ausgeprägt, aber das Gleiche galt auch für die Sorgenfalten auf ihrer Stirn.

Als sie den Blick hob, erkannte Feli, dass Jocelyn sie genauso eindringlich gemustert hatte. Die Beobachterin zu sein, gefiel Feli wesentlich besser als selbst im Fokus zu stehen.

»Wieso hast du mich mitgenommen?«, fragte sie schließlich.

»Warum nicht?«, entgegnete Jocelyn.

Wenn Feli sie schon länger kennen würde, hätte sie sich den Impuls, die Augen zu verdrehen, wohl nicht verkniffen. Aber da sie gerade in dem Haus schlief, das Jocelyn gehörte, kam ihr das nicht angebracht vor.

»Du hättest mich auch einfach in der Villa sitzen lassen können«, beharrte sie.

»Ich bin gern von Menschen umgeben«, sagte Jocelyn schlicht. »Das war schon mein ganzes Leben so. Ich bin auch gern allein, versteh mich nicht falsch. Nichts geht über eine heiße Badewanne mit einem guten Buch und einem noch besseren Glas Wein. Aber sonst habe ich gern andere um mich. Und irgendwie konnte ich dich dort nicht sitzen lassen, so ganz allein in dieser Werkstatt.« Sie grinste. Das tat sie wirklich oft. Und wie so oft suchte Feli ein unehrliches Zucken in den Mundwinkeln. Doch sie fand es nicht. Vielleicht hatte nicht jeder wie sie ein gut einstudiertes Verkäuferinnenlächeln, das sie sich auf Kommando ins Gesicht kleistern konnten. Vielleicht lächelten manche Menschen wirklich einfach nur so oft, weil sie es wollten.

Eine höchst seltsame Vorstellung.

»Aber keine Sorge. Ich habe dich nicht aus Mitleid mitgenommen. Vor allem wollte ich nicht allein sein, und du warst der einzige Mensch in der Villa.«

Feli lachte auf, was sie selbst ein bisschen überraschte. Jocelyns Ehrlichkeit war so erfrischend. Genau wie das Getränk vor ihr, von dem sie erst jetzt bemerkte, dass es schon leer war. Wann hatte sie das alles getrunken? Es schmeckte so gut, sie hatte das Glas kaum zurück auf den Tisch gestellt.

»Ich hole auf«, meinte Jocelyn und trank den Rest auf ex. Dann winkte sie dem Kellner und bestellte zwei weitere.

Feli spürte den Alkohol schon jetzt in ihrem Kopf schwirren, als hätten sich Kolibris dorthin verirrt. »Wir brauchen etwas zu essen«, überlegte Jocelyn laut und begutachtete die Karte.

»Nicht für mich«, wehrte Feli ab.

Jocelyn warf ihr einen kritischen Blick zu. »Aber nicht, weil du auf Diät bist, oder?«

War Feli nicht, aber Jocelyns kritischer Blick machte sie neugierig. »Hast du etwas gegen Diäten?«

»Ob ich was dagegen habe …« Jocelyn schlug schwungvoll die Karte zu. Es machte einen lauten Knall, der einen Mann zwei Tische weiter hochfahren ließ. In der wohligen Wärme der Sonne war er für einen Moment eingeschlafen.

»Wir Frauen werden dazu erzogen, unsere Körper

hässlich zu finden. Nur, damit man uns ein neues Fitness-programm, einen Diätshake oder sonst was verkaufen kann. Ich bin es wirklich leid.«

»Ich habe wohl einen Nerv getroffen«, stellte Feli fest. Der Kellner brachte Nachschub, und sie trank direkt, weil sie sich nach dem ersten Glas nie erinnern konnte, warum das zweite eine schlechte Idee sein könnte.

»Den hast du«, pflichtete Jocelyn ihr bei. »Ich habe so viel Lebenszeit darauf vergeudet, meine Oberschenkel zu breit und meinen Bauch nicht flach genug zu finden und letztendlich ist es einfach egal. Und immer, wenn ich mir Bilder ansehe, als ich dreißig Jahre jünger war, verstehe ich gar nicht, warum ich mich damals so kritisch im Spiegel betrachtet habe, weil ich einfach umwerfend aussah.«

Sie lehnte sich Feli verschwörerisch entgegen, und die konnte nicht anders, als das Gleiche zu tun.

»Du wirst merken, dass ich gern mit Ratschlägen und meinen Lebensweisheiten um die Ecke komme. Also wirst du vermutlich noch einige zu hören kriegen, wofür ich mich jetzt schon mal im Voraus entschuldige. Aber diese ist mir sehr wichtig, deswegen teile ich sie jetzt schon mit dir, bevor du auf Durchzug geschaltet hast, weil ich dir zu sehr auf die Nerven gegangen bin.« Da war wieder dieses Grinsen, das Feli an viele Missetaten denken ließ, die Jocelyn nie bereut hatte. »Mach jetzt ein Nacktfoto von dir. Jetzt, da du noch so jung bist. Mit einer Polaroidkamera, also nicht digital. Und mach es nicht für irgendeinen Mann. Auf gar keinen Fall für irgendeinen Mann. Die haben das nicht verdient. Aber die Frau, die du in vierzig Jahren sein wirst, hat es verdient, dass sie es manchmal noch hervorholen und sich daran erinnern kann, wie unfassbar schön sie selbst einmal gewesen ist.«

Sie war noch immer sehr schön, dachte Feli, während sie Jocelyn betrachtete.

»Ein Nacktfoto?«, hakte sie skeptisch nach.

»Es klingt seltsam«, gab Jocelyn zu und lehnte sich wieder zurück. »Aber glaub mir, du wirst es mir danken, wenn du so alt bist wie ich.«

Feli widersprach Jocelyn nicht, obwohl ihr klar war, dass sie sich niemals nackt fotografieren würde.

Jocelyn und sie tranken weiter und schließlich winkte die wieder dem Kellner. Und Feli musste zugeben, dass sie sich auf einen dritten Limoncello Spritz schon gefreut hatte.

Kapitel 9

Nach einem halbstündigen beschwipsten Spaziergang war sich Feli sicher, dass es in dieser Kleinstadt nicht eine Person gab, die Jocelyn nicht beim Namen kannte. Sie schien alles über jeden zu wissen. Die ganze Familiengeschichte, den letzten Liebeskummer und die anderen Probleme, die die Leute hier plagten.

Immer wieder blieben sie stehen, damit Jocelyn mit jemandem einen kurzen Plausch halten konnte. Jedes Mal, wenn sie weitergingen, wandte sich Jocelyn an Feli, um sie darüber zu informieren, was sie gerade Neues in Erfahrung gebracht hatte, und gab ihr damit das Gefühl dazuzugehören. Von der Einsamkeit, die sie am gestrigen Abend in der Küche empfunden hatte, war heute keine Spur mehr.

Als ein Mann mit fettiger Schürze aus einer kleinen Trattoria trat, nahm Jocelyn ihn sehr fest in den Arm. Dem Mann liefen Tränen aus den Augenwinkeln und perlten vom beeindruckend vollen Schnauzer ab, bevor er sich wieder in seiner Küche verzog.

»Seine Angebetete hat sich von ihm getrennt«, meinte Jocelyn bedauernd.

Immer klang sie, als gäbe es für sie nichts Spannenderes als das Schicksal dieser Menschen. Und auch so, als könnte es für Feli nichts Spannenderes geben. Als wäre es wichtig, dass sie diese Informationen teilte.

Feli kannte es aus ihrer Heimat, dass sich Informationen schnell von einer Person zur nächsten weitertrugen und am Ende die ganze Stadt nur von einem Thema sprach. Doch Jocelyn erzählte ihr all das nicht mit dieser gierigen Miene, mit der die Klatschtanten rund um Frau Kowalski sich Neuigkeiten verkündeten. Jocelyn wirkte einfach interessiert, anteilnehmend. Und deswegen erzählten die Leute ihr ihre Geschichten einfach selbst.

Feli schwirrte bald der Kopf von all den neuen Dingen, die sie über Menschen erfuhr, die sie gar nicht kannte. Vielleicht lag das aber auch nur am Alkohol. Sie war ein bisschen wackelig auf den Beinen. Der einzige Grund, warum sie überhaupt noch geradeaus laufen konnte, war wohl, weil Jocelyn doch eine Antipasti-Platte für sie beide bestellt und darauf bestanden hatte, dass sich Feli diese mit ihr teilte. Das Essen wehrte sich ein bisschen gegen die Wirkung der vier Limoncello Spritz, aber nicht genug, um sich wirklich nüchtern zu fühlen. Die Sonne, die heiß auf ihre Stirn fiel, machte sie noch ein bisschen benebelter. Sie fühlte sich wie in Watte gepackt. Aber es war irgendwie nicht unangenehm. Es passte zu der Stimmung, die an diesem Samstag in der Stadt herrschte.

Jocelyn wurde kurz langsamer und dann wieder schneller. Das brachte Feli aus dem Tritt, und sie brauchte einen Moment, um zu verstehen, was Jocelyn jetzt so entschlossen anvisierte.

In der schmalen Gasse vor ihnen – in der die Wäscheleinen tief zwischen den eng aneinanderstehenden Häusern gespannt waren und der Duft von Rosmarin und Thymian, die in Blumentöpfen auf kleinen Balkonen standen, in der Luft hing – machte Feli eine kleine Gruppe Jugendlicher aus. Vielleicht waren sie auch schon achtzehn. Aber lange waren sie noch nicht erwachsen, dessen war sich Feli sicher, als sie auf sie zugingen.

Sie rauchten mit dieser übertrieben zur Schau gestellten Lässigkeit, mit der man in diesem Alter alles tat, was man als erwachsen betrachtete. Der Zigarettenqualm überdeckte zunehmend den Geruch der Kräuter, je näher sie ihnen kamen.

»*Ciao*«, rief Jocelyn ihnen entgegen. Die meisten sahen nur kurz herüber. Doch ein Mädchen betrachtete Jocelyn eingehend. Sie hatte eine Kippe in der Hand und führte sie erst nach einem kurzen Zögern wieder an ihre Lippen.

Sie hatte strohblondes Haar, das sie in langen Wellen bis zur Hüfte trug, ihre Statur war sehr schlank. Sie war groß und grazil.

Bestimmt hat sie auch sehr filigrane Finger, dachte Feli und erwischte sich das erste Mal, seit sie in der Toskana angekommen war, dabei, dass ihre Gedanken zu Felix' Verlobter wanderten. Sie hatte jedoch keine Zeit, näher darüber nachzudenken, ob es etwas bedeutete, dass sie den Verlobungsring so lange vergessen hatte, denn sofort zog Jocelyn wieder ihre Aufmerksamkeit auf sich.

Sie hatte die Gruppe Jugendlicher erreicht und grinste, aber diesmal wirkte es anders, als wenn sie Feli anblickte. Irgendwie freudloser.

Ihr Blick war auf das schlanke Mädchen gerichtet, die anderen jungen Menschen schienen ihr in diesem Moment egal zu sein.

Mit einer fast schon gelangweilten Geste wollte sich das Mädchen wieder ihre Zigarette an die Lippen führen. Doch Jocelyn nahm sie ihr aus der Hand und zog selbst daran.

Die junge Frau beschwerte sich, aber Jocelyn blieb ruhig. Den folgenden Schlagabtausch konnte Feli natürlich nicht verstehen, doch sie behielt die Szene im Blick. Die anderen Jugendlichen traten den Rückzug an, bis sie um die nächste Ecke aus ihrem Sichtfeld verschwunden waren.

Der Rauchgeruch verzog sich allmählich, als Jocelyn die Kippe unter ihrem glänzend polierten Stiefel ausdrückte.

Feli roch wieder Thymian und Rosmarin und jetzt auch ein bisschen Minze. Aus dem Fenster über ihrem Kopf drangen die Geräusche eines Actionfilms.

Das Mädchen stieß noch etwas aus, auf eine kratzbürstige Weise, die Feli seltsam bekannt vorkam, und verschwand dann genauso wie ihre Freunde.

Diesmal wandte sich Jocelyn nicht direkt an Feli, um ihr zu erklären, was sie jetzt schon wieder Neues über die Bewohner dieser Stadt erfahren hatte. Sie lief wortlos weiter, und Feli folgte ihr mit zwei Schritten Abstand.

Die Stadt kam ihr wie ein Labyrinth vor, und sie war sich sicher, dass sie niemals einen Ausgang gefunden hätte, hätte Jocelyn sie hier zurückgelassen. Aber da sie bei ihrer Ankunft bergauf gelaufen waren und nun bergab gingen, schloss Feli, dass sie auf dem Weg zurück zum roten Fiat 500 waren.

Sie kamen an einer Kirche vorbei, vor der Kinder mit

einem Ball spielten. Eine ältere Frau winkte Jocelyn, diesmal blieb diese aber nicht stehen, um sich zu unterhalten, sondern grüßte nur zurück.

Sie schwiegen noch fünf weitere Minuten, da entdeckte Feli auch schon das Auto in der viel zu kleinen Parklücke.

Jocelyn griff nach der Tür zur Fahrerseite, ließ die Hand dann aber sinken.

»Ich habe zu viel getrunken«, stellte sie so erstaunt fest, als wäre ihr das vorher gar nicht klar gewesen. Sie seufzte, holte ihr Handy hervor und drückte es sich dann ans Ohr. Sie sagte ein paar knappe Worte, legte wieder auf und setzte sich auf die oberste von drei kleinen Steinstufen, die zu einem schmalen Hauseingang führten.

Die blaue Tür rahmte Jocelyn perfekt ein und hätte Feli eine Kamera oder ihr Handy dabei gehabt, hätte sie jetzt ein Bild von Jocelyn gemacht, während sie nachdenklich ins Nichts blickte.

»Setz dich zu mir.« Das waren die ersten Worte, die sie an Feli richtete, seitdem sie sich mit der jungen Frau gestritten hatte. Feli kam ihrer Aufforderung, wie so oft an diesem Tag, einfach nach.

»Wer war die junge Frau?«, fragte sie, als Jocelyn weiter schwieg.

Ihr Hintern tat ihr nach kürzester Zeit weh. Die Stufe war unbequem, und jeden Moment rechnete sie damit, dass der Hausbesitzer die Tür öffnete und über sie stolperte.

Sie wartete. Schon dachte sie, Jocelyn würde ihr nie eine Antwort geben. Da tat sie es.

»Das war Giulias Schwester.«

Deswegen war ihr der wütende Blick so bekannt vorgekommen. Die schlechte Laune schien in der Familie zu liegen. Feli wollte sich gar nicht vorstellen, wie gemein die Eltern der beiden waren, wenn ihre Töchter es sich zur Gewohnheit gemacht hatten, grundlos alle Menschen anzufunkeln, die es wagten, ihnen unter die Augen zu treten.

»Ergibt Sinn«, sagte Feli also trocken.

Jocelyn lachte auf. »Ich weiß, dass Giulia nicht sonderlich freundlich war.«

Feli schnaubte.

»Dass Giulia so unfreundlich war.«

Das reichte eigentlich auch noch nicht, um es zu beschreiben, aber Feli verkniff sich ein weiteres Schnauben.

»Es hat nichts mit dir zu tun.«

»Sondern einfach mit ihrem sonnigen Gemüt«, meinte Feli.

Jocelyn lachte erneut, und Feli wusste nicht ganz, wann sie eine andere Person nicht nur einmal, sondern gleich zweimal hintereinander zum Lachen gebracht hatte.

»Giulia ist nicht immer so.«

Schwer vorstellbar, lag Feli schon auf den Lippen. Doch das stimmte nicht ganz. Als sie gestern Abend mit den anderen in der Küche Wein getrunken hatte, hatte auch die Köchin entspannt und locker, beinahe fröhlich gewirkt und sich am Gespräch beteiligt. Nur Feli gegenüber verhielt sie sich so.

»Ihre Schwester Francesca sollte ursprünglich die Küchenhilfe sein, doch sie ist so unzuverlässig, dass Isabella sie gefeuert hat. Giulia war sehr wütend. Aber da sie das ja schlecht an ihrer Schwester auslassen kann, weil sie sie liebt, und auch nicht an Isabella, weil sie nun mal ihre Chefin ist, hat sie ihre Gefühle gegen dich gerichtet.«

»Wie nett von ihr.«

»Giulias Schwester hat eine schwierige Phase. Sie ist der typische rebellische Teenager mit den falschen Freunden. Schwänzt Schule, kommt erst mitten in der Nacht nach Hause. Ihre Eltern verzweifeln an ihr, haben Angst, dass sie ihre Zukunft wegwirft. Giulia versucht zu helfen, doch es nutzt nicht viel. Sie fühlt sich für ihre Schwester verantwortlich.«

»Und das soll es entschuldigen?«, fragte Feli und merkte im selben Moment, dass ihr harter Tonfall gar nicht mehr so richtig zu dem passte, was sie gerade fühlte.

Eine große Schwester, die Verantwortung übernahm – das konnte Feli sehr gut nachvollziehen.

Jocelyn setzte an, um Felis Frage zu beantworten, doch die schüttelte nur den Kopf.

»Ist schon gut. Ich verstehe«, murmelte sie, winkelte die Beine an und legte das Kinn auf ihren Knien ab.

»Das tust du, mh?«, fragte Jocelyn.

»Mh«, machte Feli nur.

»Kleine Schwester oder kleiner Bruder?«

»Bruder.«

»Ich verstehe«, sagte nun auch Jocelyn.

Feli sah sich nicht zu ihr um, spürte aber trotzdem ihren Blick auf ihrer Haut. Es war nicht unangenehm. Jocelyns Blick ging tief. Aber er war nicht bohrend. Und irgendwie störte Feli die Vorstellung nicht, heute zu viel von sich preisgegeben zu haben. Jocelyn konnte man einiges anvertrauen.

Vor allem Gefühle und Geheimnisse. Dessen war sich Feli sicher.

Sie betrachtete die Straße vor sich. Es dämmerte bereits. Die Sonne blendete sie noch für eine weitere Minute, dann verschwand sie hinter dem Gebäude gegenüber. Es fuhren nicht mehr so viele Autos an ihnen vorbei. War der Markt noch offen, oder packten die Händler schon zusammen? Die meisten Menschen schienen in die gleiche Richtung zu laufen. Mit wehenden Haaren und wehenden Kleidern. Es war nicht nur ein Klischee, dass die Italiener sehr gewählt gekleidet waren. Ihr Vater hätte ihre Outfits wohl als *Sonntagskleider* bezeichnet, obwohl heute kaum noch jemand dieses Wort verwendete.

Und dann riss sie eine Hupe aus ihren Gedanken.

»Unser Fahrer ist da«, meinte Jocelyn und stand auf.

Feli brauchte einen Moment, um es ihr gleichzutun.

Sie wandte sich um. Und ihr Blick fiel auf den weißen Van und auf Leonardo, der hinter dem Lenkrad saß und sie mit neutraler Miene betrachtete.

Seine Augen zuckten zur Seite, und sein Blick landete an einem Punkt hinter ihrem rechten Ohr. Seine Lippen wurden schmal.

Feli drehte sich um und entdeckte einen Mann in einem weißen Anzug mit dunkelblauen Nadelstreifen, der gerade um die Ecke in die Straße lief. Er hatte sogar ein Einstecktuch in der Tasche über seiner Brust sitzen. Als er Leonardos Blick auffing, erstarrte er.

»Komm«, meinte Jocelyn und zog Feli mit sich. Sie schob sie auf den Beifahrersitz und rutschte hinterher, so dass Feli noch näher an Leonardo rücken musste, damit sie beide auf die Bank passten. Sobald die Tür hinter ihnen zugeknallt war, fuhr Leonardo auch schon scharf an. Als könnte er es nicht ertragen, auch nur eine Sekunde länger als nötig auf dieser Straße zu verweilen.

Seine Lippen waren noch immer so schmal. Wenn Feli nicht wüsste, dass das unmöglich war, würde sie vermuten, er hätte sie aus Versehen heruntergeschluckt.

»Wir hatten einen sehr schönen Tag«, sagte Jocelyn, als hätte Leonardo sie gerade danach gefragt.

»Das freut mich«, bekam er mit ein bisschen Verzögerung über die Lippen. Sein Blick war auf die Straße vor ihm gerichtet und wanderte keine Sekunde zu Jocelyn oder Feli herüber.

Der Van war zwar breit genug, dass sie zu dritt vorne sitzen konnten, aber Jocelyn machte es sich so bequem, dass sie Feli ein bisschen mehr in Leonardos Richtung drückte. Seine Schulter streifte ihre, als er einen Gang höher schaltete. Feli spürte einen Schauer ihren Rücken herunterlaufen. Wäre ihr Körper dazu in der Lage, ihr zu antworten, hätte sie ihn gefragt, warum so eine leichte Berührung, durch zwei Schichten Stoff voneinander getrennt, zu so einer übertriebenen Reaktion führte.

Leonardo machte die Scheinwerfer an. Wenn es in Italien dämmerte, schien die Welt nicht grau zu werden, wie sie das von zu Hause gewohnt war. Ein sanftes Blau senkte sich über ihr Sichtfeld, nur unterbrochen von den hellen Scheinwerfern. Sie schnitten durch die Dämmerung und schließlich auch durch die einsetzende Dunkelheit.

Die Schlaglöcher im Boden schüttelten Feli wieder sehr durch. Sie bildete sich ein, dass sie sie häufiger in Leonardos

Richtung statt in Jocelyns schubsten. Die Berührungen waren jetzt nicht mehr nur federleicht, sondern fester. Sie prallten mehrmals mit den Armen gegeneinander.

»Sorry«, murmelte sie in sich hinein.

»Du kannst ja nichts dafür«, meinte er nur. Nicht mal für eine Sekunde wandte er den Blick von der Straße ab. Und Feli konnte sich nicht von dem Gedanken lösen, dass er sie einfach nicht ansehen wollte.

Sie fuhren durch das offene Tor der Villa, und Feli fühlte sich, als würde sie in die Wirklichkeit zurückkehren. Dieser Tag war eine Pause von ihren Sorgen gewesen. Sie hatte einige Stunden kein einziges Mal an ihren Laden gedacht. Jetzt kam alles zu ihr zurück.

Diese Gedanken wirkten so ernüchternd, dass sie sich gar nicht mehr angetrunken fühlte, als sie hinter Jocelyn aus dem Auto stieg.

Leonardo folgte ihnen mit ein bisschen Verzögerung. Sein Blick war noch immer in die Ferne gerichtet. Der Mann im schicken Anzug tauchte vor Felis innerem Auge auf. Wer war er gewesen? Und warum waren Leonardos Lippen immer noch so schmal, obwohl sie ihn mehrere Kilometer entfernt in der Stadt zurückgelassen hatten?

»Danke für den schönen Tag, Feli«, sagte Jocelyn.

»Ich danke dir«, erwiderte Feli und merkte, dass sie das auch so meinte.

Nichts war gelöst. Die Panik, die sie seit Wochen immer fühlte, wenn sie an die drohende Schließung ihres Ladens dachte, war auch zurück. Aber sie ein paar Stunden nicht gespürt zu haben, war trotz allem etwas wert.

»Schlaf schön«, sagte Jocelyn und fuhr ihr einmal mit sachten Fingern über die Wange, drehte sich um und ging.

Felis Herz zog schon wieder an. Im ersten Moment verstand sie nicht wieso. Dann kam der Nachklang dieser Berührung in ihrem Inneren an. Sie hatte etwas Vertrautes, etwas Liebevolles, etwas ... Mütterliches gehabt.

Sie schüttelte sich. Sie wusste gar nicht mehr, was dieses Wort eigentlich bedeutete – oder redete es sich zumindest ein.

Erst als sie sich der Villa zuwandte, realisierte sie, dass Leonardo schon in ihrem Inneren verschwunden war. Sie folgte ihm. Sehnsucht pochte in ihrer Brust. Doch sie leugnete, dass es von dem Wort *mütterlich* ausgelöst worden war.

Sie ließ sich beim Erklimmen der Stufen sehr viel Zeit, und als sie schließlich bei ihrem Zimmer ankam, schlüpfte Leonardo bereits in sein Bett. Sie konnte noch seinen Fußknöchel ausmachen, bevor auch dieser hinter dem Raumtrenner und unter der Decke verschwand. Sie hatte schon wesentlich weniger harmlose Körperteile von ihm zu Gesicht bekommen und trotzdem kam ihr das wieder seltsam intim vor.

Sie ließ sich Zeit im Bad. Ihre Zähne hatte sie sich wohl in ihrem ganzen Leben noch nicht so gründlich geputzt. Ihr Zahnarzt wäre begeistert gewesen. Sie zog sich um und schlich dann in ihr Zimmer, das sich manchmal gar nicht wie ihres anfühlte, je nachdem, wie Leonardo gerade auf sie wirkte.

Heute wirkte er extrem distanziert.

Sie löschte das Licht ihrer Nachttischlampe, obwohl es noch gar nicht so spät war, einfach, weil ihr nicht einfiel, was sie sonst tun sollte, als an die Decke über ihrem Kopf zu starren.

Sie atmete tief und gleichmäßig. Leonardo auch, doch sie war sich trotzdem sicher, dass er noch wach war.

Weil es dunkel und bis auf ihre Atemzüge still war, spürte sie, wie sich etwas in ihr öffnete, was sehr lang verschlossen gewesen war.

»Du hattest recht. Ich bin Goldschmiedin.« Warum war ihre Stimme belegt, als hätte sie ein schweres Geständnis abgelegt? Und warum hatte sie es überhaupt ausgesprochen? Sie schuldete Leonardo nichts. Auch nicht die Wahrheit. Genauso wenig, wie er es ihr schuldete, mehr über sich zu verraten. Trotzdem erschien ihr die Wahrheit gerade besser als Stille.

Sie wartete auf sein Mitleid, vor dem sie doch eigentlich hatte flüchten wollen. Doch es kam nicht.

Er blieb lange still. So lang, dass sie schon glaubte, er sei vielleicht doch eingeschlafen. Dann räusperte er sich endlich.

»Ich weiß.«

Feli lachte, dabei hatte er nichts Lustiges gesagt.

»Ich habe nach deiner Bewerbung gesucht«, gab Leonardo zu. Und weil sie der Raumtrenner voneinander abschirmte, kam es Feli so vor, als wären sie in einem Beichtstuhl gelandet.

»Oh«, machte Feli nur und fühlte wieder Scham in ihre Wangen kriechen. Dieses Gespräch hatte eine Intimität, die nichts mit abgelegten Kleidern zu tun hatte.

»Ich finde es mutig, dass du trotzdem hergekommen bist.«

Feli hörte diese Worte erst mit einem stichelnden Unterton, doch als sie den Satz länger auf sich wirken ließ, realisierte sie, dass dieser gar nicht da gewesen war, sondern nur in ihrem Kopf.

»Du hast mit Jocelyn geredet«, stellte sie fest. Denn nach einem Tag mit dieser außergewöhnlichen Frau hatte auch sie es nicht mehr nötig, nach etwas zu fragen. Sie wusste es einfach.

»Mit Jocelyn kann man immer gut reden.«

»Du weißt, wie ich das meine.«

Diesmal lachte Leonardo. Feli gefiel der Klang.

»Ich habe ihr nicht gesagt, dass sie mit dir in die Stadt fahren soll, falls du mir das unterstellen willst.«

»Aber sie hat es getan, weil du mit ihr über mich geredet hast.«

Leonardo seufzte. »Jocelyn liebt Menschen. Früher oder später hätte sie es auch so getan. Sie kann niemanden allein lassen.«

Sie hatte nicht gelogen, dachte Feli. Es war ihr ein bisschen unangenehm, dass die beiden über sie gesprochen hatten und Leonardo ihre Bewerbung gesehen hatte, aber sie nahm es ihnen nicht übel – zu ihrer eigenen Überraschung.

»Okay«, murmelte sie also nur in die Dunkelheit hinein.

»Okay«, echote Leonardo.

Stille senkte sich wieder über sie herab. Aber Feli wusste aus irgendeinem Grund, den sie selbst nicht kannte, dass das Gespräch noch nicht beendet war. Und das freute sie.

»Warum hast du gelogen?«, fragte er. Sie konnte seine Stimme fast schon als sanft bezeichnen.

»Über meine Arbeit?«

»Ja.«

»Es war mir unangenehm zuzugeben, dass ich es nicht geschafft habe und verzweifelt genug war, mich als Küchenhilfe hier einzuschleichen.« Der Raumtrenner ermöglichte es ihr, so offen zu sein. Wenn die Augen einer anderen Person auf ihr ruhten, verflüchtigte sich diese Offenheit. Aber so kam es ihr vor, als würde sie ihre Geheimnisse nur mit dem Wind teilen, der durch das angelehnte Fenster drang, und nicht mit einem realen Menschen.

»Das muss dir nicht unangenehm sein.«

»Sagt sich so leicht.«

»Ich bin ein Bildhauer, der noch nie eine Statue verkauft hat.«

Feli fiel nichts ein, was sie darauf erwidern konnte.

»Kannst du jetzt leichter ertragen, dass ich deine Bewerbung gesehen habe?«

»Ja«, gab Feli ohne Zögern zu.

Wieder lachte Leonardo.

»Einem anderen gescheiterten Künstler kann man sich doch so viel besser öffnen«, meinte er.

Jocelyn hatte Feli auch schon als Künstlerin bezeichnet. Noch immer konnte sie mit diesem Begriff wenig anfangen. Ihr pragmatischer Geist konnte ihn nicht ganz greifen. Ihr fehlte dafür das richtige Werkzeug.

»Ich fand deine Statue wunderschön«, meinte Feli schließlich, als sie das Wort *Künstler* mehr oder weniger verarbeitet und in einen hinteren Winkel ihres Gehirns gestopft hatte. »Wenn ich keine Geldprobleme hätte, würde ich sie kaufen.«

»Das weiß ich sehr zu schätzen.« Er sagte es nur halb im Scherz. Feli stellte sich vor, dass er lächelte, was sie selbst zum Lächeln brachte.

»Es tut mir leid, dass ich einfach in die Hütte gelaufen bin«, sagte Feli schließlich.

»Haus.«

»Haus«, sagte Feli versöhnlich.

»Es tut mir leid, dass ich so unfreundlich war.«

»Okay«, wiederholte Feli.

»Okay«, sagte auch Leonardo erneut.

Feli dachte wieder an den Mann im schicken Anzug, aber sie traute sich immer noch nicht, Leonardo nach ihm zu fragen. Trotz des vertrauten Gesprächs schien ihr das einen Schritt zu weit zu gehen. Sie war sich sicher, dass er ihr keine Antwort geben würde. Und ihr stand es auch gar nicht zu, darum zu bitten.

»Ich ...«, setzte Leonardo zögerlich an, nachdem sie eine Weile nur geschwiegen hatten. »Ich möchte dir gern erklären, warum ich bei unserem ersten Gespräch so heftig reagiert habe.«

Feli erwiderte nichts, sie wartete einfach darauf, dass er weitersprach.

»Du hast mich ja gefragt, warum ich nicht in der Stadt lebe.« Sie wollte ihm versichern, dass er ihr keine Rechenschaft schuldig war und es sie nichts anging, doch da sprach er bereits weiter. »Meine ... Ich habe meine Wohnung verloren und hatte das Gefühl, nirgendwo mehr einen Platz zu haben. Und als du dir das Zimmer nicht mit mir teilen wolltest, habe ich mich wieder abgewiesen gefühlt.«

Feli kam es so vor, als wäre ihm das *wieder* nur aus Versehen rausgerutscht und als hätte er damit mehr verraten, als er eigentlich vorgehabt hatte.

»Das Gefühl, keinen Platz mehr zu haben, kenne ich«, sagte sie schließlich.

»Ja?«

»Mein Schmuckladen ist mein Rückzugsort. Und die Schließung droht.«

»Das tut mir leid.«

»Mir das mit deiner Wohnung auch.«

»Danke.«

Sie schwiegen wieder.

»Es würde mich freuen, wenn du beim nächsten Ausflug dabei wärst.«

»Wieso?«, entfuhr es Feli verwirrt.

Leonardo lachte leise. »Damit ich mich nicht mehr wie ein Arschloch fühlen muss, das dich vergrault hat. Es ist also ein ganz egoistischer Grund.«

Das war irgendwie keine richtige Antwort. Sie fühlte sich zu locker an, um eine zu sein. Doch Feli hakte nicht weiter nach. Leonardo und sie hatten sich gerade angenähert, aber ein Gespräch im Dunkeln, über einen Paravent hinweg geführt, hatte auch seine Grenzen.

»Also gehen wir uns in Zukunft nicht mehr so systematisch aus dem Weg?«, fragte sie.

Seit ihrem Streit war Leonardo immer liegen geblieben, wenn sie am Morgen aufgestanden war, um das Frühstück vorzubereiten, selbst wenn sie das Gefühl gehabt hatte, er sei schon wach. Und er war erst lange nach ihr ins Zimmer gekommen, wenn sie meistens schon längst geschlafen hatte. Feli wusste – und Leonardo vermutlich auch –, dass das nicht nur daran lag, dass einer von ihnen ein Morgen- und der andere ein Nachtmensch war.

»Ich denke«, sagte Leonardo, nachdem er einen Moment darüber nachgedacht hatte. »Aber du wirst dir vermutlich wünschen, ich würde dir doch aus dem Weg gehen.«

»Damit kann ich leben«, erwiderte sie.

»Das sagst du jetzt noch.«

Feli schwieg, und Leonardo nahm den Gesprächsfaden nicht wieder auf. Sie wünschten sich keine gute Nacht, das übernahmen ihre ruhigen und gleichmäßigen Atemzüge für sie. Und irgendwie gefiel ihr das, dachte Feli noch, bevor sie endgültig wegdämmerte.

Kapitel 10

»Leonardo«, rief Feli genervt durch die geschlossene Badezimmertür. »Wie lange brauchst du noch?«

»Ich höre dich nicht.«

»Dann dreh das Wasser aus.«

»Das Wasser rauscht zu laut.«

Feli stöhnte frustriert.

Sie fand es schön, dass sie sich nicht mehr aus dem Weg
gingen. Aber sich aus dem Weg zu gehen, wenn man sich ein
Bad teilte, hatte auch rein praktische Vorteile, die sie jetzt
ein bisschen vermisste, während sie mit ungewaschenen
Haaren vor der Badezimmertür wartete.

Endlich verstummte das Rauschen der Dusche. Die Luft
war schon vorm Badezimmer sehr feucht und warm, dabei
hatte Leonardo die Tür immer noch nicht geöffnet.

»Ich muss Frühstück machen«, rief Feli.

»Jaja«, meinte Leonardo nur. Sie konnte das Grinsen in
seiner Stimme hören.

Zwei weitere quälend langsame Minuten verstrichen, bevor Leonardo sich endlich erbarmte, und die Tür öffnete. Er
trug nur ein Handtuch um die Hüften. Feli musste sich selbst

sehr nachdrücklich verbieten, sich seinen Körper genau anzusehen, denn wenn sie Leonardo so mustern würde, wie sie es am liebsten täte, würde es ihm definitiv auffallen. Und da sie gerade erst einen Weg fanden, miteinander auszukommen, wollte Feli das auf jeden Fall vermeiden.

»Ich glaube, das warme Wasser ist leer«, sagte er.

»Das erheitert dich auch noch«, warf sie ihm vor, während sie sich an ihm vorbei ins Bad schob.

»Was du mir unterstellst«, tat er empört.

Diese Version von ihm gefiel Feli sehr viel besser, obwohl sie das warme Wasser verbrauchte. Zugegeben hätte sie das natürlich niemals.

Sie schlug die Tür hinter sich zu. Die Luft war stickig und ließ sich nicht so leicht atmen. Der Abzug gab nur ein klägliches Geräusch von sich und tat sehr wenig gegen die Luftfeuchtigkeit.

Feli betrachtete den beschlagenen Spiegel, in dem sie nur ihre groben Umrisse ausmachen konnte. Wieder fügte sie einen Punkt der Liste hinzu, die sie über all die Dinge führte, die ihr im Zusammenleben mit Leonardo seltsam intim vorkamen.

Dass er immer barfuß in ihrem Zimmer herumlief.

Dass er sich nicht im Bad umzog, sondern hinter dem Raumtrenner, als würde ihm nicht auffallen, wie durchsichtig das Ding war.

Dass sie duschen ging, wenn der Badezimmerspiegel noch von seiner Dusche beschlagen war.

Und der wichtigste Punkt war wohl sein Verhalten.

Seit ihrem Gespräch im Schutz der Dunkelheit scherzte er mit ihr, grinste und neckte sie, als hätte er das immer so gemacht und als würden sie sich schon viel länger kennen. Die distanzierten Blicke waren verschwunden. Und wortkarg war er ihr gegenüber auch überhaupt nicht mehr.

Dieser Umschwung erschien Feli sehr abrupt. So sehr, dass sie letztens einen Traum von Leonardo und seinem bösen Zwilling Gustavo gehabt hatte, die abwechselnd in der Villa auftauchten, um sie zu verwirren.

Bei Tageslicht betrachtet, kam ihr diese Erklärung gar nicht mal so absurd vor. Sie würde zumindest Leonardos Verhalten erklären.

Sie stieg in die Dusche. Der Boden war nass vom Wasser, das über seinen muskulösen Körper gelaufen war.

Der nächste Punkt für die Seltsam-intime-Liste.

Feli stellte das Wasser an und hoffte, dass sie diese merkwürdigen Gedanken fortspülen konnte.

Sie lernte Leonardo gerade neu kennen, aber sie wusste – obwohl es sich nicht so anfühlte –, dass sie trotzdem noch immer Fremde waren. Sie kratzten an der Oberfläche. Es gab so vieles, was sie nicht über ihn wusste und vermutlich nie wissen würde.

Und es ging sie nichts an, ermahnte sie sich nicht zum ersten Mal.

Aber es war nun mal nicht leicht, sich keine Fragen über einen Menschen zu stellen, dessen regelmäßigen Atemzügen man lauschte, um nachts einschlafen zu können.

Wieder ein Punkt für die Liste.

Sie schob sie energisch aus ihrem Kopf und stieg aus der Dusche. Sie hatte Glück gehabt. Das warme Wasser hatte gerade noch für sie gereicht.

Zehn Minuten später sprintete sie gehetzt die Stufen zur

Küche hinunter. Sie war wirklich spät dran und wusste, dass sie es nicht mehr schaffen würde, alles vorzubereiten, bis die ersten Teilnehmenden ins Speisezimmer kommen würden.

Sie hatte nur wenige kurze, oberflächliche Gespräche mit ihnen geführt. Sie wusste, die meisten würden ihr keine Vorwürfe wegen eines verspäteten Frühstücks machen. Aber Gladis, eine Frau aus Texas, die Jocelyn als die amerikanischste Amerikanerin auf diesem Planten bezeichnet hatte, würde wieder ungeduldig mit ihrem Fuß auf den Boden tippen, wenn die Eier nicht rechtzeitig auf dem Tisch standen. Dieses Geräusch nervte Feli schon beim Abendessen, wenn sie auf die Nachspeise warteten. Wenn sie es zu oft hörte, würde es sie vermutlich bis in ihre Albträume verfolgen.

Bevor sie sich noch mehr absurde Gedanken über Gladis machen konnte, stolperte sie über die Schwelle der Küche. Und verharrte dann mitten in der Bewegung. Der Geruch von Kaffee hatte sich schon im ganzen Raum ausgebreitet. Die Eier lagen im heißen, brodelnden Wasser auf dem Herd. Und Leonardo drapierte gerade Wurst und Käse auf einer Platte.

»Was machst du da?«, fragte Feli, als wäre die Szene vor ihr nicht selbsterklärend.

»Meinetwegen warst du spät dran, deswegen helfe ich dir«, sagte Leonardo so schlicht, wie er so oft Dinge sagte, die Feli gar nicht schlicht vorkamen.

»Danke«, sagte sie.

Leonardo blickte nur kurz von den Platten auf, um sie anzulächeln.

Sie lief zu ihm und machte sich daran, Obst zu schneiden.

In stillem Einvernehmen bereiteten sie das Frühstück vor.

Schon wieder setzte sie einen Punkt auf die Liste.

Und obwohl ihr diese Liste ein bisschen Angst machte, hoffte sie doch insgeheim, dass sie sie noch würde erweitern können.

Feli ertappte sich immer wieder dabei, wie sie Giulia auf der Suche nach Gemeinsamkeiten mit ihrer kleinen Schwester musterte. Leider fiel auch Giulia auf, wie oft Feli sie anstarrte.

Seit sie ihr bei der Herstellung der Pasta geholfen hatte, kam Feli nicht mehr viel zu früh in die Küche, nur um Giulia nicht begegnen zu müssen. Und Giulia war vielleicht nicht nett, aber auch nicht mehr offen feindselig. Dass Feli sie unverhohlen anstarrte, konnte diesen kleinen Fortschritt, den sie miteinander gemacht hatten, jedoch erheblich gefährden.

Also sah sie schnell wieder auf die Teller und tat so, als würde sie sie zählen, obwohl sie das schon längst getan hatte.

»Feli«, begrüßte sie Jocelyn fröhlich, als sie den Speisesaal betrat. Jocelyn stand perfekt eingerahmt von den großen Fenstern, hinter denen man sonst die Weinberge sehen konnte. Gerade war es zu dunkel, deswegen konnte Feli nur vereinzelt die Lichter der Häuser in der Ferne ausmachen, die so einsam auf ihren kleinen Hügeln standen wie diese Villa.

»Jocelyn«, erwiderte sie und deckte den Tisch.

Jocelyn half ihr sofort dabei.

»Bist du am Wochenende dabei?«

»Bei den Ausflügen? Nein«, sagte Feli automatisch, während sie das Besteck neben die Teller legte.

Tadelnd zog Joceyln die Augenbrauen hoch. »Am Samstagabend findet etwas ganz Besonderes statt.«

Feli musste nicht nachhaken. Sie wusste, dass sie es ihr ohnehin gleich erzählen würde.

»*Das* Kürbisfestival«, rief Jocelyn aus und betonte es so, als wäre es das einzige Kürbisfestival auf der Welt – oder zumindest das Einzige, auf das es wirklich ankam.

Leonardo kam in den Speisesaal, und sobald Jocelyn ihn sah, wiederholte sie ihren Ausruf.

»Hilf mir, Feli zu überzeugen, dass sie mitkommt.«

Leonardo grinste nur, und Feli musste sich eingestehen, dass dieses Lächeln allein schon ein erstaunlich gutes Argument war.

Jocelyn schüttelte den Kopf und verschwand in der Küche. »Wenn du nicht mitkommst, muss ich meinen Kummer in einer Flasche meines Lieblingsmerlots ertränken«, rief sie durch die angelehnte Tür.

Feli lächelte.

»Du willst wieder hierbleiben, um an deinem Schmuck zu arbeiten?«, fragte Leonardo.

Sie spürte den Automatismus, ihm zu widersprechen, obwohl er die Wahrheit längst kannte. Aber solche Angewohnheiten ließen sich wohl nur schwer ablegen.

»Richtig«, gab sie trotzdem zu. Mit jedem weiteren Geständnis fiel es ihr ein bisschen leichter, ehrlich zu sein und sich für die Wahrheit nicht zu schämen.

»Kommst du gut voran?«

Sie reagierte nicht darauf. Seit Tagen starrte sie halbfertige Ohrringe an und konnte einfach nicht erkennen, was diese werden wollten. Sie schwiegen und verrieten es Feli nicht.

»Wie willst du kreativ sein, wenn du dich der Welt nicht öffnest?«

Sie erstarrte, blickte nicht auf und richtete dann Besteck und Teller, die auch vorher schon an der richtigen Stelle gelegen hatten. Das Silber war an manchen Stellen angelaufen. Die Flecken erinnerten Feli an eine Karte der Welt, die ihr vorhielt, sie nie bereist zu haben.

Leonardo ließ das Thema fallen und holte den Wein aus der Küche. Seine Worte arbeiteten weiter in Felis Kopf. Sie verbrachten den Abend mit ihr und gesellten sich auch in der Nacht noch zu ihr. Feli konnte die Augen nicht schließen, sie fand keinen Schlaf, obwohl Leonardo im Bett neben ihr ruhig atmete und sie das in den letzten Tagen immer müde gemacht hatte.

Schließlich stand sie auf, ohne ein richtiges Ziel zu haben. Sie war barfuß und fröstelte auf den Fliesen, die in diesem alten Gemäuer sogar in der Mittagshitze noch angenehm kühl waren.

Sie hatte kein Ziel. Aber sie bemerkte, dass sie nicht mehr an Horrorfilme dachte, während sie durch die dunklen Gänge schlich, weil sie an diesem Ort angekommen war.

Heute war es weniger dunkel als in den Wochen zuvor. Das blasse Licht des Mondes fiel durch die kleinen Fenster.

Wie willst du kreativ sein, wenn du dich der Welt nicht öffnest?

Ganz von allein steuerte sie die Tür an, von der sie wusste, dass dahinter der Zugang zum Dach lag. Dorthin verzog sich Jocelyn immer, um sich zu sonnen.

Vielleicht sollte sie sich öffnen. Sie wusste nur nicht so ganz, was das bedeutete, oder wo genau sie beginnen sollte. Ein Dach kam ihr jedoch wie ein guter Startpunkt vor.

Die Brise war kühl, und sie schlang die Arme um ihren Körper. Richtig kalt war ihr nicht, aber vielleicht hätte sie trotzdem eine Jacke mitnehmen sollen.

Der Mond war voll und groß. Sie legte sich auf Jocelyns Liege und starrte zu ihm hinauf, wie sie es noch nie getan hatte. Sie war in einer kleinen Stadt aufgewachsen. Sternenhimmel an Orten, wo sie nicht von zu vielen Lichtern vertrieben wurden, waren ihr bekannt. Aber sie hatte sich nie die Zeit genommen, ihn wirklich zu betrachten.

Sie blieb liegen, obwohl ihr langsam doch kalt wurde und gleichzeitig auch ein bisschen langweilig. Schon wollte sie aufgeben, als sie erkannte, dass die Sternenbilder aussahen wie Schmuck. Ketten spannten sich über den Himmel, und sie würde am liebsten die Hand nach ihnen ausstrecken und danach greifen, obwohl sie sie doch nicht tragen würde.

Und dann glitt eine Sternschnuppe über den Himmel, wie ein Stein, der in das Meer eintauchte und dann in den Tiefen dieses tiefdunkelblauen Ozeans verschwand.

Ihr Herz schlug schnell, obwohl sie noch immer bewegungslos dort lag. Es war die erste Sternschnuppe, die sie in ihrem ganzen Leben sah. Sicherlich war es nicht die erste, die über ihren Kopf hinweggeflogen war, aber vorher hatte Feli sich einfach nicht die Mühe gemacht, im richtigen Moment hochzusehen.

Jetzt endlich glaubte sie zu verstehen, was Leonardo ihr hatte sagen wollen, und ein Lächeln legte sich auf ihre Lippen.

Kapitel 11

»Wartet auf mich!«

Feli rannte aus der Villa und über den staubigen Innenhof. Leonardo stand an der Fahrertür seines Vans und wollte bereits einsteigen. Als er sie hörte, hielt er jedoch inne und sah zu ihr herüber.

Die Workshop-Teilnehmenden waren schon hinten reingeklettert. Feli hatte sie von ihrem Zimmer aus beobachtet. Sie hatte jeden beim Einsteigen gezählt wie Schäfchen zum Einschlafen. Und als der Letzte schließlich saß, hatte sie ihre Entscheidung endlich getroffen. Eine Entscheidung, die sich so viel weitreichender anfühlte, als nur zu einem Festival zu gehen. Dieser Moment war für Feli größer. Und der Weg, den sie von ihrem Zimmer bis zum Van zurückgelegt hatte, war in ihrem Kopf auch viel länger gewesen, als er tatsächlich war.

Sie blieb vor Leonardo stehen. Ihr Atem ging ein bisschen zu schnell. Die letzten Meter war sie gerannt. Nun, da sie sich entschieden hatte, hätte sie es nicht mehr ertragen, wären sie ohne sie davongefahren.

Leonardo ließ die Fahrertür los und sah sie einfach nur an.

Auf eine Art, als gäbe es in diesem Moment keine anderen Menschen auf der Welt für ihn. Nur sie.

»Du kommst doch mit?«, fragte er.

Seine Tonlage ließ sie kurz vergessen, dass sie nicht allein waren, so intim wirkte sie.

Erst als Jocelyn auf der Beifahrerseite noch einmal aus dem Auto sprang und freudig auf sie zueilte, wurde sie sich der anderen wieder bewusst.

»Du kommst mit, wie schön! Du wirst es nicht bereuen«, versicherte sie Feli und griff sie an beiden Schultern. »Du siehst aus wie jemand, der erfolgreich schätzen kann, wie viel ein Kürbis wiegt.«

»Was?«, fragte Feli. Aber da hatte Jocelyn sie auch schon wieder losgelassen. »Sollte das ein Kompliment sein?«

»Hinterfrag es nicht«, erwiderte Leonardo und bedeutete ihr, auf die Beifahrersitzbank zu klettern. Jocelyn hielt ihr sogar die Tür auf. Und Feli fühlte sich nicht mehr nur wie eine Randnotiz dieses Retreats, sondern wie ein wichtiger Bestandteil davon, während sich zwei Menschen darüber freuten, dass sie mitkam. Sie wurde wieder ein bisschen rosa im Gesicht, aber Leonardo und Jocelyn hatten ihre Blicke auf die Windschutzscheibe gerichtet. Der Van fuhr los und zum zweiten Mal, seitdem sie hier angekommen war, ließ sie das verschnörkelte Tor hinter sich.

Die Teilnehmenden hinter ihr unterhielten sich, und Feli spitzte die Ohren, in der Hoffnung, sie würde etwas Nützliches erfahren. Denn nur, weil sie nach ihrer ersten Sternschnuppe gespürt hatte, dass sie mehr erleben wollte, hieß das noch lange nicht, dass sie nicht immer noch einen

Weg suchen wollte, sich diesen Workshop zunutze zu machen, um ihren Laden zu retten.

Doch niemand sprach über die Arbeit. Gladis hatte den armen MacMurray in ein hitziges Gespräch über die Farm ihres Großvaters verwickelt, und obwohl sich der Mentor nicht gerade viel Mühe gab, sein Desinteresse zu verstecken, hörte sie nicht auf zu reden. Auch Feli fand die Erzählungen außerordentlich langweilig und war froh, dass sich jetzt Jocelyn an sie wandte. Sobald sie sprach, hörte man sowieso nichts anderes mehr – zum Glück.

»Isabella ist das ganze Wochenende in Mailand, um neue Sponsoren für das Retreat zu gewinnen«, erzählte Jocelyn. »Aber sie kommt ohnehin nur selten zu den Ausflügen am Wochenende mit. Eigentlich fliegt sie immer aus. Diese Frau kann einfach nicht aufhören zu arbeiten.«

Sofort hatte Feli ein schlechtes Gewissen. Isabella Marino tat etwas für ihre Zukunft. Und Feli offensichtlich nicht.

»Die Hälfte der Zeit ist schon rum«, meinte Jocelyn. Ihr oberflächlicher Plauderton war verschwunden. Diese Worte betonte sie sehr bewusst. Feli verkrampfte sich noch ein bisschen mehr. In ihren Ohren klang das ein bisschen wie ein Vorwurf.

Die Hälfte der Zeit ist schon rum, und du hast noch nichts erreicht.

Die Hälfte der Zeit ist schon rum, und du bist genauso schlau wie am Anfang.

Die Hälfte der Zeit ist schon rum, und du hast noch nichts gelernt.

Doch eigentlich wusste Feli, dass Jocelyn das so nicht meinte. Also schluckte sie ihren Frust herunter.

»Ja«, sagte sie nur, weil ihr nichts Besseres einfiel.

»So schade«, entgegnete Jocelyn. »Du solltest nicht schon in zwei Wochen wieder fahren.«

Feli nickte nur wegen ihres Mangels an guten Erwiderungen. Sie wusste nicht genau, worauf Jocelyn hinauswollte. Aber inzwischen konnte sie diese schon gut genug einschätzen, um zu wissen, dass sie immer auf irgendwas hinauswollte.

Leonardo fuhr sie über Landstraßen und durch kleine italienische Dörfer. Seine Hände lagen am Lenkrad, aber seine Finger hielten nie still. Ständig trommelte er darauf herum.

Jocelyn hielt währenddessen an ihrem Thema fest. Sie sinnierte darüber, wie schnell die Zeit verstrich, dass man nichts festhalten könne und ihnen letztendlich nichts anderes übrigblieb, als einfach jeden Moment zu genießen, da man nie wisse, wann er enden würde.

»Bist du uns schon ein paar Limoncello Spritz voraus?«, konnte sich Feli nach zwanzig Minuten Fahrt und dem zweiten Vortrag über die Sterblichkeit schöner Augenblicke nicht mehr verkneifen zu fragen.

Leonardo lachte in sich hinein und überspielte es mit einem Husten, was weder Feli noch Jocelyn überzeugte.

»Keinen, leider«, meinte Jocelyn. »Ich höre mich nur gern selbst reden. Das weißt du doch. In der Regel ist nicht viel Sinnvolles dabei.«

Immer wieder stellte sie sich dar, als würde sie einfach nur um des Redens willen reden. Aber Feli war der Meinung, dass Jocelyn sehr wahre Dinge sagte. Sie würde zwar kein Nacktfoto von sich machen, wie sie es ihr geraten hatte.

Dass diese Lebensweisheit jedoch eine Berechtigung hatte, zweifelte sie nicht eine Sekunde an. Hätte sie mehr Mut und auch mehr Selbstvertrauen, würde sie Jocelyns Ratschlägen vermutlich folgen. Aber die waren nun mal für andere Frauen erschaffen worden. Für Frauen wie Jocelyn und Isabella Marino, die Feli bewunderte, aber an die sie niemals heranreichen würde. Und das war in Ordnung. Irgendwie. Vermutlich. Eigentlich.

Aus dem Radio drangen leise Gitarrentöne, was Feli sehr passend fand, während sie ihre Umgebung genauer betrachtete. Die Landschaft konnte sie nur als idyllisch bezeichnen. Die Bäume waren noch grün, nur wenige Blätter färbten sich schon, aber auch nur zögerlich, als traute sich die Natur immer noch nicht so richtig, den Sommer loszulassen und den Herbst einzuläuten. Die kleinen Städte schmiegten sich an die Hügel. Die Dächer waren mit roten Dachziegeln gedeckt.

Feli hatte keine klare Vorstellung davon, wie ein italienisches Kürbisfestival aussah, aber sie musste an Frauen in hellrosafarbenen wallenden Kleidern denken mit Sommerhüten auf dem Kopf und Männer in schicken Anzügen, die klatschten, während Musik spielte. Aber vielleicht hatte sie mit ihrem Vater auch einfach zu oft *Der Pate* gesehen, weshalb sie sich jede italienische Feier wie die Hochzeit am Anfang des Films vorstellte. Wenn Leonardo und Jocelyn jetzt ihre Gedanken lesen könnten, würden sie sich sicherlich darüber lustig machen, dass diese so stark von Klischees geprägt waren. Und trotzdem konnte sie nicht umhin, sich mit jedem Kilometer mehr zu fühlen, als würde sie in eine Filmkulisse eintauchen. Die Welt konnte nirgendwo so schön sein, dachte Feli, obwohl sie ihr gerade doch sehr vehement das Gegenteil bewies.

Leonardo fuhr ein bisschen langsamer, als sie in die nächste Stadt einbogen. Hier waren jede Menge Menschen in großen Gruppen unterwegs. Niemand trug wallende Kleider oder Hüte mit rosafarbenen Schleifen. Tatsächlich hatten viele Frauen schwarze Outfits mit Dr. Martens an.

Die Häuser standen direkt an der Straße, und die Balkone waren so tief, dass Jocelyn vermutlich nur ihr Fenster runterlassen müsste, um der Frau, die gerade ihre Topfpflanzen goss, ein Highfive zu geben.

Leonardo fuhr noch ein bisschen langsamer, um niemanden anzufahren. Feli war es nur recht. So konnte sie sich besser umsehen. Sie fuhren an einem kleinen Turm vorbei, von dem elektrische Leitungen abgingen und auf dem ein Vogel saß, der Feli anzustarren schien.

Sie erreichten einen weitläufigen Parkplatz und wurden kräftig durchgeschüttelt, während Leonardo den Van an den vielen anderen Autos vorbei über den Schotter lenkte und schließlich parkte.

Feli stieg hinter Jocelyn aus und atmete tief durch. Ein leicht verbrannter Geruch stieg ihr in die Nase, und sofort musste sie lächeln. Wieso rochen solche Abende immer verbrannt? Sie konnte sich an viele erinnern, die sie mit ihrem Vater und Bruder verbracht hatte. Sie waren zu Stadtfesten, zur Kirmes oder anderen Veranstaltungen gefahren. Und immer hatte es einen vollen Parkplatz gegeben, wo es verbrannt roch.

Sie lächelte und schluckte den Kloß hinunter, der sich in ihrem Hals bildete. Es war nicht unangenehm. Sie war nicht traurig, sondern nur nostalgisch. Manchmal sehnte sie sich nach ihrer Kindheit, die nach dem Weggang ihrer Mutter zwar nicht perfekt gewesen war, aber doch wunderschön. Ihr Vater hatte für seine Kinder alles getan, um ihre Abwesenheit zu füllen. Mit seiner Liebe, mit schönen Erlebnissen, mit gutem Essen und lautem Lachen. Er hatte sich so viel Mühe gegeben. Und er hatte immer gestrahlt. Trotzdem hatte sie ihm manchmal ansehen können, dass er sich unter Druck setzte, dass er sich schuldig fühlte, in der Pflicht, für sie genauso gut wie zwei Elternteile zu sein. Feli hatte als kleines Mädchen noch nicht die richtigen Worte dafür gefunden, aber sie hätte ihm gern gesagt, dass er ihre Mutter niemals ersetzen konnte, aber dass alles, was er getan hatte, trotzdem genug für sie gewesen war. Er war genug gewesen.

Sie blinzelte Tränen weg und sah in die Ferne. Im Dämmerlicht machte sie eine Ruine aus, die von Straßenlaternen in warmes Licht getaucht wurde.

»Felicitas!«, rief Leonardo. Sie hatte gar nicht mitbekommen, dass die anderen schon weitergegangen waren.

Er blieb stehen, bis sie zu ihm aufgeschlossen hatte.

»Feli«, sagte sie dann.

»Mh?«, fragte er verwirrt nach, während sie nebeneinander dem Schotterweg folgten.

»Nenn mich bitte Feli.«

Er grinste. »Mach ich.«

»Hast du auch einen Spitznamen? Leo vielleicht?«

»Bitte nicht.« Er verzog gequält das Gesicht.

»Gefällt dir das nicht, Leo?«, neckte sie ihn und war sich nicht ganz sicher, woher sie den Mut dazu nahm.

»Überhaupt nicht.« Er schüttelte sich sogar, was sie zum Lachen brachte.

»Nardo?«

»Noch schlimmer.«

»Dodo?«

»Wie kommst du denn jetzt bitte auf so was Furchtbares?«

»Leonar*do*«, betonte sie. »Deswegen Dodo.«

»Darauf werde ich niemals reagieren«, verkündete er mit Nachdruck.

»Jaja, das sagst du jetzt, Dodo«, feixte Feli.

Er sah sie böse an, konnte jedoch auch nicht verhindern, dass sich sein rechter Mundwinkel ein bisschen nach oben bog.

Sie schlenderten hinter den anderen her. Musik schwoll an, je weiter sie gingen, auch der Rauchgeruch wurde intensiver, bis sie schließlich ein großes Feld erreichten.

Hier war der Trubel vollkommen. Kinder spielten Fangen, Erwachsene standen in kleinen Grüppchen mit Plastikbechern in den Händen herum und stießen an. An einem großen Grill stand ein Mann mit schmutziger Schürze und wendete das Fleisch mit einer Konzentration, als würde die Zukunft der Menschheit von ihm abhängen.

Auf der einen Seite der Fläche befand sich ein großes Zelt mit einer Bar, an der sich eine lange Schlange gebildet hatte, die andere wurde von einer Bühne dominiert, auf der eine Band bestehend aus fünf Männern, die sich wie die Beatles alle für die gleiche Frisur entschieden hatten – in ihrem Fall lange, lockige Haare, die sie wild in der Luft herumwirbelten –, alles gab, um das Publikum mit hartem Metal zu beschallen.

Damit hatte Feli nicht gerechnet.

Sie sah die alten kleinen Häuschen, umgeben von den schützend auf sie hinabschauenden Hügeln, als wäre dieses Dorf in einer längst vergangenen Zeit hängengeblieben. Nur die Screams des Sängers und die Töne der E-Gitarre, die aus den Lautsprechern schallten, störten diese Illusion.

»Wie passend für ein Kürbisfestival«, kommentierte sie.

Leonardo grinste. »Das ist die Band vom Sohn des Bürgermeisters.«

Das erklärte natürlich einiges.

»Komm, Feli«, forderte Leonardo sie auf, und sie mochte, wie ihr Name aus seinem Mund klang. Sie folgte ihm. Die anderen waren schon in dem Zelt aus weißer Plane verschwunden. Leonardo hielt ihr den Eingang auf und sie trat ebenfalls ein.

Es war ein Bierzelt, wie sie es auch von den Stadtfesten zu Hause kannte. Doch die Atmosphäre war anders.

Jemand hatte sich die Mühe gemacht, die Tische einzudecken. An jedem Platz befand sich Besteck und ein kleines Weinglas. Jocelyn zeigte den Kursteilnehmenden gerade ihre Plätze.

Feli zögerte kurz und wollte auf Leonardo warten. Doch dieser war in ein Gespräch verwickelt wurden, kaum hatte er auch nur einen Fuß ins Zelt gesetzt. Er begrüßte mehrere Personen überschwänglich. Ein großer Mann zog ihn in eine feste Umarmung. Eine ältere Frau gab ihm freudige Küsschen auf beide Wangen, auf denen Spuren ihres roten Lippenstifts zurückblieben.

Feli stand einen Moment unschlüssig da und betrachtete ihn. Dann wandte sie sich ab und ging zu Jocelyn, die bereits auf einer Bank saß und ihr den Platz direkt neben sich freihielt.

Feli fragte sich immer wieder, warum eine so interessante, außergewöhnliche Frau ausgerechnet mit ihr – auf die diese beiden Adjektive definitiv nicht zutrafen – Zeit verbringen wollte. Aber wie so oft in den letzten Tagen schob sie diesen Gedanken beiseite und setzte sich.

»Leonardo kennt hier jeden«, erklärte Jocelyn, als sie bemerkte, dass Felis Blicke immer wieder zu ihm wanderten. »Du kannst in einem Umkreis von vierzig Kilometern von der Villa mit ihm durch keine einzige Stadt laufen, ohne dass er alle zwei Meter stehen bleiben und jemanden begrüßen muss.«

»Dir passiert das auch«, erinnerte Feli sie an ihren Ausflug am vergangenen Wochenende.

»Nicht vergleichbar«, betonte Jocelyn sofort.

Sie griff nach der Karaffe, die vor ihnen stand, und goss ihnen beiden Rotwein ein. Dann stießen sie an.

Feli konnte nicht verhindern, dass ihr Blick immer wieder zu Leonardo hinüberglitt. Eine ältere Dame redete jetzt auf ihn ein. Seine Schultern verkrampften sich.

»Worüber reden sie?«, fragte sie an Jocelyn gerichtet.

Die sah kurz auf und zuckte dann unbeteiligt die Schultern.

»Keine Ahnung.«

Das stellte Feli nicht nur in Frage, weil Jocelyn immer alles über jeden wusste, sondern auch, weil da etwas in ihrem Blick lag. Etwas Verräterisches. Jocelyn hatte Feli gerade angelogen, und diese wusste nicht, wie sie mit diesem Wissen umgehen sollte.

»Momente kann man nie lang genug festhalten«, sagte Jocelyn an diesem Tag bei weitem nicht zum ersten Mal und wechselte damit demonstrativ das Thema. Feli seufzte und ließ es fallen – zumindest für heute.

Ein paar Minuten später kam Leonardo zu ihnen und setzte sich auf den Platz Feli gegenüber. Er begann sofort, die Serviette zwischen seinen Fingern zu rollen und dann zu zerrupfen. Sie musterte ihn. Etwas beschäftigte ihn und brodelte hinter diesen warmen, braunen Augen. Aber was? Und warum wollte sie es überhaupt wissen?

»Du hast da noch was.« Sie deutete auf seine Wange, wo immer noch roter Lippenstift haftete.

»Wo?«, fragte Leonardo, während er sich über die Haut rieb und natürlich immer die entsprechende Stelle verfehlte.

»Weiter oben ... Nein, weiter rechts ... Nicht so weit rechts«, wies Feli ihn an. Aber er machte es einfach nicht besser.

»Mach du's weg«, sagte er schließlich und beugte sich ihr über den Tisch entgegen.

Sie zögerte, dann kam sie sich deswegen albern vor, und rieb ihm über die Wange. Ihre Fingerkuppe kribbelte. Und das Gefühl blieb, da hatte er sich schon längst wieder zurückgelehnt.

»Solche Abende enden immer zu schnell, meinst du nicht auch, Leonardo?«, fragte Jocelyn.

»Ja, ganz recht«, antwortete Leonardo.

»Wenn man etwas dagegen tun kann, sollte man das tun, oder nicht?«

»Das stimmt«, bestätigte er. Wenn er Jocelyn zustimmte, klang er immer ein bisschen so, als würde er sich über sie lustig machen. Aber Feli wusste, dass das sehr liebevoll gemeint war.

»Das Retreat endet schon in zwei Wochen. Das ist nicht mehr weit weg.«

»Viel zu nah«, betonte er.

Sowohl Jocelyn als auch Leonardo sahen Feli bedeutsam an.

»Ja?«, fragte sie kritisch nach.

»Danach findet noch ein Retreat statt«, erklärte Jocelyn und betonte es auf eine Weise, die klarmachte, dass dies der Satz war, auf den all die davor hinausgelaufen waren.

»Ich weiß«, erwiderte Feli.

»Und ich habe noch keine andere Küchenhilfe einge-stellt«, fügte Leonardo hinzu.

Feli sah ihn an. Auch noch, als Jocelyn sagte: »Du solltest dir überlegen zu bleiben.«

»Ihr wollt, dass ich bleibe?«, fragte Feli verspätet nach.

»Natürlich«, rief Jocelyn aus. Leonardo nickte nur. »Dann kann ich noch mehr Zeit mit dir verbringen, und du kannst noch mehr lernen.«

Feli sparte es sich, sie darauf hinzuweisen, dass sie noch gar nichts gelernt hatte, seit sie hier war.

»Mh«, machte sie nur, weil es weder zustimmend noch abwehrend klang, und Feli sich noch nicht sicher war, was von beidem sie gerade war. »Ihr wollt wirklich, dass ich bleibe?«, hakte sie nach, weil sie es noch nicht ganz glauben konnte.

»Natürlich«, wiederholte Jocelyn, noch ein bisschen über-schwänglicher. Diesmal nickte Leonardo nicht, sondern sah sie einfach nur intensiv an.

»Auf jeden Fall«, sagte er schließlich. Und Feli wusste nicht, was sie mit der Erkenntnis anfangen sollte, dass er das tatsächlich genauso meinte.

Es wurde ihr abgenommen, sich eine gute Erwiderung ausdenken zu müssen, denn in diesem Moment wurde die Vorspeise aufgetragen. Eine riesige Auswahl an Antipasti wurde von Kellnern und Kellnerinnen in weißen Hemden auf ihrem Tisch verteilt. Immer wenn sie die Plane zum Eingang anhoben, drang die Metalmusik wieder ein bisschen deutlicher zu ihnen herüber. Aber inzwischen fand Feli sogar, dass es zur Atmosphäre passte, wie abwegig das auch klingen mochte.

Eine Platte wurde direkt vor Jocelyn und sie gestellt, und die Villabesitzerin ließ keine Sekunde verstreichen, um zuzugreifen. Neben dem üblichen eingelegten Gemüse, köstlichem Schinken und Käse waren etliche Spezialitäten aus Kürbis dabei. Vom Kürbisciabatta über gegrillte Kürbisscheiben, bis hin zu kleinen Schälchen mit einer fruchtigen Kürbissuppe.

Nach der Vorspeise war Feli eigentlich schon satt, aber dann wurden riesige Pizzen aufgetragen. Sie waren belegt mit Hokkaidokürbis, Kürbiskernen, Rucola und einer köstlichen Balsamico-Creme.

»Ich habe noch nie so etwas Gutes gegessen«, schwärmte Jocelyn und sah sich dann unruhig um, als erwarte sie, belauscht zu werden. »Erzähl das auf keinen Fall Giulia.«

Feli lachte und deutete an, dass sie ihren Mund mit einem Schlüssel verschloss.

Sie aßen, bis sie fast platzten. Sie sprachen und lachten, bis Felis Bauch schmerzte. Und schließlich, als es draußen schon dunkel war und die Metalband aufgehört hatte zu spielen, verließen sie alle das Zelt und betraten den nun viel ruhigeren Platz, auf dem vor einigen Stunden noch so ein Trubel geherrscht hatte.

Auf einem Tisch in der Mitte lag ein riesiger Kürbis, und alle Anwesenden bildeten einen Kreis darum.

Alle Bewohner dieses Dorfes und der umliegenden schienen hier zu sein und starrten nun das orangefarbene Gemüse an, als würde es ihnen die Geheimnisse des Universums verraten, wenn sie nur lange genug so verweilten. Feli kam sich ein bisschen so vor, als wäre sie Mitglied eines Kults geworden, ohne es zu merken.

»Was gewinnt man eigentlich, wenn man richtig schätzt, wie schwer das Ding ist?«, flüsterte Feli Jocelyn ins Ohr.

»Na, den Kürbis«, kam es als Antwort, als hätte Feli die merkwürdigste Frage der Welt gestellt.

Das kam Feli ziemlich unspektakulär vor, aber das behielt sie in diesem Zirkel besser für sich.

»Giulia würde sich sehr freuen«, meinte Jocelyn. »Und ich mich auch, weil sie uns dann ihre hervorragenden Leibspeisen aus Kürbis kochen könnte.«

Wie Jocelyn nach einer Mahlzeit mit so viel Kürbis immer noch mehr davon haben wollte, war Feli ein Rätsel.

Ein Mann ging einmal reihum und drückte jedem einen Stift und ein kleines Zettelchen in die Hand. Als er dabei Felis Finger streifte, konnte sie nicht umhin zu bemerken, dass seine Haut sich genauso rau anfühlte, wie sie aussah. Sie erinnerte Feli an Schmirgelpapier.

»Ich habe doch keine Ahnung, wie viel so was wiegt«, flüsterte Jenny neben ihr. Die junge Britin war auch eine

Teilnehmende des Workshops, und seitdem sie zwei Gläser Rotwein getrunken hatte, hatte sie ein paarmal versucht, Feli in ein Gespräch zu verwickeln, was diese ein bisschen überforderte, weil sie in der Villa noch kein Wort miteinander gewechselt hatten.

Feli lächelte ein bisschen gequält. Sie spürte einen inneren Widerstand, auf die Frau zuzugehen. Diese hatte das, wonach sie sich sehnte. Feli fiel es schwer, sich in Anwesenheit der Kursteilnehmer nicht klein und unbedeutend zu fühlen. Sie hasste, dass sie den Gedanken, nicht gut genug zu sein, nicht ablegen konnte.

Während alle zum Kürbis blickten, legte sie den Kopf leicht in den Nacken und sah in den Himmel. Dieser hatte sie schließlich erst dazu gebracht, sich diesem Ausflug anzuschließen.

Auch heute war die Nacht wieder sternenklar, und während sich die funkelnden Lichter wieder wie Schmuckstücke durch das dunkle Blau zogen, formten sich vor ihren Augen Designs, und ihre Hände begannen zu kribbeln, weil sie am liebsten direkt nach Werkzeug gegriffen hätten. Sie hatte eine Idee, und das war schon lange nicht mehr vorgekommen.

Sie senkte den Kopf wieder und begegnete Leonardos Blick, der auf der anderen Seite des Kürbisses stand und sie kurz anlächelte.

Seit ihrem Gespräch letztes Wochenende ertappte sie sich jeden Tag dabei, dass sie die ruhigen Stunden herbeisehnte, wenn sie abends im dunklen Zimmer auf ihren Betten lagen und einfach sprachen wie Kinder auf einer Klassenfahrt, die die Nachtruhe ignorierten. Die ersten Tage, in denen sie sich angeschwiegen, unfreundlich angefahren hatten und aus dem Weg gegangen waren, erschienen ihr so weit entfernt, dass sie sich kaum noch an sie erinnern konnte.

Jocelyn stupste sie in die Seite. »Schreib deinen Namen und deine Schätzung auf.«

Erst da bemerkte sie, dass der Mann, der vorhin Stift und Papier ausgeteilt hatte, wieder die Runde machte, um alles einzusammeln. Sie kritzelte irgendeine Zahl darauf, als er ihr auch schon ungeduldig die Hand entgegenstreckte.

Feli wusste schon, bevor das Ergebnis verkündet wurde, dass sie nicht gewinnen würde. Sie lag mehr als fünf Kilo daneben und kam sich ein bisschen doof vor. Aber während ihr Bauch noch immer voll mit guter Pizza und noch besserem Wein und ihre Ohren gefüllt mit Gelächter und freudigen Gesprächen waren, war das irgendwie egal.

Jocelyn gewann – Wer auch sonst? – und trug den Kürbis stolz vor sich her. Der Anblick erinnerte Feli an eine Hochschwangere, die ihren Bauch hielt. Leonardo bot ihr immer wieder an, ihr die Last abzunehmen, so angestrengt schnaubte sie auf dem Rückweg zum Auto immer wieder. Doch sie warf ihm nur vorwurfsvolle Blicke zu und kämpfte sich weiter voran.

Als sie sich endlich auf den Beifahrersitz schob, wirkte sie erschöpft, aber auch triumphal, und darauf kam es wohl an.

Das Auto schaukelte auf der Rückfahrt über die kleinen unebenen Straßen wie ein Schiff auf den Wellen und lullte Feli ein. Und nicht nur sie. Schon nach der Hälfte der Strecke war Jocelyn eingeschlafen, und ihr Kopf schwer an Felis Schulter gesackt. In einer besonders engen Kurve rollte der

Kürbis auf Felis Schoß herüber, und nun hielt sie ihn wie eine Schwangere ihren Bauch.

Sie fing Leonardos Grinsen auf, als sie kurz zu ihm hinübersah.

»Was?«, flüsterte sie, weil sie auch hinter sich Schnarchen vernahm. Selbst der Mentor Gregor MacMurray schlief wie ein Baby nach einem langen Tagesausflug. Und auch Gladis hatte ausnahmsweise nichts mehr zu sagen.

»Ach nichts«, erwiderte Leonardo.

Sie musterte ihn noch einen Moment. Wie passend, dass ein Bildhauer ein so kantiges Profil hatte wie eine antike Statue, dachte sie. Seine Locken kringelten sich um seine Ohren.

Feli war froh, dass sie beide Hände brauchte, um den Kürbis festzuhalten, sonst wäre sie vielleicht sogar auf die nicht so schlaue Idee gekommen, ihre Finger nach ihm auszustrecken und ihm eine Locke aus dem Gesicht zu streichen.

Kapitel 12

Feli kniff die Augen zusammen, als würde ihr das in diesen Lichtverhältnissen tatsächlich helfen, besser zu sehen.

Sie hatte sich in einer nicht besonders bequemen Position vor ihren viel zu kleinen Nachttisch gehockt und die Lampe angemacht, die zwar schön warm leuchtete, deren Licht aber zu viele Schatten auf ihre Finger und den Schmuck warf, den sie versuchte herzustellen.

Sie hatte Schmuck und ihr Werkzeug in ihren Koffer gepackt, als sie abgeflogen war. Aber erst nach dem Kürbisfestival hatte sie endlich alles hervorgeholt. Es fühlte sich gut an, das kühle Metall zwischen den Fingern zu spüren und zu merken, wie ihr Körper es langsam aufwärmte – auch wenn sie so seltsam verkrampft auf dem Boden hockte und Schmerz ihren Rücken hochkroch.

Der Sternenhimmel hatte sie inspiriert. Sie würde Ohrringe fertigen, die ihn nachahmten, und diese irgendwie bei der Abschlussfeier zu den anderen Schmuckstücken schmuggeln. Sie hatte nur noch eine Woche Zeit. Aber sie musste es einfach versuchen. Gregor MacMurray hatte am ersten Tag angekündigt, die Person, die den schönsten Schmuck fertigte, mit einer Kooperation zu belohnen.

Feli hatte die Fortbildungen nicht mitgemacht, keine tollen Tricks zu neuen Legierungen gelernt oder etwas über die neuesten, modernsten Schliffe von Edelsteinen gehört. Aber brauchte sie all das überhaupt? Sie beherrschte ihr Handwerk! Und sie hatte eine großartige Idee.

Sie sah es vor ihrem inneren Auge, wie er ihre Ohrringe in die Hand nahm, fragte, wer sie gemacht hatte, und die Teilnehmenden sich irritiert ansahen, als sie schüchtern den Arm hob. Die Vorstellung ließ in ihrem Nacken zwar kalten Schweiß ausbrechen, gleichzeitig fühlte sie aber auch eine kribbelige Aufregung, die vermutlich jeder Mensch spürte, wenn er an seine eigene Version der Cinderella-Geschichte dachte. Sie war nur das Küchenmädchen, aber sie würde ihnen allen beweisen, dass sie mehr konnte.

Ja, das würde sie, versicherte sie sich selbst, noch bevor die Selbstzweifel sich überhaupt zu Wort melden konnten.

Die Tür ging knarzend auf. Inzwischen brachte sie dieses Geräusch zum Lächeln.

Leonardos schwere Schritte erklangen hinter ihr, sie drehte sich aber noch nicht um, weil sie sich zum einen gerade an einer besonders störrischen Perle abmühte, und zum anderen ihr Lächeln für sich behalten wollte.

»Du arbeitest wieder«, stellte Leonardo ruhig fest. Es war nicht das erste Mal, dass er sie so im Raum vorfand. Er hatte ihr schon mehrmals gesagt, dass sie sich abends auch in die Werkstatt schleichen könnte, wo sie bessere Arbeitsbedingungen hätte – eine große Werkbank, einen ergonomischen Stuhl, gutes Licht. Aber Feli wusste, dass sie sich dort nie richtig auf ihre Arbeit würde konzentrieren können, weil sie immer fürchten würde, jemand könnte sie entdecken. Deswegen nahm sie Rückenschmerzen und müde Augen gern in Kauf.

»Kommst du gut voran?«, fragte Leonardo.

Beim ersten Mal hatte er sich über ihre Schulter gebeugt, um zu sehen, was sie fertigte. Sie hatte seinen warmen Atem sanft in ihrem Nacken gespürt, und eine wohlige Gänsehaut war ihr den Rücken hinuntergerieselt. Und trotzdem hatte sie ihre Arbeit reflexartig mit ihren Händen vor ihm verborgen. Natürlich war ihr klar gewesen, dass es unfair war, ihm diesen Anblick zu verwehren, wo sie seine Statue doch ebenfalls in unvollendetem Zustand erblickt hatte, aber sie hatte nicht anders gekonnt. Er sollte kein unfertiges Kunstwerk von ihr sehen.

Er selbst hatte das allerdings nicht kommentiert und nur gegrinst. Seitdem hielt er sich im Hintergrund und respektierte, dass sie noch nicht bereit war, ihre Arbeit mit ihm zu teilen. Das wusste Feli sehr zu schätzen. Und gleichzeitig wünschte sie sich, er würde ihr noch einmal so nah kommen.

»Es geht so«, antwortete sie ehrlich. »Ich bin noch nicht ganz zufrieden.«

»Bist du das jemals mit deinem Schmuck?«

Ihr Blick zuckte zu der Schmuckdose, die sie als ihr Kürstück für die Meisterprüfung gefertigt hatte und die seit ihrer Ankunft auf ihrem Nachttisch stand.

Leonardo folgte ihrem Blick mit seinem und entdeckte sie.

»Darf ich?«, fragte er und streckte den Arm aus.

Feli nickte. Er nahm sie bedächtig in die Hände und drehte

sie zu allen Seiten. Feli gefiel es, wie er damit umging. Seine Finger strichen sanft über die Ornamente und Erhebungen, die eingelassenen Edelsteine und Gravuren. Und auch seine Augen glitten beinahe liebevoll darüber. Und plötzlich ertappte sie sich bei einem Gedanken, der sie verwirrte: Sie wünschte sich, er würde sie so ansehen wie ihre Schmuckdose.

»Beeindruckend«, sagte er schließlich. Feli wollte sich nicht eingestehen, wie viel es ihr bedeutete, dass er das sagte.

»Ich bin sehr gespannt auf deine Ohrringe«, meinte Leonardo, legte die Schmuckdose zurück und verschwand dann hinter dem Raumtrenner. Sein Schatten zeichnete sich deutlich dahinter ab. Er holte eine Tasche hervor und begann Dinge aus dem Schrank zu holen.

Feli beobachtete ihn einen Moment, dann ließ sie ihr Werkzeug sinken.

»Was machst du da?«

»Die Hütte ist fertig. Du bist mich endlich los.«

Felis Magen zog sich zusammen. Ihr fiel nichts ein, was sie darauf erwidern konnte. Sie brauchte einen Moment, um überhaupt zu verstehen, was in ihrem Inneren vor sich ging. Dann fand sie das passende Wort. Sie war enttäuscht, dass er ging. Sie war enttäuscht, dass sie abends nicht mehr im selben dunklen Zimmer liegen und über alles Mögliche reden würden. Sie war enttäuscht, weil er, ohne es zu wissen, die Liste mit den seltsam intimen Dingen mit sich nahm, die sie erstellt hatte.

Es machte keinen Unterschied, redete sie sich ein. Sie war nur noch eine Woche hier, dann würde sie sowieso nach Hause zurückkehren und ihn nie wiedersehen. Auf die Fragen, die sie sich über ihn stellte, würde sie wohl nie Antworten erhalten. Und eigentlich sollte ihr das auch vollkommen egal sein.

Sie erinnerte sich an Jocelyns Vorschlag, länger zu bleiben. Weder sie noch Leonardo hatten Feli noch mal auf das Thema angesprochen, deswegen wusste sie nicht, ob er nicht doch schon eine neue Küchenhilfe gefunden hatte. Sie traute sich nicht zu fragen. Genauso wenig, wie sie sich traute, darüber nachzudenken, ob sie das Angebot überhaupt annehmen wollte.

»Ich dachte, es ist keine Hütte, sondern ein Haus«, sagte sie schwach.

Leonardo lachte und tauchte wieder hinter der Trennwand auf. Er hielt zwei große Taschen in den Händen, stellte sie kurz ab und faltete den Raumtrenner zusammen. Dann lehnte er ihn in einer Ecke an die Wand. Das erste Mal sah sie sein Bett ohne eine Barriere zwischen ihnen.

»Den brauchst du jetzt nicht mehr«, erklärte er überflüssigerweise. Sie spürte, dass er nur versuchte, die Stille zwischen ihnen zu füllen, während sie selbst keine Anstalten machte, das Gleiche zu tun.

Sie sah ihn einfach an. Es kam ihr vor, als würde sie etwas Wichtiges verlieren. Aber damit kannte sie sich inzwischen ganz gut aus. Deswegen riss sie sich zusammen.

»Ich hoffe, du kannst im *Haus* gut schlafen.«

»Bestimmt nicht so gut wie hier«, gestand er. »Dich atmen zu hören, ist sehr beruhigend.«

Die Hitze schoss ihr ins Gesicht, und sie fügte dieses Geständnis als letzten Punkt der Seltsam-intime-Dinge-Liste hinzu.

»Das geht mir auch so«, brachte Feli heraus und überraschte sich damit selbst. Sie schaffte es sogar, zu ihm aufzusehen. Leonardo grinste.

»Wir sehen uns dann beim Frühstück, würde ich sagen.«

Feli nickte, Leonardo tat es ihr gleich.

Dann schnappte er sich seine Taschen und ließ sie allein. Sie sah ihm noch eine halbe Ewigkeit nach, starrte den leeren Türrahmen vermutlich noch an, da war er längst in seinem neuen Schlafzimmer angekommen und hatte mindestens schon eine Tasche ausgepackt.

Schließlich schüttelte sich Feli und wandte sich wieder ihrem Schmuck zu. Sie arbeitete weiter, weil sie dann weniger denken musste. Ihr Rücken schmerzte immer mehr, aber irgendwie mochte sie das Gefühl. Kurz strich sie über die raue Oberfläche ihrer Schmuckdose. Sie bildete sich ein, dass das Metall noch von Leonaordos Händen aufgewärmt war.

Als sie diese Schmuckdose gefertigt hatte, hatte sie Schmerztabletten nehmen müssen, weil ihr Arm von den immer gleichen Bewegungen so sehr geschmerzt hatte, dass sie ohne Medikamente den Abgabetermin nicht hätte halten können. Sie konnte sich nicht daran erinnern, das jemals wieder getan zu haben. Doch ihre Rückenschmerzen bewiesen ihr, dass sie noch immer die gleiche Leidenschaft und Versessenheit besaß, die sie während ihrer Meisterprüfung dazu gebracht hatte zu arbeiten, bis ihre Finger taub wurden.

Es beruhigte sie ein wenig, während sie die halbe Nacht damit verbrachte, auf das Knarzen einer Tür zu hoffen.

Der letzte Tag des Retreats war angebrochen, und Feli hatte keine Ahnung, wie sie damit umgehen sollte.

Die vergangene Woche hatte sie damit verbracht,

Leonardo zu vermissen. Jede freie Minute hatte sie ihren Ohrringen gewidmet und in ihrem Zimmer vor dem Nachttisch gehockt. Da sie es sich nicht mehr Leonardo teilte, hatten sie sich seltener gesehen. Immer wieder hatte sie sich dabei ertappt, dass sie nach ihm lauschte. Nun, da die Hütte fertig war, widmete er sich wieder seiner richtigen Arbeit. Er kümmerte sich um das Anwesen, pflegte den Garten, renovierte baufällige Zimmer. Sie hatte ihn Rasen mähen gehört und Nägel in die Wand schlagen. Damit hatte sie gewusst, was er tat. Das war aber kein richtiger Ersatz für ihre Gespräche. Und beim Essen unterhielten sie sich zwar, aber sie waren nicht allein und dadurch war es einfach nicht dasselbe.

Am letzten Wochenende hatte sie sich tatsächlich auf einen Ausflug gefreut. Doch es hatte keiner mehr stattgefunden. Heute war der Tag, an dem die Schmuckstücke präsentiert wurden, und alle Teilnehmenden hatten sich ihrem Schmuck genauso versessen gewidmet wie Feli. Niemand hatte Zeit für eine Tour durch toskanische Dörfer gehabt.

In der Villa war es ruhiger gewesen. Selbst Gladis hatte sich nicht mehr mit langen Erzählungen aufgehalten. Alle waren fokussiert, und obwohl Feli immer gern für sich gewesen und sich in Ruhe ihrer Arbeit gewidmet hatte, spürte sie nun, dass ihr etwas fehlte. Die Gespräche im Dunkeln mit Leonardo. Jocelyns Weisheiten. Neue kleine italienische Orte zu entdecken.

Während Feli das letzte Mal das Frühstück vorbereitete, wusste sie nicht, wie sie sich fühlte. Sie sollte ihren Koffer packen, um morgen abzureisen. Aber sie hatte es einfach nicht über sich gebracht, auch nur eine Socke hineinzulegen.

Dabei hatte sie sich noch vor vier Wochen so dagegen gesträubt, alles auszupacken.

Leonardo und Jocelyn hatten sie nicht noch einmal gefragt, ob sie bleiben wollte. Zumindest nicht mit Worten. Beim Essen hatte sie ihre fragenden Blicke immer auf ihrem Gesicht gespürt. Aber sie hatte selbst noch keine Antwort auf die Frage gefunden.

Sie schraubte das letzte Mal die Mokkamaschine zusammen. Sie konnte nicht für immer in dieser Phantasiewelt in dieser Villa auf diesem einsamen Hügel verweilen. All das hier, alles um sie herum, war nicht wirklich real. Für Jocelyn oder Leonardo vielleicht. Aber nicht für sie. Ihre Werkstatt in ihrem Laden zu Hause war real. Und dorthin musste sie zurückkehren. Es war ihr Rückzugsort, aber warum spürte sie nun nicht mehr die Ruhe, die sie einst in sich wahrgenommen hatte, wenn sie an diese Räume gedacht hatte? Irgendwas hatte sich verändert, aber noch war sie sich nicht sicher, was genau es war.

Beim Frühstück waren alle recht schweigsam. Die Aufbruchsstimmung war genauso deutlich spürbar wie die Aufregung vor dem Abend, an dem sich entscheiden würde, wer sich über eine Kooperation freuen konnte.

Als Feli die Küche aufräumen wollte, nachdem alle wieder in der Werkstatt verschwunden waren, kam Jocelyn zielstrebig auf sie zu. Sie ließ sich sonst nie beim Frühstück blicken, weil sie zu lang schlief.

»Ich habe ein Hühnchen mit dir zu rupfen«, verkündete sie.

Feli zog die Augenbrauen hoch und stellte den Topf ab, den sie gerade hatte abspülen wollen.

»Was ist los?«

Jocelyn wirkte so, als wäre sie für irgendwas spät dran, ihre grauen Haare standen ein bisschen ab, als hätte sie sich diese gerauft, ihre Brille saß leicht schief auf ihrer Nase. Sie hatte einen geschäftigen Gesichtsausdruck aufgesetzt, der nahelegte, dass sie auf einer wichtigen Mission war. »Heute ist der letzte Tag.«

»Ist mir bewusst«, meinte Feli trocken, die nicht genau wusste, wohin sie dieses Gespräch führen würde.

»Ich war geduldig«, fuhr Jocelyn so unbeirrt fort, als hätte sie Feli gar nicht gehört. »Ich habe ganz geduldig gewartet.«

Feli bezweifelte sehr, dass Jocelyn in ihrem Leben jemals geduldig auf irgendwas gewartet hatte, doch das laut auszusprechen, verkniff sie sich.

»Ich dachte mir, dass ich dir genug Zeit geben muss und auch genug Raum, um deine Entscheidung zu treffen. Aber es reicht mir jetzt. Leonardo hat sich immer noch um keine andere Küchenhilfe gekümmert, weil er hofft, dass du es machen willst. Aber wenn er keine hat, wenn am Samstag das neue Retreat losgeht, wird Isabella fuchsteufelswild sein. Und das willst du doch auch nicht, oder?«

Feli erwiderte immer noch nichts. Das musste sie allerdings auch nicht, weil Jocelyn noch längst nicht mit ihr fertig war.

»Die Entscheidung ist doch eigentlich recht simpel. Warum brauchst du so lange? Hier hast du eine Chance. Nicht nur darauf, etwas Neues zu lernen, sondern auch an einem Ort zu sein, der dich inspirieren könnte, umgeben von Menschen, die das Gleiche tun. Ich will, dass du bleibst.

Leonardo will, dass du bleibst. Wieso weißt du nicht, ob du bleiben willst?«

Feli wollte nicht einmal vor sich selbst zugeben, wie sehr sie an diesem Satz hängenblieb – Leonardo wollte, dass sie blieb? Das sollte ihr nicht wichtig sein, aber es fiel ihr schwer, den Gedanken wieder auszublenden.

»Es ist nicht so simpel«, setzte sie schwach an.

Jocelyn schnaubte. »Es ist sehr simpel.«

»Ich habe einen Laden zu Hause, den ich nicht ewig allein lassen kann.«

»Macht das nicht dein Bruder?«

»Ja, aber …«

»Ja, aber! Wie ich diese zwei Worte verabscheue. Ich will die Ausreden gar nicht hören. Ich habe dir meine Meinung gegeigt. Jetzt lasse ich dich mit dem Gesagten allein, damit es in dir arbeiten kann.«

Ihre Stimme wurde am Ende wieder ein bisschen sanfter. Jocelyn lief um die Kücheninsel herum und tätschelte Feli liebevoll die Wange. »Ich hoffe, du triffst eine Entscheidung. Die richtige.« Sie grinste verschwörerisch und ließ Feli dann in der Küche mit dem dreckigen Geschirr und vielen kreisenden Gedanken zurück.

Als Feli zur Abschlussfeier ging, hatte sie ihren Koffer immer noch nicht gepackt, Jocelyn aber auch noch keine Antwort gegeben. Die hatte tatsächlich davon abgesehen, Feli noch einen zweiten Vortrag zu halten.

Der Abend war lau und so hatten sie ein Buffet draußen

auf dem Tisch unter den drei Bäumen aufgebaut. Immer wieder segelten bunte Blätter auf den Tisch herab, aber niemand störte sich daran, dass sich auch mal eins in die Pasta verirrte. Der Herbst hatte nun ein bisschen mehr Nachdruck als bei Felis Ankunft. Als wollte er der Natur nicht mit Gewalt die Farbe entziehen, sondern sie ihr nur sanft abnehmen.

Einen zweiten Tisch hatten Leonardo und Feli vor dem kleinen Haus aufgebaut. Dort legten nun alle Teilnehmenden ihre Schmuckstücke ab. Doch Feli sah sie sich nicht so genau an. Sie hatte Angst, dann den Mut zu verlieren. Sie hielt ihre Ohrringe in der geschlossenen Faust und umklammerte sie immer fester, während sie fieberhaft überlegte, wie sie sie unerkannt auf den Tisch legen konnte.

Isabella Marinos Präsenz spürte sie deutlich. Sie stand fünf Schritte hinter Feli und unterhielt sich angeregt mit Gregor MacMurray, dessen Tweedjacke durch die herbstlich bunten Bäume nun doch nicht mehr ganz so fehl am Platz wirkte. Feli fühlte sich immer ein bisschen wie ein Schulkind, das unerkannt spicken wollte, sobald Isabella Marino anwesend war. Sie hatte zwar die Ausstrahlung einer netten Lehrerin, aber immer noch einer Lehrerin, von der man nicht bei etwas Verbotenem erwischt werden wollte.

Feli bewegte sich nicht, weil sie meinte, die Blicke aller auf ihrem Rücken zu spüren, obwohl sie eigentlich wusste, dass das nicht der Fall war.

Ihre Aufmerksamkeit sprang von einer Sache zur nächsten. Gladis hatte ein kleines Loch am Kragen ihres Pullis, der nur noch zwei Wäschen davon entfernt war, richtig groß zu werden. Jocelyn trug rote Socken, die immer wieder unter ihren Hosen hervorblitzten, wenn sie ihr Gewicht von einem Fuß auf den anderen verlagerte. Bosco trug heute einen blauen Hut, der hervorragend zu Leonardos Hemd passte, das so eng an seinen Armen anlag, dass Feli immer heiße Wangen bekam, wenn sie in seine Richtung sah. Aber all diese Details waren gerade nicht in der Lage, sie zu beruhigen.

Sie wollte die Ohrringe auf den Tisch zu den anderen Schmuckstücken legen und gleichzeitig wollte sie es nicht. Niemand sollte wissen, dass sie auch am Wettbewerb teilnahm, weil es ihr irgendwie peinlich war, dass sie es nur auf diesem Umweg tun konnte und nicht auf dem direkten wie all die anderen. Gleichzeitig wusste sie, sollte ihr Plan aufgehen und sie die Kooperation gewinnen, dass es ohnehin jeder wissen würde. Und was wäre, wenn MacMurray ihre Ohrringe tatsächlich am schönsten fand, ihr dann aber sagte, sie hätte niemals am Wettbewerb teilnehmen dürfen?

Aber es war immer noch besser, auf Umwegen zu gewinnen, als es gar nicht zu versuchen.

Oder sollte sie es einfach lassen? War es ohnehin eine beschissene Idee und überhaupt …

Ihre kreisenden Gedanken wurden unterbrochen, als Bosco so gehetzt über den Platz preschte, dass er halb in den Buffettisch krachte. Er war zu klein, um ihn umzuwerfen. Trotzdem waren gleich mehrere rettende Hände zur Stelle, um sicherzugehen, dass das gute Essen nicht auf dem staubigen Boden landete. Bosco kümmerte sich gar nicht um den Aufruhr, den er angerichtet hatte. Er rannte weiter, so schnell, dass er fast seine Mütze verlor. Denn er hatte keinen Blick für irgendwas anderes als den Ball, der vor ihm durch die Luft flog und schließlich auf dem Kies der Einfahrt aufschlug und weit in Richtung Tor rollte.

»Leonardo«, schimpfte Jocelyn nur gespielt tadelnd. »Du kannst den Ball doch nicht werfen, ohne zu gucken, wo er hinfliegt.«

»Sorry«, sagte Leonardo, der kein bisschen so aussah, als würde es ihm leidtun. Die Aufmerksamkeit aller lag nun auf dem Hund, deswegen war sich Feli sicher, dass nur sie sehen konnte, wie Leonardo ihr zuzwinkerte und dann mit dem Kopf zum Schmucktisch hinübernickte.

Feli verstand. Ein Ablenkungsmanöver. Sie grinste Leonardo an. Und bevor sie ihre Meinung doch noch ändern konnte, legte sie ihre Ohrringe zu den anderen Kunstwerken.

Kaum hatte sie zwei Schritte vom Tisch weggemacht, hatten sich alle vom Schock erholt und ihre Gespräche wieder aufgenommen.

Sie würde die Ohrringe nicht wegnehmen können, ohne dass es jemand mitbekam. Jetzt gab es kein Zurück mehr.

Während des ganzen Abends war die Nervosität nicht von Feli abgefallen. Sie hatte nie Nägel gekaut, aber heute war sie mehrfach ernsthaft versucht gewesen, damit anzufangen. Das Essen war vorbei, die gelöste Stimmung hatte sich verzogen, und alle starrten wie gebannt nach vorne, während Gregor MacMurray und Isabella Marino jedes einzelne Schmuckstück in die Hand nahmen und eingehend betrachteten.

Im Sinne der Herzfrequenz aller Anwesenden hätten

sie das besser an einem Ort tun sollen, wo sie niemand beobachten konnte. Das Blut rauschte Feli in den Ohren, so aufgeregt war sie.

Nur sehr langsam bewegten sich der Mentor und Isabella Marino den Tisch entlang. Als MacMurrays Finger schließlich ihre Ohrringe berührten, wäre Feli fast aus ihrer Haut gefahren. Aber sie zwang sich, ruhig zu bleiben und sich nicht zu bewegen. Er wendete sie hin und her, betrachtete die filigranen Verzweigungen des Silbers und die fein gefassten Perlen.

Feli sah ihn vor ihrem inneren Auge, wie er verkündete, noch nie so schöne Ohrringe gesehen zu haben und dass der Wettbewerb hiermit beendet war, weil nichts das übertreffen konnte.

Aber natürlich kam es nicht so. Wie alle anderen legte er auch ihre Ohrringe wieder zurück. Isabella Marino betrachtete sie auch, ging aber schnell zum nächsten Stück. Hatte sie sich weniger Zeit für sie genommen als für die anderen? Feli versuchte, sich einzureden, dass das ein gutes Zeichen war, musste sich jedoch eingestehen, dass sie es besser wusste.

Ihr Puls wurde langsamer, während sich Enttäuschung wie eine schwere Decke über ihre Schultern legte. Die nächsten siebzehn Minuten, die verstrichen, bevor Gregor MacMurray und Iabella Marino ihre Entscheidung verkündeten, liefen ab, als wäre Feli gar nicht mehr an ihrem eigenen Leben beteiligt. Sie fühlte sich abwesend, obwohl ihr Körper sich nicht bewegt hatte.

Die berühmte Goldschmiedin nickte, und der Mentor hob eine Kette hoch, es wurde geklatscht, alle umarmten Jenny, die ein bisschen weinte und nicht fassen zu können schien, was gerade passierte. Sektkorken knallten, doch Feli stand einfach bewegungslos da.

Was hatte sie erwartet? Hatte sie wirklich geglaubt, diesen Wettbewerb gewinnen zu können? Sie war doch nicht einmal gut genug gewesen, um am Workshop teilzunehmen.

Sie wandte sich ab und lief auf die Villa zu. Sie wollte sich in ihrem Zimmer verkriechen und am liebsten niemals wieder herauskommen. Morgen würde sie ihren Koffer packen und der Villa den Rücken zukehren. So war es richtig. Sie hätte niemals herkommen sollen.

Doch sie erreichte die Treppe nicht. Eine Stimme hielt sie zurück.

»Felicitas.«

Isabella Marino klang nicht so freundlich, wie sie es sonst immer tat. Feli hätte sie gern ignoriert. Aber zumindest bis morgen früh war sie noch ihre Chefin und Feli war zu höflich erzogen worden, um eine andere Person einfach so stehen zu lassen. Also drehte sie sich um.

Isabella Marino hatte einen Arm in die Hüfte gestemmt und sah sie aus ernsten Augen an. In der Hand hielt sie Felis Ohrringe. Ihr Magen zog sich sofort eng zusammen. Feli war sich sicher, dass diese Empfindung so stark war, dass man ihren kastaniengroßen Magen auch in einem Ultraschall sehen könnte. Sie war erwischt worden.

»Das sind deine Ohrringe, oder?«

Feli konnte ihren Tonfall nicht deuten. Aber sie war zu müde, um zu lügen, also nickte sie einfach.

»Du bist Goldschmiedin.«

Wieder nickte Feli.

»Dachtest du, du könntest so vom Workshop profitieren?«

Feli nickte, und die Bewegung begann unangenehm in ihrem Nacken zu ziehen. Sie wollte sich doch nur hinlegen, verkriechen und morgen verschwinden. Auch ohne eine Standpauke von ihrem früheren Idol fühlte sie sich schon geschlagen genug. Konnte Isabella Marino das nicht sehen? All die schrecklichen Worte, die sie Feli nun an den Kopf werfen konnte, hatte diese doch längst über sich selbst gedacht.

Tadelnd schüttelte Isabella Marino den Kopf. Bei ihrem ersten Treffen hatte Feli ihre Freundlichkeit für aufgesetzt gehalten. Ihre Gereiztheit konnte sie ihr leichter abkaufen.

»So kannst du das doch nicht angehen.« Feli starrte auf die Spitzen ihrer Schuhe. Da war ein Fleck an ihrem Schnürsenkel, rot wie Blut. Aber vermutlich war es einfach nur Tomatensoße. »Wie willst du jemals etwas erschaffen, das es wert ist, getragen zu werden, wenn nicht einmal du dazu stehen kannst?«, fragte Isabella Marino. Ihre Stimme war immer noch nicht freundlich, aber die Schärfe hatte etwas nachgelassen. »Du kannst deinen Schmuck nicht unerkannt auf den Tisch legen. Jemand soll ihn doch offen an seinem Körper tragen. Wie kannst du das von einer anderen Person verlangen, wenn du es nicht selbst kannst? So funktioniert Kunst nicht.«

Feli sah erstaunt auf. Sie hatte keine Ahnung, was sie erwidern sollte, also schwieg sie einfach.

»Das Handwerk ist sehr solide«, sagte Isabella Marino, während sie Felis Ohrringe zwischen ihren – sehr filigranen – Fingern drehte. »Du weißt, was du tust. Aber sie sind im Vergleich zu den anderen langweilig. Du willst nichts wagen. Du nimmst einen zu sicheren Weg. Verlasse ihn.« Sie drückte Feli die Ohrringe in die klamme Hand. »Verstehst du, was ich dir sagen will?«

»Ja«, brachte Feli hervor, die nicht genau wusste, was sie in diesem Moment fühlen sollte. Die Worte hatten sie verletzt, aber sie erkannte die Wahrheit, die in jedem einzelnen steckte. Es würde wohl eine Weile dauern, bis sie ihre wahre Bedeutung verarbeitet hatte.

»Gut«, sagte Isabella Marino nur, betrachtete Feli eingehend, dann drehte sie sich einfach um und ging wieder hinaus. Feli blieb allein im dämmrigen Flur der Villa stehen, in dem es bestimmt drei Grad kälter war als draußen. Ein fröstelnder Schauer lief ihr über den Rücken.

Feli hielt ihre Ohrringe zwischen ihren Fingern und atmete mehrmals sehr tief durch.

Sie sollte den sicheren Weg verlassen. Aber was genau bedeutete das überhaupt?

Während sie die kühlen Perlen mit ihren von jahrelanger Arbeit an der Werkbank rauen Fingerkuppen ertastete, beruhigte sich ihr Atem ein bisschen. In ihrem Kopf ratterte es.

Den sicheren Weg verlassen ...

Ständig war sie wie erstarrt, ständig kam sie nicht von der Stelle. Wenn sie konfrontiert wurde, fehlten ihr die richtigen Worte. Wenn sie überfordert war, wusste sie nicht einmal, in welche Richtung sie ihren nächsten Schritt setzen sollte. Und jetzt, da sie vor eine klare Entscheidung gestellt worden war und in Wirklichkeit doch längst wusste, was sie wollte, war sie dennoch nicht in der Lage, sie zu treffen.

Das musste aufhören.

An diesem Morgen hatte sie noch nicht sagen können, was sich in den letzten Wochen verändert hatte. Nun realisierte sie es. Sie hatte sich verändert. Vielleicht nicht auf eine Weise, die ihr Leben aus den Fugen hob. Aber ihr Blickwinkel war ein anderer geworden. Sie hatte die Augen geöffnet und sich einen Schritt aus ihrer Komfortzone hinausgewagt.

Diese Erkenntnis gab ihr endlich die Kraft, sich in Bewegung zu setzen und plötzlich erschien es gar nicht mehr so schwer oder beängstigend, wie sie es sich ausgemalt hatte. Natürlich fehlte ihr hier noch immer die Schrittfolge, an die sie sich ihr ganzes Leben so entschlossen gehalten hatte. Aber vielleicht brauchte sie die auch gar nicht mehr.

Leonardo stand neben dem leeren Buffettisch, und ihre Blicke fanden sich sofort, sobald sie den Hof wieder betrat. Als hätte er die ganze Zeit Ausschau nach ihr gehalten, schoss es ihr durch den Kopf. Sie steuerte direkt auf ihn zu.

»Hast du schon eine neue Küchenhilfe eingestellt?«, fragte sie, da hatte sie ihn noch gar nicht erreicht.

»Nein«, erwiderte er ein bisschen überfordert.

»Dann mach das auch nicht«, sagte Feli.

Leonardos Lächeln wurde immer breiter. »Heißt das, du bleibst?«

Feli antwortete noch nicht. Sie musste das Momentum nutzen, das sie gerade in ihren Muskeln spürte. Also lief sie zu Isabella Marino herüber.

»Ich werde den sicheren Weg verlassen«, sagte sie.

Die berühmte Goldschmiedin hatte sich gerade mit Jocelyn unterhalten und drehte sich jetzt ein bisschen irritiert zu Feli um.

»Ich werde mich nicht mehr verstecken«, fuhr Feli fort. »Beim zweiten Retreat mache ich alles anders.«

Die elegant gezupften Augenbrauen ihres Gegenübers wanderten nach oben. »Als Küchenhilfe darfst du nicht an den Workshops teilnehmen. Ich hoffe, das ist dir bewusst.«

»Ist es«, sagte Feli. »Aber ich kann auch anders lernen. Durch Gespräche beim Essen, durch die Menschen, die hier sind.« Sie sah kurz zu Jocelyn, die sie so breit angrinste, dass Feli befürchtete, sie würde morgen Muskelkater in den Wangen haben. »Ich werde mich der Welt öffnen.« Und zwar nicht nur wie durch eine angelehnte Tür. Sie wollte sie weit aufreißen, um vollständig hindurchgehen zu können. Es würde ihr schwerfallen. Aber ihr fiel quasi alles schwer, also machte das jetzt auch keinen Unterschied mehr.

Sie spürte Leonardos Anwesenheit, bevor er sich in ihr Sichtfeld schob.

»Gut«, sagte Isabella Marino, die tatsächlich sehr zufrieden wirkte.

»Heißt das, du bleibst?«, wiederholte Leonardo die Frage, deren Antwort sie ihm schuldig geblieben war.

Sie sah in seine braunen Augen, die heute wirkten, als hätten die letzten sanften Sonnenstrahlen des Tages sie aufgewärmt. Sie lächelte auf eine Weise, die sie sich vorher nie getraut hatte.

»Ich bleibe.«

Kapitel 13

Da Feli beim zweiten Retreat alles anders machen wollte als beim ersten, sagte sie ohne Zögern zu, als Leonardo am nächsten Tag an ihre Tür klopfte, um mit ihr nach Florenz zu fahren. Es war Donnerstag, erst am Samstag trafen die neuen Teilnehmenden ein. Also hatte sie Zeit. Und die wollte Feli nutzen.

Eine halbe Stunde, nachdem er sie geweckt hatte, stand sie auch schon vor seinem alten Van auf dem Innenhof. Jocelyn kam fünf Minuten nach ihr aus der Villa und rückte noch ihr rotes Brillengestell zurecht. Dann waren sie auch schon bereit aufzubrechen.

Sie quetschten sich wieder alle auf die vordere Bank im Auto und fuhren los.

Leonardo und Jocelyn hatten sie nur angegrinst, als sie ihren Entschluss zu bleiben, verkündet hatte. Isabella Marino hatte es mit einem Nicken hingenommen. Wie die berühmte Goldschmiedin darüber wirklich dachte, konnte Feli nicht richtig einschätzen, aber sie gab sich erst mal damit zufrieden, dass sie keine Einwände geäußert hatte. Sie durfte beim zweiten Retreat dabei sein. Das war alles, was sie wissen musste.

Während Leonardo sie nach Florenz fuhr, schien Felis Handy in ihrer Hosentasche unangenehm gegen ihren Oberschenkel zu drücken, um auf sich aufmerksam zu machen. Eigentlich sollte sie heute wieder in Deutschland landen. Und sie hatte Marlon noch nicht Bescheid gegeben, dass sie das nicht tun würde.

»Ich müsste mal kurz meinen Bruder anrufen«, erklärte sie den anderen beiden, als sie ihr Handy hervorholte. Eigentlich wollte sie dieses Gespräch nicht unbedingt in Gesellschaft führen, aber sie kannte sich gut genug, um zu wissen, dass sie sich ewig davor drücken würde, wenn sie es jetzt nicht hinter sich brachte. Außerdem konnten weder Leonardo noch Jocelyn sie verstehen. Sie sprachen kein Deutsch.

»Mach das, Liebes«, meinte Jocelyn und legte aufmunternd eine Hand auf Felis Schulter. Sie hatte nur einmal kurz ihr Verhältnis zu ihrem Bruder angedeutet. Aber das reichte Jocelyn offensichtlich aus, um zu ahnen, dass Feli gerade eine aufmunternde Geste gebrauchen konnte.

Feli wählte den Kontakt aus, bevor sie es sich anders überlegen konnte.

Schon nach zwei Leerzeichen vernahm sie die vertraute Stimme ihres Bruders, die sie viel zu lang nicht mehr gehört hatte.

»Hey, bist du schon am Flughafen?«, fragte er ohne Umschweife.

Feli rutschte ein bisschen unruhig auf ihrem Sitz herum,

der ein quietschendes Geräusch von sich gab, um ihre Nervosität in die Welt hinauszuposaunen.

»Bin ich nicht«, murmelte sie in sich hinein, als wollte sie nicht, dass er sie verstehen konnte.

»Gab es ein Problem?« Er klang besorgt. Das machte es Feli noch schwerer, endlich mit der Wahrheit herauszurücken.

»Nein, überhaupt nicht. Ich ...« Sie wusste, dass sie mal wieder etwas komplizierter machte, als es eigentlich sein musste. Also zwang sie sich, fortzufahren. »Ich werde heute nicht ankommen.«

»Also dann erst morgen?«

»Nein, noch später.«

»Feli, wann landest du?« Jetzt klang Marlon ein bisschen genervt – was sie gut verstehen konnte. Sie ging sich ja selbst auf die Nerven.

»In einem Monat«, sagte sie also.

Darauf folgte eine Stille, in die sie alles Mögliche hineininterpretierte. Sie dachte schon, ihr Bruder hätte einfach aufgelegt, als sie sein Räuspern vernahm.

»In einem Monat?«

»Ich werde noch für das nächste Retreat bleiben«, sagte Feli schnell, bevor er ihr ihren Entschluss, der ohnehin schon auf ihren instabilen Mut baute, ausreden konnte. »Ich habe das Gefühl, ich kann hier noch mehr lernen. Beim ersten Retreat bin ich alles falsch angegangen. Aber beim neuen könnte ich es so viel besser machen.« Sobald sie es Marlon erklärte, hörte sie sich selbst an, wie viel Elan auf einmal in ihrer Stimme steckte. Sie hatte die richtige Entscheidung getroffen.

Sie würde sich nicht mehr verstecken. Sie würde Kontakt zu den Teilnehmenden und der neuen Mentorin suchen. Sie würde zu den Ausflügen mitfahren. Sie würde sich inspirieren lassen. Und dann würde sie einen Weg finden, wie sie den Laden retten konnte. Daran glaubte sie. Daran *musste* sie einfach glauben.

Sie wartete auf Marlons Antwort, die er ihr wieder nicht sofort gab. Schließlich räusperte er sich.

»Okay.«

»Okay?«, wiederholte Feli ein bisschen fassungslos.

»Okay, du bleibst noch einen Monat länger. Ich mache noch einen Monat länger den Laden allein. Das schaffe ich schon. Ich konnte die Rechnungen noch bezahlen. Der Strom ist an. Wir fliegen noch nicht aus den Räumen. Ein Monat geht.«

Sie suchte nach dem Hauch eines Vorwurfs in seiner Stimme und verstand nicht, warum sie enttäuscht war, als sie keinen fand.

»Es ist wirklich okay für dich?«, hakte sie nach.

»Es ist natürlich nicht optimal. Aber ich kriege das hin«, versicherte Marlon – noch immer ohne Vorwurf.

»Okay«, sagte Feli nun zögerlich.

»Okay«, wiederholte Marlon. »Ich würde jetzt auflegen. Ich habe hier eine Reparatur vor mir liegen, und die macht sich nicht von allein.«

Und damit war die Leitung tot. Feli starrte ihr Handy einen Moment überfordert an, bevor sie es wieder wegsteckte. Damit hatte sie sicherlich nicht gerechnet.

»Wie ist das Gespräch gelaufen?«, fragte Jocelyn.

»Gut«, erwiderte Feli.

»Du klingst nicht so, als wäre das etwas Gutes.«

Tat sie nicht. Aber sie konnte das Jocelyn beim besten Willen nicht erklären, also war sie ihr dankbar, als die nicht weiter nachhakte. Feli guckte aus dem Fenster, während die Toskana an ihr vorbeizog. Dann realisierte sie, was ihr Problem war: Das Gefühl, gebraucht zu werden, fehlte ihr.

Feli kannte Museen, in denen es ruhig war. In denen nur wenige Menschen bedächtig hin und her liefen und nur mit gesenkten Stimmen sprachen. Die Uffizien waren ganz anders.

In diesem Museum war es laut und voll. Kinder rannten herum, und Menschen stritten sich laut vor einem Gemälde. Es war lebendig. Und obwohl die Fülle an Eindrücken Feli überforderte, genoss sie es auch.

Sie stand inmitten dieses Trubels und wusste gar nicht, wo sie zuerst hinsehen sollte. Schwarz-weiße Marmorkacheln befanden sich unter ihren Füßen. An den Wänden standen Büsten, hinter ihnen waren Fenster, die den Blick auf Florenz freigaben. Die Decken waren mit aufwendigen Malereien verziert. Direkt unter der Decke hingen kleine Ölgemälde. Sie könnte auf jedem Quadratmeter eine Stunde stehen und hätte doch noch nicht alles gesehen. Feli wollte nichts verpassen. Aber sie musste sich mit dem Gedanken abfinden, dass das unvermeidbar war.

»Beeindruckend, oder?«, fragte Leonardo, der sich neben sie stellte und ebenfalls alles auf sich wirken ließ.

»Mh«, machte Feli. Trotz der vielen Eindrücke spürte sie

Leonardos Nähe auf einmal überdeutlich. Er berührte sie nicht. Aber die Wärme seines Körpers fühlte sie trotzdem durch den leichten Stoff ihres T-Shirts.

Jocelyn war bereits durch einen der Torbögen verschwunden, die von diesem Gang wegführten.

»Willst du mit mir durchs Museum gehen?«

Feli hob den Blick und begegnete Leonardos braunen Augen. Er wirkte fast schüchtern. Das kannte sie gar nicht von ihm. Irgendwie gefiel ihr diese Seite von ihm.

»Gern«, entschied sie also.

Leonardo grinste, wie er es in letzter Zeit immer wieder tat, und machte eine dramatische Geste, die ihr bedeutete loszugehen. Er sah ein bisschen so aus, als wollte er sie zum Tanzen auffordern. Und fast hätte sie seine ausgestreckte Hand ergriffen. Sie konnte sich gerade noch davon abhalten.

Leonardo lief voraus, und Feli folgte ihm. Er erklärte ihr, dass er schon so oft hier gewesen war, dass er es gar nicht mehr zählen konnte. Jeden ersten Sonntag im Monat war der Eintritt frei, und dann kam er fast immer her.

»Heute werden wir nicht alles schaffen. Aber wir können ja die freien Sonntage nutzen und noch ein paarmal herkommen«, meinte er, während Feli vor Sarkophagen stand, die sie fälschlicherweise erst als Badewannen bezeichnet hatte.

Feli traute sich nicht auszusprechen, dass sie höchstens noch einen dieser Sonntage in Italien sein würde. Und er traute sich anscheinend nicht, das zu erkennen.

»Okay«, sagte sie trotzdem, weil sie ihn nicht zwingen wollte, etwas Trauriges zu sehen, während er ihr so viel Schönes zeigte.

Ein Bildhauer hatte ganze Geschichten in den Marmorplatten der Sarkophage verewigt. Feli betrachtete sie sehr konzentriert. Da waren mehrere Tiere, und selbst die Muskeln in den Beinen der Kühe hatte der Bildhauer aus dem Marmor herausgearbeitet. Wie konnte man so viele feine Details in etwas so Grobem wie Stein festhalten? Feli beugte sich noch ein bisschen näher, bis sie befürchtete, gleich von einem Museumsmitarbeiter ermahnt zu werden. Da war Obst dargestellt, Blüten und Blätter. Sie hätte das alles unglaublich gern berührt. Alles hatte Konturen. Wenn sie mit geschlossenen Augen über den Stein fahren würde, könnte sie vermutlich trotzdem erfühlen, was dort dargestellt war. So fein war alles. Würde so was auch an einer Kette schön aussehen?

Leonardo führte sie weiter. Sie kamen an Jocelyn vorbei, die es sich auf einer Bank bequem gemacht hatte und das Gemälde vor sich betrachtete. Zumindest glaubte sie das, bis Leonardo es ihr erklärte.

»Jocelyn war schon mindestens genauso oft hier wie ich. Wenn nicht öfter. Sie kommt nicht mehr her, um sich die Gemälde anzusehen, sondern die Menschen, die die Gemälde betrachten. Sie will ihnen zuhören, wenn sie über die Kunst sprechen.«

Das überraschte Feli nicht. Jocelyn liebte es, von Menschen umgeben zu sein. Und an einem Ort, der von so viel Leben vibrierte, musste sie sich einfach wohlfühlen.

Im Weitergehen versuchte sie, es Jocelyn gleichzutun und zuzuhören, was die Menschen um sie herum über die Kunst sagten. Doch sie verstand die meisten Sprachen nicht. Deswegen nahm sie sich einen Moment, sie einfach zu betrachten. Warum verharrte die eine Person minutenlang vor einem Gemälde, auf das eine andere nur einen flüchtigen Blick warf, bevor sie weiterzog? Was erkannten sie in Gemälden, die schon vor Jahrhunderten erschaffen wurden? Enthielten sie Wahrheiten, die noch heute wahr waren?

So musste es sein, dachte Feli. Anders konnte sie sich nicht erklären, warum so viele Menschen täglich durch diese Gänge schritten.

Sie folgte Leonardo weiter durch die Ausstellung. Immer wieder blieb ihr Blick irgendwo hängen. Das meiste, was die Kunst in ihr auslöste, konnte sie nicht richtig greifen, aber sie erkannte, dass sie nicht immer alles greifen musste. Dabei verspürte sie als Goldschmiedin den Impuls, die Hand nach allem auszustrecken und seine Substanz zu erforschen.

Vor der Laokoon-Gruppe blieben sie stehen. Die Skulptur zeigte drei nackte Männer, die von Schlangen umschlungen wurden.

»Deswegen bin ich Bildhauer geworden«, erklärte Leonardo. Er hatte nur Augen für den Marmor vor ihnen.

Feli folgte seinem Blick, obwohl sie wusste, dass sie niemals genau das sehen konnte, was er in den Formen vor ihnen erkannte.

»Diese Skulptur wurde von Baccio Bandinelli Anfang des sechzehnten Jahrhunderts geschaffen. Es ist eine Kopie der originalen Laokoon-Gruppe, die im Vatikan steht.« Während Leonardo über das sprach, was ihn begeisterte, wurde seine Stimme ganz weich und warm. Feli hätte ihm stundenlang zuhören können. »Die Geschichte ist so tragisch. Sie gehört zur *Ilias*.«

Feli lächelte sanft. »Ich weiß.«

Nun wandte er sich ihr doch zu, und sie war sich bewusst,

dass er das in diesem Moment nicht für jeden Menschen, der aus Fleisch und Blut statt Marmor bestand, getan hätte.

»Mein Vater hat mir früher die griechischen Sagen vorgelesen«, sagte Feli. »Er meinte, die Grimm'schen Märchen sind auch nicht viel weniger blutrünstig, also kann er mir auch von Dingen erzählen, die er wirklich interessant findet.«

»Klingt logisch.«

»Finde ich auch.«

»Ich liebe die griechischen Sagen auch schon seit meiner Kindheit«, sagte Leonardo, und irgendwie kam es Feli so vor, als hätte er noch viel mehr gesagt.

Sie verstand ihn mehr, als sie es an diesem Morgen nach dem Aufstehen getan hatte. Der Gedanke gefiel ihr. Aber er führte ihr auch vor Augen, dass es noch so viel gab, was sie nicht über ihn wusste – und vermutlich auch niemals wissen würde.

Sie liefen weiter. Die meiste Zeit schwiegen sie. Aber die Kunst übernahm sowieso das Reden für sie. Und ihr fielen so viel passendere Worte ein als ihnen.

Nach fast zwei Stunden schwirrte Feli der Kopf. Leonardo schien ihr das ansehen zu können, denn er führte sie zum langen Gang mit dem gekachelten Boden zurück.

»Man braucht Pausen. Das ist dir bewusst, oder?«, scherzte er, als Feli protestierte, weil sie noch unbedingt einen Raum weiter gehen wollte.

»Nicht wirklich.«

»Und nicht nur in Museen«, fügte er hinzu.

Feli verdrehte nur die Augen, wehrte sich aber nicht, als er sie zu den Bänken vor der Fensterfront lotste. Dort saßen schon einige Leute. Ihre Köpfe wurden von den Büsten eingerahmt. Und nun reihte sich auch Feli ein.

»Bleib genauso«, sagte Jocelyn, die nun auch wieder zu ihnen stieß. Sie zückte einen kleinen Zeichenblock und einen Stift und fixierte Feli mit ihrem Blick so fest auf der Bank, dass diese sich gar nicht mehr rührte. Einige Minuten fuhr der Stift in schwungvollen, gekonnten Bewegungen kratzend über das Papier.

Schließlich riss Jocelyn das Blatt aus ihrem Block und reichte es Feli. Ihr Gesicht stand neben den Büsten, als gehörte es genauso hierher wie ihre steinernen Köpfe. Feli setzte sich ganz automatisch noch ein bisschen gerader hin. Sie fühlte sich erhaben, während sie die Zeichnung von sich betrachtet.

»Das ist wunderschön«, sagte sie staunend.

»Du bist wunderschön«, erwiderte Jocelyn. Feli konnte sie einen Moment nicht ansehen, weil sie dann vermutlich angefangen hätte zu weinen.

Sie reichte Jocelyn schließlich die Zeichnung zurück und bat sie, das Bild zu verwahren, bis sie zurück in der Villa waren. In ihrer Jackentasche würde es nur zerknittern. Jocelyn tätschelte ihren Arm auf diese mütterliche Weise, die Feli immer aus dem Gleichgewicht brachte. Trotzdem wollte sie nicht, dass die ältere Frau jemals damit aufhörte.

Nach einer kurzen Pause entschlossen sie sich, ein Stockwerk tiefer zu gehen. Hier war es viel ruhiger. Weniger Menschen liefen durch die Gänge. In einem Raum saß eine Frau ganz allein und war einfach in ein Gemälde vertieft. Sie liefen weiter, weil sie sie nicht dabei stören wollten.

Feli verharrte im nächsten Raum vor einem riesigen

Gemälde. Es war die Venus von Tizian. Die Frau posierte nackt, und der Anblick kam Feli so intim vor, dass sie sich nicht einmal sicher war, ob es ihr zustand, sie zu betrachten.

Sie musste an das Gespräch über Nacktfotos denken, das sie mit Jocelyn geführt hatte. Für einen kurzen Moment glaubte sie, sie hätte ihren Rat angenommen, Bilder von sich gemacht und hinge jetzt hier ausgestellt.

Obwohl dieses Bild so viel in ihr auslöste, konnte sie den Blick nicht von der Frau abwenden.

Sie hatte keinen flachen Bauch und trotzdem war sie die Göttin der Schönheit. Feli überkam die Frage, ob Venus wohl ebenfalls Unzufriedenheit gespürt hätte, wenn sie sich mit Fotos auf Instagram oder Models in Magazinen hätte vergleichen müssen.

Sie hatte heute viele Gemälde von nackten Frauen gesehen, und die wenigsten hatten den Schönheitsidealen von heute entsprochen. Aber sie waren damals für so schön befunden worden, dass Künstler Jahre ihrer Entstehung widmeten und Menschen sie sich Jahrhunderte später noch ansahen.

Und für diesen kurzen Moment glaubte Feli, dass sie tatsächlich mutig genug sein könnte, um das Nacktfoto von sich zu machen, zu dem Jocelyn ihr geraten hatte.

Felis Kopf schwirrte immer noch, als sie zwei Stunden später bei Jocelyn untergehakt durch Florenz flanierte. Leonardo lief neben ihnen. Sie konnte nicht verhindern, dass ihr Blick immer wieder zu ihm zuckte. Und manchmal erwischte sie ihn dabei, dass er sie ansah. Ihre Haut begann zu kribbeln, und das lag nicht nur an den letzten sanften Sonnenstrahlen, die dieser Tag zu bieten hatte.

»Siehst du sie?«, fragte Jocelyn unvermittelt, nachdem sie eine Weile geschwiegen hatten.

»Was?«, fragte Feli ein bisschen überfordert, da sie gerade wieder einmal Leonardos Blick aufgefangen hatte und dessen Intensität noch verarbeiten musste.

»Die Menschen«, meinte Jocelyn und lächelte auf eine fast schon verträumte Weise, die sie viel jünger aussehen ließ.

Sie deutete durch ein Schaufenster. In dem Laden dahinter wurden Rahmen verkauft, und während der Mann darin umräumte, rahmte er sich selbst immer wieder ein, ohne es zu merken.

Dann deutete Jocelyn auf zwei alte Frauen, die vor einer Tür standen. Eine war mit vielen Einkäufen beladen, und die andere nahm ihr den Haustürschlüssel ab, um ihr beim Öffnen der Tür zu helfen. Es waren Momente des Alltags. Klein, scheinbar unbedeutend und doch so grundlegend wesentlich.

»Das ist alles, was wir Menschen letztendlich wollen, oder?«, fragte Jocelyn.

»Was?«, wiederholte Feli.

»Jemanden, der uns hilft, unsere Eingangstür zu öffnen, wenn wir es selbst nicht mehr schaffen.«

Feli fühlte einen Kloß in ihrem Hals.

Sie schlenderten eine breite Straße mit Kopfsteinpflaster entlang. Zu beiden Seiten saßen Menschen auf kleinen Hockern umgeben von ihren Zeichnungen, die sie zum

Verkauf anboten. Manche von ihnen arbeiteten schon an der nächsten.

Jocelyn löste sich ohne Kommentar von Feli und lief auf einen Mann zu, der schöne Porträts und detaillierte Bleistiftzeichnungen von Florenz anbot. Sie unterhielten sich kurz auf Italienisch, dann setzte sich Jocelyn auf den freien Hocker vor ihm. Doch statt sich malen zu lassen, zückte sie ihr Notizbuch und machte sich an die Arbeit.

Der Mann wirkte ein bisschen überfordert, immer wieder setzte er sich anders hin und schien mit keiner Position so richtig zufrieden zu sein. Er war es wohl gewohnt, der Zeichner zu sein, aber nicht der Gezeichnete.

Feli spürte, dass Leonardo direkt neben sie getreten war, bevor er auch das Wort an sie richtete.

»Für Jocelyn sind Menschen das größte Kunstwerk«, flüsterte er so bedächtig, als stünden sie in einer Kirche und nicht unter freiem Himmel. »Deswegen fördert sie Künstler schon ihr ganzes Leben lang.«

»Sie ist auch eine Künstlerin«, sagte Feli sofort.

»Ich weiß nicht, ob sie das auch so sieht.«

Der Gedanke stimmte Feli traurig. Jocelyn konnte das Talent aller Menschen um sich herum erkennen, auch wenn diese sich damit schwertaten. Es wäre tragisch, würde sie ihr eigenes übersehen.

Jocelyn stellte ihre Zeichnung fertig, riss sie aus dem Block und reichte sie dem Mann. Er betrachtete das Blatt eine Weile, ohne etwas zu sagen. Dann löste sich eine Träne aus seinem Augenwinkel, und er sagte etwas, das Feli nicht verstand.

»Er wurde noch nie gemalt«, übersetzte Leonardo.

Feli betrachtete Jocelyn. Sie hatte die Gabe, immer dann auf Menschen zuzugehen, wenn diese es am meisten brauchten. Konnte man das lernen?

Diese Frage beschäftigte Feli auf der ganzen Fahrt zurück zur Villa. Es dämmerte bereits, als sie durch das Tor fuhren. Auf dem Parkplatz stand nur ein weiteres Auto. Giulias. Sie frischte vermutlich die Vorräte auf, bevor die neuen Workshop-Teilnehmenden in zwei Tagen eintrafen.

Jocelyn verabschiedete sich. Bosco kam ihr aus der Villa entgegen und folgte ihr dann wieder hinein.

Leonardo blieb einen Moment unsicher vor Feli stehen. »Ich gehe dann mal schlafen«, sagte er und machte eine ungelenke Geste zur Hütte.

»Mach das«, sagte Feli. »Danke, dass du mich mitgenommen hast.«

»Danke, dass du mitgekommen bist.«

Er zögerte, als wollte er noch mehr sagen. Doch er entschied sich für Schweigen, wandte sich ab und verschwand in der Hütte.

Feli überlegte, ob sie auch direkt ins Bett gehen sollte, doch Licht drang durch die angelehnte Tür der Küche und sie hatte die Entscheidung getroffen, beim zweiten Retreat alles anders zu machen und damit würde sie jetzt anfangen.

Sie betrat die Küche. Giulia hockte vor einem Vorratsschrank und war mit dem ganzen Oberkörper darin verschwunden. Feli wollte sie nicht erschrecken und wartete, bis sie wieder daraus auftauchte.

Die Köchin stand schließlich auf und hielt inne, sobald sie Feli bemerkte. Wegen ihres oft so verkniffenen Gesichts kam sie Feli so viel älter vor, dabei mussten sie beide ungefähr gleich alt sein. Doch nun, da Feli die Geschichte – oder zumindest einen Auszug daraus – kannte, die hinter Giulias schmalen, niemals lächelnden Lippen lag, konnte sie ihr ihre Unfreundlichkeit nicht mehr richtig übelnehmen. Dass sie eine schwierige Schwester hatte, um die sie sich kümmerte, war zwar keine Entschuldigung dafür, dass sie Feli schlecht behandelt hatte. Aber Feli verstand sie nun. Und es war schwer, sauer auf Menschen zu sein, die man verstehen konnte.

Jocelyn wusste immer, was ihr Gegenüber brauchte, um eine Verbindung mit ihm aufzubauen. Feli wusste das nicht. Und während sie Giulia betrachtete, fragte sie sich fieberhaft, wie sie diese Distanz, die von der ersten Sekunde an zwischen ihnen geherrscht hatte, überbrücken oder zumindest verkleinern konnte. Sie wollte sich, obwohl sie jetzt alles anders machen wollte, trotzdem nicht zu große Ziele setzen.

Ihr Blick huschte über die Küchenanrichte und blieb an einem Löffel hängen. Einer spontanen Eingebung folgend hob sie ihn hoch, holte ihr Handy hervor und ließ eine Übersetzungsapp fragen, wie dieser Gegenstand auf Italienisch hieß. Sie hätte die App auch benutzen können, um es sich direkt übersetzen zu lassen. Aber darum ging es nicht. Sie wollte auf Giulia zugehen, und das war der einzige Weg, der ihr eingefallen war. Schon jetzt kam er ihr albern vor, aber nun konnte sie auch keinen anderen Weg mehr einschlagen. Sie hatte sich für diesen entschieden.

Sie wartete darauf, dass Giulia sich einfach genervt abwandte. Doch das tat sie nicht.

»*Cucchiaio*«, sagte Giulia mit ein bisschen Verzögerung.

Feli wiederholte das Wort. Giulia war noch nicht mit ihrer

Aussprache zufrieden und ließ sie das Wort noch fünfmal aussprechen, bis sie schließlich nickte.

Feli legte den Löffel zurück und grinste.

Als sie am nächsten Morgen ihr Zimmer verließ, lag die Zeichnung, die Jocelyn von ihr gemacht hatte, gerahmt vor ihrer Tür. Und als sie die Küche betrat, um sich Kaffee zu machen, begrüßte Giulia sie, in dem sie ein Messer hochhob und »*Coltello*« sagte.

An ihrem ersten Tag hatte Feli noch gedacht, dass Giulia sie früher oder später mit einem Messer aufspießen würde, nun reichte sie ihr sozusagen eines zur Versöhnung, in dem sie ihr das italienische Wort dafür sagte. Für sie war das ein sehr eindeutiger Beweis dafür, dass sich doch alles irgendwie zum Guten wenden konnte.

Kapitel 14

Feli hatte sich erhofft, dass das nächste Retreat besser beginnen würde. Mit aufschlussreichen Gesprächen, besonderen Begegnungen und vielleicht auch – das musste sie dann doch zugeben – mit intimen Momenten mit Leonardo. Stattdessen begann es mit trockenem Husten und einer laufenden Nase.

Als sie sich zum Begrüßungsbuffet schleppte und fünf Meter vom Tisch entfernt nießte, scheuchte Giulia sie ohne Zögern fort. Das Risiko, dass sie am Ende noch auf ihr gutes Essen schnäuzte, war der Köchin einfach zu groß. Feli verkroch sich in ihr Zimmer.

Und am nächsten Tag war es leider noch viel schlimmer. Feli konnte kaum noch richtig atmen, ging aber trotzdem in die Küche, um das Frühstück vorzubereiten. Doch Leonardo war bereits dort. Am liebsten wäre sie bei ihm geblieben. Doch auch er schickte sie wieder ins Bett und ließ auch nicht mit sich diskutieren. Feli durfte nicht arbeiten, solange sie krank war, und alle würden sie davon abhalten, sollte sie es auch nur versuchen.

Feli verstand nicht, warum sich alle so anstellten. Sie hatte in den letzten zehn Jahren kaum einen Tag krankgemacht. Selbst wenn sie hustete, konnte sie noch Ketten reparieren. Von einer Erkältung ließ sie sich nicht in die Knie zwingen. Aber sie musste auch einsehen, dass es sich unglaublich gut anfühlte, den Kopf einfach aufs Kissen zu legen, wenn er so schwer war. Ein schlechtes Gewissen hatte sie trotzdem. Ihr einziger Job war es, in der Küche zu helfen, und nicht einmal das konnte sie.

Den ganzen Tag verbrachte sie damit, weder richtig wach zu sein noch richtig zu schlafen. Und dann klopfte es irgendwann an der Tür. Für einen Moment hoffte sie, dass es Leonardo war, doch Jocelyn schob sich in ihr Zimmer. Sie hielt einen Teller dampfender Suppe in der Hand.

»Hallo, Liebes«, sagte sie sanft. Ohne zu fragen, hockte sich Jocelyn auf Felis Bett, als würde sie das ständig tun und stellte den Teller auf den Nachttisch. Dann legte sie eine Hand auf Felis Stirn.

Feli konnte nur ruhig dasitzen und Jocelyn anstarren.

Diese verzog das Gesicht.

»Fühlt sich ein bisschen warm an.«

Bevor Feli realisieren konnte, was geschah, beugte Jocelyn sich vor und legte ihre Wange an Felis Stirn. Sie verharrten einen Moment so. Feli spürte Jocelyns Wärme an ihrem Körper. Sie roch das altmodische und doch schicke Parfüm, das sie trug. Sie konnte die Muttermale auf ihren Unterarmen zählen.

Dann ließ Jocelyn sie auch schon los. »Kein Fieber«, stellte sie zufrieden fest. »Das sind doch mal gute Neuigkeiten.«

Felis Brust war zu eng für ihr Herz. Jocelyn schien gar nicht zu merken, welches emotionale Chaos sie gerade in ihr ausgelöst hatte. Diese simple Geste hatte sie mit ihrer Sanftheit und Mütterlichkeit überfordert.

Jocelyn schnappte sich wieder die Suppe und hielt Feli einen vollen Löffel hin. Sie wollte sie damit füttern.

Da brach etwas in Feli auf, und Dinge, die sie lange nicht nur vor der Welt, sondern vor allem auch vor sich selbst versteckt hatte, kamen an die Oberfläche. Sie schluchzte. So heftig, dass ihre Schultern bebten.

Jocelyn fragte nicht, was los war. Sie stellte nur die Suppe zur Seite und drückte Feli fest an sich.

Feli hatte die Kontrolle über sich selbst und vor allem über ihre Tränen verloren. Sie liefen hemmungslos über ihr Gesicht und in Jocelyns teure Kleidung. Doch Feli wehrte sich nicht gegen die Nähe, die sie ihr gab. Sie klammerte sich fast schon verzweifelt an ihre Schultern. Und während sie das tat, dachte sie an einen Brief, den sie zu Hause in einer Schublade versteckt hatte, vor dessen Inhalt sie sich aber niemals verstecken konnte.

Feli war froh, dass Jocelyn sie weder in diesem Moment noch später fragte, warum sie so geweint hatte. Es wäre ihr unangenehm gewesen, es zu erklären. Feli fühlte sich wie ein kleines Mädchen, und den Grund für ihre Tränen laut auszusprechen, hätte das nur noch schlimmer gemacht.

Aber sie sehnte sich nach ihrer Mutter.

Diesen Gedanken hatte sie sich nicht mehr gestattet, seitdem diese ohne ein Wort des Abschieds verschwunden war. Jocelyn hatte sich um sie gesorgt, wie ihre Mutter es hätte tun sollen. Und nun konnte sie sich nicht mehr einreden, dass es ihr egal war, keine Mutter zu haben.

Sich vor der Wahrheit zu verstecken, hatte Feli Sicherheit

gegeben. Aber nachdem sie sich leer geweint hatte, war ihre Brust freier und weiter als zuvor.

Sie vermisste ihre Mutter, obwohl diese es nicht verdient hatte, vermisst zu werden. Und irgendwie war das auch in Ordnung.

Drei Tage später war Feli genesen und konnte ihre Aufgabe als Küchenhilfe wieder aufnehmen. Der neue Workshop hatte bereits begonnen und noch hatte sie keine Gelegenheit gehabt, die Mentorin oder die Teilnehmenden kennenzulernen. Und bevor sie das nachholen konnte, fing Isabella Marino sie auch schon im Gang ab.

»Leonardo muss Wein abholen. Kannst du ihm helfen?« Sie war nicht unfreundlich, aber auch nicht freundlich. Was sie von Feli hielt, war dieser immer noch nicht klar, genauso wenig, was sie selbst über die berühmte Goldschmiedin dachte. Also passte das irgendwie.

»Klar«, sagte Feli vielleicht ein bisschen zu enthusiastisch. Leonardo und Jocelyn hatten sie zwar abwechselnd mit Essen versorgt. Die gemeinsame Zeit hatte ihr jedoch nicht gereicht. Ihn bei seinen Erledigungen zu begleiten, war genau die Ausrede, die sie gebraucht hatte, um in seiner Nähe zu sein.

»Danke dir«, sagte Isabella Marino. »Und es freut mich zu sehen, dass es dir wieder gut geht.«

»Danke«, murmelte Feli.

Sie sah Isabella Marino eine Weile nach, die gekleidet

in einen schicken roten Hosenanzug im ersten Stock verschwand.

Dann lief sie hinaus auf den Hof, wo Leonardo bereits dabei war, die leeren Weinflaschen in den Kofferraum seines Vans zu laden.

»Ich soll dich begleiten«, sagte Feli und half ihm dabei, die letzten Flaschen zu verstauen.

»Sehr gut«, erwiderte Leonardo.

»Du kümmerst dich hier echt um alles, oder?«

»Sieht ganz so aus«, meinte er schulterzuckend. »Aber heute habe ich dabei ja gute Gesellschaft.« Er zwinkerte, und Feli wurde ganz warm.

Sie stiegen in das Auto, das sich gähnend leer anfühlte, wenn nur sie zwei darin saßen. Er fuhr los, und das leise Klirren der Flaschen begleitete sie über den unebenen Schotterweg den Hügel hinab.

Ihre Fahrt führte sie wieder durch die toskanische Landschaft an Weinbergen und kleinen Dörfern vorbei. Feli liebte, wie viele Eindrücke hier auf sie warteten. Ein blauer Van kam an ihnen vorbei, mit riesigen Zitronen bemalt. Es schien nach Zitronen zu riechen, aber Feli war sich nicht ganz sicher, ob sie sich das nur einbildete. Aus dem Beifahrerfenster des nächsten Autos ließ ein grauer Pudel seinen Kopf hängen, die Zunge weit rausgestreckt, die Ohren flatterten im Fahrtwind. Zehn Minuten später kam ihnen ein Cabrio entgegen, in dem zwei alte Frauen saßen, schicke Tücher mit Blumenmuster im Haar, italienische Schlager voll aufgedreht. Doch je weiter sie fuhren, desto weniger Autos begegneten ihnen.

Mitten im Nirgendwo lenkte Leonardo auf einmal seinen

Van an den Straßenrand. Feli sah sich um. Hier war nicht ein Haus. Sie hatte keine Ahnung, wo Leonardo hier neuen Wein herbekommen wollte.

»Wo sind wir?«, fragte sie, als Leonardo sie nur verschwörerisch von der Seite anlächelte.

»Auf einer Leinwand«, antwortete er.

Sie zog die Augenbrauen hoch.

»Quasi«, fügte er hinzu, als würde seine Aussage so verständlicher werden.

»Warst du heute zu lang in der Sonne?«, fragte Feli, halb scherzend, halb besorgt.

»Nein, mir geht es gut.« Er lächelte immer noch auf diese Weise, die Wärme in ihrer Brust aufsteigen ließ. »Siehst du die Brücke dort?«

Er deutete nach vorn. Dort entdeckte Feli eine schlichte Steinbrücke und nickte.

»Das ist die Ponte Buriano, der Hintergrund der ›Mona Lisa‹«, erklärte Leonardo. »Also fahren wir gerade durch ein Gemälde. Ich finde, das ist ein großartiger Gedanke.«

Feli gefiel er auch. Sie lächelte, während die Brücke auf einmal größer wirkte als vor einem Moment noch.

»Komm«, sagte Leonardo auf einmal und sprang aus dem Auto. Sie folgte ihm ein paar Sekunden später. Er war bereits weitergelaufen, hatte sein Handy gezückt und machte jetzt Bilder von der Brücke.

»Stell dich dahin«, sagte er und deutete vor sich.

»Wieso?«

»Weil ich nur eine langweilige Brücke fotografiere, wenn du nicht im Bild stehst.«

Feli wurde ein bisschen rot. »Du willst mich fotografieren?«

»Das will ich«, sagte Leonardo. »Wenn du dich genau dahin stellst, dann wirst du praktisch zur ›Mona Lisa‹. Dann bist du nicht nur eine Künstlerin, sondern auch ein Kunstwerk.«

Feli wusste nicht, welcher Begriff weniger zu ihr passte. Beide brachte sie nicht mit sich in Verbindung. Aber Leonardo lächelte sie so freundlich an, dass sie nicht anders konnte, als sich genau dort hinzustellen, wo er sie haben wollte.

»Und jetzt lächeln. Aber nur ganz wenig. Ein ›Mona-Lisa‹-Lächeln.«

Feli versuchte es. Aber sie konnte auf ihrer Haut spüren, dass die Kamera auf sie gerichtet war und spannte sich unwillkürlich an.

»Es sind nur wir beide hier. Und diese Fotos teile ich auch mit niemandem, wenn du nicht willst.« Seine ruhige Stimme beruhigte sie. Er redete weiter. Er sprach über Belangloses. Über die Tricks, die er Bosco über die Jahre beigebracht hatte. Über Jocelyns Leibspeisen. Über die Dinge, die ihm bei der Renovierung des kleinen Hauses besonders schwergefallen waren. Es half. Und schließlich konnte Feli in die Kamera blicken, ohne die Schultern anzuspannen.

»Wunderschön«, sagte Leonardo schließlich. Er kam zu ihr und zeigte ihr das Foto. Noch nie hatte Feli sich selbst betrachtet und nicht hundert Sachen gefunden, die ihr nicht gefielen. Das Bild war wirklich wunderschön. Und irgendwie war es Feli auch. Ihr Lächeln war mysteriös und doch aufrichtig. Vielleicht waren die Begriffe Künstlerin und

Kunstwerk doch nicht ganz so unpassend, wie sie immer geglaubt hatte.

Das Radio rauschte, und Leonardo drehte schon zum hundertsten Mal daran herum, um doch noch einen Sender zu finden. Es klirrte weniger im Kofferraum, weil sie nun volle Flaschen transportierten statt der leeren.

Schließlich drangen hohe Chorgesänge aus dem Radio.

»Ich hätte nicht damit gerechnet, dass das dein Musikgeschmack ist«, meinte Feli. Sie hatte das Fenster auf ihrer Seite ein bisschen heruntergelassen und genoss den leichten Wind, der in ihre Haare fuhr.

»Ist es nicht. Aber das ist der einzige Sender, den man immer empfängt.«

Der Chor verstummte, und dann sprach ein Mann getragen auf Italienisch.

»Das ist Radio Maria«, erklärte Leonardo. »Vom Vatikan. Da laufen Gebete und Gottesdienste und so.«

»Und du hast jetzt Lust darauf?«

»Ich mag es, wenn das Radio läuft. Das macht komischerweise meine Gedanken klarer«, erklärte Leonardo, dessen Finger mal wieder leise auf das Lenkrad klopften. »Lieber das als nichts. Und selbst wenn man auf einem einsamen Hügel ohne Handyempfang steht, kriegt man trotzdem noch diesen Sender. Die haben einen guten Draht nach oben.« Er deutete mit dem ausgestreckten Zeigefinger zur Decke des Vans. Feli grinste.

Sie lauschte eine Weile dem Mann aus dem Radio, ohne

ihn zu verstehen, und musste zugeben, dass es auch sie beruhigte.

Erst das Klingeln von Leonardos Smartphone holte sie aus ihrer Trance. Er ging ran und stellte direkt auf Lautsprecher.

»*Ciao*«, sagte er.

Ein Mann antwortete ihm auf Italienisch. Es kam ihr merkwürdig vor, diesem Gespräch zu lauschen, obwohl sie kaum ein Wort verstand. Also blickte sie diskret aus dem Beifahrerfenster, um Leonardo wenigstens ein bisschen Privatsphäre zu geben.

Erst als sie seine genervte Stimme vernahm, wandte sie sich ihm wieder zu. Er hatte die Augenbrauen zusammengezogen. Der Mann am anderen Ende der Leitung redete auf ihn ein, bis Leonardo schließlich abrupt nickte und zustimmte. Feli hatte keine Ahnung zu was. Dann legte er schwer seufzend auf.

»Wir müssen noch einen Umweg fahren, bevor wir zur Villa zurückkehren können. Ich hoffe, das ist okay.« Er sah sie entschuldigend an.

Sofort nickte Feli – vielleicht ein bisschen zu eifrig. Es hatte sich eine Chance eröffnet, mehr über Leonardo herauszufinden. Die würde sie immer ergreifen. Sie musste so ehrlich mit sich selbst sein und sich das eingestehen. »Wieso sollte es nicht okay sein?«

Diese Frage schien Leonardo ein bisschen zu beruhigen, denn seine Augenbrauen entspannten sich.

Irgendwann kamen sie wieder vermehrt an kleinen Städten vorbei, und konnten den Sender wechseln. Leonardo erklärte ihr, dass sie gerade dem berühmten italienischen

Musiker Franco Battiato lauschten. Aber auch während er mit ihr sprach, wirkte er abwesend. Die Leichtigkeit, die sie sonst an ihm wahrnahm und die eben an der Ponte Buriano noch so präsent gewesen war, war mit einem Mal verflogen.

Sie fuhren in die Stadt, in der Feli mit dem Zug angekommen war. Leonardo lenkte sie am alten Stadtkern vorbei und dann immer weiter durch schmale Nebengassen. Kinder spielten mit einem Ball und ließen sich von Leonardos Van kaum beirren. Es dauerte eine Weile, bis sie schließlich ihr Ziel erreichten und Leonardo seinen Wagen parkte.

Er stieg kommentarlos aus und lief zielstrebig auf zwei Männer zu, die vor einer offenen Haustür standen. Den einen schätzte Feli auf Anfang vierzig, den anderen auf Mitte sechzig. Etwa so alt wäre Felis Vater jetzt, hätte er nicht den Kampf gegen die Krankheit verloren. Dem jüngeren der beiden Männer schüttelte Leonardo die Hand, dem anderen warf er einen strengen Blick zu.

Der ließ sich von Leonardos verstimmtem Gesichtsausdruck nicht irritieren, sondern lächelte ihn fröhlich an.

Es war unmissverständlich, dass er sich sehr freute, Leonardo zu sehen. Dieser ließ sich von seinem Gegenüber in eine feste Umarmung ziehen.

Feli verharrte noch einen Moment im Auto und betrachtete die Männer. Der ältere war sehr lässig gekleidet. Sein Leinenhemd stand ihm gut. Er schob eine Hand in die Tasche seiner ausgewaschenen Jeans, die aussah, als hätte er sie schon vor dreißig Jahren getragen. Die andere Hand legte er Leonardo auf die Schulter, und obwohl der genervt auf ihn einredete, verlor er sein Lächeln nicht.

Niemand musste es Feli erklären. Sie erkannte es auch so.

Das war Leonardos Vater. Sie wusste, dass es albern war, weil sie nicht auf die halbe Welt eifersüchtig sein konnte. Aber immer, wenn sie jemanden mit seinem Vater sah, spürte sie doch die Eifersucht. Sie würde seine Hand nie wieder auf ihrer Schulter spüren. Und das erschien ihr schrecklich unfair.

Sie wandte den Blick ab, atmete tief durch und überwand sich schließlich, aus dem Auto zu steigen. Mit zögerlichen Schritten näherte sie sich. Der jüngere Mann war wieder im Haus verschwunden.

»Feli«, sagte Leonardo. »Das ist mein Vater Amato.«

Sie wollte Amato die Hand hinstrecken, doch dieser zog sie ohne Umschweife ebenfalls in eine Umarmung. Er war nicht dick, aber rundlich, groß und breit, und deswegen kam es Feli ein bisschen so vor, als würde sie ein Sofa umarmen. Sie konnte sich richtig hineinsinken lassen. Und Amato hielt sie ein bisschen länger fest, als sie es von Fremden gewohnt war. Aber er strahlte so viel Herzlichkeit aus, dass diese wohl einfach irgendwohin musste. In sein ein bisschen zu breites Lächeln oder etwas zu lange Umarmungen.

»Es freut mich sehr, dich kennenzulernen«, sagte er. Die Herzlichkeit steckte auch in seiner Stimme, obwohl sein Englisch ein bisschen gebrochen klang. »Ich habe schon so viel von dir gehört.«

Leonardo sah seinen Vater an wie ein Teenager, der seine Eltern ermahnte, nicht so peinlich zu sein. Manche Angewohnheiten wurde man wohl auch mit über dreißig nicht los.

»Er braucht nur Hilfe, ein Sofa, das er gekauft hat, nach Hause zu bringen«, meinte Leonardo. »Obwohl seine

Wohnung eigentlich schon vollgestellt genug ist.« Diesen Zusatz konnte er sich offensichtlich nicht verkneifen. Amato lachte nur auf.

Leonardo lächelte sie entschuldigend an, dann folgte er seinem Vater ins Haus. Feli blieb verloren auf der Straße stehen. Sie wusste nicht, was gerade von ihr erwartet wurde. Vermutlich nichts, schloss sie.

Leonardo und Amato kamen beladen mit einem breiten, waldgrünen Sofa, das so alt aussah, dass es Feli nicht gewundert hätte, wäre es vor ihren Augen einfach in seine Einzelteile zerfallen, wieder aus der Tür. Sie mussten es kippen, damit es nicht im schmalen Eingang stecken blieb.

Der andere Mann, dem das Sofa vermutlich bis gerade eben noch gehört hatte, öffnete den Kofferraum zu einem weiteren Van und half, das Monstrum hineinzuschieben.

»Ich muss ihm noch beim Ausladen helfen«, sagte Leonardo und klang so, als wäre ihm das fürchterlich unangenehm.

»Keine Sorge. Ich habe Zeit«, erwiderte Feli und legte beschwichtigend eine Hand auf seinen Arm.

Sie schwiegen einen Moment und starrten beide auf den Punkt, wo sich ihre Körper berührten. Dann ließ Feli ihn wieder los. Umständlich räusperte sie sich.

»Gar kein Problem«, murmelte sie, nur weil sie nicht schweigen wollte.

»Danke«, sagte Leonardo, und sie war sich sicher, dass er es aus demselben Grund tat wie sie.

Sie setzten sich schweigend wieder in seinen Van und fuhren seinem Vater hinterher, bis dieser vor einem alten

Gebäude am Rande des Stadtkerns hielt. Die Steine waren alt und hatten eine warme Farbe.

Leonardo und Amato hatten hier noch mehr Schwierigkeiten, das Sofa durch den Eingang zu heben. Leonardo beschwerte sich auf Italienisch. Feli verstand die Worte zwar nicht, aber sie konnte sich denken, dass er seinem Vater vorwarf, vorher keine Maße genommen zu haben.

Sie folgte ihnen die schmale Treppe hinauf und fühlte sich dabei ziemlich überflüssig, weil sie keine Stelle fand, wo sie mit anpacken konnte. Die beiden Männer ächzten, als sie schließlich im zweiten Stockwerk ankamen. Leonardo musste sich gegen die Couch stemmen, um sie auch durch die Wohnungstür zu bekommen – das war wirklich sehr knapp bemessen. Feli erwartete beinahe ein Geräusch wie von einem Korken zu hören, der aus einer Flasche flog, als das Sofa schließlich nachgab und im Flur landete. Zu Felis Erstaunen überlebte dieses antike Sofa die nicht allzu sensible Prozedur unbeschadet.

Feli trat unschlüssig hinter den beiden Männern über die Schwelle. Sie konnte sich nicht erinnern, jemals in so einer vollgestellten Wohnung gewesen zu sein. Alte Gemälde bedeckten jeden Quadratzentimeter Wand, überall standen massive Holzmöbel. Auf jedem Regalbrett sammelten sich unzählige Bücher, kleine Figuren, Uhren jeglicher Form und andere Kostbarkeiten, die Gelsa als Staubfänger bezeichnet hätte. Nur mit Magie konnte Feli es sich erklären, dass die beiden tatsächlich noch eine Ecke fanden, wo sie das Sofa abstellen konnten.

Vater und Sohn klopften sich gleichzeitig die Hände an den Beinen ab. Das fiel ihnen vermutlich nicht einmal auf, aber für Feli waren die Ähnlichkeiten so präsent, dass sie grinsen musste. Sie waren nicht offensichtlich. Amato war wesentlich fülliger und größer als Leonardo. Aber sie bewegten sich ähnlich. Sie machten die gleichen Gesten. Sie hatten die gleiche unruhige Energie, die sie dazu brachte, ihre Hände immer mit irgendwas zu beschäftigen. Und ihre Augenbrauen, die einen sanften Schwung hatten, zogen sich auf die gleiche Weise zusammen, wenn sie nachdachten.

»Amato heißt *geliebt*, wusstest du das?«, fragte Amato sie, als die beiden Männer zu ihr herüberkamen.

»Nein«, antwortete Feli. »Aber das ist eine sehr schöne Bedeutung.«

»Das haben sich meine Eltern auch gedacht.«

»Mein Vater ist Hobbyhistoriker«, erklärte Leonardo. Feli ließ den Blick weiterschweifen. Das passte. Deswegen sammelte er all diese Stücke Geschichte.

»Das *Hobby* konntest du wohl nicht für dich behalten«, sagte Amato liebevoll tadelnd. »Mein Sohn ärgert mich gerne«, fügte er gelassen hinzu. Er wirkte nicht wie ein Mensch, der sich leicht ärgern ließ. Die Ruhe, die er ausstrahlte, war beneidenswert. »Aber er hat wohl recht. Ich bin gelernter Handwerker. Mein Herz schlägt allerdings für alles Vergangene.«

Leonardo wirkte ein bisschen erschöpft, kein Wunder, nach dem Geschleppe. »Wir müssen zurück zur Villa. Feli muss das Abendessen vorbereiten«, erklärte er seinem Vater.

»Natürlich. Ich will euch nicht aufhalten. Aber kommt doch die Tage mal zum Mittagessen. Ich würde mich sehr freuen.«

»Ich mich auch«, sagte Feli ehrlich.

Vor ihr stand ein Mann, der in der Vergangenheit lebte. Und sie spürte diese seltsame Vertrautheit in ihrer Brust, die ihr leise zuflüsterte, dass sie das gemeinsam hatten. Doch sie weigerte sich, richtig zuzuhören.

»Bis dann, Papa«, sagte Leonardo versöhnlich und gab ihm einen Kuss auf die Wange.

»Komm öfter vorbei«, forderte dieser. »Du kannst dich nicht ewig vor ihr verstecken.«

Der Satz ließ Feli aufhorchen, doch schon im nächsten Moment schob Leonardo sie sanft, aber bestimmt in Richtung Wohnungstür, und seine verschlossenen Züge machten ihr deutlich, dass er ihr nicht verraten würde, was Amato damit gemeint hatte. Also fragte sie nicht nach.

Sie stiegen in den Van und fuhren zurück Richtung Villa. Der Schotterweg brachte die Flaschen wieder lauter zum Klirren. Ein Geräusch, das in der diesmal angespannten Stille zwischen ihnen besonders laut erschien.

»Er lebt lieber in der Vergangenheit als der Gegenwart«, sagte Leonardo unvermittelt. »Da war er nämlich noch mit meiner Mutter zusammen.«

Feli spürte wieder das Echo von Vertrautheit in ihrer Brust nachklingen.

»Das kenne ich«, gab sie zu.

Leonardo sah sie fragend an.

»Meine Mutter hat uns verlassen, als ich noch ein Kind war.«

»Das tut mir leid.«

»Mir tut die Trennung deiner Eltern auch leid.«

»Es ist lange her.«

Bitter lachte Feli. »Das macht es leider nicht immer einfacher.«

Das war das erste Mal, dass sie sich das laut eingestand.

»Leider«, betonte Leonardo. Er betrachtete sie noch einen Moment intensiv, bevor er sich wieder der Straße zuwandte. »Wir haben wohl noch mehr gemeinsam als die Liebe zur *Ilias*.«

»Sieht so aus«, sagte Feli, obwohl sie eigentlich sagen wollte, wie gut es sich anfühlte, ihn das sagen zu hören.

Kapitel 15

»Sie lebt!«, rief Gelsa aus, sobald sie Felis Anruf annahm.

»Andere Menschen begrüßen sich erst mal«, meinte Feli.

»Andere Menschen rufen ihre beste – und sind wir mal ehrlich – einzige Freundin öfter an.«

Feli grinste. Seit sie in der Villa wohnte, kam es ihr ein bisschen so vor, als hätte ihre Heimat aufgehört zu existieren. Sie hatte kaum einen Gedanken an das Leben in ihrer Heimatstadt verschwendet. Doch es tat gut, sich daran zu erinnern, dass Gelsa noch genauso war wie immer, obwohl sie sie jetzt länger nicht gesehen hatte.

»Hier war viel los«, sagte Feli. Sie stand in der Küche. Die Tür war angelehnt, und sie konnte die Gespräche, die im Esszimmer geführt wurden, undeutlich hören. Die Workshop-Teilnehmenden saßen noch beim Frühstück. Eine Schale Müsli stand vor Feli auf der Anrichte. Mit dieser hatte sie sich in die Küche verkrochen.

»Das glaube ich dir«, sagte Gelsa. »Ich will alles wissen.«

Feli hätte stundenlang über alles sprechen können, was sie hier erlebt hatte. Doch als sie zum ersten Wort ansetzen wollte, fühlte sich ihre Zunge wie gelähmt an. Gelsa von dieser Villa zu erzählen, würde alles noch realer machen. Und irgendwie mochte sie es, dass hier nichts richtig real war. Das hier war ihre Traumwelt. Und ihre Träume wollte sie nicht teilen. Nicht mal mit ihrer besten Freundin.

»Ich will alles wissen, was zu Hause passiert«, konterte Feli, obwohl sie sich nicht mal sicher war, ob das noch stimmte. »Welche Gerüchte verbreitet Frau Kowalski jetzt schon wieder?«

»Viel zu viele«, sagte Gelsa. »Natürlich dreht sich das meiste um die anstehende Hochzeit. Felix und Emilia.«

Feli versuchte, sich den genauen Farbton seiner grünen Augen in Erinnerung zu rufen. Sie schaffte es nicht. Zum ersten Mal seit ... immer. Eine tiefe Genugtuung durchflutete sie, und sie lächelte. Sie hatte den Farbton vergessen.

»Wer will eigentlich im Winter heiraten? Das ist meiner Ansicht nach ein Zeichen von schlechtem Geschmack.«

»Du musst sie nicht meinetwegen schlechtmachen, wenn du nicht willst.«

Gelsa schwieg einen Moment, bevor sie antwortete.

»Du klingst anders«, stellte sie fest.

»Ich war erkältet. Vielleicht ist mein Hals noch ein bisschen rau.«

»Das meine ich nicht«, entgegnete Gelsa. »Du klingst ... in dir ruhend vielleicht.«

Feli fand nicht, dass diese Umschreibung sonderlich gut zu ihr passte. Viel zu viele Dinge waren nach wie vor dazu in der Lage, sie aus der Fassung zu bringen. Essensreste in der Spüle gehörten zwar nicht mehr dazu. Aber sie war sich sicher, würde sie jetzt einen Tag außerhalb der Villa verbringen, würde sie viele Dinge finden, die sie irritierten.

Gelsa widersprechen konnte sie allerdings auch nicht. Sie hatte sich verändert. Etwas in ihr war gewachsen.

»Bleibst du deswegen länger?«, fragte Gelsa. »Weil es dir guttut?«

»Ich mache das für den Laden«, sagte Feli. Doch eigentlich hatte sie längst erkannt, dass es nicht mehr nur darum ging.

Sie hörte Gelsas Lächeln durch die Leitung, weil diese das auch wusste. »Ich habe dir doch gesagt, dass du die Toskana auch genießen sollst. Erinnerst du dich?«

Wie hätte Feli vergessen können, wie sie Gelsa panisch angerufen hatte, weil sie keine Ahnung gehabt hatte, wie man eine Mokkamaschine bediente. Der Tag erschien ihr ewig her zu sein.

»Ich erinnere mich an alles, was du mir sagst«, erwiderte Feli neckend.

»Das will ich aber auch hoffen. Ich gebe tolle Ratschläge.«

Damit hatte Gelsa recht. Und Feli hatte immer auf sie gehört. Vielleicht ein bisschen zu viel, wurde ihr klar, während sie tausend Kilometer von ihrer Freundin entfernt war. Sie hatte sich lieber auf Gelsa verlassen als auf sich selbst. Nun lernte sie, auch ihrem eigenen Urteil zu vertrauen.

Sie trat an die angelehnte Tür zum Esszimmer. Vier Menschen saßen um den Tisch. Die Sonnenstrahlen fielen auf die Tischdecke und malten kunstvolle Muster auf den hellen Stoff. Sie lachten. Feli atmete tief durch. Sie fühlte sich zwar nicht in sich ruhend, wie Gelsa es bezeichnet hatte. Aber sie würde sich jetzt trotzdem zu ihnen setzen.

Vielleicht war es das, was Gelsa gemeint hatte. Feli hatte nach wie vor Angst. Aber sie ließ sich von ihr nicht mehr ständig aufhalten.

»Ich muss mal los. Aber es war schön, dich zu hören.«

»Auf jeden Fall«, sagte Gelsa mit Nachdruck. »Ich vermisse dich.« Feli konnte sich nicht daran erinnern, dass ihre Freundin diese Worte jemals in den Mund genommen hatte.

Sie lächelte. »Ich dich auch.«

»Komm bald wieder und treib dich nicht zu lang da im Süden rum.« Der ruppige Tonfall passte so viel besser zu Gelsa als ein sanftes *Ich vermisse dich*.

»Mach ich«, sagte Feli und fragte sich, warum die Worte so hohl in ihren eigenen Ohren klangen.

Sie legte auf, steckte das Handy weg und linste noch mal ins Esszimmer. Dann schnappte sie sich ihr Müsli und trat hinaus.

»Darf ich mich zu euch setzen?«, fragte sie, bevor sie es sich anders überlegen konnte.

Die Workshop-Teilnehmenden unterbrachen ihr Gespräch, und vier Augenpaare richteten sich auf sie. Das waren definitiv zu viele, sofort fühlte sie sich unwohl.

»Natürlich«, sagte eine Frau, die bestimmt fast zehn Jahre jünger war als Feli, und deutete auf den freien Stuhl neben sich. Vielleicht war die Aufmerksamkeit doch nicht so schlimm, denn es lag ausschließlich Aufgeschlossenheit und Neugier in den Blicken. »Du bist Felicitas, richtig?«

Leonardo hatte Feli kurz vorgestellt, als sie wieder gesund gewesen war, damit alle wussten, dass sie die Küchenhilfe war. Dass diese Frau sich ihren Namen gemerkt hatte, verwunderte Feli trotzdem.

»Ja, aber nennt mich Feli, bitte«, sagte sie und setzte sich. Die Frau hatte feuerrotes Haar, das ihr in langen Wellen die Schultern hinunterfloss.

»Ich bin Brittany«, sagte sie und schüttelte Felis Hand. Feli hatte ihre Englischkenntnisse in den letzten Wochen so gut trainiert, dass sie inzwischen erkennen konnte, dass der Akzent, mit dem die junge Frau sprach, amerikanisch war.

»Und das ist Elsie.« Sie deutete auf eine ältere Dame, die Feli auf Mitte sechzig schätzte. Sie war die älteste Teilnehmerin. Feli hatte noch kein Wort mit ihr gewechselt, trotzdem fand sie sie sympathisch, weil ihre Art zu lächeln stets aufrichtig und offen wirkte. Ihre Haare waren grau, und sie trug sie lang und offen. Feli fand, dass es wunderschön aussah. Auch dann, wenn sich ein paar Strähnen in ihren großen Ohrringen verhakten.

»Und das sind David und Igor«, stellte Brittany weiter vor und deutete auf die beiden Männer, die neben ihr saßen.

Igor war ein Mann in Felis Alter, dem gerade ein großer Klecks Erdbeermarmelade auf das Kinn tropfte, woraufhin er hektisch nach seiner Serviette tastete. Feli musste sich ein Grinsen verkneifen. David war ungefähr Anfang zwanzig und hatte ein Lächeln, das Feli an alte Filmstars aus der Ära von James Dean erinnerte.

»Arbeitest du immer für das Retreat, Feli?«, fragte Elsie.

»Nein, ich bin noch recht neu. Beim letzten Retreat war ich auch in der Küche dabei, aber das war das erste Mal«, erwiderte Feli, die sich ein bisschen entspannte, nun da sich die Aufmerksamkeit nicht mehr komplett auf sie konzentrierte. Brittany holte sich noch eine Tasse Kaffee, und Igor widmete sich wieder seinem Marmeladentoast. Nur Elsies Augen lagen noch auf ihr.

»Hat es dir so gut gefallen, dass du geblieben bist?«, fragte Elsie.

»Genau«, antwortete Feli, obwohl ihr diese Erklärung zu simpel vorkam, um zu beschreiben, was in den letzten Wochen in ihrem Inneren vor sich gegangen war.

»Was machst du sonst so?«, fragte nun Brittany, die sich mit ihrem Kaffee wieder zu ihnen gesetzt hatte.

Feli holte tief Luft. »Ich bin Goldschmiedin.«

»O wie schön«, meinte Elsie sofort. »Wir haben dich gar nicht in den Workshops gesehen.«

»Ich bin ja keine Teilnehmerin.«

»Wissen sollte für jeden frei zugänglich sein«, sagte Elsie mit Überzeugung.

»Ich dachte, mich mit euch zu unterhalten«, setzte Feli zögerlich an, »mit Menschen, die sich für dasselbe begeistern wie ich – ich dachte mir, das könnte mich auch inspirieren und weiterbringen. Deshalb bin ich hergekommen und habe diesen Job angenommen.«

»Auf jeden Fall«, sagte David sofort. »Das finde ich an diesem Retreat bisher am besten. Der Austausch mit den anderen ist toll. Er bringt mich auf neue Ideen, wirft neue Probleme und Anregungen auf, die gelöst und ausprobiert werden wollen.«

»Definitiv«, pflichtete Igor mit vollem Mund bei. »Und du bist immer bei unseren Gesprächen willkommen.«

Elsie nickte eifrig.

Feli lächelte breit. »Danke«, sagte sie nur. Mehr bekam sie nicht über die Lippen. Aber das war nicht schlimm. Denn die anderen übernahmen nun das Reden für sie.

An diesem Tag räumte sie das Esszimmer nach dem Frühstück viel später auf als sonst, weil sie noch so lang mit den anderen am Tisch gesessen und geplaudert hatte. Und sie hoffte, dass das auch die nächsten Wochen so bleiben würde.

Feli und Giulia hatten in den letzten Tagen ein neues Ritual gefunden, das Feli wesentlich besser gefiel als die alten Routinen aus bösen Blicken und hohen Geschirrtürmen.

Jedes Mal, wenn Feli jetzt die Küche betrat, hielt Giulia alle Gegenstände in die Höhe, zu denen sie Feli das italienische Wort genannt hatte. Jedes Mal kam ein neues dazu. Wenn Feli etwas falsch aussprach, schüttelte Giulia leicht tadelnd den Kopf. Wenn sie alles wusste, lächelte sie inzwischen sogar verhalten. An diesen Anblick hatte sich Feli noch nicht ganz gewöhnt. So kannte sie Giulia gar nicht.

Heute brach Giulia aber mit dem Ritual, und Feli merkte, dass es ihr sofort fehlte, keiner Vokabelabfrage unterzogen zu werden.

Die Köchin stand am Herd. Mit einer Hand umklammerte sie den Kochlöffel, mit dem sie eine Masse im Topf umrührte, und mit der anderen Hand ihr Handy, das sie sich gegen das Ohr presste. Der Teil der Ohrmuschel, den Feli sehen konnte, war schon rot angelaufen, so fest drückte Giulia.

Die Köchin hob nicht einmal den Blick, als Feli eintrat. Ihre Lippen waren sogar noch verkniffener als sonst – was Feli kaum für möglich gehalten hätte –, und zwischen ihren Augenbrauen hatte sich eine steile Falte in ihre Stirn gebohrt.

Feli machte, was sie jeden Tag tat. Sie holte Teller und Geschirr. Immer wieder zuckte ihr Blick zu Giulia herüber, die angestrengt zuzuhören schien. Sie hatte aufgehört, die

Masse, die Feli inzwischen als Suppe identifiziert hatte, umzurühren und wirkte nun, als wäre sie ganz woanders.

Feli fielen fast die Teller aus der Hand, als wieder Leben in Giulia kam und sie ins Telefon brüllte. Feli verzog sich schnell ins Esszimmer und ließ sich mit dem Decken besonders viel Zeit, da es ihr nicht weise erschien, allzu bald wieder in Giulias Reichweite zu gelangen. Die Tür zur Küche schloss sie. Es ging niemanden etwas an, was Giulia wütend machte. Selbst dann nicht, wenn sie ihre Wut herausschrie, befand Feli.

Also wartete sie, bis auch keine gedämpften Worte mehr durch die Tür drangen. Und dann wartete sie noch eine Minute. Sicher war sicher.

Nur langsam trat sie in den Raum. Giulia stand immer noch am Herd, schenkte dem Topf mit der Suppe allerdings keine Beachtung mehr und hatte das Gesicht in ihren Händen vergraben.

Sofort stieg Feli ein verbrannter Geruch in die Nase. Eilig langte sie um Giulia herum und schob den überbrodelnden Topf vom Herd. Die rote Flüssigkeit hatte sich schon in Form von kleinen Sprenkeln auf Giulias Schürze und den Ärmeln ihrer Bluse verteilt. Der Köchin schien das gar nicht aufzufallen.

Erst als Feli den Gasherd ausstellte, blickte Giulia auf. Die roten Äderchen in den Augen der Köchin waren viel zu deutlich zu sehen. Genauso wie die dunklen Ränder darunter.

Langsam klärte sich ihr Blick. Sie sah vom Herd zu Feli zum Topf und wieder zurück. Dann entfuhr ihr ein Seufzen, das aus den Untiefen ihrer Seele zu kommen schien.

»*Sorella*«, sagte sie erschöpft. Feli kannte das Wort. Sie hatte es nachgeguckt, nachdem es in einem Gespräch zwischen Jocelyn und Giulia beim Abendessen vor ein paar Tagen so oft gefallen war.

Schwester.

Feli nickte und hoffte, dass sie Giulia damit vermitteln konnte, wie gut Feli sie verstand. Und dann – einer spontanen Eingebung folgend – umarmte sie die Frau vor sich. Jocelyn hatte sie in die Arme geschlossen, als sie es gebraucht hatte. Nun wollte sie das Gleiche für einen anderen Menschen tun.

Sie fühlte sich seltsam. Ihre Hände legten sich nicht so selbstverständlich auf Giulias Rücken, wie es Jocelyns getan hatten. Ihr fehlte diese gelassene Selbstverständlichkeit, mit der die Villabesitzerin alles tat. Ihre Finger schwebten einen zögerlichen Moment über Giulias Bluse, bevor sich Feli dazu durchrang, die Umarmung durchzuziehen. Eine halbherzige half niemandem. Also konnte sie es entweder richtig machen oder ganz sein lassen.

Einen Moment standen sie beide ein bisschen verloren in der Küche. Feli hielt Giulia fest, die bewegungslos dastand, als würde sie es nur über sich ergehen lassen.

Doch dann schlang sie ihre Arme um Feli. Die Berührungen fühlten sich unsicher und überfordert an und vielleicht war es gerade das, was Feli die Gewissheit verlieh, dass sie das Richtige getan hatte.

Giulias kurze Haare kitzelten Feli am Ohr, zurückweichen würde sie trotzdem nicht. Die Bluse war so weich, dass Feli sie am liebsten gefragt hätte, welchen Weichspüler sie benutzte. Giulia roch nach Gewürzen, vor allem nach

Thymian und Zitrone, und überraschenderweise auch nach Kokos. Feli hätte nicht erwartet, dass Giulia Kokosshampoo benutzte, diese neue Information brachte sie jedoch zum Lächeln.

Es gab Details, die blieben bei Feli. Sie wusste noch, dass ein Herz in den Sitz ihres Holzstuhls geschnitzt gewesen war, auf dem sie ihre ganze Grundschulzeit gesessen hatte. Sie wusste noch, dass die Augen von Marlons Lieblingsteddy blaue Perlen gewesen waren. Sie wusste noch, dass ihr Vater an faulen Sonntagen immer einen Hoodie mit einem großen Football auf der Brust getragen hatte, obwohl ihm der Sport egal war. Es gab Dinge, die vergaß man den Rest seines Lebens nicht, auch wenn sie irgendwann eigentlich keine Relevanz mehr besaßen. Feli war sich in diesem Moment sicher, dass auch Giulias Kokosnusshaare dazu gehören würden.

Irgendwann ließ sie Giulia wieder los. Mindestens genauso ungelenk, wie sie einander festgehalten hatten, betrachteten sie sich nun. Umarmungen waren sehr mächtige Gesten, stellte Feli fest. Sie konnten die Beziehung, die man zu einem Menschen hatte, für immer verändern. Und genau das war gerade mit ihnen in dieser sterilen Küche passiert.

Giulias Gesichtsmuskeln schienen sich nicht ganz einig zu sein, welche Miene sie Feli nun präsentieren sollten. Schließlich legten sie sich auf einen neutralen Ausdruck fest. Und dann winkte Giulia wieder so hektisch und gebieterisch, wie sie es immer tat.

Sie schnappte sich die Suppe und machte sich daran, zu retten, was zu retten war. Sie warf Gewürze hinein und widmete Feli keines weiteren Blickes. Trotzdem hatte sich die Stimmung verändert. Feli fühlte, dass Giulias Ausstrahlung sanfter geworden und eine Einigkeit zwischen ihnen entstanden war, die bleiben würde.

Feli arbeitete nicht mehr zusammengesunken an ihrem Nachttisch. Sie traute sich inzwischen, die Werkstatt zu betreten. Abends, wenn alle schon mit ihrer Arbeit fertig waren und sie niemanden mehr stören konnte. Isabella Marino hatte sie einmal an einer Werkbank vorgefunden und war ohne Kommentar wieder hinausgegangen. Dass sie Feli nicht aufgefordert hatte zu gehen, wertete sie als Erlaubnis und so kam sie spätabends nach dem Essen immer wieder hierher. Sie veränderte nichts, was sie vorfand. Jeden Abend saß sie an einer anderen Werkbank. Immer an der, an der sie am meisten Platz hatte. Die Werkzeuge eines anderen Goldschmieds auch nur um wenige Millimeter zu verschieben, erschien ihr unanständig, deswegen arbeitete sie dort, wo nicht so viel herumlag und ausschließlich mit ihren eigenen Utensilien.

Auch jetzt hatte sie sich wieder in die Werkstatt zurückgezogen. Das Mondlicht fiel durch die großen Fenster und reflektierte sich im Silber der Kette, die sie in den Händen hielt. An ihren Fingerspitzen hafteten graue Rückstände des Bleistifts, den sie gerade benutzt hatte. Das Grau schien die Schatten, die die Nacht auf ihre Haut zeichnete, noch zu vertiefen.

Neben ihr auf der Arbeitsplatte ruhte eine kleine Skizze. Die Verzierungen der Sarkophage – oder Badewannen, wie sie sie in ihrem Kopf immer noch nannte –, die sie in den Uffizien gesehen hatte, hatten sie inspiriert. Auch sie wollte in ihrem Schmuck Geschichten erzählen. Deswegen hatte sie sich für Kettenanhänger entschieden. Doch solche Details auf deutlich kleinerer Fläche und in Metall einzulassen, gestaltete sich schwieriger, als sie erwartet hatte.

Auch heute legte sie ihre Werkzeuge aber erst nieder, als ihre linke Hand bereits krampfte.

Da sie die letzten Stunden nur auf die Werkbank gestarrt hatte, brauchten ihre Augen einen Moment, um in der Nacht, die vor dem Fenster hereingebrochen war, etwas zu erkennen. Ein kleiner Vogel hockte auf dem Dach von Leonardos Hütte, als würde er über ihn wachen. Der Mond schien heute besonders hell. Von ihrer Position aus konnte sie ihn nicht am Himmel ausmachen, nur das Licht sehen, das er auf die Blätter der Bäume im Hof warf. Sie mochte, wie gespenstisch es alles erscheinen ließ.

Ihre Hand massierend gähnte sie und stand auf. Ihre Sachen räumte sie alle fein säuberlich zusammen und verstaute sie in einer leeren Schublade im Schrank auf der gegenüberliegenden Seite des Raums und machte sich auf den Weg zu ihrem Bett.

Sie musste einmal durch die ganze Villa laufen, um zu ihrem Zimmer zu gelangen. Als sie auf das Esszimmer zusteuerte, stockte sie. Das Licht war noch an, und Stimmen waren zu hören. Um diese Uhrzeit schliefen eigentlich alle schon.

Als sie den Raum betrat, erblickte sie Jocelyn und Isabella Marino. Zwischen ihnen standen zwei Gläser Rotwein und viele offene Vorratsdosen. Sie hatten sich über die

Essensreste im Kühlschrank hergemacht und damit riskiert, Giulias Wut auf sich zu ziehen.

Während Feli die zwei Frauen betrachtete, musste sie an Herzschmerz denken. Wenn man einen so großen Mitternachtssnack brauchte, ging es einem in der Regel nicht gut. Zumindest Felis Erfahrung nach.

»Feli«, rief Jocelyn begeistert, sobald sie sie entdeckte. Isabella Marino nickte ihr bloß zu. »Setz dich zu uns!«

Feli zögerte einen Moment. Sie war müde. Ihre Hand pochte noch immer dumpf. Und in Isabella Marions Anwesenheit fühlte sie sich immer befangen und beobachtet, selbst dann, wenn die Goldschmiedin in eine andere Richtung sah. Aber sie schlug Jocelyn so ungern etwas aus. Und ein Stück von Giulias Pizza war eigentlich genau das, was sie gerade gebrauchen konnte.

»Okay«, brachte sie also verzögert hervor und holte sich einen Teller und Besteck aus der Küche, bevor sie sich neben Jocelyn setzte. Die tischte ihr direkt auf und reichte ihr auch ein Weinglas.

Jocelyn übernahm das Reden. Sie erzählte und erzählte, während sich die anderen beiden Frauen kaum ansahen.

»Welchen Teil eurer Arbeit könnt ihr gar nicht leiden?« Immer wieder richtete sich Jocelyn mit irgendwelchen Fragen an Feli und Isabella Marino. Vermutlich, weil selbst eine so redselige Frau wie sie es irgendwann leid war, die einzige Person zu sein, die das Gespräch am Laufen hielt.

»Eheringe anpassen«, sagte Isabella Marino und schob sich ein großes Stück Kuchen in den Mund.

Feli entfuhr ein überraschtes Geräusch, und sie verschluckte sich an dem Keks, den sie eigentlich gerade essen wollte. Jocelyn klopfte ihr auf den Rücken, bis sie wieder richtig atmen konnte.

»Da scheint es jemandem ähnlich zu gehen. Das klingt nach einer guten Geschichte«, sagte Jocelyn. »Erzähl sie uns.«

Feli bemerkte, dass sie grinste, als sie an jenen Tag dachte. Das überraschte sie. In dem Moment hatte sie das alles überhaupt nicht lustig gefunden.

»Ich sollte einen Verlobungsring anpassen.«

»Die mag ich genauso wenig«, pflichtete ihr die berühmte Goldschmiedin bei. Irgendwas in ihrem Blick verriet Feli, dass das nicht nur an den handwerklichen Arbeitsschritten lag.

»Für die Verlobte meines Ex-Freundes.«

»O nein«, stießen die anderen beiden aus.

»O doch«, meinte Feli. »Und dann habe ich ihn angezogen und nicht mehr runterbekommen.«

»O nein«, sagten die beiden wieder.

»O doch.«

»Wie hast du es letztendlich doch geschafft?«, fragte Jocelyn. »Da du ihn nicht mehr trägst, vermute ich, dass du nicht deshalb hier bist, weil du mit ihm am Finger keine andere Wahl hattest, als deine Heimat zu verlassen.«

Feli lachte. »Butter«, verriet sie dann ohne weitere Erklärung.

»Okay, gut zu wissen«, meinte Jocelyn fachmännisch, als wäre dies eine Situation, in die man sehr leicht geraten konnte und auf die man auf jeden Fall vorbereitet sein sollte.

»Sie heiraten in zwei Monaten«, meinte Feli. »Nachdem

sie zwei Jahre zusammen waren. Er und ich waren acht Jahre zusammen. Mich wollte er nicht heiraten.«

Ihr Schmerz war noch da. Aber er hing nicht mehr richtig mit Felix zusammen. Sie wollte ihn nicht heiraten. Sie wollte nicht Emilias Platz einnehmen. Ihr Schmerz ging tiefer als das. Felis Mund wurde trocken, und auch ein großer Schluck Rotwein konnte daran nichts ändern.

Es verletzte sie nicht, dass Felix sie nicht heiraten wollte. Es verletzte sie, dass *niemand* sie heiraten wollte. Dass wieder ein Mensch entschieden hatte, sie zu verlassen, sein Leben nicht mit ihr verbringen zu wollen.

»Darling«, säuselte Jocelyn und nahm Felis Hand in ihre. »Es tut mir leid.«

»Es ist schon okay«, sagte Feli.

»Es ist nicht okay, und das ist auch okay«, erklärte Jocelyn.

Ihr Satz sollte keinen Sinn ergeben, aber für Feli tat er das. Sie starrte in die rote Pfütze in ihrem Weinglas. Sie hatte nicht viel getrunken und deswegen auch keine Ahnung, warum sie sagte, was sie sagte. Der Alkohol hatte ihre Zunge nicht gelockert. Aber diese Villa hatte es wohl getan. Dieser Ort. Dessen Bewohner. Die frische Luft. Und so war Feli ehrlich, obwohl sie es gar nicht wollte.

»Ich habe Angst, dass mich niemals jemand albern lieben wird.«

Jocelyn verstärkte den Druck auf ihre Hand. »Ich wollte dich mit meiner Aussage nicht traurig machen«, sagte sie. »Wir müssen nicht geliebt werden, um eigenständige und interessante Menschen zu sein. Diese Eigenschaften gibt dir niemand. Die hast du einfach. Liebe sollte nicht vollständig machen. Das solltest du selbst sein. Sie sollte nur ergänzen.«

»Das mag ja alles stimmen«, sagte Feli. »Aber ich will trotzdem geliebt werden.« Sie kam sich wie ein störrisches Kind vor, das die logischen Argumente, warum es sein Gemüse essen sollte, nicht hören wollte. Vor allem, weil sie mit Jocelyn sprach, die sich mit jeder tröstenden Geste mehr wie ein Mutterersatz anfühlte. Und sofort kam sie sich noch kindischer vor, weil sie versuchte, nach all den Jahren Ersatz für die Liebe ihrer Mutter in einer Frau zu finden, die sie erst seit ein paar Wochen kannte. Sie konnte sich selbst nicht ernst nehmen.

Wer als Kind von seinen Eltern nicht richtig geliebt worden war, verzehrte sich als Erwachsener danach. Das war Küchenpsychologie, erste Lektion. Und obwohl sie versuchte, sich einzureden, dass sie ein wandelndes Klischee war und ihre Gefühle deswegen nicht wichtig waren, wollten sie doch nicht weichen. Sie blieben. Aber Jocelyns Hand blieb auch, wo sie war.

»Wir wissen nie, wozu die Dinge gut sind, die uns passieren«, setzte Jocelyn an. Feli konnte sie nicht ansehen, deswegen schaute sie in die andere Richtung und begegnete Isabella Marinos Blick. Er war verhangen und schien durch Feli hindurchzusehen, als wäre sie aus Glas. Und irgendwie fühlte sie sich genau so. Sie hatte etwas von sich preisgegeben und sich damit durchsichtig gemacht. Aber sie liebte es, wenn Licht durch Glas fiel und ganz eigene, kurzzeitige, vergängliche Kunstwerke schuf. Und vielleicht konnte sie es irgendwann auch lieben, wenn sie mehr Licht in sich hineinließ. Vielleicht würde das auch in ihr etwas Schönes schaffen.

»Liebe passiert nie so, wie wir das wollen. Aber das macht sie nicht weniger schön. Oder weniger herzzerreißend.«

Feli sah wieder Jocelyn an und hob fragend die Augenbrauen.

»Ich war dreimal verheiratet. Aber nur, weil ich drei Anträge erhalten und angenommen habe, heißt das nicht, dass ich auch genug geliebt wurde.« Sie lächelte sanft. »Zumindest nicht von der Person, auf die es ankommt.«

»Wer?«

»Ich selbst«, erwiderte Jocelyn. »Das ist am wichtigsten, Feli. Ich weiß, das hörst du bestimmt genug in Filmen und in Songs und kannst darüber nur die Augen verdrehen. Aber es stimmt nun mal. Und ich hoffe, dass du das auch noch erkennst.«

Bevor Feli erklären konnte, dass das leicht zu sagen war, wenn drei Menschen sie genug geliebt hatten, um mit einem Ring vor ihr auf die Knie zu gehen, räusperte sich Isabella Marino.

»Du hast recht«, sagte sie mit belegter Stimme. »Und ich habe lange gebraucht, um das zu verstehen.«

Jocelyn und Feli sahen sie abwartend an.

»Ich war mal verheiratet«, begann die Goldschmiedin. »Ein Jahr lang haben wir versucht, ein Kind zu bekommen. Alles drehte sich um Schwangerschaftstests, Ovulation und Hormone. Ich habe auf endlos viele Stäbe gepinkelt und Sex nach Plan gehabt. Unsere Ehe ist langsam daran zerbrochen. Aber wir hatten ein Ziel. Wir konnten nicht mehr damit aufhören. Dann sollte ich mich einer Hormontherapie unterziehen und da habe ich gemerkt, dass ich das nicht wollte. Ich habe mir endlich die Zeit genommen, mich mit

meinen eigenen Gefühlen und Bedürfnissen auseinanderzu-
setzen. Ich bin irgendwie in den Erwartungen, die andere
Menschen an mich gestellt haben, untergegangen und habe
nicht die Entscheidungen getroffen, die für mich die richtigen waren, sondern für andere. Ich wollte niemals Mutter
werden, hatte aber den Kontakt zu mir selbst verloren und
habe es deswegen gar nicht gemerkt. Das zu realisieren und
mir einzugestehen, hat zwar das Ende meiner Ehe bedeutet,
aber es hat mich trotzdem glücklicher gemacht.«

Sie fuhr sich gedankenverloren über den Ringfinger, an
dem kein Ring saß. Aber vielleicht fühlte man dessen Anwesenheit auch dann noch, wenn er lange fort war. Wie
einen Phantomschmerz.

»Man selbst zu sein, sich selbst treu zu bleiben, kann auch
mit Verlust verbunden sein. Aber was ist die Alternative?
Sich ewig zu verleugnen? Mein Ex-Mann und ich hatten uns
beide auf dem Weg zu unserem vermeintlichen Ziel verloren.
Uns selbst und gegenseitig. Er konnte das nie akzeptieren –
ich schon. Ich habe den Mann verloren, den ich geliebt habe.
Aber ich habe mich selbst wiedergefunden. Ich denke, das
ist ein guter Deal, auch wenn ich das am Anfang nicht sehen
konnte.«

Sie klang traurig. Aber Feli verstand, dass das ihren
Worten nicht ihre Bedeutung nahm. Natürlich trauerte sie
um das, was sie aufgegeben hatte, und trotzdem konnte sie
glücklich sein über ihr jetziges Leben.

Feli betrachtete Isabella auf einmal mit anderen Augen.
Sie hatte sie auf ein Podest gestellt, zu einer übermenschlich
großen Statue gemacht. Nun realisierte sie, dass sie es die
ganze Zeit mit einem Menschen zu tun gehabt hatte, der wie

sie aus Fleisch und Blut bestand, und vor allem – was noch viel entscheidender war – aus Ängsten und Hoffnungen, aus Freude und Trauer, aus Siegen und Verlusten. Und auf einmal fühlte sie sich in ihrer Anwesenheit gar nicht mehr so klein und unbedeutend.

»Danke, dass du das erzählt hast, meine Liebe«, sagte Jocelyn aufrichtig.

Isabella lächelte nur. Feli erwiderte es. Und damit war irgendwie das Wichtigste auch gesagt.

Zumindest für Feli und Isabella. Jocelyn sah das natürlich wieder anders.

»Das Leben steckt schon voller Überraschungen«, murmelte sie vor sich her. Aus Jocelyns Mund klang auch so ein abgedroschener Satz sehr wahr, dachte Feli. »Wie viele Zufälle nötig waren, dass wir nun hier sitzen.«

Sie fuhr sich wie Isabella vor ihr über den Ringfinger. Doch an ihrem saß noch immer ein Ring. Feli sah ihn an, und Jocelyn bemerkte ihren Blick.

»Der ist von meiner ersten Ehe, nicht der letzten«, sagte Jocelyn. »Auch eine Geschichte, die mir gezeigt hat, wie unberechenbar das Leben ist.«

Hinter dem Fenster war es so dunkel, dass man nicht einmal die Weinberge ausmachen konnte. Jocelyn blickte hinaus, als könnte sie trotzdem vieles erkennen.

»Ich hatte Brustkrebs. Ich habe ihn offensichtlich überlebt und mir die schönsten Brüste machen lassen, die man mit Geld kaufen kann.«

Feli und Isabella lachten auf.

»Aber eine Zeitlang dachte ich, ich würde sterben. Mein Mann war immer bei mir, hat mich in allem unterstützt.

Und dann, als ich es endlich geschafft hatte, als ich überlebt und die Krankheit besiegt hatte, ist er bei einem Unfall ums Leben gekommen.«

Da Jocelyns Hand noch immer auf Felis lag, konnte diese sie unauffällig drücken. Jocelyn verteilte Trost gern und großzügig. Aber sie wirkte immer so souverän, als hätte sie es gar nicht nötig, ihn von anderen zu erhalten. Dieses Gespräch hier zeigte Feli jedoch, dass auch die am stärksten wirkenden Menschen Unsicherheiten und Ängste hatten, genauso wie sie, selbst wenn es ihr schwerfiel, sich das vorzustellen.

»Wäre das nicht passiert, hätte ich nicht so viele Scheidungen hinter mir. Mir würde nicht dieses Haus gehören, weil ich ohne die Scheidungsabfindungen nicht das Geld gehabt hätte, es zu kaufen. Ich hätte nie dieses Retreat fördern können. Wir hätten einander nie kennengelernt, und wir säßen heute nicht hier.«

»Das wäre sehr tragisch gewesen«, brachte Feli hervor.

»Finde ich auch«, pflichtete Jocelyn ihr entschieden bei, obwohl sich Feli fragte, ob die Villabesitzerin sich wirklich für diesen Moment entscheiden würde, wenn sie ihren Mann zurückhaben könnte.

»Und um mich musst du dir keine Sorgen machen«, sagte Jocelyn und bestätigte damit Felis Vermutung, dass sie Gedanken lesen konnte. »Ich habe genug geliebt.«

Sie sagte das so, als würde Liebe irgendwann im Laufe des Lebens ausgehen, als bräuchte man nur ein gewisses Pensum, um sein Leben lang davon zehren zu können.

Aber funktionierte das so? Sie stellte die Frage nicht. Sie passte nicht zur Stimmung. Sie hob sie sich für einen anderen Abend auf. Dieser hatte schon genug Erkenntnisse gebracht. Und so blieben sie einfach beieinander sitzen und lehnten sich in das gemeinsame Schweigen hinein, das ihnen den Trost gab, zu dem Worte nicht in der Lage waren.

Kapitel 16

Leonardo lief mehrere Meter vor Feli und unterhielt sich angeregt mit Elsie, die ihm von ihrer Arbeit als Lehrerin erzählte. Diese hatte sie vor fünf Jahren aufgegeben, um ihren Jugendtraum, Goldschmiedin zu werden, doch noch zu verfolgen – direkt nach der Scheidung von ihrer Ehefrau.

Feli hatte das Gespräch fast vollständig mit angehört und war nicht in der Lage gewesen, ihren Blick von Leonardos Rücken abzuwenden. Er trug ein Shirt. Aber seine Schulterblätter erkannte sie auch unter dem Stoff, wenn er besonders stark gestikulierte.

Sie konnte sich so nicht auf ihre eigene Unterhaltung konzentrieren.

Jocelyn lachte neben ihr, was sie dazu brachte, sich zu ihr umzusehen. Erst jetzt nahm sie auch den Rest ihrer Umgebung wieder wahr.

Zusammen mit allen anderen Bewohnern der Villa lief sie einen etwas unebenen Pfad entlang, der mitten durch einen Wald führte und angeblich bei einem großen Weinberg endete. Er gehörte einem Freund von Jocelyn, der ihnen seine Arbeit erklären wollte. Und natürlich gab es danach noch eine Weinverkostung, was erklären dürfte, warum Jocelyn sich bereiterklärt hatte, diese »Wanderung« – wie sie es nannte – auf sich zu nehmen. Obwohl sie sich alle fünf Minuten über ihre schmerzende Hüfte beschwerte. Zumindest hatte sie das getan, bevor Feli sich im Anblick vor ihr verloren hatte.

»Ein wunderschöner Mann, nicht wahr?«, fragte Jocelyn für Felis Geschmack einige Dezibel zu laut. »Für ihn würde ich eine Ohnmacht vortäuschen, damit er mich auffangen kann.«

»Würdest du nicht«, erwiderte Feli.

»Würde ich definitiv!«, beharrte Jocelyn. »Das habe ich schon mal getan.«

»Du veralberst mich.«

»Das wiederum würde ich niemals tun. Aber wie denkst du, habe ich Ehemann Nummer drei dazu gebracht, mir einen Antrag zu machen?«

Feli lachte. Und nun war es ihr auch gar nicht mehr so peinlich, dass Jocelyn sie beim Starren erwischt hatte.

Der Pfad wurde noch ein bisschen unebener, und als Jocelyn beinahe über eine Wurzel stolperte, hielt Feli ihr unaufgefordert ihren Arm hin. Und Jocelyn nahm ihn an, ohne zu thematisieren, dass sie ihn brauchte. Sie war gern für andere da, das für sich selbst zuzulassen, war eine ganz andere Geschichte.

Das Dickicht lichtete sich vor ihnen. Feli hatte das Gefühl, die Bäume würden ihre Zweige wie einen Vorhang zur Seite schieben und damit den Blick auf eine Bühne freigeben.

Vor ihr tat sich der Weinberg auf, den sie jeden Tag von der Villa aus betrachtete. Mittendrin zu stehen, war allerdings etwas anderes. Er kam ihr noch größer vor, obwohl sie sein volles Ausmaß ja gar nicht mehr erkennen konnte. Sie blickte über ihre Schulter und konnte in der Ferne die Villa ausmachen. Sie schien zurückzublicken. Als würde sie über sie alle wachen. Der Gedanke gefiel Feli.

Leonardo dolmetschte, während der Weinbergbesitzer vom Familienbetrieb erzählte. Da alle Leonardo ansahen, während er sprach, kam sich Feli nicht mehr so auffällig vor, während sie ihn musterte.

Manchmal sah er zu ihr herüber und lächelte. Und mit jedem weiteren Lächeln konnte Feli besser nachvollziehen, warum Jocelyn eine Ohnmacht vorgetäuscht hatte, um von jemandem aufgefangen zu werden. Wenn er sie so ansah, wurden ihre Knie weich. Das musste sie gar nicht mehr spielen.

Nach der Tour durch den Weinberg führte Leonardos Freund sie in eine Fabrik, erklärte, was in welchem Gefäß mit den Trauben geschah, bis sie schließlich zu Wein wurden. Feli lauschte Leonardos Stimme, ohne zu verstehen, was er sagte. Sie hatte in den vergangenen Tagen nicht so viel von ihm zu Gesicht bekommen. Er war selten in der Villa gewesen. Immer wieder war sein Auto fort gewesen.

Gestern Nacht hatte Feli an ihrem Fenster gestanden, bis Leonardos Wagen wieder auf den Hof gefahren war. Dabei war sie sich lächerlich vorgekommen. Aber sie hatte ihren Posten auch nicht aufgeben können, bevor er nicht zurückgekehrt war.

Er hatte sie nicht entdeckt. Aber sie hatte beobachtet, wie er müde aus dem Van gestiegen und dann zu seiner Hütte geschlurft war. Vor Wochen, als sie ihn noch nicht gekannt hatte, hatte sie ihn dabei beobachtet, wie er wütend auf das Lenkrad geschlagen hatte. Die erschöpfte Version von Leonardo, die sie gestern Nacht gesehen hatte, machte ihr noch viel mehr Sorgen als jener Moment. Irgendwas war los. Irgendwas ließ seine Schultern schwer herunterhängen, wenn er sich unbeobachtet fühlte. Und Feli wusste, dass er ihr nicht sagen würde, was es war, selbst, wenn sie den Mut zusammenbekommen würde, um ihn zu fragen.

Eine Stunde später war die Tour durch den Weinkeller vorbei, und sie fanden sich in einem schlicht eingerichteten Raum wieder. Wie genau sie dort gelandet waren, wusste Feli nicht mehr genau. Ihre Gedanken waren so dicht, dass sie ihr Sichtfeld eingenommen hatten.

Die Wände waren weiß und der Boden mit terrakotta-farbenen Fliesen ausgelegt. An kleinen Tischen saßen nun immer jeweils drei bis fünf Personen zusammen. Zu Feli und Jocelyn hatte sich Elsie gesellt. Eine junge Frau kam zu ihnen und stellte eine Platte mit Käse und Parmaschinken auf dem Tisch ab. Dann goss sie einen Schluck Wein in jedes Glas und zog weiter zum nächsten Tisch.

Elsie und Jocelyn waren so tief in ihr Gespräch vertieft, dass sie gar nicht mitbekamen, dass Feli kein Wort sagte. Sie nippte nur am Wein. Er schmeckte gut, aber heute war ihr nicht nach trinken.

Leonardo saß am anderen Ende des Raums. Doch immer, wenn sie einander ansahen, schenkte er ihr wieder ein Lächeln, das so schön war, dass sie froh war, bereits zu sitzen, weil sie sonst um die Stabilität ihrer Knie gefürchtet hätte. Ihre Fragen wollten trotzdem nicht verstummen.

Irgendwas belastete Leonardo. Und sie wollte wissen, was es war.

Würden sie sich noch ein Zimmer teilen und im Schutz der Dunkelheit in ihren Betten liegen, würde er sich ihr vielleicht öffnen. Aber zu diesen Momenten konnten sie nicht zurückkehren.

Der Abend zog an Feli vorbei, als würde sie gar nicht richtig an ihm teilnehmen. Als säße sie in einem Zug und sähe alles nur durchs Fenster an ihr vorbeirasen.

Da am Ende des Abends nicht nur Jocelyn, sondern auch die meisten anderen leicht angetrunken waren, boten die Besitzer des Weinbergs an, alle zur Villa zurückzufahren. Bis auf zwei Personen passten alle in die Autos, und als Leonardo sich bereiterklärte zu laufen, tat Feli natürlich das Gleiche. Jocelyn zwinkerte ihr wissend zu, bevor sie auf die Rückbank kletterte. Sie musste etwas gesagt haben, denn Elsie lachte laut auf. Dann knallten die Autotüren, die Motoren sprangen an und verklangen mit den davonrollenden Autos in der Ferne.

Es war dunkel. Eine Laterne am Haus beleuchtete Leonardos Haar, der Lichtkegel war aber nicht stark genug, um auch seine Füße zu erreichen. Der Weinberg lag düster vor ihnen. Genauso der Wald.

»Finden wir den Weg zurück?«, fragte Feli ein bisschen besorgt. Hatte sie zu schnell entschieden? Vielleicht war ein bisschen Zeit allein mit einem Mann, den sie in wenigen Wochen hier zurücklassen würde, es ja doch nicht wert, sich nachts in einem Wald das Bein zu brechen. Aber für solche Erkenntnisse war es jetzt wohl zu spät.

»Natürlich«, sagte Leonardo gelassen. Gut, ihre Unruhe reichte schließlich für sie beide.

Leonardo wandte sich zum Gehen und blieb noch mal kurz stehen, als sie ihm nicht direkt folgte.

»Vertraust du mir?«, fragte er.

Feli atmete schwer aus. »Genug, um nachts mit dir in einen dunklen Wald zu gehen.«

»Also sehr«, schloss er.

Sie erwiderte sein Lächeln. »Sieht ganz so aus.«

Sie liefen los. Erst durch die Weinberge, wo die Lichter der umliegenden Häuser ihnen noch den Weg wiesen. Dann betraten sie den Wald. Alles Licht wurde von den dichten Blättern geschluckt. Leonardo hielt es trotzdem nicht für notwendig, seine Handytaschenlampe anzumachen. Der Schein des Mondes, der an manchen Stellen durch das Blätterdach brach und Muster auf den Boden malte, reichte ihm offensichtlich.

Feli hielt sich direkt neben ihm und redete sich selbst ein, dass das nichts mit seinem guten Geruch und nur mit ihrer Sorge um ihre eigene Sicherheit zu tun hatte.

»Geht es dir gut?«, fragte sie. Ihre Worte wagten sich mindestens so unsicher vor wie ihre Füße über den Waldboden.

»Klar. Wieso nicht?«

»Sag du es mir.«

Leonardo wurde für den Bruchteil einer Sekunde langsamer, bevor er sein normales Gehtempo wieder aufnahm. »Habe ich doch.«

»Da bin ich mir nicht so sicher«, meinte Feli, die sich kurz reflexartig an seinem Oberarm festhielt, als sie über einen großen Zweig stolperte. Ihre Hand kribbelte immer noch, da hatte sie sie schon längst wieder in ihrer Hosentasche vergraben.

»Wie meinst du das?«

»Du bist nicht mehr so oft in der Villa«, sagte sie. Eigentlich hatte sie nicht vorgehabt, ihn direkt darauf anzusprechen. Wenn er nicht von selbst mit ihr sprach, wollte er vermutlich nicht teilen, was ihn beschäftigte. Aber sie waren allein, und die Dunkelheit hüllte sie ein. Dies war vielleicht nicht ihr Zimmer. Sie hörte nicht nur ihre Atemzüge, sondern auch das Rascheln ihrer Füße auf dem Boden. Sie wurden nicht von einem Raumtrenner voneinander abgeschirmt. Doch dieser Ort reichte, um ihr Mut zu machen.

»Ich habe viel zu tun.«

»Was?«, fragte Feli.

»Dinge.«

»Das ist keine richtige Antwort.«

Leonardo schnaubte. Sie konnte nicht sagen, ob das Geräusch belustigt oder genervt war. Vielleicht beides.

»Vor ein paar Wochen hättest du mich nicht so direkt auf ein Thema angesprochen«, sagte er.

»Ist das was Gutes oder was Schlechtes?«

»Was Gutes«, sagte Leonardo, ohne darüber nachdenken zu müssen.

»Also wirst du mir jetzt eine richtige Antwort geben?«

»Natürlich nicht.«

Feli entfuhr ein Lachen. Es war sowohl belustigt als auch genervt. »Natürlich«, wiederholte sie. »Du willst andere Menschen auch nicht an dich ranlassen.« Die Aussage kam ihr viel heftiger über die Lippen, als sie beabsichtigt hatte.

»Sagt die Richtige«, erwiderte Leonardo, nun auch ein bisschen pampig. Und er hatte ja recht. Es gab sehr viele Dinge, über die sie nicht gern sprach. Das hatten sie gemeinsam. Trotzdem ärgerte sie sich über ihn. Aber Gefühle mussten ja nicht immer logisch sein. Ihrer Erfahrung nach waren sie das eher in den seltensten Fällen.

»Du hast ein Geheimnis«, beharrte sie. »Dein Vater hat was angedeutet. Du hast beim Kürbisfestival mit einer Frau über irgendwas geredet. Du bist ständig weg. Und etwas belastet dich. Ich kann es dir ansehen.«

»Tu nicht so, als würden wir uns schon ewig kennen.«

Seine Reaktion tat weh. Dabei war auch das wahr. Und was sie noch mehr schmerzte, war das Wissen, dass sie sich auch niemals richtig kennenlernen würden, weil Feli in wenigen Wochen nicht mehr da wäre. Sie schluckte schwer.

Eine Weile liefen sie schweigend nebeneinanderher. Ihre Schultern streiften sich immer häufiger, je länger sie durch den Wald wanderten. Feli zählte die Berührungen wie einen Herzschlag. Das beruhigte sie ein bisschen. Aber ein unangenehmes Pochen in ihrer Brust blieb.

»Es tut mir leid«, flüsterte er vorsichtig, als hätte er auf einmal Angst, die Ruhe im Wald zu stören.

»Was genau?«, fragte Feli herausfordernd.

Er lachte leise auf, und der Klang brachte sie zum Lächeln, obwohl sie das eigentlich gar nicht wollte.

»Du bist besorgt, und ich fertige dich unfreundlich ab. Nicht gerade erwachsenes Verhalten.«

»Das stimmt«, pflichtete Feli ihm bei und wusste selbst, dass ihr Tonfall auch nicht sonderlich erwachsen war. Doch

Leonardo lachte wieder leise. Das zu hören, tat so gut, dass sie sich auch ihr kindisches Verhalten verzieh.

Sie liefen wieder eine Weile schweigend, doch nun taten sie es einvernehmlich und gemeinsam.

»Ich werde wieder mehr in der Villa sein«, sagte Leonardo schließlich unvermittelt. »Ich *will* öfter in der Villa sein.«

Ich will öfter bei dir sein, hörte Feli so deutlich aus diesen Worten heraus, als hätte es Leonardo tatsächlich ausgesprochen, und eine Wärme durchflutete sie bei dieser Vorstellung. Ein angenehmer Kontrast zum kühlen Wind, der immer wieder durch die Nähte ihrer Jacke drang. Am Eingang zur Villa würde sie den Gedanken loslassen, doch bis dahin würde sie ihn genießen.

»Sehr gut«, erwiderte sie.

Leonardos Geheimnis war immer noch genau das. Aber Feli würde heute nicht noch mal nachhaken. Doch sie nahm sich etwas vor: Sobald sie sich traute, ehrlicher und offener mit ihm zu sein, musste er es auch mit ihr werden. Das klang eigentlich nur fair.

»Dir ist meine Abwesenheit also aufgefallen«, sagte Leonardo mit einem Grinsen in der Stimme.

»Natürlich«, entgegnete Feli, nachdem sie kurz überlegt hatte, ob sie lügen sollte. »Würde dir auffallen, wenn ich weg wäre?«

»Natürlich«, sagte Leonardo sofort. Er schien nicht mal überlegt zu haben, ob er lügen sollte.

»Siehst du«, meinte Feli dann nur. Ihr Grinsen hörte man ihr auch an.

Der Mondschein fiel immer mal wieder in Leonardos Gesicht. Ein helles Dreieck huschte über seine Wange. Dann wieder ein Rechteck. Die Blätter über ihnen dachten sich viele verschiedene Bilder für sie aus.

Und dann folgte Feli einer Eingebung und ließ sich zur Seite kippen. Sie tat nicht so, als würde sie ohnmächtig werden. Nur, als würde sie stolpern. Leonardo fing sie reflexartig auf, so dass sie halb in seinen Armen hing. Die Position war unbequem. Trotzdem hätte Feli gern noch länger so verharrt. Vermutlich sah sie nicht gerade elegant aus, aber das war egal. Leonardos Hände hielten sie fest, und sie sah in sein Gesicht. Sie konnte seine Augenfarbe nicht erkennen, aber sie wusste genau, welchen Braunton sie hatten. Sie lächelte, und er lächelte zurück. Das Mondlicht strich über seine Nase.

Nach ein paar Sekunden stellte er sie wieder auf ihre Füße.

»Bitte tu dir nicht weh.« Er klang leiser als sonst.

»Ich versuch's«, meinte Feli.

Dann setzten sie ihren Weg fort, als wäre nie etwas passiert, doch für sie fühlte es sich wie das genaue Gegenteil an. Sie hatte sich gerade etwas gewagt. Und wenn sie so etwas wagen konnte, dann gab es eigentlich nichts mehr, wovor sie sich fürchten musste.

Kapitel 17

Giulia und Feli saßen auf den Stufen, die vom Hof in die Küche führten, und sahen einfach schweigend geradeaus.

Das taten sie seit einer Woche nach jedem Essen. Als Feli sie getröstet hatte, hatte sich etwas zwischen ihnen verändert. Giulia half ihr nach jeder Mahlzeit mit dem Abwasch. Und danach saßen sie gemeinsam auf den Stufen.

Sie sprachen nicht. Aber ihre Stille war einvernehmlich, richtig friedlich, wie Feli fand. Sie verfolgte, wie die Blätter von den Bäumen fielen. Sonnenlicht verwandelte das Gelb in Gold. Sie war sich nicht sicher, ob Giulia dasselbe betrachtete oder ob ihr Blick ganz andere Details ausmachte. Sie holte ihre Übersetzungsapp aber nicht hervor. Das hätte den Moment kaputt gemacht. Und er gefiel ihr zu gut, um das zu riskieren.

Bosco rannte den Hof auf und ab. Die Mütze, die er heute trug, war gestreift. Rot, orange und gelb – perfekt für den Herbst. Giulia lächelte. Diesmal war Feli sich sicher, dass sie gerade den gleichen Gedanken gehabt hatten.

Bosco rannte wieder vor und zurück. Die Personen, auf die er immer wieder zusprintete, hörte Feli, bevor sie sie sah.

Sie lachten und redeten laut. Dann tauchten Jocelyn und Elsie in ihrem Blickfeld auf. Sie spazierten gemeinsam auf den Hof und nahmen gar keine Notiz von Giulia und Feli. Viel zu tief waren sie in ihr Gespräch versunken.

Seit der Weinverkostung traf man die beiden fast nur noch gemeinsam an. Und immer steckten sie die Köpfe zusammen wie zwei Schulkinder, die etwas im Schilde führten.

Giulia warf Feli einen vielsagenden Blick zu. Sie zog die Augenbrauen hoch und legte den Kopf schief. Dann grinste sie. Feli nickte. Sie hatte Giulia verstanden. Auch sie hatte den Funken zwischen den beiden Frauen gespürt.

Giulias Grinsen wurde breiter, und ein schelmischer Ausdruck trat in ihre Augen. Wieder nickte Feli. Sie sollten definitiv ein bisschen nachhelfen. Giulia nickte ebenfalls, um ihre Abmachung zu bestätigen. Sie hatten es also beschlossen. Feli grinste, auch als Giulia sie nicht mehr ansah.

Jocelyn hatte gesagt, dass sie genug geliebt hatte, genug geliebt worden war. Feli war da ganz anderer Meinung. Liebe war keine begrenzte Ressource, die irgendwann aufgebraucht war. Sie war unendlich vorhanden. Das hatte sie in den vergangenen Wochen gelernt. Und sie würde auch Jocelyn daran erinnern.

Für den heutigen Tag stand wieder mal ein Ausflug an. Diesmal hatte Feli bei der Planung mitgeholfen. Allen Workshop-Teilnehmenden hatte sie die richtige Abfahrtzeit genannt. Nur Jocelyn und Elsie nicht.

Pünktlich lenkte Leonardo den Van für eine Sightseeingtour durch die Umgebung vom Hof. Feli hätte gern neben ihm gesessen. Aber heute ging es nicht um sie. Sie musste zu Hause bleiben und ihren Plan umsetzen.

Giulia streckte den Kopf aus der Küche, verfolgte den Van mit dem Blick und gab Feli dann einen Daumen hoch. Alles lief, wie sie es gewollt hatten. Feli hob ebenfalls ihren Daumen. Giulia grinste und verschwand wieder in der Küche. Ein sehr würziger Geruch drang heraus, und Feli atmete ihn tief ein. Alles würde klappen, davon war sie überzeugt.

Sie ging in die Küche, nahm alles, was sie brauchte, ins Esszimmer und deckte den Tisch. Sie suchte nach einer schöneren Tischdecke und wurde fündig. Sie breitete die Spitzendecke auf dem Tisch aus. Kerzen fand sie in einer Schublade im Flur. Kerzenhalter trieb Giulia irgendwie in der Küche auf. In eine knallgelbe Vase stellte sie die Rosen, die Giulia vom Markt in der Stadt mitgebracht hatte. Es sah großartig aus.

Gerade, als Giulia den Topf vom Herd nahm, ertönten Schritte auf der Treppe. Jocelyn trat auf den Hof und sah sich verwirrt um.

»Wo ist der Van?«, fragte sie Feli, als die ihr folgte.

»Schon abgefahren.«

»Was? Ich bin sogar zu früh«, protestierte Jocelyn.

»Du bist zwei Stunden zu spät.«

»Du hast doch gesagt ...« Jocelyn sah Feli an, als hätte diese einen furchtbaren Verrat an ihr begangen. Doch sie nahm Jocelyn nur sanft, aber bestimmt am Arm und führte sie ins Haus zurück.

Als sie den schick gedeckten Tisch sah, riss Jocelyn die

Augen auf. Sie war es gewöhnt, andere Menschen mit ihren Plänen zu überraschen. Aber wann war sie zuletzt überrascht worden? Feli fühlte Stolz, dass ausgerechnet ihr das gelungen war.

»Was hast du vor?«

Da stolperte Elsie ins Esszimmer.

»Bin ich zu spät für den Van?«, fragte sie verwirrt. Ihr Blick huschte vom Tisch zu Jocelyn und wieder zurück.

»Ja«, sagte Feli. »Aber für das hier pünktlich.«

Giulia trat aus der Küche und trug zwei Teller auf. Der Geruch nach Muskatnuss füllte den Raum. Die Köchin hatte sich mal wieder selbst übertroffen. Auf den Tellern hatte sie Spaghetti in einer Kürbissoße aufgetürmt – natürlich von dem Kürbis, den Jocelyn gewonnen hatte.

»Es riecht gut«, gab diese zu. Ihren kritischen Unterton war sie noch nicht bereit aufzugeben. »Aber ich verstehe trotzdem nicht, was hier vor sich geht.«

»Ich glaube, wir werden verkuppelt«, sagte Elsie lächelnd.

Feli konnte es kaum fassen, aber im nächsten Moment lief Jocelyn rot an. Sie hätte schwören können, dass Jocelyn zu souverän war, um zu so einer körperlichen Reaktion in der Lage zu sein.

»Es duftet köstlich«, sagte Elsie, als Jocelyn weiterhin sprachlos auf den Tisch starrte. »Willst du dich setzen?«

Jocelyn hob den Blick. Die beiden Frauen sahen sich an. Schließlich räusperte sich Jocelyn umständlich.

»Ja, sehr gern«, brachte sie schließlich hervor. Diese heisere Stimmlage kannte Feli auch nicht von ihr.

»Dann lassen wir euch mal allein«, meinte sie und ließ Jocelyn los. Diese sah sie noch einmal an. Ihr Gesichtsausdruck war tadelnd. Ein Grinsen konnte sie sich allerdings auch nicht verkneifen.

»Darüber reden wir noch«, sagte Jocelyn.

»Ich hoffe doch«, entgegnete Feli. »Ich will danach jedes Detail hören.«

Jocelyn lachte auf. Dann wedelte sie mit der Hand in der Luft herum, als wäre Feli eine lästige Fliege, die sie loswerden wollte.

Feli deutete eine Verbeugung an und schlich sich dann zu Giulia in die Küche. Obwohl sie gern gelauscht hätte, schloss sie die Tür hinter sich. Sie hatten dieses Date organisiert. Aber es ging sie trotzdem nichts an, was ab jetzt in diesem Raum passierte.

Giulia hielt ihr die Hand hin, und Feli schlug ein.

Dieser Tag reichte nicht aus, um Jocelyn für alles zu danken, was sie in den letzten Wochen für Feli getan hatte. Aber wenn sie der Villabesitzerin beweisen konnte, dass sie noch immer Liebe zu geben und zu empfangen hatte, dann hatte Feli in ihrem Leben wenigstens eine gute Sache erreicht.

Kapitel 18

Feli lieferte sich ein unerbittliches Blickduell. Mit einer Polaroidkamera.

Sie stand auf ihrem Nachttisch und schien sie genauso wenig aus den Augen zu lassen wie Feli sie. Sie würde nicht einfach ein Bild aufnehmen, ohne dass Feli den Auslöser betätigte. Aber es kam ihr trotzdem falsch vor, sie unbeobachtet zu lassen.

Sie hatte die Kamera an diesem Morgen vor ihrer Tür gefunden. Keine Nachricht hatte daneben gelegen. Aber die hatte sie auch nicht gebraucht, um zu wissen, wer sie dort deponiert hatte – und wieso.

Das war Jocelyns Antwort auf das Date, das Feli für sie organisiert hatte. Das war ihre Aufforderung an Feli, dass nun sie an der Reihe war, mutig zu sein. Jocelyn hatte sich getraut. Feli war als Nächste dran.

Doch Felis Hände schwitzten. Und ihr wurde heiß, obwohl es heute besonders kühl in der Villa war.

Ein Nacktfoto – das sollte sie mit dieser Kamera aufnehmen. Nicht für einen anderen Menschen, sondern für sich selbst. Für die Frau, die sie in einigen Jahrzehnten sein würde. Damit sie sich daran erinnern konnte, wie sie als junge Frau ausgesehen hatte. Jocelyns Worte klangen immer noch verrückt in Felis Ohren und doch ergaben sie gleichzeitig Sinn. Zu viel Lebenszeit vergeudete sie – und so viele andere – darauf, ihren eigenen Körper zu kritisieren. Bei der Vorstellung, dass sie dieses Bild in vierzig Jahren ansehen könnte und sich dabei denken würde, wie schön sie einmal gewesen war, musste sie lächeln. Vielleicht würde dieser Moment all die unfreundlichen Dinge, die sie über sich selbst gedacht hatte, aufwiegen. Vielleicht würde das auch nicht passieren. Aber wenn die Chance bestand, lohnte es sich, es zu versuchen.

Feli schüttelte ihre Arme aus, als wäre sie ein Boxer, der gleich in einen Ring steigen würde, um den entscheidendsten Kampf seines Lebens auszutragen.

Sie war nicht gern nackt. Gelsa hatte ihr mal erzählt, dass sie nackt in ihrer Wohnung herumlief, wenn sie allein war. Sie blieb so lange nackt, bis sie sich anziehen musste, um das Haus zu verlassen. Das hatte Feli überhaupt nicht verstanden. Obwohl sie allein lebte, bevorzugte sie es, immer vollbekleidet zu sein. Als empfinde sie ihre eigene Nacktheit als unanständig. Als müsste sie sich nicht nur vor anderen Menschen, sondern auch vor sich selbst bedecken.

Also kostete es sie nicht nur Überwindung, ein Foto von sich zu machen. Es kostete sie schon Überwindung, sich ihrer Kleidung zu entledigen und nackt in diesem Zimmer zu stehen, obwohl es schon lange mehr war als nur irgendein Gästezimmer und sie es sich schon lange mit niemandem mehr teilte. Ohne Stoff auf ihrer Haut fühlte sie sich ungeschützt. Doch in den letzten Wochen hatte sie gelernt, dass es auch mal okay war, sich ungeschützt und überfordert zu fühlen. Sie hatte diese Emotionen immer dann gefühlt, wenn sie kurz davor gewesen war, irgendwas besonders Schönes und Aufregendes zu erleben.

Sie atmete noch einmal tief durch, dann zog sie sich das Shirt über den Kopf und schälte sich aus ihrer Hose. Automatisch verschränkte sie die Arme vor ihrem Oberkörper.

»Es ist niemand hier«, ermahnte sie sich, weil sie die Worte auch laut hören musste, um ihnen Glauben zu schenken.

Dann zog sie schließlich auch ihre Unterwäsche aus. Sie war nackt. Es sollte ihr wohl nicht so verboten vorkommen. Aber das tat es.

»Du bist so albern«, sagte sie zu sich selbst. Ihre eigene Stimme zu hören – selbst wenn sie vorwurfsvoll klang –, tat irgendwie gut. »Sei kein Feigling«, fügte sie also noch hinzu und ließ ihre Arme sinken. Sie griff nach der Polaroidkamera, bevor ihr Mut sie wieder verlassen konnte. Eine Armlänge hielt sie sie von sich weg. Die Linse war auf sie gerichtet. Ein bisschen ungelenk stellte sie sich hin. Ihren Arm in ihre Hüfte zu stemmen, machte es aber auch nicht besser. Frustriert schnaubte sie.

Dann lächelte sie die Kamera an und drückte einfach ab. Eine kleine Anzeige an der Seite hatte ihr verraten, dass sie zwanzig Versuche hatte. Also konnte sie auch ein paar Probebilder schießen. Dieser Gedanke entspannte sie ein bisschen. Sie musste nicht auf Anhieb die richtige Pose, den richtigen Gesichtsausdruck und richtigen Bildausschnitt wählen. Sie konnte es wiederholen.

Während sie darauf wartete, dass das Bild entwickelte,

hockte sie auf ihrem Bett. Immer wieder drehte sie das kleine Quadrat um, doch die Umrisse waren noch zu undeutlich. Ihre Ungeduld war kaum auszuhalten.

Als sie das Bild zum zehnten Mal umdrehte, war es schließlich fertig entwickelt. Felis Gesichtsausdruck war ein bisschen gequält, und ihre rechte Wange war abgeschnitten. Aber ... irgendwie ... gefiel sie sich selbst auf der Aufnahme. Dieser Gedanke kam ihr geradezu unanständig vor. Aber sie betrachtete das Foto, das ein bisschen zu dunkel und auch leicht unscharf war, gern.

Wenn das schon der erste Versuch war, wie gut würde dann der zwanzigste aussehen?

Mit neuem Mut und Elan stand sie auf, richtete die Kamera auf sich und stemmte den Arm in die Hüfte, weil ihr das auf einmal gar nicht mehr so seltsam vorkam.

Feli saß auf ihrem Bett – wieder vollbekleidet, weil sich ein Mensch nun mal nicht von einer Sekunde auf die andere grundlegend veränderte – und betrachtete das Bild, das sie zuletzt von sich gemacht hatte. Sie hatte alle zwanzig Versuche aufgebraucht. Die anderen neunzehn hatte sie entsorgt – und das natürlich gründlich. Niemand würde Nacktfotos von ihr im Müll finden. Nur die Schnipsel, die davon übrig waren.

Die anderen neunzehn hatte sie nicht behalten wollen. Aber das zwanzigste wollte sie nun nicht mehr aus der Hand legen.

Feli betrachtete sich nie. Nicht richtig. Natürlich sah sie

in den Spiegel, wenn sie sich morgens die Zähne putzte und die Haare kämmte. Bevor sie zur Arbeit aufbrach, ging sie sicher, dass sie nichts im Gesicht hängen hatte, was da nicht hingehörte, und ihre Kleidung keine Flecken hatte. Aber dafür musste sie nur einen kurzen Blick in den Spiegel werfen. Dazu musste sie sich nicht *betrachten*. Nicht so, wie sie es gerade tat.

Die Lichtverhältnisse in ihrem Zimmer waren wegen des kleinen Fensters nicht optimal für ein Fotoshooting geeignet. Deswegen war ihr Ebenbild ein bisschen unterbelichtet und der Hintergrund ein bisschen körnig. Aber das war egal.

Feli sah in ihre blauen Augen, die ihr nicht schüchtern, sondern ziemlich selbstbewusst entgegensahen. Sie waren von einem sehr dunklen Blau, das sie an tiefes Wasser denken ließ. Ihre Haare waren blond. Ihr Bruder hatte es immer mausblond genannt. Ihr Vater strohblond. Sie würde es von heute an toskanablond nennen, weil sie die Farbe an den goldenen Schimmer erinnerte, den die Sonne hier zu einer gewissen Stunde über alles und jeden legte.

Sie war nicht gertenschlank. Das war sie schon seit der sechsten Klasse nicht mehr. Aber der Bauch der Venus von Tizian war auch nicht flach, also warum sollte es ihrer sein? Meistens trug sie Jeans mit einfarbigen Shirts. Während sie so dasaß, überkam sie auf einmal der Wunsch, sich mal wieder ein Kleid zu kaufen. Sie musste ihre Kurven nicht verstecken. Sie konnte sie zeigen.

Feli nahm sich in diesem Moment das erste Mal seit Jahren – oder vielleicht sogar das erste Mal in ihrem ganzen Leben – wahr. Und das hatte nicht nur mit ihrem Aussehen zu tun. Das Polaroidbild half ihr dabei, tiefer zu blicken. Sie sah endlich genug von sich selbst, um auch zu erkennen, was sie wollte.

Bevor sie es sich anders überlegen konnte, verstaute sie das Bild in ihrer Schmuckdose und verließ ihr Zimmer. Sie war noch nie so zielstrebig gelaufen, dessen war sie sich gerade sicher.

Sie durchquerte die Villa. Aus dem Esszimmer drangen Stimmen und Gelächter. Vielleicht würde sie sich später noch zu ihnen setzen. Aber jetzt hatte sie ein anderes Ziel.

Sie klopfte nicht, bevor sie Leonardos kleines Haus betrat. Ihr kam es gar nicht in den Sinn, dass sie auch nur eine Sekunde zögern sollte.

Erst, als sie ihn erblickte, blieb sie stehen. Er hatte sie noch nicht bemerkt, denn er schenkte seine Aufmerksamkeit gerade voll und ganz einer anderen Frau. Der Frau aus Marmor vor sich. Sie hatte sich ihren Weg weiter aus dem Marmor hervorgekämpft. Ihre Augen waren nicht mehr geschlossen, sondern blickten offen in die Welt.

Das haben wir gemeinsam, dachte Feli, während sie die Frau betrachtete. Auch sie hatte sich erst aus dem Marmor freikämpfen müssen. Und noch war sie vielleicht keine fertige Statue. Aber man konnte inzwischen besser erkennen, was sie mal sein würde.

Leonardo blickte auf und lächelte. Er machte zwei Schritte auf Feli zu, dann blieb er stehen.

»Alles in Ordnung?«, fragte er besorgt.

»Ja«, erwiderte Feli ein bisschen irritiert. Gerade ging es ihr so gut, dass sie nicht nachvollziehen konnte, warum er das in Frage stellte. »Warum sollte es das nicht sein?«

»Dein Blick ist so anders als sonst. Das verwirrt mich.«

Leonardo zog die Handschuhe von den Fingern, die er beim Arbeiten trug, und legte sie neben die Statue, ohne Feli aus den Augen zu lassen.

Er war ein Bildhauer, der noch nie eine Statue verkauft hatte. Sie war eine Goldschmiedin, die jahrelang nur Ketten repariert hatte. Irgendwie passte das zusammen, dachte Feli, und musste ein bisschen lächeln. Ihr gefiel, wie unperfekt sie beide waren. Die Sätze hörten sich in ihren Ohren nicht mehr wie Niederlagen an. Eher wie liebevolle Umschreibungen.

»Wieso lächelst du so?« Leonardo klang ein bisschen misstrauisch. Seine Lippen konnten trotzdem nicht anders, als mit einem eigenen Lächeln zu antworten.

Leonardo bestand noch aus so vielen Fragezeichen. Feli wusste so vieles nicht über ihn. Und vor allem wusste sie nicht, ob sie die Chance bekommen würde, mehr über ihn zu erfahren.

Doch gerade wusste sie, dass sie ihn küssen wollte. Und deswegen war der ganze Rest ziemlich egal.

»Weil ich dich gern küssen würde«, sagte sie.

Sie hatte noch nie etwas so Mutiges gesagt. Früher hatte sie geglaubt, tot umzufallen, sollte sie sich jemals so weit vorwagen. Nun glaubte sie das nicht mehr.

Sie hatte Vertrauen in sich selbst. Auch darin, dass sie nicht daran zerbrechen würde, wenn er sie jetzt abwies.

»Ich ...«, setzte Leonardo an und räusperte sich direkt, weil seine Stimme so heiser klang. »Ich will dich auch küssen.«

Feli lachte erleichtert auf. Sie hätte eine andere Antwort zwar überlebt, angenehm wäre es trotzdem nicht gewesen.

Sie beide standen wie festgewachsen an der Stelle und sahen sich an. Sie wussten, dass sie einander küssen wollten. Trotzdem traute sich keiner von ihnen, auch nur einen Schritt nach vorn zu setzen.

Nun wurde Feli ein bisschen befangen, während Leonardos Blick auf ihrem Gesicht ruhte und immer wieder zu ihren Lippen wanderte.

Es war wohl nicht genug, es auszusprechen. Sie musste es tun.

Also atmete sie tief durch und machte einen Schritt auf ihn zu. Und dann noch einen. Und noch einen.

Bis sie schließlich direkt vor ihm zum Stehen kam. Um ihm in die Augen sehen zu können, musste sie den Kopf leicht in den Nacken legen. Er schluckte schwer. Sie konnte die Bewegung seines Adamsapfels genau beobachten. Auf seiner Stirn stand Schweiß von der körperlichen Arbeit an der Statue. Staub hing an den beiden Locken, die ihm in die Stirn hingen, und färbten sie heller, als würden seine Haare schon ergrauen.

Feli entfuhr ein überfordertes Lachen. Sie musste den Impuls niederkämpfen, diese aufgeladene Stille mit sinnlosen Worten zu füllen. Ihr lagen schon viele unsinnige Kommentare auf der Zunge. Sie schluckte alle wieder herunter, ließ sich auf die Spannung ein, und auf einmal war sie nicht mehr unangenehm, sondern aufregend. Das Vibrieren zwischen ihnen erinnerte sie an gute Musik, die sie in den Fußsohlen spürte, wenn Gelsa sie in ihrer Wohnung auf volle Lautstärke drehte. Da war ein Band zwischen Leonardo und ihr, das fest gespannt war, und das sie zwar nur langsam, aber doch bestimmt aufeinander zuzog.

Sie stellte sich auf die Zehenspitzen und näherte sich seinem Gesicht. Er legte seine Hand an ihre Wange. Seine Fingerspitzen waren rau, was Feli sofort eine Gänsehaut bescherte.

Sie atmeten beide noch mal tief durch, als würden sie gleich unter Wasser tauchen.

Dann überbrückte Feli die letzten Zentimeter, die sie noch voneinander getrennt hatten. Und sobald sie Leonardos Lippen berührte, verschwand auch die Anspannung. All ihre Muskeln schienen auf einmal loszulassen. Sie schmiegte sich an ihn, als wäre sie geschmolzenes Metall, das in eine Form gegossen wurde. Das war richtig. Seine Lippen auf ihren waren richtig. Sie zusammen waren richtig.

Nach einem kurzen Moment lösten sie sich voneinander. Feli sah auf in seine Augen, die ein bisschen unscharf waren, weil sie ihm so nah war.

Er grinste. Sie lachte, womit auch der letzte Rest Anspannung ihren Körper verließ.

Und dann stellte sie sich wieder auf die Zehenspitzen und küsste ihn erneut. Sie stolperten weiter ins Gebäude hinein. Leonardo stieß sich die Schulter an einer Wand, erneut lachten sie beide. Dabei waren ihre Lippen noch so nah aneinander, dass sie die Vibration dieses Geräuschs auf der Haut spürte. Wieder lief ein wohliger Schauer ihren Rücken hinunter. Leonardo hielt sie fest umschlungen. Ihre Kleidung trennte seine Hände noch von ihrer nackten Haut, und doch war es schon jetzt so intensiv, dass sie nicht wusste, wie sie die direkte Berührung überleben sollte. Sie erreichten das Sofa. Leonardo fiel mehr darauf, als dass er sich setzte und zog sie mit sich auf seinen Schoß. Sie vergrub endlich ihre Hände in seinen Haaren, spürte seine Locken zwischen den Fingern. Viel zu lange hatte sie sich gefragt, wie sie sich wohl anfühlten. Die Antwort lautete: noch besser als gedacht.

Schwer atmend lösten sie sich einen Moment voneinander. Nun haftete der Marmorstaub an ihr, auf der nackten Haut ihrer Arme. Sie wirkte wieder wie ein Kunstwerk, fand sie. Das passte. Sonst erschufen seine Hände Statuen. Gerade erschufen sie die aufgeregten Gefühle in Felis Magengrube.

Sie sahen sich in die Augen, waren sich so nah, dass Iris und Pupille ineinander verschwammen.

»Ich glaube, ich bin noch nicht bereit für …«, flüsterte Feli heiser. Sie war sich nicht sicher, ob sie sich alberner fühlte, weil sie sich noch nicht bereit fühlte, Sex zu haben, oder weil sie das Wort nicht mal in den Mund nehmen konnte. Doch das Gefühl nahm Leonardo ihr, als er sie dann breit angrinste.

»Kein Problem.« Sie glaubte ihm sofort, dass er es ernst meinte. »Darf ich dich weiter küssen?«

»Bitte«, entfuhr es Feli fast wie ein Flehen. Schon wieder konnte sie sein Lachen auf ihren Lippen spüren. Sie wusste nicht, wie sie sich jemals wieder von ihm lösen sollte.

Kapitel 19

Felis Herz schlug schnell, während sie auf dem staubigen Hof stand und die Einfahrt hinaufsah. Die Temperaturen waren in den letzten Tagen schlagartig gefallen. Der Herbst hatte sich lang zurückgehalten. Nun setzte er sich vehement durch. Alle Blätter an den Bäumen im Hof hatten sich verfärbt. Sie fielen in einer höheren Frequenz, als wollten die Zweige sie endlich loswerden.

Feli beobachtete sie kurz, bevor sie wieder zum offenen Tor am Ende der langen Auffahrt sah. Sie schlang die Arme um ihren Körper. Sie wollte genau hier stehen, wenn der Van ankam.

»Du wartest auf Leonardo«, stellte Jocelyn fest, die sich unbemerkt angeschlichen hatte. »Ihr zwei seid nicht gerade subtil«, fuhr sie fort. »Wie ihr euch immer angrinst.«

»Sagt die Richtige«, meinte Feli liebevoll, ohne den Blick von der Einfahrt zu nehmen. Sie fühlte sich wie eine Wächterin. Ein unangenehmes Ziehen hatte sich in ihrer Magengrube eingenistet. Jedes Mal, wenn Leonardo in die Stadt fuhr und noch ein bisschen länger wegblieb, wurde Feli unruhig. Irgendwas war los. Und es nicht zu wissen, würde sie noch in den Wahnsinn treiben.

»Elsie ist wunderbar«, meinte Jocelyn schließlich. Ihr Tonfall erinnerte Feli an ein junges Mädchen, das zum ersten Mal zugab, einen Schwarm zu haben. Aber vielleicht war Verliebtsein nicht nur dazu in der Lage, einen glücklich, sondern auch jünger zu machen.

Feli lächelte. »Ihr passt gut zusammen.«

»Finde ich auch.«

»Du hast wohl doch noch nicht genug geliebt«, stellte Feli fest.

»Du hast geholfen, mich vom Gegenteil zu überzeugen.«

Selbst, wenn Feli in ihrem Leben sonst nichts mehr erreichen sollte, hatte sie wenigstens das vorzuweisen. Das tröstete sie ein bisschen.

»Ich hatte dir doch gesagt, dass jeder es verdient hat, irgendwann mal albern verliebt zu sein«, sagte Jocelyn. »Es freut mich, dass du das hier erfahren kannst.«

Feli wollte ihr widersprechen. Sie war doch nicht verliebt. Oder? Fühlte sich das so an?

Sie konnte darauf nichts erwidern, weil sie noch nicht genau verstand, was in ihr vorging. Aber Jocelyn erwartete auch keine Antwort.

»Er wird sich dir öffnen, wenn er dazu bereit ist«, sagte Jocelyn jetzt, drückte Felis Oberarm und verschwand in der Villa.

Kurz überlegte Feli, ihr zu folgen, da vernahm sie das Motorengeräusch aus der Ferne.

Der Van kam die Auffahrt hinauf. Als Leonardo sie entdeckte, winkte er. Die Windschutzscheibe war schmutzig, sie konnte trotzdem sehen, dass er lächelte.

Der Motor erstarb. Die Tür des Autos knallte. Und dann stand er auch schon vor ihr. Er lächelte. Aber Feli meinte zu erkennen, dass noch etwas ganz anderes darunterlag.

»Alles gut?«, fragte sie besorgt.

»Natürlich«, antwortete er ein bisschen zu schnell.

Sie überlegte, ob sie nachhaken sollte.

Sie hatte ihm gesagt, dass sie ihn küssen wollte. So ehrlich war sie in ihrem ganzen Leben nicht gewesen. Und seit sie seine Lippen auf ihren gespürt hatte, wollte sie, dass diese auch ehrlich zu ihr waren.

Aber eigentlich wusste Feli, dass es normal war, einem anderen Menschen nicht direkt das ganze Herz auszuschütten, selbst wenn dieser dazu in der Lage war, es höher schlagen zu lassen. Sie war unbedarft, wenn es um Gefühle ging, und so verdammt unerfahren. Dennoch wollte sie gelassener sein, Dinge auf sich zukommen lassen. Und sie wollte geduldig sein und Leonardo die Zeit geben, die er brauchte.

Aber haben wir die überhaupt?

Dieser Gedanke machte ihren Hals einen Moment zu eng zum Atmen und noch einen längeren Moment zu eng zum Schlucken.

»Ich habe eine Überraschung für dich«, sagte Leonardo. »Steig ein.«

Feli zögerte. Sie wollte nichts lieber tun, als sich in sein Auto zu setzen und wieder auf einen Ausflug entführen zu lassen, bei dem er ihr die Dinge zeigte, mit denen er aufgewachsen war. Aber in zwei Wochen endete ihre Zeit in Italien. Und diesmal konnte sie ihre Abreise nicht um einen

Monat verschieben. Direkt im Anschluss gab es kein Retreat, bei dem sie arbeiten konnte. Sie musste zurückkehren. Sie musste sich ihrem Alltag stellen, konnte Marlon und ihren Laden nicht für immer allein lassen. Diese Gewissheit tat stärker weh, als sie erwartet hätte.

Er bemerkte ihr Zögern und ergriff ihre Hand.

»Willst du den Abend mit mir verbringen? Auf ein richtiges Date gehen?«

Felis Brust wurde warm, während er sie aus großen Augen ansah. Ihm war wichtig, was sie als Nächstes sagen würde. *Sie* war ihm wichtig. Und deswegen wollte sie nicht über das Ende nachdenken, wenn sich dieser Moment wie der Anfang von etwas anfühlte. Sie entschied sich, sich darauf einzulassen. Auf Leonardo. Wenn auch nur für eine kurze Weile.

»Ich würde sehr gern mit dir auf ein richtiges Date gehen«, sagte sie schließlich. Und damit verbannte sie all die unbeantworteten Fragen und die Ängste vor der Zukunft in den hintersten Teil ihres Kopfes, wo sie erst wieder hinsehen würde, wenn sie in einem Flugzeug zurück nach Deutschland saß.

Wenn Leonardo eine scharfe Kurve nahm, fühlte es sich immer ein bisschen so an, als würde sich der Van gegen den Hügel lehnen. Feli hatte sich inzwischen an die sich schnell hochwindenden Straßen mit den Schlaglöchern gewöhnt. Sie mochte sogar das leicht flaue Gefühl, das diese Fahrten in ihrer Magengrube hinterließen.

Sie sprachen nicht viel, redeten ein bisschen über Jocelyn und die Kursteilnehmer. Feli sagte Leonardo stolz all die italienischen Vokabeln, die sie gelernt hatte. Und obwohl sie seine Muttersprache nur mit schwerer Zunge über die Lippen bekam, entlockte es ihm doch ein ehrliches Lächeln.

Sie fuhren immer weiter hinauf. Feli hatte die mittelalterliche Stadt, die sich in den Berg schmiegte, schon von weitem gesehen. Während sie sich ihr näherten, meinte sie, in der Zeit zurückzureisen. Als sie an einem Passanten mit dem Handy am Ohr vorbeifuhren, nahm sie das diesem richtig übel. Er zerstörte die Illusion, die sie in so einen wohligen Kokon gehüllt hatte.

Leonardo stellte das Auto schließlich ab und führte sie auf ein Geländer zu. Er betrachtete sie eingehend, während sie die Aussicht bewunderte, die sich ihr bot. Mehrere Häuser schienen nicht nur an der Felswand errichtet worden zu sein, sondern richtig aus ihr herauszuwachsen. Es ließ sie an Bienenstöcke denken. Kurz meinte sie, das Summen wahrzunehmen.

Direkt unter ihr war ein kleiner Vorsprung, und darauf war ein Garten angelegt. Er war perfekt symmetrisch. Mehrere fünfeckige Beete bildeten einen Kreis, in dessen Mitte ein Brunnen stand. Steile Steinstufen führten hinab, auf eine Brücke zu, unter der ein Bach hinab ins Tal floss. Jetzt war sie wirklich in einem anderen Jahrhundert angekommen, und nicht einmal ein Passant mit Handy könnte diese Illusion jetzt noch zerstören.

»Das ist ein Kloster«, erklärte Leonardo. »Le Celle. Ich war früher oft mit meiner Mutter hier.«

Er lief voraus, Feli folgte ihm. Die Steinstufen waren steil und sie lief langsam, weil sie nicht stürzen und weil sie nicht ein Detail übersehen wollte. Unkraut quetschte sich zwischen den gepflasterten Steinen hervor. Jemand hatte rote Bänder ans Geländer gebunden, die sanft im Wind hin und her wehten. Viele quadratische Fenster durchbrachen den hellen Stein der Gebäude, doch alle waren unterschiedlich groß, ließen Gesichter auf den Fassaden entstehen, erinnerten Feli an aufgerissene Mäuler und Augen.

Die Statue eines Mönchs stand direkt vor der Brücke, während nur wenige Meter weiter ein lebendiger Mönch an der steinernen Balustrade lehnte.

Er lächelte sie an, während sie sich ihm näherten, als wären sie alte Freunde, auf deren Ankunft er sehnlichst gewartet hatte.

Leonardo und er begrüßten sich auf Italienisch. Der Mönch kannte sogar seinen Namen. Leonardo war also wirklich schon häufiger hier gewesen. Sie lachten miteinander, dann wandte er sich an Feli. Als sie nicht reagierte, wechselte er sofort auf Englisch.

»Wo kommst du her?«, fragte er.

»Deutschland.«

»Wie schön«, entgegnete er in fließendem Deutsch.

Feli sah ihn erstaunt an.

»Ich mag Sprachen«, sagte der Mönch schulterzuckend.

Die Vertrautheit, die er ausstrahlte, trieb ihr unwillkürlich die Tränen in die Augen, obwohl ihr doch gar nicht zum Weinen zumute war.

Er war vielleicht Anfang vierzig, hatte mittellange Haare und trug eine Brille mit runden Gläsern. Seine schwarze Kutte wies ihn eindeutig als Mann Gottes aus, trotzdem wirkte er nicht so, wie sich Feli das vorgestellt hätte. Seine Ausstrahlung war so leger, freundlich und offen. Das passte nicht zu den vorwurfsvollen Predigten, die sie als Kind jeden Sonntag gehört hatte.

»Ich bin nicht gläubig«, entfuhr es Feli. Es nicht zu sagen, wäre ihr wie eine Lüge vorgekommen.

Er lächelte nur milde. »Das ist kein Problem.« Als weitere Besucher an ihnen vorbeikamen, begrüßte er auch sie. Diesmal sprach er Französisch. Als sie weitergelaufen waren, wandte er sich wieder an Feli.

»Wie viele Sprachen sprechen Sie?«, fragte sie.

»Sieben«, erwiderte er. »Ich würde gern noch mehr lernen. Jeder Tag beinhaltet die Möglichkeit zu wachsen, findest du nicht auch?«

Sie kannte diesen Spruch. Er sollte abgedroschen klingen. Aber die Ehrlichkeit, mit der dieser Mann ihn aussprach, war so besonders, dass Feli nur überfordert nicken konnte.

Leonardo bedeutete ihr weiterzugehen, und es fiel ihr schwer, ihren Blick von dem Mönch zu lösen, der sie so offen anblickte, als wollte er ihr gleich anbieten, die Tür zu seinem Geist zu öffnen und einzutreten.

»Danke«, sagte sie, ohne zu wissen wofür. Er nickte, als wüsste er es.

Leonardo führte sie weiter, und sie betraten die alten Gemäuer. Er lief geduckt durch die niedrigen Räume, in denen ein modriger Geruch hing, der merkwürdig heimelig wirkte.

Doch sobald sie auf einen kleinen Platz traten, war die Luft wieder klar und frisch. Leonardo setzte sich auf eine Bank und bedeutete Feli, sich neben ihm niederzulassen.

Eine streunende Katze lief an ihnen vorbei, maunzte und verschwand durch ein offen stehendes Kellerfenster in einem der Gebäude. Vermutlich würde sie sich jetzt über die Mäuse hermachen, die dort in den alten Vorratsgewölben ihr Unwesen trieben.

Schon seit Feli in der Toskana angekommen war, hatte sie sich wie in einem Traum gefühlt. Aber dieser Moment war der surrealste von allen.

»Ich liebe diesen Ort«, sagte Leonardo. »Hier ist es so still, dass ich endlich denken kann.«

Seine Finger waren wie immer in Bewegung. Gerade zerrupfte er eines der bunten Blätter, die der Wind von den Bäumen geweht und wie Konfetti um die Bank herum verteilt hatte. Trotzdem wirkte er ruhiger als sonst.

»Als ich in Rom gelebt habe, habe ich diesen Ort jeden Tag vermisst.«

»Du hast in Rom gelebt?«, fragte Feli erstaunt.

»Ja, mehrere Jahre«, erklärte Leonardo. »Aber ich wollte wieder zurück in meine Heimat. Das habe ich deutlich gemerkt, während ich fort war. Ich liebe es hier, ich gehöre hierher.«

Seit Feli ihr Zuhause verlassen hatte, spürte sie nicht das Bedürfnis zurückzukehren. Sie musste an ihre Mutter denken. War es ihr genauso gegangen? Hatte sie einen anderen Ort gefunden, der sie an sich gebunden hatte? Waren sie, ihr Bruder und ihr Vater nicht genug gewesen, um sie an einem Ort zu halten, der sie nicht in seinen Bann zog?

»Ging es dir auch so?«, fragte Leonardo.

»Was meinst du?«, fragte Feli. Sich von Gedanken zu lösen,

die sich um ihre Mutter drehten, fiel ihr oft schwer. Als würde ihre Bitterkeit über den Verlust sie klebrig machen.

»Hast du dich auch entschieden, in deiner Heimat zu wohnen, weil es dir woanders nicht so gut gefallen hat?«

Feli schüttelte den Kopf. »Ich habe immer nur dort gelebt.«

Leonardo nickte, als wäre das in Ordnung. Aber so fühlte es sich gerade nicht an. Sie beide lebten dort, wo sie aufgewachsen waren. Er allerdings hatte die Welt gesehen. Hatte sich umgeschaut und bewusst für seine Heimat entschieden, weil er dort am glücklichsten war. Feli hatte sich nie die Mühe gemacht herauszufinden, ob sie sich vielleicht woanders wohlerfühlen würde. Hatte sich nie damit beschäftigt, ob sie eigentlich glücklich war.

»Vermisst du deinen Bruder?«, fragte er.

»Ja«, erwiderte sie und spürte, wie ernst sie das meinte.

»Ich wollte immer Geschwister haben. Besonders, nachdem meine Eltern sich getrennt hatten.«

Feli erinnerte sich daran, dass sie es als kleines Mädchen ärgerlich gefunden hatte, sich die Aufmerksamkeit ihrer Eltern mit ihrem Bruder teilen zu müssen. Doch sie erinnerte sich auch daran, wie sie gemeinsam ihre Eltern belauscht hatten, weil sie Erwachsenengespräche nie verpassen wollten, wie sie miteinander zur Schule gelaufen waren, wie sie lachten. Sie konnte Leonardo verstehen. Marlon und sie kamen nicht immer gut miteinander aus, aber als Kinder waren sie Verbündete gewesen.

»Du bist auch bei deinem Vater aufgewachsen, oder?«, fragte er.

»Ja.« Feli nickte. Es stiegen wieder klebrige Gedanken in

ihr auf. Sie starrte geradeaus, ohne irgendwas zu erkennen, dabei gab es hier doch so viel Schönes zu sehen. Ihr Hals wurde immer enger und enger. Er schnürte sich zu, während alles um sie verschwamm. Sie sah nur noch den Brief vor sich, den sie in eine Schublade gesperrt und seit Monaten nicht hervorgeholt hatte. Selbst in Italien verfolgte er sie noch.

»Ich weiß, wo meine Mutter ist«, brachte sie schließlich mit einer Stimme hervor, die unmöglich ihre eigene sein konnte. Sie klang so fremd. »Und ich habe es Marlon nie gesagt.«

Leonardo fragte nicht nach. Er sah sie nur an. Interessiert und verständnisvoll und schaffte damit mehr Vertrauen, als Worte gekonnt hätten.

»Sie hat mir einen Brief geschrieben«, erklärte Feli. »Nach dem Tod unseres Vaters. Ich wollte Marlon nicht verletzen, deswegen habe ich es für mich behalten.«

»Solltest du so eine Entscheidung für ihn treffen?«

Leonardos Frage war nicht vorwurfsvoll, aber für Feli hörte sie sich so an.

»Ich wollte ihm den Schmerz ersparen«, verteidigte sie sich. »Sie hat eine neue Familie.« Ihre Stimme brach, weil sie diese Worte zum ersten Mal in ihrem Leben aussprach. »Sie hat uns verlassen. Und wozu? Um woanders – nur achtzig Kilometer weiter – das gleiche Leben zu führen, das sie auch mit uns hätte haben können.«

Sie wollte so sehr, dass ihr diese Frau mit zwei Teenagerkindern und dem Job im Sekretariat einer Schule egal war. Doch das war sie nicht. Und Feli hasste sie dafür.

Sich auszumalen, welches Leben sie wohl nach ihrem Verschwinden geführt hatte, war weniger schlimm gewesen, als die Wahrheit zu kennen. In ihrer Kindheit hatte Feli sich vorgestellt, dass ihre Mutter Geheimagentin war und sie verlassen hatte, um ihre Familie zu schützen. Sie war eine begabte Forscherin, die auf eine Mission ging, um die ganze Menschheit zu retten. Sie war eine berühmte Sängerin geworden oder ins Kloster gegangen. Sie hatte einen Unfall gehabt und lag mit Amnesie in einem Krankenhaus und wartete nur darauf, dass sie sich wieder an ihre Kinder erinnerte.

All diese Möglichkeiten waren für Feli weniger schmerzhaft gewesen, weil sie sich dann hatte einreden können, dass ihre Mutter eigentlich am liebsten bei ihr gewesen wäre. Die Wahrheit verstand sie nicht. Warum konnte sie für andere Kinder eine Mutter sein, aber nicht für sie?

Dass Leonardo den Arm um sie gelegt und sie an sich gezogen hatte, realisierte sie erst mit einigen Sekunden Verzögerung. Seine Wärme sickerte in ihren Körper. Sie spendete ihr Trost.

Feli klammerte sich mit beiden Händen an seinen Armen fest. Obwohl sie mit beiden Füßen fest auf dem Bodem stand, schwankte es doch unter ihr.

»Ich wollte alles anders machen als sie«, brachte Feli irgendwann hervor. Sie fühlte sich so erschöpft, wie man es sonst nur nach einem ausgiebigen Heulkrampf tat, dabei waren ihre Wangen trocken geblieben. »Ich wollte niemals sein wie sie.«

Ein heftiger Atemzug ging durch Leonardos Körper, bevor er darauf antwortete. »Das verstehe ich. Ich will es auch ganz anders machen als meine Eltern. Ich *werde* es besser machen. Das habe ich mir schon vor langer Zeit geschworen.

Wenn ich mal ein Kind habe, wird es nicht den Schmerz kennen, den ich damals erlebt habe.«

Feli nickte. Sie verstand seine Worte, und sie verstand die Vehemenz, mit der er sie aussprach.

Sie blieben Arm in Arm sitzen. Feli war in ihrem Leben auf nur wenigen Dates gewesen, aber sie wusste, dass diese normalerweise anders abliefen. Doch genau so, wie es war, gefiel es ihr. Sie brauchte kein schickes Restaurant, einen guten Wein oder lustige Gespräche. Sich so an Leonardo festzuhalten, während sie ihren Schmerz teilten, war viel schöner als Essen bei Kerzenlicht. Und an der Art, wie seine Arme sie umschlangen, meinte sie ablesen zu können, dass er das genauso sah.

Kapitel 20

Es war dunkel, und wie so oft bedeutete das für Feli, dass sie allein in der Werkstatt saß. Sie starrte dieselbe Kette an wie auch schon vor einer Woche und in der Woche davor. Bildhauerei in einem Medaillon nachzuahmen, gestaltete sich nicht so leicht, wie sie es sich ausgemalt hatte. Ihre Augen brannten, weil sie schon so lange und so unnachgiebig auf das Schmuckstück starrte. Aber sie war noch nicht bereit, schlafen zu gehen.

Schritte ertönten vor der Tür. Feli lächelte. Leonardo besuchte sie oft in der Werkstatt, um ihr eine gute Nacht zu wünschen, bevor er selbst schlafen ging. Er respektierte, dass sie noch ein bisschen Zeit brauchte, um für mehr bereit zu sein. Und wie sanft er mit ihr umging, brachte sie dazu, das *Mehr* immer mehr zu wollen.

Felis Lächeln stockte, genauso wie ihre Finger, die immer noch die Kette umklammert hielten. Leonardos Gang klang anders.

Eine Sekunde später öffnete sich die Tür, Feli blickte auf und in Isabellas aufmerksame Augen.

Einen Moment schwiegen die beiden Frauen und sahen

sich einfach an. Feli musterte die berühmte Goldschmiedin wie eines ihrer Werkstücke. Als wollte sie herausfinden, wo die Lötstellen saßen und wie die Materialien verarbeitet waren.

»Ich dachte mir, dass ich dich hier finde«, sagte Isabella schließlich und lief auf Feli zu. Sie setzte sich auf die andere Seite der Werkbank, an der Feli schon so lange hockte, dass ihre rechte Pobacke eingeschlafen war.

Feli wusste nicht, was sie darauf antworten sollte. Seit sie den Abend mit Isabella und Jocelyn verbracht hatte, war ihr Verhältnis zueinander anders. Feli glaubte nicht mehr, dass Isabella jede Sekunde damit verbrachte, darauf zu warten, dass sie einen Fehler beging. Auch stellte sie sie nicht mehr auf ein Podest. Sie hatte Isabella mal für einen Menschen ohne Unsicherheiten gehalten. Nun wusste sie es besser.

»Darf ich?«, fragte Isabella und deutete auf den Anhänger der Kette, den Feli ein bisschen zu fest in den Fingern hielt.

Feli nickte und übergab ihr das Schmuckstück, das sie gar nicht so nennen wollte, weil es noch nicht fertig war. Ein bisschen nervös rückte sie auf dem Stuhl herum. Wenigstens half das gegen die eingeschlafene Pobacke.

»Interessant«, meinte Isabella. »Das soll an Bildhauerei erinnern, oder?«

»Genau«, sagte Feli und war erleichtert, dass es ihrem Gegenüber direkt aufgefallen war.

»Sehr gute Idee. Es ist mutiger als das, was du vorher gemacht hast.«

Feli konnte den Tonfall nicht deuten.

»Du traust dich mehr«, sagte Isabella und nun klang sie eindeutig zufrieden. »Das freut mich.«

Sie reichte Feli den Schmuck bedächtig zurück. »Viele Menschen missverstehen unseren Beruf«, meinte Isabella. »Kreativität reicht nicht, man braucht auch handwerkliches Geschick und muss sich immer wieder neue Lösungen ausdenken, um das zu erreichen, was die Kreativität einem vorgibt. Deswegen liebe ich es. Man braucht räumliches Denken. Man hat etwas vor Augen und muss einen Weg finden, es umzusetzen. Ich liebe die Kleinteiligkeit und dass manche Teile so winzig sind, dass sie mir ständig aus den Fingern rutschen.« Sie lächelte Feli an. »Und du hast dieses handwerkliche Geschick auf jeden Fall.«

Feli errötete, versuchte aber nicht, es zu verbergen.

»Danke«, brachte sie hervor und räusperte sich dann, weil sie es nicht nur bei einem Wort belassen wollte. »Ich habe den Beruf hier noch mal ganz neu erlebt.«

»Ja?«, fragte Isabella interessiert nach.

»Es geht nur um Schönheit. Schmuck ist nicht praktisch. Deswegen könnte man denken, dass man ihn nicht braucht. Aber Kunst brauchen die Menschen ja irgendwie auch. Und Schmuck gehört dazu.« Ihre Worte erschienen ihr holprig und nicht gerade bewusst gewählt. Aber sie konnte Lebensweisheiten nun mal nicht so souverän verpacken, wie Jocelyn es tat.

Isabella schien sie trotzdem zu verstehen. »Das stimmt wohl«, meinte sie. »Du trägst selbst nie Schmuck.«

Feli nickte. Sie stellte Schönheit her, hatte aber nie das Gefühl gehabt, dafür bestimmt zu sein. Schmuck war ihr immer zu auffällig vorgekommen, was nicht zu ihrer unauffälligen Persönlichkeit passen wollte. Aber auch jetzt wanderten ihre Blicke immer wieder zu den Ohrringen, die in diesem Raum hergestellt wurden. Sie griff sich an die Ohrläppchen, in denen es keine Löcher gab.

Sie fasste einen neuen Vorsatz. Aber sie sprach ihn nicht laut aus. Mit Wünschen tat man das schließlich auch nicht.

»Warum war es dir wichtig hierherzukommen?«, fragte Isabella, ohne näher auf ihre letzte Aussage oder Felis fehlende Antwort darauf einzugehen.

»Meinem Laden droht die Schließung. Ich dachte, das Retreat könnte mir helfen, das zu verhindern.«

»Warum ist es dir wichtig, die Schließung zu verhindern?«
Feli sah Isabella an, als hätte sie etwas gesagt, was sich nicht gehörte. Diese Frage hatte ihr noch niemand gestellt, nicht einmal sie selbst. Und ihr Herz schlug ein bisschen schneller, während sie darüber nachdachte. Es war ihr immer offensichtlich erschienen, dass man seinen Laden eben vor der Schließung bewahrte. Man brauchte dafür keinen guten Grund. Aber vielleicht sollte es für alles, was sie tat, einen guten Grund geben.

»Er gehörte meinem Vater. Ich will ihn nicht verlieren.«
Mit *ihn* meinte sie vermutlich gar nicht den Laden, realisierte sie, während sie es aussprach.

»Liebst du den Laden denn? Liebst du die Arbeit dort? Füllt es dich jeden Tag wieder mit Freude, die Eingangstür zu öffnen und dort zu arbeiten?«, hakte Isabella nach, obwohl Feli sie am liebsten darum gebeten hätte, es nicht zu tun.

Feli suchte nach einer Antwort. Doch sie fand keine, die reichte, um zu erklären, warum sie diesem Ziel die letzten Jahre mit so viel Entschlossenheit gefolgt war.

Und warum sie es in den letzten Monaten mehr und mehr aus dem Blick verloren hatte.

Seit sie in dieser Villa angekommen war, hatte sie weniger und weniger an das Ziel gedacht, das sie hierher geführt hatte. Stattdessen war es ihre eigene Entwicklung gewesen, die in den Vordergrund gerutscht war.

»Du musst mir nicht antworten«, sagte Isabella schließlich. »Ich habe nur die Erfahrung gemacht, dass es manchmal hilft, wenn man dazu gezwungen wird, sich selbst die Fragen zu stellen, die man eigentlich nicht hören will. Aber hättest du jetzt vielleicht Lust, dass ich dir ein paar Techniken zeige, die dir bei der Fertigung dieser Kette helfen könnten?«

Feli hob überrascht den Kopf und nickte dann heftig.

»Dann legen wir mal los«, meinte Isabella und band sich die Haare zusammen. »Fangen wir mit Granulation an.« Kurz hielt Isabella inne und sah Feli eindringlich an. »Beim nächsten Abschlussabend will ich, dass du deinen Schmuck nicht heimlich auf den Tisch legst, sondern ganz bewusst, okay?«

Felis Atem stockte. Hatte sie ihr gerade die Erlaubnis erteilt, beim Wettbewerb teilzunehmen?

»Okay«, brachte sie heiser hervor.

»Gut«, meinte Isabella fachmännisch und griff dann nach Werkzeug. Sie widmete sich voll und ganz dem Metall vor sich, und nach ein paar tiefen Atemzügen tat Feli das Gleiche.

Sie saugte alles, was Isabella mit ihr teilte, wie ein Schwamm auf. Die berühmte Goldschmiedin nahm sich Zeit für Feli, sie zeigte ihr neue Techniken, erklärte sie ausführlich und ließ Feli üben. Sie korrigierte sie, war dabei aber niemals oberlehrerhaft oder ungeduldig. An diesem

Abend lernte Feli alles, wofür sie hergekommen war. Aber auf eine ganz andere Weise, als sie erwartet hatte.

Feli fühlte Aufwind, als hätte sie auf einmal gelernt, die Flügel auszubreiten, während sie zurück zu ihrem Zimmer lief.

Sie war zu wach, um zu schlafen. Und das wollte sie gerade auch gar nicht.

Sie trat ans Fenster und sah hinaus. Das Licht brannte in Leonardos Werkstatt. Er war auch noch wach.

Also holte sie ihr Handy hervor und rief ihn an.

»*Ciao*«, begrüßte er sie mit sanfter Stimme. »Wieso schläfst du noch nicht?«

»Wieso schläfst du noch nicht?«, erwiderte sie.

»Touché«, meinte er und lachte. Kurz schwiegen sie. »Warum rufst du an?«

Felis Herz schlug so heftig in ihren Ohren, dass sie Sorgen um die Stabilität ihrer Trommelfälle hatte. Ihre Fingerkuppen kribbelten, weil sie *mehr* wollte.

»Willst du hochkommen?«, hauchte Feli mehr, als dass sie es sagte. Sie hätte gern selbstsicher geklungen. Aber es war okay, dass ihre Nervosität so deutlich zu hören war. Sie war nicht still geblieben. Darauf kam es an.

Leonardo atmete tief durch. »Ja.«

Felis Herz schlug noch ein bisschen schneller. »Dann ...«, setzte sie an.

»Dann«, erwiderte Leonardo, als wäre damit alles gesagt. Er legte auf. Feli verharrte weiter am Fenster. Das stumme

Handy immer noch ans Ohr gedrückt. Dann beobachtete sie, wie Leonardo aus dem Haus trat. Es war dunkel, aber sie meinte, ihn lächeln zu sehen. Er blickte für einen Moment zu ihr hoch, kam auf die Villa zu und verschwand dann im Eingang.

Feli ließ das Handy sinken und drehte sich zur Tür um.

Endlich verkündete ihr Knarzen wieder etwas Schönes, als Leonardo sich ins Zimmer schob.

Sie ließen das Licht aus, denn es war die Dunkelheit hier, die sie zueinander geführt hatte und sich einander hatte öffnen lassen. Er kam auf sie zu. Langsam, aber bestimmt.

Sie spürte seine Wärme auf ihrer Haut, bevor sie auch seine Finger auf ihrer Wange fühlte.

Sie sagten nichts. Sonst hatten sie Worte in diesem Zimmer geteilt, nun teilten sie Berührungen. Einen Raumtrenner brauchten sie nicht länger. Nichts sollte mehr zwischen ihnen sein. Auch kein Stoff.

Feli küsste Leonardo, er küsste sie zurück und es war die ehrlichste Unterhaltung, die sie je mit einem Menschen geführt hatte. Ihre Kleider raschelten, als sie zu Boden fielen. Und Feli spürte, dass ihre Wangen wieder heiß wurden wie beim ersten Mal, als sie gemeinsam mit Leonardo in diesem Raum gewesen war. Doch nun wandte sie nicht den Kopf ab. Sie sah ihn an. Auch er blickte sie direkt an. Das Mondlicht war hell genug, um ihnen alles vom anderen zu offenbaren und mild genug, dass Feli sich nicht entblößt, sondern unter Leonardos Blicken wunderschön fühlte.

Und dann berührte er sie. Seine rauen Hände fuhren sanft die Formen ihres Körpers nach. Strichen über ihre Wangen, ihre Schultern. Er ließ seine Fingerkuppen ihren Rücken hinabgleiten, was sie zum Erschauern brachte. Sie fühlte sich wie eine Skulptur in seinen Händen, die erst unter seinen Berührungen vollkommen wurde.

Aber auch sie formte ihn. Sie fuhr sachte über seine Haut, erkundete jede Wölbung seiner Muskeln, jeden kleinen Leberfleck, die Bräunungsstreifen, die sein T-Shirt hinterlassen hatte, die feinen Haare, die sich auf seiner Brust kräuselten. Sie lernte seine Formen kennen.

Langsam lief Leonardo rückwärts zum Bett, nahm ihre Hand und zog sie sanft mit sich, auch als er sich darauf sinken ließ. Sie legte sich auf ihn, spürte die Hitze seines Körpers, seine Erektion an ihrem Bauch. Und doch waren es seine Hände auf ihrer nackten Haut, die sie fast um den Verstand brachten. Sie konnte die Gefühle, die er in ihr auslöste, kaum aushalten. Doch sie ließ sich darauf ein und es berauschte sie. Mehr als guter Wein.

Leonardo ließ sich Zeit, nicht nur mit seinen Händen ihren Körper zu erkunden, sondern auch mit seinen Blicken. Er sah sie, sah in sie hinein, nicht an ihr vorbei. Die Ehrfurcht, die sie in seinen Augen lesen konnte und die seine Pupillen groß werden ließ, überwältigte sie.

Für einen Moment löste sie sich von Leonardo und holte ein Kondom aus ihrer Nachttischschublade. Eines Tages waren sie einfach dort gewesen. Sie hatte sie auf der Suche nach einem Taschentuch entdeckt und konnte sich nur zu gut denken, wer sie dort deponiert hatte.

Sie reichte es Leonardo und beobachtete ihn, während er es sich überzog. Sie spürte seinen schnellen Atem auf ihrer Wange, als sie sich ihm entgegenbeugte und erneut küsste. Feli holte kaum genug Luft. Seine Lippen auf ihren zu spüren, schien ihr in diesem Moment so viel elementarer als Sauerstoff in ihren Lungen.

Sie küsste ihn immer noch, als sie sich auf ihn sinken ließ. Das Vibrieren seines Stöhnens in ihrem Mund fühlte sich noch besser an als sein Lachen. Und auch sie selbst konnte ein wohliges Seufzen nicht mehr unterdrücken. Das Gefühl von ihm in ihr war so intensiv, dass sie kaum noch denken konnte.

Sie berührten sich gegenseitig, wie sie es sonst nur mit ihrer Kunst taten. Und Feli verstand endlich, was Leonardo gemeint hatte, als er sie sowohl eine Künstlerin als auch ein Kunstwerk genannt hatte. Denn in seinen Armen, ihre eigenen um seinen Körper geschlungen, war sie beides.

Kapitel 21

»In eineinhalb Wochen bist du endlich wieder hier.«

Obwohl Gelsas Stimme freudig klang, war dieser Satz in Felis Ohren eine Drohung.

In eineinhalb Wochen würde sie in einem Flieger zurück nach Deutschland sitzen. Sobald sie daran dachte, zog sich ihr Magen schmerzhaft zusammen. Sie spürte kein Heimweh. Sie spürte das Gegenteil.

»Ja«, brachte sie mühsam hervor, während sie das Handy verkrampft an ihr Ohr hielt. Sie lag rücklings auf ihrem Bett und starrte an die Decke. Tief atmete sie ein. Leonardos Geruch hing noch in der Bettwäsche, und kurz vergrub sie das Gesicht im Kissen, damit der Kloß in ihrem Hals kleiner wurde.

»Feli, alles in Ordnung?«

Natürlich konnte Gelsa anhand einer geflüsterten Silbe erkennen, dass Feli etwas belastete.

Feli lächelte schwach, als sie sich das ernste Gesicht ihrer besten Freundin vorstellte. Doch wie sollte sie ihr die Wahrheit sagen? Sie wollte Gelsa nicht verletzen, indem sie ihr gestand, dass sie sie nicht genug vermisste, um zurückkehren zu wollen.

»Ich habe schlecht geschlafen«, log Feli. Sie musste sich eingestehen, dass sie nicht nur Gelsas Gefühle schonen wollte, sondern auch ihre eigenen. Wäre sie ehrlich, müsste sie erklären, was in ihr vorging. Und obwohl sie in den vergangenen Wochen mutiger geworden war, machte ihr das doch Angst. Also hielt sie ihre Gedanken lieber in ihrem Kopf verschlossen und ihre Gefühle in ihrem Herzen.

»Aha«, machte Gelsa und klang dabei alles andere als überzeugt. »Was ist sonst noch?«

»Ich will nicht darüber reden«, sagte Feli.

Ihre Freundin seufzte.

»Wie du meinst«, entfuhr es ihr schließlich. »Willst du ein Update von zu Hause?«

Feli war sich nicht sicher, aber besser sie sprachen über ihre Heimat als über alles andere, also bejahte sie nur.

»Frau Kowalski ist auf Gerüchteentzug, weil hier einfach zu wenig passiert«, meinte Gelsa. »Sie kann einem richtig leidtun. So fertig habe ich sie noch nie erlebt. Wenn Tratsch eine Substanz wäre, würde sie sie direkt durch die Nase ziehen.«

Feli lachte auf. Das tat gut. Ein Teil ihrer Anspannung löste sich. Ein Rest blieb jedoch und legte sich wie eine Faust um ihr Herz.

»Marlon macht sich erstaunlich gut«, fuhr Gelsa fort. »Ich hätte ja nicht gedacht, dass der Junge zu irgendwas taugt. Aber er beweist mir das Gegenteil.« Gelsa sprach immer über Marlon, als wäre er ein kleiner Junge, den sie aufwachsen gesehen hatte. Dabei trennten die beiden nur dreizehn Jahre.

Ein schlechtes Gewissen breitete sich in Felis Brust aus.

Sie hatte so selten an ihn gedacht und sich noch weniger bei ihm gemeldet. Es war ihr so leichtgefallen, ihn mit allem zurückzulassen. Und hatte es sich überhaupt gelohnt zu gehen?

Sie musste an Jocelyn, Leonardo, Isabella und Giulia denken. Ja, sie hatte großartige Menschen kennengelernt, doch so hatte sie die Frage nicht gemeint.

Hatte sie wirklich etwas gelernt, was ihr helfen würde, den Laden zu retten? Hatte sie Verbindungen geknüpft, die lukrativ genug waren, um das Geschäft in die Höhe zu treiben? Hatte sie etwas erreicht, was rechtfertigte, ihrer Heimat zwei Monate lang den Rücken zu kehren?

Sie durfte am Wettbewerb teilnehmen, aber wenn sie den nicht gewann, dann war womöglich alles umsonst gewesen.

Nicht alles, flüsterte eine Stimme in ihrem Hinterkopf, während sie wieder Leonardos Duft einatmete.

Und sofort fühlte sie sich noch ein bisschen egoistischer, weil sie aus dem Blick verloren hatte, warum sie hergekommen war.

»Deine Gedanken sind sehr laut«, meinte Gelsa.

»Ich weiß«, erwiderte Feli. Sie sprach nicht weiter. Gerade bestand sie aus zu vielen Gegensätzen.

Sich der Welt zu öffnen und die Zeit zu genießen, war eine Entscheidung gewesen, die sie sehr bewusst getroffen hatte.

Sie war kreativer, ihr Schmuck traute sich mehr, genauso wie sie selbst. Das alles wollte sie nicht bereuen.

Aber wenn sie an ihre bevorstehende Abreise dachte,

ergab auf einmal nichts mehr Sinn, was ihr vor wenigen Stunden noch so logisch erschienen war.

Sie fürchtete sich davor, in ein Flugzeug zu steigen und in ein Leben zurückzukehren, von dem sie nicht wusste, ob es ihr noch passte, wie die Kleidungsstücke aus ihrer Schulzeit, die immer noch in ihrem Schrank hingen, weil sie sich doch nicht von ihnen trennen konnte.

»Es tut mir leid, Gelsa, ich kann gerade nicht so richtig reden. Lass uns Schluss machen für heute«, brachte sie über die Lippen, bevor der Kloß in ihrem Hals so groß wurde, dass kein Wort mehr an ihm vorbeipasste.

»Alles klar«, sagte Gelsa, und Feli spürte, dass ihre Freundin gern noch viel mehr besprochen hätte, aber auch Verständnis für ihre Situation hatte. »Ich freue mich auf dich.« Der Satz klang ehrlich, und es schwang keinerlei Vorwurf oder Enttäuschung darin mit, was Feli beruhigte.

»Ich mich auch auf dich«, versicherte Feli und meinte es auch genau so.

Nachdem sie aufgelegt hatte, starrte sie so lange an die Decke, bis sie vor ihren Augen verschwamm.

Irgendwann sprang sie auf. Ein Impuls hatte sie aufgeschreckt. Sie lief die Stufen hinab. Sein Duft in ihrem Kopfkissen war nicht stark genug. Sie brauchte es, dass er sie in den Arm nahm und von allen Seiten umfing. Dass sie ihn einatmen konnte.

Dann würden die Gedanken in ihrem Kopf hoffentlich leiser werden.

Sie platzte in seine Werkstatt, ohne zu klopfen. Leonardo zuckte leicht zusammen. Und ihm fiel etwas aus der Hand, das nichts mit der Arbeit an seinen Skulpturen zu tun hatte. Die Stricknadeln klirrten, als sie auf den Boden trafen.

Feli grinste, während Leonardo die Wolle und die Nadeln aufhob.

»Du bist es«, sagte Feli, als sie es erkannte. »Du machst die Hüte für Bosco.«

Leonardo wirkte richtig verlegen, was Feli noch mehr zum Grinsen brachte. Der Kloß in ihrem Hals war vergessen, während sie ihn betrachtete.

»Ja«, gab er schließlich zu.

Feli hatte ihn schon oft aufmerksam gemustert. Aber noch nie so wie in diesem Moment.

Sie ging all die Dinge durch, die sie über ihn gelernt hatte und niemals vergessen würde.

Er konnte seine Finger nie stillhalten. Er trommelte auf das Lenkrad des Vans oder strickte alberne Hüte für einen Hund.

Er war kein Morgenmensch. Morgens fiel ihm Reden so schwer, als würde seine Zunge an seinem Gaumen festkleben.

Er liebte seinen Vater, schüttelte aber über alles, was dieser tat, den Kopf.

Er duschte viel zu lang.

Er brachte Feli dazu, über sich hinauszuwachsen.

Und nun konnte sie es nicht mehr leugnen. Sie war in ihn verliebt. Nicht nur ein bisschen, sondern so richtig. Auf eine alberne Weise.

Sie ging auf ihn zu und umarmte ihn einfach. Reflexartig schloss er sie in die Arme und ließ sein Strickzeug schon wieder fallen.

Sie wollte nicht an Flugzeuge und Abschiede denken. Sie wollte nur daran denken, wie gut er roch und wie warm er war und wie er sie ansah und wie er mit ihr sprach und wie beruhigend sein gleichmäßiger Atem war, wenn sie neben ihm einschlief.

Er drückte sie fest an sich und sie war sich ziemlich sicher, dass es ihm genauso ging.

Feli war aufgeregt, während Leonardo den Van auf den Parkplatz lenkte. Sein Vater hatte sie zum Essen eingeladen. Und obwohl sie ihn bereits kennengelernt hatte, war sie nervös. Dieser Abend war offizieller. Das letzte Mal, als sie ihn gesehen hatte, war sie nur die Arbeitskollegin seines Sohns gewesen. Und jetzt war sie seine ... Sie fand kein passendes Wort, also hörte sie auf, danach zu suchen.

Leonardo stellte den Motor ab, stieg aus und hielt ihr dann die Tür auf der Beifahrerseite auf. Er bot ihr seine Hand an, als würde sie aus einer Kutsche und nicht einem alten Van steigen. Sie grinste und ergriff sie.

Das kleine steinerne Gebäude, vor dem sie nun standen, erinnerte Feli an ein heruntergekommenes Hexenhaus. Eine Markise, die wohl mal weiß gewesen, nun allerdings eher braun-grün war, spannte sich über den Eingang. Mehrere Autos parkten davor. Ein Mann schob den Vorhang aus Perlen beiseite, der im Türrahmen hing, schritt durch die gläserne Tür und ließ dabei ein Gewirr aus Stimmen aus dem Gebäude auf die Straße hinaus.

»Dieses Restaurant gibt es schon seit hundert Jahren. Fast

zumindest«, erklärte Leonardo. Er hielt noch immer ihre Hand. »Und in all der Zeit hat sich nur wenig verändert.«

Die vertrockneten Laubblätter knisterten unter ihren Füßen wie ein fast runtergebranntes Feuer, während sie den Platz überquerten. Sie liefen an Plastikstühlen vorbei, die vom Wetter verfärbt waren. Die Sonne hatte ihnen die Farbe entzogen. Was mal ein intensives Rot gewesen sein musste, war jetzt Altrosa.

Sie erreichten den Eingang. Leonardo öffnete die Tür für sie, immer noch ohne ihre Hand loszulassen.

»Restaurant ist vielleicht auch zu viel gesagt«, meinte er, sobald sie eingetreten waren.

Sie standen in einem kleinen Raum. Eine Fleisch- und Käsetheke nahm ihn fast komplett ein. Ein älterer Mann mit beeindruckendem Schnauzbart stand dahinter, eine Kaffeemaschine brummte, und er reichte einem Kunden einen Espresso über die Theke hinweg. Die Kasse war aus massivem Messing und gab ein lautes Rattern von sich, als sie aufsprang. Das Muster der Bodenfliesen war so unruhig, dass man heruntergefallenes Essen darauf nicht erkennen würde. Darüber freute sich ein kleiner rotbrauner Hund, der aufgeregt durch den Raum lief, die Schnauze immer fest am Boden, und laut schnüffelte.

Gespräche drangen aus dem Raum dahinter. Feli folgte Leonardo. Sie fühlte sich nicht, als wäre sie in ein Restaurant getreten, sondern vielmehr in das Wohnzimmer eines Fremden. Alle Menschen, die hier an den schmalen Tischen saßen, sprachen wie die ältesten Freunde miteinander. Die untere Hälfte der Wände war mit Holz verkleidet, die obere Hälfte rau verputzt und beinahe bis auf den letzten Zentimeter mit alten Coca-Cola-Werbeplakaten ge-schmückt. Jemand hatte sich die Mühe gemacht, sie alle zu rahmen.

»Da seid ihr ja«, begrüßte sie Amato freudestrahlend und erhob sich von einem Tisch, an dem er mit vielen anderen Leuten saß. Er winkte sie zu sich. Irgendwie quetschten sich Leonardo und Feli an den ohnehin schon sehr vollen Tisch. In winzige Gläser, die eher wie Teelichthalter aussahen, schenkte jemand dunkelroten Wein. Felis Hintern hatte den Stuhl gerade berührt, da hatte sie auch schon ein Glas in der Hand.

Der Mann mit dem beeindruckenden Schnauzer stellte Plastikteller, eine Platte mit aufgeschnittenem Käse und Wurst und zwei Körbe Brot vor ihnen ab. Dann griffen unzählige Hände zu, ohne dass die Gespräche auch nur für eine Sekunde unterbrochen wurden.

»Wie geht es dir, Feli?«, rief Amato über den Tisch hinweg. Sein Blick huschte kurz zu ihrer Hand, die immer noch mit Leonardos verschränkt war, und er lächelte auf eine väterliche Weise, die Feli vor ihrer Zeit in Italien immer traurig gemacht hatte, sie heute jedoch nur noch ein biss-chen nostalgisch stimmte. Es war schön, so angesehen zu werden, auch wenn – oder gerade weil – ihr eigener Vater das nicht mehr konnte.

»Gut«, rief sie über die anderen Gespräche hinweg.

»Das freut mich.«

Nachdem die Platten leer gegessen waren, brachte der Wirt riesige Schüsseln mit Spaghetti in Tomatensauce, aus denen sich jeder seinen Teller füllte. Das Gericht sah un-fassbar simpel aus, aber Feli hatte noch nie so gute Pasta gegessen. Das durfte sie Giulia auf gar keinen Fall sagen, dachte sie und musste grinsen.

Obwohl sie die meisten Gespräche nicht verstand, da alle Italienisch sprachen, störte das Feli nicht. Wenn gelacht wurde, übersetzte Leonardo, worum es ging, und er hielt die ganze Zeit ihre Hand. Er sprach mit ihr, und es schien ihm nichts auszumachen, dass er dadurch die anderen Gespräche verpasste. An diesem aus der Zeit gefallenen Ort verlor alles andere seine Bedeutung. Nur das Hier und Jetzt zählte.

Hier könnte sie bleiben, dachte Feli. An diesem Ort, mit Leonardo.

Als sich eine ältere Dame an Leonardo wandte, verstärkte er seinen Griff um ihre Hand. Feli sah zu den beiden hinüber. Leonardos Kiefer hatte sich auch angespannt. Feli wusste nicht, was die Frau gefragt hatte. Nur ein Wort hatte sie verstanden. *Beatrice.*

Und die Erwähnung dieses Namens hatte offensichtlich gereicht, um Leonardos gute Laune zunichtezumachen.

Er ließ Felis Hand los und antwortete irgendwas. Dann wandte er sich seinen Nudeln zu, als bräuchten sie seine volle Aufmerksamkeit.

Feli fing Amatos Blick auf. Er war ernst. Kurz hielten sie Augenkontakt, und sie erkannte Bedauern in seinem Blick.

Sie fühlte sich wie jemand, dem man schlechte Neuigkeiten überbracht hatte. Amato schien sie trösten zu wollen. Doch sie hatte keine Ahnung, weshalb.

Kapitel 22

»Atme, atme, nicht aufhören zu atmen«, leitete Jocelyn sie an, während sie ihre Hand fest in ihrer hielt.

Feli zerquetschte Jocelyns Finger fast, so verkrampft war sie. Aber diese beschwerte sich nicht.

»Es wird nur kurz weh tun«, versicherte Jocelyn und nickte dem Mann vor ihnen zu.

Er trat näher. Eigentlich sah das Werkzeug in seiner Hand sehr harmlos aus. In ihrem Kopf verwandelte es sich aber in ein ausgeklügeltes Folterinstrument.

»Los geht's«, sagte Jocelyn.

Feli kniff verzweifelt die Augen zusammen und fragte sich, ob es zu spät war, um sich umzuentscheiden. Sie wollte ihnen schon sagen, dass sie es abblasen wollte. Dann hörte sie kurz ein Klicken. Im ersten Moment spürte sie nichts. Im zweiten begann ihr Ohrläppchen zu pochen, und bevor sie näher darüber nachgedacht hatte, hatte er sich auch schon der anderen Seite gewidmet und dort ebenfalls zugestochen.

Fünf Minuten später stand Feli vor einem Spiegel und betrachtete ihr Gesicht, das ihr auf einmal so anders vorkam. Nur kleine dezente Stecker mit hellem Stein saßen in ihren

Ohrläppchen. Die Veränderung, die sie bewirkten, war allerdings enorm.

»Ich wünschte, ich könnte gleich Ohrringe tragen, die ich gemacht habe«, sagte sie, während sie den Blick nicht von sich selbst abwenden konnte. Sie strahlte und fragte sich, warum sie sich nicht längst dafür entschieden hatte. Ihre Ohren waren rot und pochten noch immer. Das konnte ihre Zufriedenheit jedoch nicht dämpfen.

»Darfst du aber nicht«, sagte Jocelyn tadelnd. »Dann entzündet es sich und glaub mir, das nervt richtig. Also bist du brav und lässt die medizinischen Ohrringe so lange drin, wie der nette Mann dir aufgetragen hat.«

»Natürlich«, versprach Feli grinsend. Als sie blinzelte, sah sie sich selbst als Teenager, ihre Mutter neben sich, als sie ihre ersten Ohrlöcher gestochen bekam. So hätte es sein sollen. Der Gedanke an eine Vergangenheit, die sie nie gelebt hatte, stimmte sie jedoch nicht so traurig oder enttäuscht, wie sie erwartet hätte. Denn der Moment, den sie gerade erlebte, war nicht so viel schlechter als die Vorstellung. Jocelyns Lächeln war warm. Felis Lächeln war aufrichtig. Und der italienische Gesang, der aus alten Lautsprechern drang, war so euphorisch, dass Feli nicht anders konnte, als ein bisschen im Takt hin und her zu wippen.

»Das schreit doch nach einem Limoncello Spritz zur Belohnung«, meinte Jocelyn und lief entschieden auf den Ausgang des Schmuckgeschäfts zu.

Für sie schrien eigentlich alle Anlässe nach Limoncello Spritz, die glücklichen wie die traurigen. Da ihr das wie eine gute Lebensweisheit vorkam, widersprach Feli nicht, und folgte Jocelyn auf die Straße.

Es war nicht mehr warm, selbst wenn die Sonne der Toskana auf Feli herunterschien. Der Wind war zu kalt und die Sonnenstrahlen zu zurückhaltend. Sie hatten die Kraft verloren, die sie noch vor einem Monat gehabt hatten.

Feli und Jocelyn schlenderten durch die Stadt, die genauso voll war wie immer. Schicke Schals wehten im Wind an Hälsen italienischer Damen und erinnerten Feli an die Segel von alten Schiffen. Ihre Haare waren nach nur fünf Minuten so zerzaust, dass sie sich gar nicht mehr die Mühe machte, sie sich aus den Augen zu streichen. Zwei Sekunden später würden sie ihr sowieso wieder im Gesicht hängen.

Jocelyn führte sie zu dem Café, wo sie schon einmal gesessen hatten. Sie stießen an und tranken. Sie sprachen nicht, sondern ließen beide ihre Blicke schweifen. Auf dem großen Platz vor ihnen gab es viel zu entdecken. Feli beneidete Jocelyn darum, dass sie nicht nur beobachten, sondern auch belauschen konnte.

Ihr Blick blieb an dem schicken Outfit eines Mannes hängen. Er trug einen hellen Anzug mit dunkelblauem Einstecktuch. Auf seinem Kopf saß sogar ein Hut, wie ihn Stars aus der Schwarz-Weiß-Film-Ära getragen hatten, dabei konnte der Mann nicht viel älter als Feli sein.

Erst nach ein paar Sekunden verstand sie, warum er ihr so bekannt vorkam.

Sie hatte ihn schon mal gesehen. Damals hatte sie auch noch den süß-bitteren Geschmack von Limoncello Spritz auf der Zunge liegen gehabt. Ihr Kopf war nur flauer gewesen, weil sie schon mehr getrunken hatte.

Es war der Mann, der Leonardo die Laune verdorben hatte,

als dieser sie und Jocelyn das erste Mal aus der Stadt abgeholt hatte.

Feli hatte sich in den vergangenen Wochen so gefühlt, als hätte sie Leonardo kennengelernt, ihn entdeckt wie eine neue Welt und in ihrem Kopf eine detaillierte Landkarte von ihm angelegt. Doch während sie diesen Mann musterte, erinnerte sie sich an all die leeren Flecken, die auf dieser Karte noch vorhanden waren. So viel unentdecktes Land, das sie noch erforschen wollte.

Der fremde Mann bemerkte Feli nicht, obwohl sie ihn unverwandt anstarrte. Er schien abgelenkt und auf der Suche nach etwas zu sein – oder nach jemandem.

»Beatrice!«, rief er auf einmal und lief auf eine Frau zu. Sie war schön, fand Feli. Sie hatte langes, schwarzes Haar, das ihr fast bis zum Hintern reichte. Als sie sich umdrehte, gab sie den Blick auf einen runden Bauch frei.

Felis Herz raste, obwohl sie noch nicht verstand, warum es diese Reaktion für notwendig hielt.

Eine Frau, die sie nicht kannte, war schwanger. Kein Grund, darauf emotional zu reagieren.

Doch dann erinnerte sie sich, wo sie den Namen der Frau schon einmal gehört hatte.

Beim Essen mit Amato und seinen Freunden. Natürlich gab es in dieser Stadt etliche Frauen mit diesem Namen, versuchte sie, sich selbst zu beruhigen. Doch es half nicht. Das konnte kein Zufall sein.

Die leeren Flecken auf der Karte drohten sich zu füllen, und Feli wünschte sich, es wäre nicht so.

Sie verstand nicht alles. Zumindest redete sie sich das ein.

Doch dann sah sie Jocelyn an, und ihr wurde klar, dass es genug war.

»Warum hast du es mir nicht erzählt?«, fragte Feli, während etwas in ihrem Inneren gefror.

Jocelyn verzog gequält das Gesicht. »Das sollte er tun.«

Natürlich kannte Jocelyn sein Geheimnis. Wie dumm war Feli gewesen, schalt sie sich in Gedanken. Jocelyn kannte diese Stadt, jeden Menschen beim Namen, seinen Familienstammbaum, all seine Probleme, Unsicherheiten – und natürlich auch Geheimnisse. Feli hatte sie wieder vor Augen, wie sie durch die Straßen lief und jeden begrüßte.

Feli konnte Jocelyns Blick nicht begegnen, deswegen sah sie wieder zu der Frau und dem Mann herüber. Er berührte ihren Bauch, doch sie machte einen Schritt zurück.

»Ist es sein Kind?«, fragte Feli. Ihre Stimme war so leise, dass man sie kaum verstehen konnte.

Jocelyn reagierte nicht.

»Ist es sein Kind?«, wiederholte Feli. Sie musste Leonardos Namen nicht in den Mund nehmen, damit Jocelyn verstand, dass sie damit nicht diesen Mann mit Hut meinte.

Jocelyn räusperte sich. »Du solltest mit ihm darüber reden.«

»Bitte, sag mir, ob es sein Kind ist.« Ihre Stimme war ein bisschen lauter geworden. Eine Frau am Nachbartisch fuhr zu ihnen herum. Feli war es egal. Wenn Jocelyn ihr nicht gleich antwortete, würde sie die Frage so laut wiederholen, dass sie auf dem ganzen Platz zu hören war. Es machte sie ganz verrückt, es nicht zu wissen.

Jocelyn räusperte sich noch einmal. Sie griff nach Felis

Hand. Reflexartig wich sie ihr aus. Gerade war sie nicht in der Stimmung für Jocelyns Trost.

»Vielleicht«, sagte sie schließlich. »Es könnte sein Kind sein.«

Die Landkarte füllte sich. Keine leeren Flecken blieben zurück. Alles ergab auf einmal Sinn. Leonardos Launen, sein Verschwinden, die Andeutungen seines Vaters.

Und auf einmal war alles anders.

Sie stand wortlos auf und lief los, ohne ein Ziel zu haben. Jocelyn folgte ihr nicht. Und zum ersten Mal, seitdem Feli sie kannte, wollte sie das auch nicht.

Kapitel 23

Felis Beine pochten, und ihre Lunge brannte, während sie sich den staubigen Schotterweg hochkämpfte.

Sie war einfach immer weitergegangen. Als könnte sie die neue Erkenntnis genauso im Café zurücklassen wie Jocelyn. Doch natürlich funktionierte das nicht.

Trotzdem hatte sie den ganzen Weg zurück zur Villa zu Fuß zurückgelegt. Eine Stunde lang war sie durch den Wald und durch Weinberge und kleine Dörfer gelaufen. Zwischendurch war es so stark bergauf gegangen, dass sie sich an kahlen Bäumen hatte festhalten müssen. Ihr rechter Schuh war matschig und auf ihrem rechten Knie prangte ein großer Fleck, weil sie einmal ausgerutscht war. Die Erde an ihren Händen war schon getrocknet und bröckelte von ihrer Haut. Trotzdem war sie noch nicht bereit, sich dem zu stellen, was in der Villa auf sie wartete, als sie vor dem gusseisernen Tor stand.

Am liebsten wäre sie wieder umgedreht, aber das war keine Option. Sie konnte ja schlecht im Wald schlafen. Wobei, hätte Isabella ihr nicht vor zwei Tagen gesagt, dass gerade viele Wildschweine im Wald unterwegs waren, hätte sie vielleicht sogar das in Erwägung gezogen. Auf eine Begegnung mit einem Wildschwein in einem dunklen Wald bei Nacht konnte sie allerdings gut verzichten. Dann stellte sie sich doch lieber Leonardo.

Zumindest glaubte sie das, bis sie die Auffahrt hinaufgelaufen war und ihn auf den Stufen, die zur Villa führten, entdeckte.

Er hatte die Beine eng an seinen Körper gezogen, seine Arme auf den Knien abgelegt und seinen Kopf kraftlos daraufgelegt. Alles an ihm wirkte erschöpft und verzweifelt.

Sobald er ihre Schritte hörte, blickte er auf.

Feli wusste sofort, dass er schon mit Jocelyn geredet hatte. Es lag so viel Bedauern in seinen Augen, dass sie es kaum ertrug, ihn anzusehen.

»Können wir reden?«, brachte er hervor.

»Ja«, sagte Feli steif, obwohl sie ihn am liebsten ignoriert hätte.

Leonardo machte Anstalten, die Villa zu betreten, doch Feli schüttelte den Kopf. Sie wollte nicht in dem Zimmer mit ihm sprechen, das nie aufgehört hatte, ihnen beiden zu gehören. Das fühlte sich einfach falsch an.

Er nickte nur und ging stattdessen zu seiner Hütte. Feli folgte ihm auf unsicheren Beinen. Sie zitterten.

Sie kam an der Statue vorbei und Feli registrierte flüchtig, dass sie fertig aussah. Kein Schleier lag mehr vor ihrem Gesicht. Die Konturen waren klar herausgearbeitet und jedes Detail deutlich erkennbar. Einem Reflex folgend strich sie ihr einmal sanft über die Haare. Es kam ihr wie ein Abschied vor.

Sie gingen ein Zimmer weiter. Leonardos Bett stand in

der Ecke. In der Mitte des Raums befand sich ein kleiner quadratischer Holztisch mit vier Stühlen. Auf einem davon ließ Leonardo sich nieder. Feli brauchte einen Moment, um es ihm gleichzutun. Ihre Beine zitterten immer noch.

»Ich ... ich weiß nicht, wo ich anfangen soll«, sagte Leonardo, nachdem sie lange einfach nur geschwiegen hatten.

Feli spürte seinen Blick auf ihrer Haut, doch sie starrte weiter auf ihre Fingernägel. Ihr war vorher nie aufgefallen, dass die Halbmonde auf jedem Nagel anders aussahen. Auf dem Daumen war er am vollsten, Ring- und kleiner Finger hatten gar keinen. Sie suchte nach Details, um sich an ihnen festhalten zu können. Trotzdem schlug ihr Herz noch viel zu schnell. Sie hatte Angst vor dem, was er ihr sagen würde. Davor, dass er ihre Befürchtungen bestätigte und ihr das Herz brach.

»Fang einfach mit der Wahrheit an«, sagte Feli leise. »Es ist dein Kind, oder?«

»Es ist kompliziert.«

»Dann erklär es mir.« Sie mochte nicht, wie flehend sie klang.

Leonardo seufzte. Dann räusperte er sich. »Das werde ich.« Aus dem Augenwinkel nahm sie wahr, wie er sich mit der flachen Hand über den Nacken rieb.

»Beatrice und ich waren zusammen. Dann wurde sie schwanger, und ich dachte, alles wäre gut. Ich habe mich auf dieses Kind gefreut, habe sogar schon einen Ring gekauft.«

Feli verkrampfte sich. Verlobungsringe schienen sie heimzusuchen, egal, wohin sie auch ging. Sie hatte Beatrice nur von weitem gesehen, aber sollte sich herausstellen, dass sie auch außergewöhnlich filigrane Finger hatte, konnte Feli für nichts mehr garantieren.

»Dann kam raus, dass sie mich mit einem guten Freund betrogen hat. Schon lange und mehrfach. Ich weiß nicht, ob es mein Kind ist. Er könnte genauso gut der Vater sein. Ich konnte ihren Anblick nicht mehr ertragen, also bin ich ...«

»Ausgezogen«, beendete Feli den Satz. »Deswegen bist du in die Villa gezogen. Deswegen haben wir uns ein Zimmer geteilt.«

»Richtig.«

Feli nickte, ohne den Blick von ihren Fingern zu lösen. Auf dem Nagelbett des rechten Daumens hatte sie einen dunkleren Fleck. Er sah neben dem Halbmond wie ein Stern aus.

»Ich wollte nicht mehr mit ihr reden. Aber sie ist nun mal schwanger und solange sie nicht das Gegenteil sagt, muss ich davon ausgehen, dass ich der Vater bin. Also habe ich sie zu Arztterminen begleitet.«

Feli nickte nur, obwohl sie nicht genau wusste, was sie mit dieser Geste eigentlich ausdrücken wollte. Sie fühlte sich so seltsam leer.

»Ich werde erst wissen, ob ich der Vater bin, wenn das Kind auf der Welt ist und wir einen Vaterschaftstest machen können.«

»Und was passiert, wenn du es tatsächlich bist?« Noch bevor Leonardo Luft holte, kannte sie die Antwort.

Sie dachte an den Tag zurück, den sie im Kloster verbracht hatten. Er hatte sie in den Armen gehalten, nachdem sie von ihrer Mutter erzählt hatte. Und dann hatte er Worte gesagt, deren wahre Bedeutung sie damals noch nicht erfasst hatte, aber nun umso besser verstand.

Ich will es auch ganz anders machen als meine Eltern. Ich werde es besser machen. Das habe ich mir schon vor langer Zeit geschworen. Wenn ich mal ein Kind habe, wird es nicht den Schmerz kennen, den ich damals erlebt habe.

»Du wirst wieder mit ihr zusammen sein«, brachte sie hervor. Es aus ihrem eigenen Mund zu hören und nicht aus seinem, war irgendwie erträglicher.

»Ich kann nicht anders.«

Felis Brust schmerzte.

»Liebst du sie noch?«

»Nein«, sagte er heftig. Vielleicht dachte er, das würde es besser machen. Das Gegenteil war der Fall.

Tränen brannten in Felis Augen. Aber sie blinzelte sie fort.

»Du wirst trotzdem zu ihr zurückkehren, selbst wenn es dich unglücklich macht, weil du deinem Kind eine vollständige Familie geben willst.« *Was er selbst nie hatte.*

»Feli«, setzte er sanft an und wollte seine Hand auf ihre legen. Sie zuckte zurück.

»Wolltest du es mir jemals sagen? Dachtest du nicht, dass ich es wissen sollte?«

»Du gehst in einer Woche«, antwortete er schwach. »Du hast immer von deinem Laden geredet, den du unbedingt retten willst. Ich dachte nicht, dass es für dich eine Option wäre zu bleiben. Deshalb hatte ich gehofft, es dir nie sagen zu müssen und die Zeit, die wir gemeinsam haben, zu genießen.«

»Bleiben war auch nie eine Option. Aber ...« Feli brach ab. Anfangs hatte sie auch nicht gedacht, dass sie eine

Zukunft hatten. Aber irgendwann ... Irgendwann hatte sie es vielleicht zumindest gehofft. Etwas in ihr hatte sich geändert. Offensichtlich nicht in ihm.

»Aber?«

Klang er hoffnungsvoll?

»Kein Aber«, entgegnete sie hart.

Sie war so unglaublich wütend. Auf ihn, weil die Vorstellung, dass er einen Plan hatte, in dem sie nicht vorkam, höllisch schmerzte. Aber auch auf sich. Sie hatte geträumt und sich zu tief in diesen Traum verstrickt. Dabei hatte der Teil von ihr, der in der Realität geblieben war, das Gleiche getan wie er. Das musste sie sich eingestehen. In ihrem Plan für die Rettung des Ladens kam er schließlich auch nicht vor.

Sie kannten sich erst seit ein paar Wochen. Natürlich hatte sie für ihn ihre Pläne nicht geändert. Sie konnte nicht verlangen, dass er das für sie tat.

Doch der Schmerz ließ nicht mit sich verhandeln. Mit logischen Argumenten konnte man ihn nicht überwinden. Er blieb und nistete sich in ihrer Brust ein, als wollte er nie wieder gehen.

Immer wieder liefen dieselben Gedanken durch ihren Kopf. War sie nur eine Lückenfüllerin gewesen? Leonardo würde zu dieser anderen Frau zurückkehren. Mit ihr ein Kind großziehen. Und diese paar Wochen, die sie miteinander geteilt hatten, würden eines Tages nicht mehr sein als eine schöne Anekdote.

Feli sah immer noch auf ihre Nägel und fand weitere weiße Flecken darauf. Sternenbilder hatten sie dazu gebracht, sich zu öffnen. Wie passend, dass sie auf das kleine

Sternenbild auf ihrem Daumen starrte, während sie sich wieder verschloss.

Sie erhob sich hektisch. Der Stuhl gab ein knarzendes Geräusch von sich, als er über den unebenen Boden schabte. Wie in der Werkstatt. Wie zu Hause. Wo sie bald wieder sein würde. Genauso traurig, einsam und ungewollt wie vor ihrer Reise.

»Danke für deine Ehrlichkeit«, sagte sie und wandte sich ab.

»Feli«, rief er ihr nach. Aber ihr war klar, dass es keinen Sinn hatte, jetzt stehen zu bleiben. Er hatte ohnehin keine Ahnung, was er ihr sagen sollte.

Also ging sie weiter und ließ Leonardo zurück.

Es gab Menschen, die spürten, wann man seine Ruhe brauchte. Jocelyn war keiner dieser Menschen.

Während Feli mechanisch den Tisch fürs Abendessen deckte, folgte ihr Jocelyn durch den Raum und redete unaufhörlich auf sie ein.

»Es tut mir so leid!«, stieß sie aus. »Es tut mir so schrecklich leid. Ich hätte dir die Wahrheit sagen sollen. Aber ich dachte, ihr solltet das besser untereinander klären. Ich wollte da nichts vorwegnehmen. Ich weiß, ich lag falsch. Bitte sieh mich an.«

Feli wollte niemanden ansehen. Nicht einmal sich selbst im Spiegel. Also arrangierte sie das Besteck so akkurat neben den Tellern, wie sie es noch nie getan hatte.

»Bitte, Feli.«

Jocelyns Stimme brach, und Feli hielt inne.

»Wenn du es die ganze Zeit wusstest …« Feli räusperte sich, weil auch ihre Stimme drohte zu brechen. »Wieso hast du uns dann ermutigt? Wieso hast du mir nicht gesagt, dass es eine schlechte Idee ist, mich auf ihn einzulassen?«

Mich in ihn zu verlieben.

Den Satz dachte sie nur. Sie schwor sich, ihn niemals laut auszusprechen.

»Weil ich gespürt habe, was zwischen euch wächst. Und weil ich dachte, er würde einsehen, wie falsch er mit seiner Überzeugung liegt. Deinetwegen.«

Jocelyn hatte sie also benutzt. Wieder spürte sie einen Stich in der Brust. Jocelyn hatte mit ihren Gefühlen gespielt. Sie hatte sie eingesetzt wie eine Figur in einem Spiel, dessen Regeln Feli gar nicht kannte.

Sie wandte sich wortlos ab und deckte den Tisch weiter, und endlich gab Jocelyn auf.

Das ganze Essen über saß Feli schweigend auf ihrem Platz und zwang sich, wenigstens ein bisschen was zu sich zu nehmen. Zum Glück waren viele andere Menschen anwesend, weswegen Leonardo und Jocelyn keine Anstalten machten, sie anzusprechen.

Das änderte sich, als das Essen vorbei war und Feli begann, den Tisch abzuräumen.

»Feli«, setzte Leonardo an, während sie Besteck einsammelte.

»Feli«, sagte auch Jocelyn.

Wie oft würden sie ihren Namen wohl noch aussprechen,

während ihnen nichts anderes einfiel, was sie sagen konnten?

Feli flüchtete mit einem Geschirrstapel in die Küche, doch die beiden wollten ihr folgen. In dem Moment, als Feli gerade durch die Küchentür geschlüpft war, trat Giulia ihnen entschieden in den Weg.

Jocelyn und Leonardo blieben abrupt stehen, sagten etwas auf wütendem Italienisch, worauf Giulia nicht minder wütend antwortete.

Sie stand dort wie der Höllenhund höchstpersönlich und verwehrte den beiden den Zutritt, so dass ihnen nichts anderes übrigblieb, als den Rückzug anzutreten.

Giulia wandte sich mit sanfter Miene an Feli und drückte ihre Hand. Sie brauchten keine Übersetzungsapp, um sich zu verständigen. Giulia hatte auch ohne Worte verstanden, was Feli brauchte.

Deswegen wartete sie auch in der Küche, bis Feli mit ihrem gepackten Koffer die Stufen hinabkam. Ihre unfertige Kette hatte sie einfach in der Werkstatt zurückgelassen. Sie hatte es nicht über sich gebracht, sie mitzunehmen.

Giulia ging sicher, dass sie niemand beobachtete und versuchte, sie aufzuhalten, während Feli ihr Gepäck in ihr Auto lud.

Schweigend fuhren sie zum Bahnhof. Es war schon dunkel, als Feli aus dem Wagen stieg.

Die beiden Frauen standen einen Moment voreinander, dann drückte Giulia sie an sich, als wollte sie Feli viel lieber festhalten und nicht gehen lassen. Doch schließlich gab sie sich einen Ruck, löste sich wieder von ihr und nickte ihr zu. Sie verstand, warum sie nicht bleiben konnte.

Die beiden sahen sich noch einmal an.

Dann wandte Feli sich ab und drehte nicht nur Giulia, sondern allem, was sie in den vergangenen Wochen erlebt hatte, den Rücken zu.

Kapitel 24

Feli starrte auf den Ring vor sich, doch er verschwamm immer wieder vor ihren Augen. Immer wieder musste sie die Tränen wegblinzeln. Ein Seufzen entfuhr ihr.

Sie war in ihrer Werkstatt, zurück an dem Ort, der immer Heimat für sie bedeutet hatte. Doch sie fühlte sich wie ein Fremdkörper in ihrem eigenen Leben. Sie passte nicht mehr ganz hinein.

Und trotzdem hatte die Stadt, in der sie aufgewachsen war, sie wieder verschluckt, sobald sie zurückgekehrt war. So selbstverständlich, als wäre sie nie fort gewesen. Herr Staubinger sagte das Gleiche wie früher, wenn sie sich morgens seine schrecklichen Croissants holte. Frau Kowalski flüsterte ihr auf die gewohnte Weise vertrauliche Informationen ins Ohr, die sie gar nicht wissen wollte oder sollte.

Gelsa spürte, dass etwas anders war, aber sie wusste nicht, wie sie damit umgehen sollte, also überspielte sie es, weswegen Feli sich noch schlechter fühlte. Die gemeinsamen Abende waren verkrampft. Ihnen fehlte die frühere Leichtigkeit, die Vertrautheit, die Feli immer so genossen hatte. Doch sie konnte es nicht ändern. Sie wusste nicht, wie sie über das sprechen sollte, was passiert war.

Nur Marlon hatte sich verändert. Er hatte sich richtig eingearbeitet, kannte den Laden jetzt wie seine Westentasche, musste Feli nicht mehr fragen, wo welches Werkzeug lag. Wenn er einen Ring anpasste, summte er fröhlich vor sich her, manchmal wippte er sogar noch mit dem Fuß. Ungefragt brachte er Feli Mittagessen mit. Er war aufmerksam und anwesend. Das mochte nicht nach viel klingen, doch Feli hatte in den vergangenen zwei Monaten gelernt, dass die größten Veränderungen sich meist nicht in großen Gesten zeigten, sondern in subtilen. Marlon war erwachsen worden und er hatte es gar nicht nötig, seine Veränderung in die Welt hinauszuschreien. Sie würde ihn auch so hören.

Gerade saß er vorne im Laden, und es drangen nicht die Geräusche eines Handballspiels zu Feli herüber. Er spielte nicht einmal Doodle Jump auf seinem Handy. Es würde wohl noch eine Weile dauern, bis sie sich daran gewöhnt hatte.

Ein fröhliches *Ping* ließ sie aus ihren Gedanken hochschrecken. Es war wie ein Déjà-vu. Mit diesem verheißungsvollen Geräusch hatte ihre Reise begonnen. Sie wollte nicht hinsehen, aber sie wollte auch nicht den Ring anpassen, den eine Mutter ihrer Tochter vermachen wollte.

Also warf sie einen Blick auf ihren Laptop. Und stockte.

Es war wie damals. Und doch war alles anders.

Isabella Marino hatte ihr geschrieben. Doch diesmal war es keine unpersönliche Absage. Es war eine persönliche Nachricht, und sie brauchte nicht viele Worte, um viel in Feli auszulösen.

Keine Begrüßung, keine Verabschiedung – die hatte Feli

ihr schließlich auch verwehrt, als sie einfach so verschwunden war.

Nur ein Satz.

Vergiss nicht, worüber wir gesprochen haben.

Feli hätte mit Vorwürfen gerechnet. Isabella hatte ihr einen Job gegeben, sich auf sie verlassen, ihr die Wekstatt und ihr Wissen zugänglich gemacht und ihr letztendlich sogar die Erlaubnis gegeben, am Wettbewerb teilzunehmen, obwohl sie sich heimlich eingeschlichen und sie belogen hatte.

Und statt ihre Pflichten zu erfüllen und diese großartige Chance zu nutzen, war sie einfach gegangen.

Doch Isabella sprach nichts davon an, sondern unterstützte sie ein weiteres Mal auf ihre einfache, unaufgeregte und doch so empathische Art, indem sie Feli an ihren gemeinsamen Abend in der Werkstatt erinnerte.

Die Worte, die die berühmte Goldschmiedin damals zu ihr gesagt hatte, hallten in Felis Kopf nach.

Liebst du den Laden denn? Liebst du die Arbeit dort? Füllt es dich jeden Tag wieder mit Freude, die Eingangstür zu öffnen und dort zu arbeiten?

Im Moment fühlte Feli gar nichts. Da war keine Freude, keine Trauer, nur Leere. Aber die Abwesenheit von schlechten Gefühlen war wohl nicht das, was Isabella gemeint hatte.

Feli ließ den Blick durch die Werkstatt schweifen. Dieser Ort kam ihr nicht länger wie ein Geschäft vor, sondern wie ein Schrein. Für eine Person, die schon lange fort war. Taten sie all das nur noch, weil sie ihren Vater nicht loslassen wollten?

Ruckartig stand sie auf. Der Stuhl kratzte über den Boden – selbst dieses Geräusch verband sie mit ihrem Vater.

Sie musste fort von hier. Fort von der Mail, von diesen Worten.

»Ich brauche eine Pause«, brachte sie krächzend hervor.

»Soll ich den Ring fertig machen?«, fragte Marlon.

Feli nickte nur und rannte hoch in ihre Wohnung. Sie musste die Werkstatt verlassen, die auf einmal nicht mehr alt roch, sondern modrig wie eine Gruft.

Mit zittrigen Fingern schloss sie ihre Tür auf und stolperte in den Flur. Sie fluchte wüst, als sie sich an der Kommode im Flur das Bein stieß.

Wie festgefroren blieb sie stehen und starrte das Möbelstück an, als hätte es sich ihr mutwillig in den Weg gestellt.

Der Brief lag noch immer darin. Unberührt in der Schublade.

Deshalb war sie nicht hierhergekommen und doch konnte sie nicht anders und öffnete die Schublade. Er müsste schwerer sein, befand sie. Dieses Papier war zu leicht, um so viele Emotionen, so viele schmerzhafte Erinnerungen und so viele enttäuschte Hoffnungen zu enthalten. Doch Feli konnte ihn tragen. Und vielleicht war das ein Zeichen, dass sie auch den Inhalt ertragen konnte.

Ihr Leben lang war sie ausgewichen. Allem und jedem. Aber konnte sie wirklich mit sich selbst leben, wenn sie selbst ein paar Buchstaben auf einem Blatt Papier auswich?

Sie gab sich die Antwort, indem sie sich ihre Jacke schnappte, hineinschlüpfte und ihre Wohnung genauso hektisch verließ, wie sie sie betreten hatte.

»Ich nehme das Auto«, rief sie Marlon zu, während sie entschlossen durch den Laden schritt.

»Okay«, sagte er nur verwirrt und versuchte gar nicht erst, sie aufzuhalten. Würde er es tun, wenn er wüsste, wohin sie mit dem Wagen, den sie sich teilten, fahren wollte?

Feli startete den Motor und war sich nicht ganz sicher, ob sie in der richtigen Verfassung war, um hinterm Steuer zu sitzen. Aber für solche Zweifel war es nun wirklich zu spät. Sie fuhr an. Würgte ab. Und versuchte es erneut. Diesmal klappte es.

Sie musste die Adresse nicht nachlesen. Sie hatte sich diese unwiderruflich eingeprägt, schon, als sie sie zum ersten Mal gelesen hatte.

Die Stadt, in der ihre Mutter lebte, lag nur achtzig Kilometer von ihrer Heimatstadt entfernt. Es war keine Entfernung, die einen davon abhielt, Teil des Lebens der eigenen Kinder zu sein. Es war keine Erklärung oder Entschuldigung. Es war gar nichts.

Die nächsten zwei Stunden verschwammen ineinander. Ampeln, Kreisverkehre, Abbiegespuren, ein Stück Autobahn – Feli fuhr wie auf Autopilot, obwohl sie die Strecke gar nicht kannte.

Die Stadt, die sie schließlich erreichte, während ihre Hände so stark schwitzten, dass sie fast vom Lenkrad rutschten, sah nicht viel anders aus als ihre Heimat. Feli war immer noch in Hessen. Sie hatte nicht einmal das Bundesland verlassen. Hier gab es mehr Felder. Aber auch hier stand am Ortseingang ein gelbes Schild. Die Häuser waren klein, die Vorgärten gepflegt. Es war schon fast enttäuschend, wie unspektakulär alles wirkte.

Feli fuhr weiter. Sie zählte die Hausnummern absteigend wie einen Countdown. Woraufhin sie zählte, wusste sie allerdings noch nicht. Auf ein tränenreiches Wiedersehen? Ein wütendes? Gar keins?

Hausnummer 30. Abrupt bremste sie ab und kam zum Stehen. Sie starrte das Haus auf der gegenüberliegenden Straßenseite an, in dem ihre Mutter lebte – und hatte keine Ahnung, was es in ihr auslöste. Sie fühlte sich wie ein Drucker mit Papierstau. Ein Gedanke verstopfte ihren Kopf und ließ nicht zu, dass sich andere formen konnten.

Meine Mutter lebt hier. Meine Mutter lebt hier. Das war alles, was sie denken konnte.

Auf einmal lehnte sie an ihrem Auto, statt drin zu sitzen. Sie hatte nicht gemerkt, wann sie ausgestiegen war.

Und nun stand sie allein am Straßenrand wie ein Kind, das seine Eltern verloren hat, starrte das Haus an und konnte sich nicht mehr rühren.

Sollte sie einfach zur Tür gehen und klingeln? Das Auto stand in der Einfahrt, also war sie vielleicht zu Hause. Aber was sollte sie sagen? *Hallo, Mama, hier warst du also die ganze Zeit.*

Das erschien ihr genauso unsinnig, wie den Weg umsonst gefahren zu sein.

Sie rührte sich nicht. Weder vor noch zurück. Es gab keine Richtung mehr für sie. Sie sollte ...

»Warum starrst du mein Haus an?«

Feli schreckte so heftig zusammen, wie sie es sonst nur tat, wenn Gelsa sie dazu überredet hatte, einen Horrorfilm mit ihr zu gucken.

Ein kleines Mädchen hatte sie angesprochen. Feli schätzte

sie auf ungefähr zehn. Sie hatte zwei geflochtene Zöpfe und rötliches Haar. Sofort musste Feli an Pippi Langstrumpf denken. Sie trug eine knallrote Jacke, die sie doppelt so breit aussehen ließ, als sie tatsächlich war. Sie war ihr definitiv noch zu groß. Selbstbewusst hielt sie den Lenker ihres Fahrrads in den Händen. Es war schwarz-gelb gestreift wie eine Biene und hatte einen schönen Weidenkorb, in dem Kunstblumen steckten.

Feli musterte sie wohl einen Moment zu lang und ein bisschen zu auffällig, denn das Mädchen verzog kritisch das Gesicht. Ihre blauen Augen kamen Feli viel zu bekannt vor.

»Dein Haus?«, fragte sie verzögert. Obwohl sie das Mädchen auf keinen Fall beunruhigen wollte, konnte sie auch nicht aufhören, sie anzustarren. Sie wusste, wen sie vor sich hatte.

»Ja, das ist mein Haus.« Sie hatte den Tonfall eines Kindes, das es gewohnt war, recht zu haben. Sie war bestimmt gut in der Schule und wurde oft gelobt.

Und sie war Felis Schwester.

»Wieso starrst du es an? Das ist seltsam.«

Feli blinzelte ein paarmal schnell. »Entschuldigung. Es ist nur so ...«

Sie brachte es nicht über sich, diesem Mädchen zu sagen, dass sie dieselbe Mutter hatten. Eine Mutter, die dazu in der Lage war, ihre Kinder zurückzulassen. Das sollte sie am besten niemals herausfinden.

»Ich kenne deine Mutter«, sagte Feli. »Kannte«, korrigierte sie sich, nachdem sie über das Wort gestolpert war.

»Ja?«, fragte das Mädchen interessiert. Jetzt verkniff sie das Gesicht nicht mehr so kritisch. Während sie redete, bewegten sich die Sommersprossen auf ihren Wangen, als wäre ihre Nase ein Trampolin, auf dem sie herumhüpften. »Woher?«

Feli fiel keine unverfängliche Antwort ein. Egal, wie verzweifelt sie danach suchte.

»Nicht so wichtig«, meinte sie dann nur.

Das Mädchen zog die Augenbrauen hoch. Kinder ließen sich nicht so gern mit Halbantworten abspeisen. Sie hatten die Geduld dafür noch nicht gelernt.

»Ist lange her«, fügte Feli schnell hinzu.

»Wie lange?«

»Zwanzig Jahre.«

Die Augen des Mädchens wurden groß. Das war wohl eine Zeiteinheit, die sie sich nicht einmal vorstellen konnte.

»Das ist ja richtig lang«, sagte sie erstaunt.

»Das stimmt.«

»Wie war sie so?«

Diese Frage überrumpelte Feli. Sie hatte immer nur über die Abwesenheit ihrer Mutter nachgedacht und nicht über ihre Anwesenheit.

Doch jetzt plötzlich begann sie nach Erinnerungen zu graben und merkte, dass diese nicht verschwunden waren, nur weil sie sie nie hervorgeholt hatte. Über ihnen lag vielleicht ein verschwommener Filter, wie eine Staubschicht auf einer alten Fotografie. Aber sie waren noch da.

Ihre Mutter jagte Marlon und sie durch den Garten, während sie grölende Geräusche von sich gab. Sie hatte gern Monster gespielt. Sie war auch das Kitzelmonster gewesen, wenn Feli abends im Bett lag und nicht schlafen wollte. Das Küchenmonster, das Feli Teig auf die Nase schmierte, wenn sie backten. Das Zahnputzmonster, das mit Wasser spritzte, wenn sie sich nicht lang genug die Zähne putzte.

Feli hatte ihre Mutter in ihrem Kopf zu einem Monster erklärt, hatte aber ganz vergessen, welche großartigen Monster es in ihrer Kindheit gegeben hatte.

Eine Träne löste sich aus ihrem Augenwinkel.

»Der Wind«, sagte sie, als das Mädchen sie schon fast besorgt musterte.

»Deine Mutter hat früher Geschichten von Cornelia Funke geliebt«, hauchte Feli, weil ihr diese Aussage unverfänglicher erschien, als all die anderen, die ihr durch den Kopf geisterten. Sofort hatte sie wieder die Stimme im Ohr, die sie so oft ins Reich der Träume begleitet hatte.

»Das tut sie immer noch«, sagte das Mädchen eifrig.

Felis Hals wurde fast zu eng zum Atmen. »Das freut mich.« Und irgendwie war das nicht gelogen.

»Ich bin übrigens Meggie.«

Wie die Protagonistin aus Felis Lieblingsbuch *Tintenherz*. Ihr Hals wurde noch ein bisschen enger.

»Es freut mich sehr, dich kennengelernt zu haben, Meggie. Ich bin Feli.«

Meggie lächelte und offenbarte eine riesige Zahnlücke genau dort, wo ihre beiden oberen Schneidezähne sitzen sollten. »Willst du reinkommen und hallo sagen?«

Feli sah das Haus an. Sie überlegte. Und schließlich schüttelte sie den Kopf.

»Nein«, sagte sie, als ihr klarwurde, dass sie vor dem falschen Haus stand. Ihre Mutter war nicht die Person, mit der sie reden sollte. Diese Person saß immer noch in der

Werkstatt, die sie vor zwei Stunden überstürzt hinter sich gelassen hatte.

»Aber danke für die Einladung«, meinte Feli und musterte noch einmal das Mädchen vor ihr, das Familie war und irgendwie auch nicht.

»Gern«, sagte Meggie, winkte und lief weiter.

Sie schob ihr Fahrrad über die Straße und wirkte, als hätte sie das Gespräch direkt wieder vergessen.

Doch das war in Ordnung. Feli würde sich für immer an diesen Moment erinnern und ihn für sie beide hüten wie einen Schatz.

Stille hatte sich über den Laden gesenkt. Marlon hockte an der Werkbank. Wenn er tat, was ihr Vater so geliebt hatte, sah er ihm noch ähnlicher. Doch er war nicht mehr dessen Geist, vor dem Feli sich fürchten musste.

Den Brief ihrer Mutter hielt Marlon noch immer in den Händen. Er berührte ihn kaum. Wollte er den Inhalt nicht zu nah an sich heranlassen oder nur keinen Knick im Papier hinterlassen?

Es war inzwischen zwölf Minuten her, dass Feli ihm den Brief überreicht und ihm erklärt hatte, dass sie ihn schon seit fast drei Jahren besaß und heute zum Haus ihrer Mutter gefahren war. Seitdem hatte Marlon noch keinen einzigen Ton von sich gegeben. Doch Feli entschied, ihn nicht zu drängen. Sie saß ihm gegenüber und wartete einfach ab.

Schließlich legte Marlon den Brief zur Seite, neben den

Ring, an dem er gerade arbeitete, wandte sich Feli wieder zu und verschränkte die Hände in seinem Schoß.

»Warum zeigst du ihn mir jetzt erst?«

Seine Stimme war nicht anklagend, nicht vorwurfsvoll, nicht verständnislos. Einfach nur neutral, ehrlich fragend.

»Ich wollte dich beschützen«, sagte Feli. »Ich wollte dich immer beschützen. Ich bin selbst nicht mit diesen Informationen klargekommen. Ich habe mich betrogen und verraten gefühlt. Aber du hast mich nie darum gebeten, dir wichtige Entscheidungen abzunehmen. Ich habe es einfach getan. Und das steht mir nicht zu. Du bist nicht mehr der kleine Marlon, der nicht versteht, warum seine Mama ihn heute nicht ins Bett bringen wird. Ich muss damit aufhören, dich vor allem schützen zu wollen. Deswegen habe ich ihn dir jetzt gegeben.«

Marlon nickte. Er überlegte eine Weile, bevor er antwortete. »Du hast mir nicht nur Entscheidungen abgenommen, sondern auch alles andere.«

In Felis Hals bildete sich ein Kloß, dessen Herkunft sie nicht benennen konnte, bis ihr Bruder fortfuhr: »Du hast Papa im Haushalt geholfen, hast irgendwann die Lehre gemacht und ihn im Laden unterstützt. Hast dich mit Gelsa um Papa gekümmert und schließlich den Laden geschmissen. Du hast so viel gemacht, dass ich mir irgendwann überflüssig vorkam. Ich weiß, dass das keine Entschuldigung für meine Faulheit ist. Dafür bin nur ich selbst verantwortlich. Aber du hast mir alles abgenommen, und es war so verdammt leicht, dich einfach zu lassen.«

Feli ergriff seine Hände und war erleichtert, als er seine Finger mit ihren verschränkte.

»Es ist keine Entschuldigung für deine Faulheit«, wiederholte sie, was Marlon zum Lachen brachte. »Dass ich dir nichts zugetraut habe, war trotzdem nicht in Ordnung. Es tut mir leid.«

Marlon lächelte leicht. »Ich habe dich vermisst. Versteh mich nicht falsch.« Er stockte kurz. »In den vergangenen zwei Monaten habe ich die Liebe zu dieser Arbeit wieder entdeckt. Ich habe neues Vertrauen in meine Fähigkeiten gefasst, wie ich es seit meiner eigenen Ausbildung nicht mehr empfunden habe. Das war nur möglich, weil du nicht da warst und ich allein klarkommen musste.«

»Ich habe dich auch vermisst«, sagte Feli. »Und ich verstehe dich. In der Toskana zu sein ...« Sie stockte, weil sie nicht ein einziges Mal über ihre Zeit dort geredet hatte, seit sie in einen Flieger gestiegen und abgehauen war. »Hat sich sehr frei angefühlt.«

»Du warst glücklich dort, oder? Ich meine, glücklicher als hier. Ich habe es in deiner Stimme gehört, als du angerufen hast, um mir zu sagen, dass du länger bleibst.«

Sie wollte vehement widersprechen. Aber die Worte kamen ihr einfach nicht über die Lippen. Sie teilten gerade nur Ehrlichkeit miteinander, das wollte sie nicht mit einer Lüge zerstören.

»Ja«, brachte sie irgendwann mit brüchiger Stimme hervor.

»Warum bist du früher zurückgekommen als geplant?«, fragte Marlon sanft und drückte ihre Hand. Feli empfand wieder den Impuls fortzulaufen. Doch er hielt sie – nicht fest, aber fest genug, um ihr Halt zu geben. Und diesmal blieb sie.

»Ich war verletzt«, gab sie zu. »Und ich konnte mich dem nicht stellen.«

»Wer hat dich verletzt?« Marlon klang wie ein Bruder, der bereit war, sich auf dem Schulhof mit jedem anzulegen, der seine Schwester an den Haaren gezogen hatte.

»Leonardo.« Ihre Zeit in der Toskana war ihr nie ganz real erschienen. Und diese Werkstatt mit dem zerkratzten Boden und dem alten Geruch war der realste Ort, den es für sie gab und je gegeben hatte. Leonardos Namen hier auszusprechen, ließ auch ihn real erscheinen, genauso wie das, was zwischen ihnen geschehen war. Das war verdammt beängstigend, aber auch aufregend – und auch das, was sie beide verdient hatten. Sie hatten es verdient, nicht nur ein Traum zu sein, sondern Realität.

»Leonardo?« Marlon zog die Augenbrauen nach oben.

»Ja, Leonardo«, wiederholte sie.

Noch bevor Marlon darauf antworten konnte, ging die Klingel über der Tür.

»Felicitas«, trällerte Birgit.

Feli seufzte.

»Soll ich?«, fragte Marlon.

Sie schüttelte den Kopf. »Das kriege ich schon hin.«

Felix und Birgit standen wieder hinter der Theke, als Feli den Verkaufsraum betrat. Sie fragte sich, ob die ganze Stadt in einer Zeitschleife gefangen war, die sich ewig wiederholte.

Sie wollte nicht länger feststecken.

»Wir hätten da einen Auftrag für dich«, sagte Birgit. »Die Eheringe …«

»Sind vermutlich wieder zu groß, oder?«, unterbrach Feli

sie. »Das wäre dir nicht passiert, hättest du sie direkt hier gekauft statt im Internet.«

Birgit sah sie aus großen Augen an. Feli änderte die Schrittfolge, nach der sie alle tanzten. Sie brachte die anderen beiden aus dem Tritt. Noch wusste sie selbst nicht, wohin sie ihre Schritte tragen würden. Das würde sie irgendwann noch herausfinden müssen.

»Ich weiß es zu schätzen, dass ihr hierherkommt. Aber ich führe ein wichtiges Gespräch mit meinem Bruder und das ist mir gerade wichtiger als deine Eheringe anzupassen.« Jetzt blickte sie Felix direkt an. »Und warum kommst du nicht einfach allein vorbei? Du bist dreißig Jahre alt, da sollte deine Mutter dich doch nicht mehr zu deiner Ex-Freundin begleiten müssen, um das Reden zu übernehmen. Und wenn ich ganz ehrlich bin, hätte ich es besser gefunden, du wärst einfach irgendwo anders hingegangen, um das machen zu lassen. Die zwanzig Kilometer in den Nachbarort hättet ihr sicher auch noch geschafft.«

Felix erwiderte natürlich nichts. Mit etwas anderem hatte Feli jedoch auch gar nicht gerechnet.

»Wenn ihr mich bitte entschuldigen würdet, ich bin dabei, sehr wichtige Entscheidungen für meine Zukunft zu treffen.«

Damit drehte sie sich um, ging zurück in die Werkstatt und setzte sich wieder gegenüber von Marlon auf den Stuhl. Sie blieben still, bis die Klingel über der Tür ihnen verriet, dass die beiden gegangen waren.

Dann brach Marlon in Gelächter aus. Und Feli stimmte ein. Sie lachten so heftig, dass ihr Tränen über die Wangen liefen und Marlon sich den Bauch halten musste. Sie lachten und lachten, und plötzlich fühlte es sich fast wieder so an wie damals in ihrer Kindheit.

Als sie sich schließlich wieder gefasst hatten, kam Feli die Werkstatt unnatürlich leise vor. Sie sehnte sich nicht mehr nach Stille. Sie sehnte sich nach lauten Stimmen, Gelächter und dem verheißungsvollen Knarzen einer ganz bestimmten Tür.

»Willst du darüber noch reden?«, fragte Feli und deutete auf den Brief, der einst so eine große Bedeutung für sie gehabt hatte und nun nur noch ein Stück Papier war.

»Nein, ich habe damit abgeschlossen«, entgegnete Marlon. »Ich möchte keinen Kontakt zu ihr. Und ich möchte auch nicht wissen, was sie macht.«

Feli glaubte ihm und bewunderte ihn dafür, dass er nicht erst mit ihrer Halbschwester hatte reden müssen, um das zu erkennen.

»Was hast du jetzt vor?«, fragte Marlon.

Feli antwortete nicht sofort. Sie ließ ihren Blick durch die Werkstatt schweifen, in der sie jedes Detail kannte. Isabellas Worte geisterten wieder durch ihren Kopf. *Liebst du den Laden denn? Liebst du die Arbeit dort? Füllt es dich jeden Tag wieder mit Freude, die Eingangstür zu öffnen und dort zu arbeiten?*

Ja, dachte sie. Aber sie liebte die Erinnerungen, die sie mit ihm verband. Sie liebte es, dass ein Teil von ihrem Vater jedes Mal auf sie wartete, wenn sie durch die Tür trat und sich an seine Werkbank setzte. Solange der Laden existierte, hatte sie irgendwie auch ihn am Leben gehalten und noch ein wenig länger bei ihm bleiben können. Solange der Laden existierte, musste sie ihren Vater nicht ganz loslassen. Aber jetzt wusste sie, dass das falsch war. Sie musste endlich richtig um ihn trauern, um ihr eigenes Leben leben zu können.

Sie seufzte tief und etwas, das schwer auf ihren Schultern gelastet hatte, flog endlich davon. Sie vermisste die Schwere sofort. Es war nicht leicht, die Pläne aufzugeben, die man so lange verfolgt hatte. Aber wenn sie etwas in den vergangenen zwei Monaten gelernt hatte, dann, dass Dinge sowieso immer ganz anders kamen, als man sie sich vornahm. Sie war in ihre Heimat zurückgekehrt, sie hatte wieder im Laden gearbeitet. Und musste nun einsehen, dass ihre Pläne einfach nicht mehr zu ihr passten. Sie war ihnen entwachsen.

Also sah sie Marlon an, während Tränen ihre Sicht leicht verzerrten. Trotzdem wusste sie, dass er lächelte.

»Ich muss zurück.«

Kapitel 25

Gelsa und Marlon hatten beide darauf bestanden, sie bis zum Flughafen zu begleiten. Auf der Fahrt hatte Feli ihnen von Italien erzählt. Von Leonardo und Jocelyn und Giulia. Sogar vom Nacktfoto. Gelsa hatte die Idee so gut gefallen, dass sie versichert hatte, sie direkt in die Tat umzusetzen, sobald sie wieder zu Hause war. Marlons Ohren waren feuerrot geworden. Das hatte sie alle zum Lachen gebracht.

Doch nun waren sie ganz still. Sie hatten die Sicherheitskontrolle erreicht. Weiter konnten Marlon und Gelsa sie nicht begleiten. Sie hatten Feli hierhergebracht, ab hier mussten sie sie allein ihren neuen Weg gehen lassen.

Feli hatte keine Ahnung, was sie sagen sollte. Sie sah diese beiden Menschen an, die eine lange Zeit die Einzigen gewesen waren, die in ihrem Herzen gelebt hatten. Trotzdem musste sie sie jetzt zurücklassen.

Ein dicker Kloß bildete sich in ihrem Hals. Genau in dem Moment löste sich Marlon aus seiner Starre und nahm Feli fest in den Arm.

»Du bist nicht wie unsere Mutter«, flüsterte er ihr ins Ohr.

»Sicher?«

»Ganz sicher«, bestätigte er ihr. Er löste seine Arme und machte einen Schritt zurück. »Du gehst vielleicht in ein anderes Land, aber ich weiß, dass ich mich immer auf dich verlassen kann. Immer.«

Feli nickte, weil sie gerade kein Wort herausbrachte. Ihre Emotionen machten kurz ihren Hals zu eng.

Dann sah sie zu Gelsa. Würde Feli ihre beste Freundin nicht besser kennen, könnte sie meinen, ihr wäre alles egal. Gelsas Miene war so neutral, als würde sie diese ganze Szene nichts angehen. Doch Feli erkannte das leichte und doch verräterische Beben ihres Kinns.

Gelsa biss sich in die Unterlippe. Das half nicht. Frustriert schnaubte sie und nahm Feli dann noch fester in den Arm, als Marlon es getan hatte. Sie klammerten sich aneinander fest.

»Ich werde dir nicht sagen, dass du bleiben sollst«, meinte Gelsa.

»Danke«, brachte Feli hervor und lachte leise.

»Gern geschehen.«

Gelsa ließ sie los. Und zwar nicht nur, weil sie die Arme von Feli löste. Sie ließ sie so richtig gehen. Das war beängstigend, und am liebsten hätte Feli ihren neuen Plan einfach vergessen und sich wieder in die Wärme vertrauter Menschen geflüchtet, doch sie ermahnte sich, der Angst nicht nachzugeben. Sie hatte sich ihr in den vergangenen Wochen so oft mit trotzig in die Hüfte gestemmten Armen entgegengestellt. Nun würde sie nicht umkehren.

Marlon reichte ihr ihren Rucksack. Dann gab es keinen Grund mehr, den Abschied aufzuschieben.

»Hast du deinen Perso?«, fragte Gelsa.

»Ja.«

»Dein Handy?«

»Ja.«

»Dein Portemonnaie?«

»Ja.«

»Dein Flugticket?«

»Ja.«

»Warum stehst du dann noch hier?«

Feli lachte auf, zwei Tränen lösten sich aus ihren Augenwinkeln und liefen über ihre lächelnden Lippen.

Sie sagten sich nicht, dass sie sich liebten. Es war zu selbstverständlich, um es sagen zu müssen.

Feli sah sie noch einmal an. Gelsa, die inzwischen nicht mehr ganz so neutral guckte, und Marlon, der ebenfalls ein bisschen weinte. Gelsa wuschelte Marlon durchs Haar. Es wirkte so familiär und vertraut, dass Feli ganz vergessen konnte, dass sich Gelsa jemals über Marlon aufgeregt hatte. Die beiden hatten einander. Sie waren nicht allein. Und Feli war es auch nicht.

Mit diesem Gedanken im Gepäck wandte sie sich schließlich von ihnen ab und wagte einen Neuanfang, obwohl sie noch keine Ahnung hatte, wie dieser aussehen würde.

Als Feli diesmal mit ihrem Koffer und Rucksack vor dem gusseisernen Tor ankam, blieb sie nicht stehen, um die lange Auffahrt hinaufzustarren. Sie lief einfach weiter. Bosco kam ihr sofort entgegen und begrüßte sie so ausgiebig, als wäre sie jahrelang fort gewesen.

»Es hat sich ein bisschen so angefühlt, oder?«, fragte sie ihn.

Er bellte, und sie war davon überzeugt, dass er bejahte.

Es war still auf dem Hof. Vor der Villa standen nur Jocelyns und Giulias Autos. Der weiße Van war fort. Felis Herz wollte sinken, aber sie gestattete es ihm nicht. Noch gab es keinen Grund zur Sorge. Also würde sie sich auch keine machen.

»Wo sind denn alle?«, fragte sie Bosco.

Der rannte mit seinen kurzen Beinen sofort in den Garten hinter der Villa. Feli ließ Koffer und Rucksack in der Auffahrt zurück und folgte ihm.

Je näher sie kam, desto deutlicher hörte sie die Stimmen. Sie konnte nicht anders als zu lächeln. Als sie verschwunden war, hatte sie geglaubt, diese Stimmen nie wieder zu vernehmen. Wie hatte ihr ihre Flucht so endgültig vorkommen können, wenn es doch so verdammt einfach gewesen war zurückzukehren?

Sie trat um die Ecke und entdeckte die anderen. Jocelyn und Elsie lagen in den Liegestühlen und blickten auf die Weinberge. Giulia und ihre kleine Schwester Francesca saßen auf dem Gras vor ihnen. Sie waren in eine hitzige Diskussion vertieft. Jocelyn kam kaum hinterher, für Elsie zu dolmetschen.

»Störe ich?«, fragte Feli, und alle verstummten schlagartig.

Sie starrten sie verdutzt an. Eine ganze Weile reagierte niemand. Dann rief Giulia freudig aus und deutete auf ihre Schwester. Diese verdrehte nur die Augen.

Elsie lächelte warmherzig. Jocelyn brauchte am längsten, um auf Feli zu reagieren. Schließlich kam ruckartig Leben in sie. Sie wollte auf die Beine springen. Doch ihre Hüfte machte ihr einen Strich durch die Rechnung. Die Liege war zu tief. Frustriert über ihren eigenen Körper fluchte sie. Elsie half ihr hoch.

»Es tut mir so leid«, stieß sie schnaufend aus und stürzte auf Feli zu, als sie endlich stand. Sie schloss sie fest in eine Umarmung.

»Ich weiß«, flüsterte Feli nur und genoss, wie Jocelyn ihr sanft durch die Haare strich.

»Ich habe dich in die Flucht getrieben. Es tut mir leid. Aber mach das nie wieder!«

Der strenge Ton entlockte Feli ein Lachen.

»Ich verspreche es.«

»Gut.« Jocelyn schien sicher, dass Feli nicht direkt wieder abhauen würde, also ließ sie sie los und streichelte ihr stattdessen über die Wange. »Ich sehe so viel von der jungen Frau, die ich einmal gewesen bin, in dir. Aber du bist weiser als ich in deinem Alter. Ich wäre nicht zurückgekommen.«

Feli schluckte schwer und war Giulia dankbar, die an sie herantrat und eifrig auf Jocelyn einredete. Diese seufzte.

»Sie will, dass ich dir sage, dass ihre Schwester nun doch als Küchenhilfe eingestellt wurde und sich bisher gar nicht so beschissen anstellt. Besser als du am Anfang.«

Feli warf Giulia einen Luftkuss zu, den diese auffing und in ihre Hosentasche steckte. Feli wünschte sich, man könnte sich solche Gesten tatsächlich aufheben. Für traurige Tage, an denen man sie besonders gut gebrauchen konnte.

Sie räusperte sich. Nun kam der Teil, vor dem sie sich gefürchtet hatte.

»Wo ist Leonardo?«

Jocelyns Miene wurde besorgt, und sofort fiel es Feli noch schwerer, diese Emotion aus ihrem Körper zu verbannen.

»Er ist nicht hier. Ich weiß auch nicht, wo er ist.«

Nun sank ihr Herz, und sie konnte ihm nicht mehr erklären, warum das voreilig war. Was, wenn sie zu spät war? Was, wenn er ihr nicht vergeben konnte, dass sie ohne Abschied verschwunden war?

Ihr Handy klingelte und unterbrach ihre Gedanken. Sie holte es hervor. Marlon rief an. Sie ging ran.

»Ich bin gut gelandet«, sagte sie. Er hatte sie gebeten, sich zu melden, sobald sie wohlbehalten in Italien angekommen war. Natürlich hatte sie es vergessen. Ihr Kopf war zu voll gewesen, um sich daran zu erinnern.

»Das ist schön, aber deswegen rufe ich nicht an.« Er klang wie ihr Vater beim Vorlesen, wenn er an eine besonders spannende Stelle kam, deren Ausgang sie noch nicht kannten, er aber schon.

»Was ist los?«, fragte Feli skeptisch.

»Hier steht ein italienischer Typ im Laden, und ich glaube, die Blumen und das Schild, auf dem ›Ich liebe dich‹ steht, sind leider nicht für mich bestimmt.«

Felis Herz tat das Gegenteil von sinken. Es stieg hinauf. Immer weiter. Es war wie ein Luftballon, dessen Band durchgeschnitten worden war, so dass er von nichts mehr auf der Erde festgehalten wurde.

Im Hintergrund machte sie noch andere Stimmen aus. Sie verstand nicht, was gesagt wurde, aber es waren unverkennbar Gelsa und Frau Kowalski – nichts lockte sie an wie skandalöse Neuigkeiten. Und in ihrer Heimat qualifizierte sich ein Italiener mit einer Liebeserklärung auf einem Pappschild automatisch als skandalöse Neuigkeit.

»Hier ist ein Foto«, meinte Marlon. Feli blickte auf ihren Bildschirm. Leonardo stand tatsächlich in ihrem Laden. Mit seiner krakeligen Schrift hatte er »Ich liebe dich« auf ein Schild gemalt. In der Hand hielt er einen Wildblumenstrauß. Es war furchtbar kitschig. Trotzdem konnte sie ihren Blick nicht von dem Bild lösen.

Jocelyn beugte sich über ihre Schulter.

»Was habe ich dir gesagt – wir alle haben es verdient, albern verliebt zu sein und so albern geliebt zu werden, dass sich ein anderer Mensch für uns zum Affen macht.«

Feli drückte sich das Handy wieder ans Ohr.

»Gib ihn mir.«

»Wie verknallte Teenager«, murmelte Marlon in sich hinein, tat aber wie geheißen.

»Jetzt verstehe ich, warum du so schnell nach Italien zurückwolltest. Ist der echt?«, hörte sie Gelsa in den Hörer rufen. »Natürlich, natürlich«, murmelte Frau Kowalski vor sich her. Und einen Moment später drang auch schon Leonardos sanfte Stimme durch die Leitung.

»Da hatten wir wohl beide die gleiche Idee«, meinte er.

»Sieht ganz so aus.«

»Ich mag deinen Bruder und Gelsa. Aber ich weiß nicht, was ich von dieser Frau halten soll, die hier ungefragt aufgetaucht ist.«

»Verständlich. Frau Kowalski mischt sich immer in alles ein, was sie nichts angeht.«

»Sie guckt mich an, als hätte sie noch nie einen Menschen gesehen.«

»Vermutlich hat sie noch nie einen Italiener mit Blumenstrauß gesehen«, scherzte Feli. Dann wurde sie ganz ernst. »Du bist zu mir gekommen.«

»Das bin ich.«

»Warum?«

»Du weißt warum«, sagte er heiser.

»Ja, ich weiß es. Ich will es trotzdem hören.«

Er lachte, und kurz kam es ihr vor, als wären sie nicht Hunderte Kilometer voneinander getrennt.

»Ich will mich dafür entschuldigen, dass ich dir nicht früher alles erzählt habe. Und dafür, dass ich dir das Gefühl gegeben habe, dass du mir nicht wichtig bist, dass ich meine Pläne nicht für dich geändert habe. Das habe ich inzwischen getan. Da du in Italien bist, hoffe ich, dass es dir genauso geht.«

»Das habe ich. Marlon wird versuchen, den Laden am Laufen zu halten. Aber wenn er ihn schließen muss, dann ist es so. Ich werde nicht mehr dort arbeiten. Ich habe eine neue Heimat gefunden.«

»Ja?« Leonardo klang, als könnte er nicht ganz fassen, was er da hörte.

»Ja«, bestätigte Feli. »Und welchen Plan hast du jetzt?«

»Ich werde nicht mehr mit Beatrice zusammen sein. Aber ich werde für das Kind da sein. Egal, ob ich der Vater bin oder nicht«, sagte er. Kurz zögerte er. »Ist das in Ordnung für dich?«

»Ja«, sagte Feli, ohne zu zögern. Sie hatte sich so lange an das Bild einer klassischen Familie geklammert – noch lange, nachdem ihre Mutter sie verlassen und ihr Vater gestorben war. Doch inzwischen wusste sie, dass Familien ganz anders aussehen konnten. Sie ließ ihren Blick durch den Garten schweifen. Das hier war eine Familie, und es spielte keine Rolle, dass sie mit niemandem verwandt war. Sie liebte diese Menschen. Und sie würde auch ein Kind lieben, das nicht ihr eigenes war.

»Feli?«

Erst, als er sie wieder ansprach, realisierte sie, dass sie lange geschwiegen hatte.

»Dodo?«, fragte sie scherzend.

»Den Spitznamen gewöhnst du dir gar nicht erst an.«

»Ganz wie du meinst, Nardo.«

Er schnaubte. »Was ich eigentlich sagen wollte, bevor du diesen romantischen Moment kaputt gemacht hast.«

»Ja?«

»Ich liebe dich.«

Die Worte aus seinem Mund zu hören, war so viel schöner, als sie geschrieben zu sehen.

»Ich liebe dich auch.«

Sie konnte sein Lächeln deutlich durch die Leitung hören.

»Dann sollte ich wohl gucken, dass ich so schnell wie möglich nach Hause komme.«

Epilog

Feli fuhr zum mindestens hundertsten Mal mit einem Staubwedel über alle Oberflächen. Im ganzen Raum hatte sich wohl nicht mal ein einziges Staubkorn vor ihr verstecken können. Trotzdem konnte sie ihre Arbeit nicht niederlegen.

»Mach dich nicht verrückt«, meinte Leonardo, der unbemerkt in die Werkstatt getreten war. »Du wirst das schon hinkriegen. Wenn Isabella daran nicht glauben würde, hätte sie dich nicht eingestellt.«

Feli seufzte schwer und legte den Staubwedel zur Seite. »Es soll alles perfekt sein.«

»Ist es nie, und das ist okay.«

Feli verdrehte die Augen, wandte sich ihm aber zu. Er grinste sie breit an und hielt ihr die Hand hin.

»Das Essen ist gleich fertig. Komm endlich.«

Sie wollte nicht so leicht nachgeben, aber sie konnte die Gewürze, mit denen Giulia kochte, bis hierher riechen. Und sie waren zu verlockend, um in der Werkstatt zu bleiben. Also ergriff sie Leonardos Hand und folgte ihm die Stufen hinab.

Es war noch ein bisschen zu kühl, um abends draußen zu essen. Durchs Fenster erhaschte sie einen Blick auf die Bäume, deren Blätter satt und grün waren. Wildblumen sprossen überall im Garten. Der Frühling war eingezogen und auch das alte Gemäuer der Villa wärmte sich langsam unter den warmen Sonnenstrahlen auf.

Dass viele Menschen im Esszimmer waren, hörte Feli schon lange, bevor sie es betrat.

Morgen würde das nächste Retreat beginnen. Und bevor sie die Villa mit zwölf Fremden teilten, wollten sie einen Abend nur mit ihren engsten Freunden – ihrer Familie – verbringen.

Jocelyn lief durch den Raum und überlegte, wo ihre gerahmten Zeichnungen am besten zur Geltung kamen. Das Bild, das sie von Feli in den Uffizien gemacht hatte, hatte schon einen Platz zwischen den großen Fenstern gefunden, durch die man die Weinberge sehen konnte.

Giulias gehetzte Stimme drang aus der Küche. Felis Italienisch war noch nicht flüssig, aber es reichte schon, um Giulias Beschwerden und Flüche zu verstehen. Die waren in der Regel sehr simpel.

»Kein Grund, dich aufzuregen«, sagte sie neckend, als sie die Küche betrat. »Wir werden schon satt.«

Giulia schnaufte. »Es geht nicht ums Sattwerden. Kochen ist eine Kunst, Feli. Wenn es nur darum gehen würde, keinen Hunger mehr zu haben, könnten wir auch gleich zu McDonald's fahren.«

»Ich hätte gerade nichts gegen Burger und Pommes einzuwenden.«

Giulia zielte mit dem dreckigen Spülschwamm nach ihr.

»Ich mochte dich mehr, als du dich noch nicht mit mir unterhalten konntest.«

Feli warf ihr eine Kusshand zu. Heute steckte Giulia sich den Kuss nicht in die Tasche, sondern zeigte ihr den Mittelfinger. Das brachte Feli zum Lachen.

Sie holte Besteck und Teller. Bevor sie jedoch den Esszimmertisch decken konnte, nahm Francesca ihr alles entschieden ab. Ihre Haare rochen leicht nach Rauch. Der Abend würde also wie so viele mit einem epischen Streit zwischen den beiden Schwestern enden, bei dem immer mindestens ein Glas zu Bruch ging. Feli stellte Kerrblech und Besen schon mal vorausblickend in eine Ecke des Zimmers.

»Alles bereit für morgen, Retreat Managerin?«, fragte Isabella gespielt streng, als sie neben Feli trat.

»Ja, Boss.«

Isabella nickte zufrieden. Da Leonardo nicht länger ein Bildhauer war, der noch nie eine Statue verkauft hatte, und sich seiner Kunst voll widmete – während er in seiner restlichen Zeit gänzlich in seiner Rolle als Vater aufging –, konnte er beim Retreat nicht mehr aushelfen. Außerdem war Isabella klargeworden, dass immer genug Aufgaben anfielen, die einen offiziellen Posten rechtfertigten, der sich um die Teilnehmenden kümmerte. Sie hatte sofort an Feli gedacht und die sofort zugesagt.

»Das höre ich gern«, sagte sie und drückte noch einmal ihre Schulter, bevor sie sich an den Tisch neben Beatrice setzte.

Sie hielt ihr Kind – ein kleines Mädchen namens Camilla – auf den Armen, das immer schlafen konnte, egal, wie laut es um sie war. So auch jetzt. Beatrice lächelte Feli zu, als sie ihren Blick auffing.

Feli hatte eine Weile gebraucht, um mit ihr warm zu werden. Die Tatsache, dass sie Leonardo verletzt hatte, hatte sie nicht so schnell überwinden können. In den vergangenen Monaten hatten viele angespannte Abendessen stattgefunden. Auch zusammen mit Leonardos ehemaligem Freund, den Feli immer nur den Schnösel im Anzug genannt hatte. Seit Beatrice schwanger geworden war, hatte er wohl versucht, richtig mit ihr zusammenzukommen. Feli war erleichtert gewesen, als diese ihm endlich deutlich gemacht hatte, dass das nie passieren würde. Mit ihm hatte Feli sich nie gut verstanden.

Doch inzwischen hatte sie viele Facetten von Beatrice kennengelernt, die sie verstehen ließen, warum Leonardo sie geliebt hatte, und schloss sie immer mehr in ihr Herz. Sie war die Mutter von Leonardos Kind. Einem Kind, das Feli über alles liebte. Sie würden immer miteinander verbunden sein. Und die Vorstellung missfiel Feli nicht, wie sie ursprünglich erwartet hatte.

Leonardo schlug einen Nagel in die Wand, nachdem Jocelyn sich endlich entschieden hatte, wo ein weiteres ihrer Bilder hängen sollte. Sie hatte vielleicht noch nicht vollständig eingesehen, dass sie auch eine Künstlerin war. Aber dass sie ihre Zeichnungen so stolz in der Villa aufhängte, war auf jeden Fall ein guter erster Schritt.

»Platz da«, motzte Giulia und bahnte sich mit einem riesigen Topf Nudeln in der Hand einen Weg durch den Raum.

Alle setzten sich und machten sich sofort über das Essen

her, als fürchteten sie, dass nicht genug für alle da war, obwohl Giulia immer zu viel kochte.

Feli blieb noch einen Moment stehen. Ein melancholisches Lächeln legte sich auf ihre Lippen.

»Was ist los?«, fragte Leonardo, der unbemerkt neben sie getreten war. Er hatte es sich angewöhnt, sich immer anzuschleichen, wenn sie in ihre Gedanken versunken war, um ihr einen Weg zurück in die Realität zu zeigen.

»Marlon hat mich heute angerufen«, flüsterte Feli. »Er muss den Laden verkaufen.«

»Das tut mir leid.« Leonardos Mitgefühl war ehrlich. Er drückte fest ihre Hand in seiner.

Feli sah ihn direkt an, während sie die Trauer, die in ihrer Brust saß, zuließ. Der Laden würde ihr fehlen. Die Werkstatt besonders. Aber sie hatte inzwischen gelernt, dass es gar nicht so schlimm war, wenn alles anders kam als geplant.

»Er will bei einem Juwelier im Nachbarort arbeiten und sich währenddessen einen eigenen Onlineshop aufbauen. Er hat gefragt, ob ich ihm helfen will. Ich denke, das ist eine schöne Idee«, sagte Feli. Sie arbeitete nach wie vor an ihrem Schmuck. Aus der Kette, die sie beim letzten Retreat begonnen hatte, war eine ganze Reihe mit vielen Schmuckstücken geworden. Die Ohrringe, in die sie ein Muster aus Zitronen und Orangen graviert hatte, trug sie jeden Tag. Bisher hatte sie es nur für sich gemacht. Aber irgendwann war sie bestimmt auch wieder bereit, Schmuck für andere zu fertigen. Wenn sie den Laden und ihren Vater weniger vermisste.

»Es ist in Ordnung, so wie es ist«, sagte sie schließlich und spürte, wie ehrlich sie das meinte.

Leonardo lächelte noch einmal. Dann ging er zum Tisch und nahm seine Tochter auf den Arm.

Feli ließ sich Zeit, die Szene auf sich wirken zu lassen. Sie betrachtete all die Menschen, die in ihr Leben getreten waren, und es für immer verändert hatten.

Sie lächelte, und diesmal war es nicht melancholisch, denn ihr wurde klar, dass sie sehr viele gute Gründe gefunden hatte, ihren Blick von ihrer Werkbank zu heben.

Mila Summers
Sommerglück in der Villa Sehnsucht
Ein Rügen-Roman

Lotte kommt das Angebot ihrer Großmutter, sie in ihrem Hotel in Binz auf Rügen zu vertreten, ziemlich ungelegen. Und so tritt die Hamburger Grafikerin ohne jede Erfahrung als Hotelchefin den Posten an. Glücklicherweise steht ihr der gutaussehende Hausmeister Felix zur Seite, um mit den Tücken des Traditionshauses fertigzuwerden. Anfangs verhält er sich distanziert, doch das macht ihn nur noch interessanter. Lotte versucht, hinter sein Geheimnis zu kommen, während ihre Großmutter ihrer Jugendliebe auf der Spur ist.

320 Seiten, broschiert
978-3-596-71002-7

Weitere Informationen finden Sie auf
www.fischerverlage.de